Pandoras Tochter

IRIS
JOHANSEN

Pandoras Tochter

THRILLER

Aus dem Amerikanischen
von Ursula Walther

Weltbild

Die amerikanische Originalausgabe erschien 2007 unter dem Titel
Pandora's Daughter
bei St. Martin's Press, New York.

Besuchen Sie uns im Internet:
www.weltbild.de

Genehmigte Lizenzausgabe für Verlagsgruppe Weltbild GmbH,
Steinerne Furt, 86167 Augsburg

Übersetzung: Ursula Walther
Umschlaggestaltung: Alexandra Dohse, München
www.grafikkiosk.de
Umschlagmotiv: Mauritius Images, Mittenwald
(© Wolfgang Weinhäupl; © Imagebroker)
Gesamtherstellung: GGP Media GmbH, Pößneck

Printed in the EU
ISBN 978-3-86800-672-8

2014 2013 2012 2011
Die letzte Jahreszahl gibt die aktuelle Lizenzausgabe an.

Prolog

Stimmen.

Megan spürte, wie sich ihr Magen verkrampfte, und sie versuchte, die Angst auszublenden. Mama sollte nichts merken. Mama war heute Nachmittag so fröhlich und entspannt gewesen. Megan wollte ihr das nicht verderben.

»Warum so still?« Ihre Mutter begann, die Sachen in den Picknickkorb zu packen. »Worüber denkst du nach?«

Stimmen.

Megan suchte fieberhaft nach einer Antwort. »Ich wünschte, Neal wäre mitgekommen. Hast du ihn nicht eingeladen?«

»Nein, zum Kuckuck. Ich wollte einen Mutter-Tochter-Nachmittag. Neal möchte immer das Geschehen beherrschen.« Sie lächelte verschmitzt. »Er bekommt immer deine ganze Aufmerksamkeit. Aber verübeln kann ich dir das nicht. Als ich ihm das erste Mal begegnet bin, erinnerte er mich an ein Porträt von einem Renaissance-Prinzen, das ich einmal in einem Museum in Florenz gesehen habe. Sehr elegant und ein wenig einschüchternd.«

Schalte diese Stimmen aus. Gütiger Gott, sie wünschte wirklich, sie könnte sie verscheuchen. »An Neal ist nichts einschüchternd. Wie kannst du so was sagen?«

»Hey, ich greife ihn ja nicht an. War nur ein Vergleich.«

Stimmen.

Worüber haben wir gesprochen?, überlegte Megan. Konzentrier dich. Ach ja, stimmt – Neal. »Ich habe Neal gern um mich. Er ist witzig.«

»Wenn er will. Aber ich bin froh, dass du ihn magst. Ich mag ihn auch. Er ist mir ein guter Freund.« Ihr Lächeln verblasste, während sie Megan musterte. »Du hörst mir gar nicht zu. Was ist denn los, Kleine?«

»Nichts.«

»Megan!«

»Stimmen«, flüsterte Megan. »Mir gefällt es hier nicht, Mama. Ich höre Stimmen.«

»Unsinn.« Ihre Mutter wandte den Blick abrupt ab. »Ich habe dir doch gesagt, dass du dir das nur einbildest.« Sie warf die Plastikbecher in den Korb. »Und es gibt keinen Grund dafür, dass du dich hier unwohl fühlst.« Sie setzte sich auf die Fersen und betrachtete die untergehende Sonne, die den Baggersee unter ihnen in ein goldenes Licht tauchte. »Hier ist es wunderschön. Wir haben ein Dutzend Mal hier oben gepicknickt, und du hast diese albernen Stimmen nie erwähnt. Hast du sie schon früher an diesem Ort gehört?«

Megan nickte. »Aber du willst ja nicht, dass ich über sie spreche.«

»Weil sie nicht existieren.« Sie streckte die Hände aus und legte sie an Megans Wangen. »Und du sollst nicht über Dinge reden, die es gar nicht gibt. Als du noch klein warst, hat das nicht so viel ausgemacht. Doch mittlerweile bist du fünfzehn, und die Leute achten mehr auf das, was du sagst. Diese Sache muss unter uns beiden bleiben.«

»Sonst halten mich die Leute für verrückt.« Megan versuchte ein Lächeln. »Das kann ja auch nicht normal sein. Vielleicht bin ich wirklich verrückt. Was meinst du, Mama?«

»Selbstverständlich bist du das nicht.« Sie beugte sich vor und hauchte Megan einen Kuss auf die Nase. »Wer legt die Grenzen fest? Wer kann wirklich sagen, was normal ist? Ich habe gehört, dass Komponisten ihre Musik im Kopf hören, und alle Welt nennt sie Genies. Wahrscheinlich wird sich diese Sache mit den Stimmen mit der Zeit verlieren.«

»Das hast du schon gesagt, als ich sieben war.«

»Und mittlerweile hörst du sie nicht annähernd so oft wie damals, oder?«

»Stimmt.«

»Und hast du nicht gesagt, dass sie nicht schreien, sondern flüstern?«

Megan nickte.

»Siehst du? Das ist doch ein Fortschritt. Und bis du einundzwanzig wirst, verschwinden sie ganz.«

Megan runzelte die Stirn und schlug zaghaft vor: »Vielleicht ... sollte ich eine Therapie machen.«

»Nein«, wehrte die Mutter vehement ab. »Keine Ärzte. Wir reden mit niemandem darüber, verstanden?«

Megan nickte, obwohl sie nicht verstand. Sie wusste nur, dass es ihrer Mutter gar nicht recht war, wenn sie über die Stimmen sprach. Vielleicht wollte sie einfach nicht wahrhaben, dass ihre Tochter ... nicht normal war. Okay, belass es dabei. Könnte ja auch sein, dass die einfache Lösung des Problems, die ihre Mutter im Sinn hatte, die richtige war. Megan wollte ihre Mutter auf keinen Fall aufregen.

»Schau nicht so düster.« Ihre Mutter strich mit der

Fingerspitze über die zwei Linien auf Megans Stirn. »Du bekommst noch Runzeln wie ich.«

»Du hast keine Runzeln. Du bist so hübsch.« Das stimmte. Sarah Nathan war nicht im herkömmlichen Sinne schön, aber ihr braunes Haar schimmerte im Schein der untergehenden Sonne, und das charaktervolle Gesicht strahlte Herzenswärme und Vitalität aus.

»Ich habe jede Menge Runzeln. Aber wenn man viel lacht, dann verlieren sie sich in den Lachfältchen.« Sie verzog das Gesicht. »Das solltest du dir zu Herzen nehmen, meine kleine ernste Maus. Du lächelst nicht genug und gibst mir dadurch das Gefühl, keine gute Mutter zu sein.«

»Das stimmt doch gar nicht. Es gibt keine bessere Mutter als dich. Und ich bin nicht immer ernst.«

»Okay, du bist nachdenklich.« Sie stand auf und zog Megan auf die Füße. »Komm. Es wird bald dunkel. Höchste Zeit, ins Cottage zurückzukehren. Du musst morgen zur Schule, und ich hab viel zu tun.« Sie gab Megan die Picknickdecke. »Wegen der Schule brauchst du dir keine Sorgen zu machen. Du bist deiner Klasse voraus. Weißt du, mir wäre es lieber, du würdest dich weniger auf deinen Notendurchschnitt konzentrieren und stattdessen mehr darauf achten, Spaß zu haben.«

»Ich habe Spaß.«

»Nicht genug. Streng dich ein bisschen mehr an. In letzter Zeit erlebe ich dich nur ausgelassen, wenn du mit Neal zusammen bist. Du bist jung. Das Leben vergeht so schnell, dass die guten Zeiten hinter dir liegen, ehe du dich's versiehst.« Sie lächelte. »Du wirst noch viel Schönes erleben – den Abschlussball und enge Freundschaften, die erste Liebe und all das.«

»O Gott!«

Sarah fuhr ihrer Tochter durchs Haar. »Freche Göre. Zeig ein bisschen Gefühl.« Ihr Lächeln verschwand, während sie den Pfad hinuntergingen. »Sind die Stimmen weg?«

»Ja«, log Megan. Na ja, im Grunde war es keine Lüge. Sie waren zwar nicht ganz weg, aber mittlerweile hörte sie nur noch ein dumpfes Rauschen, wie eine Meeresbrandung in der Ferne. Es hatte jedoch keinen Sinn, ihre Mutter noch mehr zu beunruhigen, wenn sie sich doch so sehr wünschte, dass die Stimmen verstummten.

»Ich sag dir doch, dass es mit der Zeit besser wird.« Sie hakte sich bei Megan unter. »Ich scheine gerade eine Glückssträhne zu haben, und du solltest nicht vergessen, was ich dir über den Spaß im Leben gesagt habe.«

»Mama, ich bin nicht ...« Sie verstummte, weil sie spürte, wie sich ihre Mutter anspannte. »Was ist los?«

»Nichts.«

Das entsprach nicht der Wahrheit. Etwas war geschehen. Sarahs Miene sprach Bände.

Angst.

Megan folgte dem Blick ihrer Mutter zu dem Fichtenhain am Fuße des Hügels.

Dort stand ein Mann und beobachtete sie.

»Wer ist das? Kennst du ihn?«

»Vielleicht.« Sarah holte tief Luft. »Ich rede besser mit ihm. Geh du zurück zum Baggersee.«

Megan weigerte sich.

»Tu, was ich dir sage«, wies ihre Mutter sie scharf zurecht. »Das hier ist meine Angelegenheit. Kennst du die Höhle auf der anderen Seite des Berges? Bleib dort, bis ich zu dir komme und dich hole.«

»Nein, ich komme mit dir.«

»Das wirst du nicht tun. Du gehst zu dieser Höhle, und zwar sofort.«

Megan zögerte immer noch.

»Hör zu, Megan, ich komme zurecht. Ich muss nur kurz unter vier Augen mit ihm sprechen.« Sie machte sich auf den Weg. Ihre Stimme war wie ein Peitschenhieb: »Los, verschwinde.«

»Okay, aber wenn du in zwanzig Minuten nicht zurück bist, komme ich zu dir.« Megan machte kehrt und lief den Weg zurück bergauf.

Das war nicht gut.

Egal, was ihre Mutter gesagt hatte, da stimmte etwas nicht.

Töte den Bastard.

Neal Gradys Klinge schlitzte dem Mann die Kehle auf, Blut spritzte. Neal schubste ihn weg, und er sank zu Boden.

Er gönnte dem Mann keinen weiteren Blick, als er über die Straße und durch das Wäldchen stürmte.

Er kam zu spät.

Grady fluchte, während er den Hang hinunterrutschte und zu der Frau lief, die zusammengekrümmt am Fuße des Hügels lag.

Tot?

Noch nicht, aber beinahe.

Er ging neben ihr auf die Knie; seine Augen brannten. »Sarah, verdammt.«

Sarah öffnete langsam die Augen. »Hallo, Neal. Ich bin froh ... du bist da. Aber ... du solltest eine Sterbende nicht verfluchen.«

»Sei still. Spar dir die Kräfte. Vielleicht kann ich noch etwas tun.«

Sie versuchte, den Kopf zu schütteln. »Nicht für mich, das weißt du. Aber Megan ... Ich wollte ihn von ihr fernhalten. Aber er hat sie gesehen. Er ... hat sie gesehen. Und wird sie verfolgen.«

»Nein, das wird er nicht«, erwiderte er grimmig. »Ich bin zu spät gekommen, um dich zu retten, aber nicht zu spät für ihn. Ich habe dem Hurensohn die Kehle aufgeschlitzt.«

»Gut. Megan wird ... mir ist kalt, Neal. Ich darf noch nicht sterben. Ich muss dir ...«

»Gütiger Gott, Sarah, du bist eine solche Närrin«, sagte er mit bebender Stimme. »Ich hab dir schon vor sechs Monaten geraten, von hier zu verschwinden. Du hättest fliehen und Megan vor ihm verstecken sollen.«

»Ich hab mich sicher gefühlt und dachte, dass du dich irrst. Ich wollte Megan nicht schon wieder irgendwo anders hinbringen. Ich habe mich so bemüht, ihr ein normales Leben zu bieten. Nicht so ein Leben wie meines oder deines.« Sie holte scharf Luft. »Alles wird so ... verschwommen. Ich hatte nicht erwartet, dass es so ist. Ich ... habe Angst. Du kannst mir doch helfen, oder?«

Er nickte. »Ja, ich kann dir helfen.«

»Das dachte ich mir. Darf ich ... dich berühren?«

»Ja.« Er legte sich neben sie und nahm sie in den Arm. »Entspann dich einfach, Sarah.«

»Das geht nicht. Noch nicht. Megan. Du musst Megan helfen.«

»Um Himmels willen, Sarah, du hast sie nicht einmal vorbereitet. Du hast sie belogen. Ich weiß nicht, ob ich etwas für sie tun kann.«

»Versuch's.«

»Ich kann dir nichts versprechen. Du weißt, was passiert ist, als du sie einmal allein gelassen hast.«

»Versuch's«, wiederholte sie. »Bitte, Neal.«

»Keine Versprechen.« Er strich ihr zärtlich über die Wange. »Ich sehe, was ich machen kann.«

»Das weiß ich. Sie ist stark, Neal. Viel stärker als ich. Sie hat eine Chance … Du wirst auf sie aufpassen. Du … magst sie. Du hast … meine Megan gern.«

»Ja. Aber jetzt sei still, und ruh dich aus.«

Sie schwieg nur einen kurzen Moment. »Neal, ich bin … keine Pandora.«

»Doch, das bist du«, flüsterte er. »Aber das spielt jetzt keine Rolle. Halt dich an mir fest. Ich helfe dir, das durchzustehen.«

»Das hatte ich gehofft.« Sie schmiegte sich an ihn. »Ja, hilf mir …«

Sie ergab sich ihrem Schicksal. Wärme ersetzte die Kälte, Licht durchflutete die Dunkelheit. Gesunder Menschenverstand statt Verrücktheit.

»Danke, Neal«, hauchte sie.

»Schsch, lass einfach los …«

Megan schrie.

Der gequälte Laut zerriss Neal das Herz.

Verdammt, Sarah war ihm gerade entglitten, und Megan spürte bereits den Verlust.

Schmerz.

Er schob Sarah sanft von sich und stand auf.

Ein quälender Stich. Er musste zu ihr, bevor sie sich das Herz aus dem Leibe riss.

Bevor sie *ihn* zerfetzte.

Er musste sie finden.

Wo bist du, Megan?

Mehr Schmerz.

Kopflose Panik und Qual.

Er musste sie suchen.
Finden.
Ihr helfen.

Mama!

Megan kauerte an der Höhlenwand, als sie der Schmerz durchfuhr.

Keine Pandora. Keine Pandora. Keine Pandora.

Stimmen. Geplapper. Schreie.

Nicht Mamas Stimme. Wo bist du, Mama?

Gegangen.

Die Stimmen waren noch da. Sie fielen über sie her, schlugen sie, stachen auf sie ein.

Geht weg! Geht weg! Geht weg!

Hilf mir, Mama!

Mama war fort.

Panik machte sich breit. Sie war allein mit den Stimmen, die an ihr rissen und sie schier umbrachten.

Wieder stieß sie einen Schrei aus. Hilf mir!

»Es gibt nur eine Möglichkeit, wie ich dir helfen kann, Megan.«

Ein Mann stand in der Höhlenöffnung. Dunkel, schlank, groß. War das derselbe Mann wie der, mit dem ihre Mutter sprechen wollte?

Mama war fort und würde nie wiederkommen.

Von ihr gegangen.

Nein, dies war nicht der Fremde. Es war Neal Grady. Erleichterung durchströmte sie. Neal würde ihr helfen.

Neal steht hinter jemandem. Stahl funkelt, als sein Messer den Hals durchschneidet. Blut sprudelt …

Mord.

Mama? Ist das Mamas Hals?

Nein!

Instinktiv warf sie sich gegen seine Knie und riss ihn zu Boden.

Die Stimmen wurden wieder laut, und sie wand sich in Qualen.

»Hör auf, mich zu bekämpfen«, sagte er heiser. »Ich will dir nichts antun.«

Sie biss ihm ins Handgelenk.

»Mein Gott, Sarah hatte recht. Du bist viel stärker, als sie es jemals war.«

Sie konnte ihn kaum verstehen, weil die Stimmen so laut waren und an ihr zerrten.

Wehr dich gegen sie. Wehr dich gegen ihn.

Sie versuchte, zur Höhlenöffnung zu kriechen.

»Nein.« Er packte sie. »Es ist vorbei, Megan.«

Mama.

»Hör auf damit.« Sein Gesicht war schmerzverzerrt. »Sie kann dir nicht mehr helfen. Und ich bin nicht sicher, ob ich es kann.«

Mama.

»Mach das nicht. Ich hab ihr gesagt, dass ich nichts versprechen kann ...«

Mama!

»Verdammt, Megan, du musst bei mir bleiben.« Er schlug ihr mit dem Handrücken ins Gesicht.

Finsternis.

Doch die Stimmen waren noch da, rissen an ihr, verschlangen sie.

»Okay, ich mach das nicht länger mit«, flüsterte er. »Du gewinnst, Megan. Oder vielleicht gewinnt Sarah.« Er packte sie an den Armen und hielt sie fest. »Ich bringe dich zum Schweigen. Kämpf nicht mit mir. Ich werde dir nicht weh tun. Du wirst lediglich einschlafen, und ich verjage die Stimmen.«

Sie öffnete die Augen und sah ihn benommen an. »Was …«

»Schsch.« Er strich ihr behutsam das Haar aus der Stirn. »Du wolltest Hilfe. Ich gebe sie dir. Du wirst dich nicht an die Stimmen, den Schmerz und all dies erinnern.« Seine Lippen wurden schmal. »Ich wünschte, *ich* hätte so viel Glück.«

Kapitel 1

Zwölf Jahre später
St. Andrews Hospital
Atlanta, Georgia

Er ist tot, Megan. Lass es sein«, sagte Scott Rogan nach einem Blick auf den vierzehnjährigen Jungen. »Gib auf.«

»Sag das seiner Mutter.« Megan versuchte noch einmal, sein Herz mit Hilfe des Defibrillators wieder zum Schlagen zu bringen. Komm schon, Manuel. Komm zu uns zurück. »Kampflos gebe ich nicht auf.«

»Wir bemühen uns schon zwanzig Minuten um ihn.«

»Dann machen ein paar mehr auch nichts aus.« Sie zählte bis drei und versetzte dem Jungen noch einen Stromschlag. »Lebe, Manuel«, flüsterte sie. »Du hast noch so viel vor dir, und es gibt so vieles zu sehen. Lass nicht zu, dass es so endet.«

Aber es war vorbei, machte sie sich frustriert zwei Minuten später klar. Verdammt. Das arme Kind.

Als sie sich abwandte, riss sie sich die Handschuhe von den Händen. »Halten Sie fest, dass der Tod um dreiundzwanzig Uhr fünf eingetreten ist«, sagte sie zu der Schwester, dann verließ sie die Notaufnahme, um sich zu waschen und den blutverschmierten Kittel gegen einen frischen zu tauschen, denn so konnte sie der Mutter nicht gegenübertreten. Die Ärmste würde ohnehin die schlimme Erinnerung für den Rest ihres Lebens mit sich herumtragen.

Verdammt. Sie schloss die Augen und lehnte den Kopf an den Türrahmen. So sollte es nicht sein. Sie müsste imstande sein, mehr zu tun.

»Bist du okay, Megan?«

Sie öffnete die Augen. Scott stand neben ihr. »Nein.« Sie straffte die Schultern. »Ich wollte ein Wunder und hab es nicht bekommen.«

»Du hast dein Bestes gegeben. Wir sind nur Ärzte. Wir können nicht übers Wasser gehen.«

»Ich kann es zumindest versuchen. Ich kann mich etwas mehr anstrengen, dann bin ich vielleicht eines Tages gut genug, um ...« Sie rieb sich mit dem Handrücken die brennenden Augen und wandte sich ab. »Ich sollte nicht hier herumstehen und schwatzen. Ich muss mit Manuels Mutter sprechen.«

»Warte.« Scott lief ihr nach. »Ich sage es ihr.«

Sie lehnte sein Angebot ab. »Das ist mein Job. Er war mein Patient.« Aber, verdammt, sie wollte das nicht tun. Angehörige zu benachrichtigen war immer eine schmerzliche Pflicht, doch besonders schlimm war es, wenn ein so junger Mensch sterben musste. »Trotzdem danke, Scott.«

Er zuckte mit den Schultern. »Auch für mich ist es furchtbar. Aber es macht mich nicht so fertig wie dich. Manchmal frage ich mich, warum du dich entschieden hast, Ärztin zu werden. Du bist einfach zu emotional. Das ganze psychologische Training, das wir während des Studiums erhalten haben, scheint nicht zu dir durchgedrungen zu sein.«

»Ich werde mich daran gewöhnen.« Ihr Blick richtete

sich auf die kleine Latina-Frau, die auf einem Stuhl im Wartezimmer saß. Eine tiefe Traurigkeit erfasste Megan. O Gott, dieser erwartungsvolle Ausdruck, als die Frau Megan ansah …

Nein, daran würde sie sich nie gewöhnen. Nicht in einer Million Jahren. Pack den Stier bei den Hörnern, und sag der Mutter, dass ihr Sohn gestorben ist.

Die Frau war angespannt, ihr Blick wirkte verängstigt. Megan fühlte ihren Schmerz und die Verzweiflung, als wären es ihre eigenen. Sie hüllten sie ein, überspülten und ertränkten sie. Sie wappnete sich innerlich und kämpfte gegen den Drang an, sich zu drücken.

»Megan«, raunte Scott.

Sie schüttelte den Kopf, um ihre Gedanken zu klären. »Ist schon gut.« Sie befeuchtete ihre Lippen und zwang sich, das Wartezimmer zu durchqueren. Bring's hinter dich, und spende der Frau so viel Trost, wie du kannst.

»Mrs Rivera, ich bin Dr. Megan Blair.« Sie holte tief Luft. »Leider muss ich Ihnen sagen …«

Ich kann nicht sagen, wer mehr leidet, dachte Scott Rogan, während er beobachtete, wie Megan die Frau in die Arme schloss. Megan hätte das ihm überlassen sollen.

»Hör auf, dir Sorgen um sie zu machen. Du kannst deine kleine Freundin nicht für den Rest ihres Lebens beschützen.«

Scott drehte sich um. Hal Trudeau stand hinter ihm. Er war im OP gewesen, aber inzwischen dürfte sich in der gesamten Station herumgesprochen haben, dass Megan fieberhaft versucht hatte, den Jungen wiederzubeleben. Scott wünschte, Hal hätte heute Nacht keinen Dienst, weil er von Konkurrenzdenken beherrscht wurde und Megan als Bedrohung für seine Karriere ansah. Die ersten Jahre nach dem Studium konnten für einen Arzt manchmal alles entscheiden. Nichts wäre Hal lieber, als Megan unprofessionell aussehen zu lassen.

»Ich mache mir keine Sorgen«, erwiderte Scott. »Sie macht das richtig gut.«

»Ich habe gehört, sie hätte fast die Nerven verloren, als der Junge starb.«

»Sie war betroffen, aber sie hat die Nerven nicht verloren. Sie würde niemals das Leben eines Patienten aufs Spiel setzen und die Fassung verlieren.« Er drehte sich auf dem Absatz um. »Und jeder, der mit dabei war, wird dir dasselbe sagen. Versuch nicht, ihr deswegen Ärger zu machen. Der einzige Fehler, den sie heute Abend gemacht hat, war, dass sie die Sache zu sehr an sich rangelassen hat, das hat ihre Arbeit jedoch nicht beeinflusst.«

»Darüber lässt sich streiten. Der Chefadministrator hat, soweit ich gehört habe, den Eindruck, dass sie ein bisschen labil ist.« Hal lächelte bösartig. »Aber dir gefällt ihre emotionale Seite wahrscheinlich. Wie ist sie im Bett, Scott?«

»Keine Ahnung.«

»Klar. Deshalb läufst du ihr hinterher wie ein Hengst einer rossigen Stute. Ich wette, sie ist eine heiße Nummer, wenn sie etwas von ihrer angestauten Energie loswerden muss. Ich kann dir nicht verübeln, dass du auf sie fliegst.« Hal richtete den Blick wieder auf Megan. »Sie sieht nicht schlecht aus. Ich hätte auch nichts dagegen, sie flachzulegen. Wenn sie nur nicht so ein hochnäsiges Miststück wäre.« Damit ging er weiter.

Bastard.

Scott unterdrückte seinen Zorn. Am liebsten hätte er dem Hurensohn eins aufs Maul gegeben. Klar – alles, was Megan jetzt noch brauchte, war, dass sich zwei Kollegen ihretwegen auf dem Krankenhauskorridor prügelten. Hal hatte recht, die Klinikleitung hatte Megan im Auge. Sie liebten es, wenn der Betrieb reibungslos lief, und selbst das kleinste Anzeichen von Instabilität jagte ihnen höllische Angst ein.

Megan *war nicht* instabil. Niemand arbeitete härter als sie. St. Andrews konnte sich glücklich schätzen, sie zu haben. Eine ganze Reihe angesehener Kliniken im Nordosten hatte ihr einen Job angeboten, noch ehe sie das Studium abgeschlossen hatte. Sie war nur in Atlanta geblieben, weil sie ihren Onkel Phillip, der sich seit dem Tod ihrer Mutter um sie gekümmert hatte, nicht allein lassen wollte.

Verdammt, Hal würde ihr wahrscheinlich sogar noch die familiären Gefühle vorwerfen. Er schreckte vor nichts zurück, wenn er sie nur schlechtmachen konnte.

Er beschuldigte sie sogar, mit einem verheirateten Mann zu schlafen.

Der Gedanke war eigenartig verlockend.

Was fiel ihm ein? Er und Jana waren erst zwei Jahre verheiratet, und sie kannten sich seit Jahren. Megan war ihm seit der Studienzeit eine gute Freundin. Er hätte den Schein in Chemie nie bestanden, wenn sie nicht fast ein ganzes Semester mit ihm gebüffelt hätte. Seit seiner Heirat mit Jana war Megan für sie beide da. Janas kleiner Sohn Davy hatte sie fest in sein Herz geschlossen.

Sie sieht nicht schlecht aus, hatte Hal gesagt.

Das war eine Untertreibung. Sie sah verdammt gut aus mit ihrer schlanken, anmutigen Figur, dem glänzenden dunkelbraunen Haar und diesen großen haselnussbraunen Augen. Aber nicht diese Äußerlichkeiten zogen Männer an. Hal hatte den Nagel auf den Kopf getroffen, als er von ihren angestauten Energien gesprochen hatte.

Selbst wenn sie entspannt war, erahnte Scott den emotionalen Aufruhr, der sie zu elektrisieren schien. Es war ... interessant.

Und erregend.

Und er sollte besser aufhören, seine Reaktion auf Megan zu analysieren. Das war Jana gegenüber nicht fair. Er würde sie nie betrügen, dennoch verspürte er allmählich Schuldgefühle.

Ja – es wäre wohl besser, wenn er ein wenig auf Abstand zu Megan ginge.

Megans Hand zitterte, als sie die Tür ihres SUV aufschloss. Sie atmete tief durch, ehe sie einstieg und den Motor startete. Wahrscheinlich sollte sie warten, bis sie sich erholt hatte, ehe sie den Parkplatz verließ, aber das hatte sie nicht vor. Sie wollte nach Hause zu Phillip. Sie brauchte die Ausgeglichenheit und Sanftmut ihres Onkels. Sie war fix und fertig nach den Stunden, die sie mit Delores Rivera verbracht hatte.

Ihr würde es bessergehen, sobald sie nach Hause kam. Nach ein paar Stunden Ruhe hatte sie bestimmt ihr Gleichgewicht wiedergefunden, das sie in dem Wartezimmer verloren hatte. Mit der Zeit würde der Schmerz, der in ihr tobte, vergehen, solange sie nicht wieder auf die trauernde Mutter traf.

Das ist wirklich erwachsen und verantwortungsbewusst, dachte sie voller Selbstverachtung. Sie wollte nach Hause rennen und all die Trauer und Angst bei Phillip abladen. Das habe ich in den letzten Jahren weiß Gott zur Genüge getan. Jetzt reiß dich am Riemen, und lass den Mann in Ruhe.

Sie legte den Kopf aufs Steuerrad und blinzelte die brennenden Tränen weg. In den vergangenen Stunden hatte sie sich heftigen Emotionen gestellt. Delores Riveras Leid, die Vorwürfe und Schuldgefühle vermengten sich mit einem Dutzend anderer unverständlicher Empfindungen, die sich immer mehr aufbauten, bis sie sie überwältigten.

Denk nicht daran. Ruf Phillip an – der Klang seiner Stimme wird dir zur Normalität verhelfen.

Nein, tu ihm das nicht wieder an. Leb damit. Steh es allein durch.

Sie rollte vom Parkplatz und bog an der Ampel nach links ab.

Phillip rief sie an, als sie auf die Schnellstraße fuhr. Sie drückte auf die Taste an ihrem Handy-Headset. »Alles in Ordnung mit dir? Ich will ja nicht überbesorgt erscheinen, aber ich weiß, dass dein Dienst schon vor Stunden zu Ende war. Wenn du gerade bei einem Drink mit Scott und Jana zusammensitzt, wimmle mich einfach ab.«

Gott, sie war froh, seine Stimme zu hören. Von dem Moment an, in dem er bei der Beerdigung ihrer Mutter auf sie zugekommen war, hatte sie diese warme Geborgenheit gespürt, wann immer sie in seiner Nähe war. »Nein, es war nur eine anstrengende Nacht. Ich hatte ein paar Probleme. Ich erzähle dir alles, wenn ich nach Hause komme. Ich bin schon auf dem Weg. Wieso bist du eigentlich noch wach? Es ist bereits nach zwei.«

»Ich habe nur ein wenig gedöst. Das Footballspiel war erst gegen Mitternacht zu Ende. Wir haben in den letzten vier Sekunden den Siegtreffer gelandet. Ich war zu aufgekratzt, um mich zu entspannen.«

»Hurra, Falcons.«

»Allerdings.« Er schwieg kurz. »Was waren das für Probleme?«

»Ein vierzehnjähriger Junge ist auf dem OP-Tisch gestorben. Ich konnte ihn nicht retten.«

»Verdammt.«

»Ja. Wie wär's, wenn wir nachher zusammen eine heiße Schokolade trinken und du mir alles über das Spiel erzählst?«

»Klingt gut. Ich koche schon mal den Kakao. Wie lange brauchst du noch?«

»Ich bin auf der Schnellstraße – ungefähr zwanzig Minuten.« Sie zog die Augenbrauen zusammen, als sie Scheinwerfer im Rückspiegel blendeten. »O Mann, hinter mir ist ein Drängler. Ein Truck, glaube ich. Der Fahrer scheint betrunken zu sein. Ihm muss doch klar sein, dass er um diese Zeit genügend Platz zum Überholen hat.« Plötzlich waren die Lichter verschwunden. »Okay, er ist auf die linke Spur eingeschert. Den bin ich los. Ich hoffe, er bekommt einen Strafzettel wegen zu schnellen Fahrens ... Was, zum Teufel ...?«

Der Truck rammte die Seite ihres Geländewagens. Sie riss das Lenkrad herum, als sie zum Straßenrand geschleudert wurde.

»Was ist, Megan?«, rief Phillip besorgt.

Sie hatte keine Zeit, ihm zu antworten.

Der Truck rammte sie ein zweites Mal.

Er versuchte, sie von der niedrigen Brücke zu drängen. Noch ein solcher Aufprall, und der SUV landete im Fluss.

Gerade als sie es geschafft hatte, den Wagen wieder auf die Fahrbahn zu lenken, fuhr der Truck von hinten auf; der SUV schleuderte einmal um die eigene Achse.

Gegenlenken. Und weg von der Brücke. Sie hatte bessere Chancen, wenn sie den Straßendamm hinunterfuhr.

Sie kam wieder auf die Fahrspur und gab Gas.

»Megan!« Phillips Stimme.

Der Truck war erneut neben ihr.

Sieh zu, dass du von der Brücke kommst.

Sie trat das Gaspedal durch und ließ den Truck hinter sich.

Noch zwanzig Meter, dann hatte sie den Fluss überquert.

Der Truck holte wieder auf. Er prallte gegen die Hintertür, als sie das Ende der Brücke erreichte.

Ihr Geländewagen kam von der Straße ab und holperte die Böschung hinunter.

Sie musste vor dem Flussufer abbremsen.

Sie trat auf die Bremse, schlitterte seitwärts und rutschte noch fünfzehn Meter weiter, bis sie von einer Fichte zum Halten gebracht wurde.

Ihr Airbag schnellte aus der Halterung, blies sich in Sekundenschnelle auf und drückte sie in den Sitz.

Hilflos.

Sie sah, dass der Truck am Straßenrand stehen blieb und eine Gestalt zur Böschung ging. Der Mann war groß, dünn und trug Jeans und einen Cowboyhut.

Ihr OnStar-System sagte ihr, dass sich der Airbag aufgeblasen hatte und 911 benachrichtigt wurde.

Der Mann kam bereits die Böschung herunter.

Dann hörte sie die Sirenen.

Beeilt euch. Verdammt, macht schneller.

Der Mann zögerte, dann machte er kehrt und kletterte den Hang wieder hinauf. Einen Augenblick später saß er in seinem Truck und fuhr davon.

Megan war ganz schwach vor Erleichterung.

Gott sei Dank.

Phillip kam zwanzig Minuten später zum Unfallort. Inzwischen hatte sich Megan aus dem verbeulten SUV gekämpft und saß in eine Decke gehüllt am Flussufer.

Er reichte ihr einen Thermosbecher. »Heißer Kaffee. Ich dachte, du könntest etwas Koffein gebrauchen.«

Sie nickte und nahm einen Schluck. »Genau genommen könnte ich einen ordentlichen Drink vertragen.«

»Ich würde dir niemals Alkohol an einem Unfallort anbieten. Man weiß nie, ob die Polizei dich ins Röhrchen pusten lässt.« Er setzte sich zu ihr und zog die Decke fester um sie. »Alles in Ordnung, Megan?«

»Nein, ich bin stinkwütend.« Sie schnitt eine Grimasse. »Ich konnte nicht mal sein Nummernschild erkennen. Ich glaube, es war ein blauer Ford Pick-up, aber sicher bin ich mir nicht. Das Einzige, was ich mit Bestimmtheit weiß, ist, dass das ein Irrer war, der aus dem Verkehr gezogen werden müsste. Er hat mir Angst gemacht, verdammt. Als ich in dem SUV festsaß und er die Böschung herunterkam, fühlte ich mich, als wäre mir Freddy aus der Elm Street auf den Fersen.« Sie zuckte mit den Schultern. »Ich weiß nicht. Vielleicht ist er zur Vernunft gekommen und wollte mir helfen. Aber ich war froh, als er sich aus dem Staub gemacht hat.«

»Darüber bin ich auch froh.« Phillip schaute zu den Polizisten, die die Reifenspuren vermaßen und markierten. »Wollen sie, dass du dich im Krankenhaus untersuchen lässt?«

»Ja, aber das mache ich nicht. Mir fehlt nichts, nur die Brust und die Rippen tun ein bisschen weh wegen des Airbags. Ich möchte nach Hause.« Sie neigte müde den Kopf. »Es war eine schreckliche Nacht.«

Phillip nickte und erhob sich. »Lass mich sehen, was ich tun kann. Trink deinen Kaffee, und überlass alles mir.« Er ging zu dem Sergeant, der auf der Böschung stand und Befehle erteilte.

Megan durchdrang ein Gefühl der Zuneigung, während sie Phillip beobachtete. Es war immer gut, ihm alles zu überlassen. Er vermittelte nicht den Eindruck brillant und ultraeffektiv zu sein, aber sie war nie in eine Situation geraten, mit der er nicht fertig wurde. Selbst jetzt neben den bulligen Polizisten beherrschte er in seiner stillen Art die Szene. Er war Anfang sechzig, schlank, feingliedrig, hatte eine hohe Stirn und große blaue Augen. Und er strahlte Ruhe aus. Die Menschen reagierten instinktiv genauso wie sie auf sein sanftmütiges Wesen. Ihre Mutter hatte ihr nie erzählt, dass sie einen Onkel hatte – vielleicht weil er nur ihr Halbbruder und von zu Hause weggegangen war, als Sarah noch ein Teenager gewesen war. Aber von dem Moment an, in dem Phillip nach Myrtle Beach und nach dem Herztod ihrer Mutter die Vormundschaft für Megan übernommen hatte, war ihr klar, dass ihr nichts Schlimmes zustoßen konnte, solange sie Phillip Blair an ihrer Seite hatte.

Und Phillips liebenswürdige Art bewirkte auch dieses Mal Wunder. Sie sah, dass der Polizei-Sergeant zögerte, dann mit den Schultern zuckte und sich abwandte.

»Danke, Sergeant.« Phillip zwinkerte ihr zu, als er auf sie zukam. »Der freundliche Officer ist bereit zu glauben, dass sich eine Ärztin selbst helfen kann. Jetzt darfst du mich aber nicht durch einen Zusammenbruch Lügen strafen.« Er half ihr auf die Füße. »Er bittet dich, morgen oder übermorgen ins Präsidium zu kommen, um deine Aussage zu Protokoll zu geben. Er hofft, dass du dich dann an ein bisschen mehr erinnern kannst.«

»Das hoffe ich auch.« Sie lehnte sich an Phillip, während sie die Böschung hinaufstiegen und zu seinem Wagen gingen. Sie war todmüde, konnte kaum noch einen Fuß vor den anderen setzen. »Allerdings glaube ich das nicht.«

»Eine heiße Dusche und dann ins Bett«, bestimmte Phillip. »Ich kümmere mich um alles. Vertrau mir.«

Ja, sie konnte Phillip vertrauen. In letzter Zeit gab sie sich alle Mühe, ihm nicht zur Last zu fallen. Sie war nicht mehr die halbwüchsige Waise. Doch heute Nacht durfte sie seinen Trost und seine Kraft, die er stets für sie parat hatte, annehmen ...

Kapitel 2

Ich dachte, dir könnte die heiße Schokolade, von der wir gesprochen haben, guttun.« Phillip stand mit zwei dampfenden Tassen in den Händen in der Tür zu ihrem Schlafzimmer »Nachdem ich dir am Fluss eine Dosis Koffein gegeben habe, die einen Elefanten wach halten könnte.«

»Ich bezweifle, dass sie mich wach hält.« Sie lächelte, als er zu ihrem Bett kam und sich auf den Stuhl daneben setzte. »Ich bin vollkommen ausgelaugt.«

»Gut.« Er reichte ihr eine Tasse. »Normalerweise bist du nach einer schlimmen Nacht so aufgedreht, dass Erschöpfung praktisch eine Therapie ist.«

»Therapie?« Sie verzog das Gesicht. »Benutz nicht dieses Wort. Ich habe in der Klinik genug Probleme mit Leuten, die mich für ein bisschen labil halten.« Sie schüttelte matt den Kopf. »Vielleicht haben sie recht. Ich kapiere das nicht. Warum fühlen sie nicht dasselbe wie ich? So viel Schmerz ... Wie können sie immer an der Oberfläche bleiben? Selbst Scott scheint den Patienten nicht nahe genug zu kommen, und er ist ein guter Mann, Phillip.«

»Ich weiß.« Er schaute in seine Tasse. »Du bist eine sehr empfindsame junge Frau. Ich habe dich gewarnt, dass der Arztberuf vielleicht nicht das Richtige für dich ist.«

»Das klingt, als wäre ich eine idiotische Südstaatenschönheit, die ständig in Ohnmacht fällt. Es war eine *gute* Wahl. Ich wollte nie etwas anderes werden.« Ihre Lippen wurden schmal. »Und ich bin eine gute Ärztin, Phillip. Ich muss nur diese Schwierigkeiten überwinden. Ich schaffe das.«

»Ich hege nicht den geringsten Zweifel, dass du alles schaffst, was du dir in den Kopf setzt. Ich hoffe nur, dass du objektiv genug bist, dem Ganzen den Rücken zu kehren, wenn es zu schwer für dich wird.«

»So nüchtern und objektiv, wie du es bist, wenn dein Footballteam verliert?«

Er kicherte. »Gütiger Gott, ich hoffe, du bist besser als ich, du kleines Biest.« Er stand auf. »Jetzt lasse ich dich schlafen.« Er ging zur Tür. »Und träum nicht von diesem Geistesgestörten, der versucht hat, dich von der Brücke zu drängen. Er ist keinen weiteren Gedanken wert.«

»Er wird aber ein paar deutliche Gedanken bekommen«, entgegnete sie grimmig. »Betrunkene wie er sollten nicht auf der Straße sein. Ich hoffe inständig, dass ihn die Polizei ausfindig macht.«

»Ich auch«, sagte Phillip. »Aber echauffiere dich nur nicht mehr, okay?«

Sie lächelte. »›Echauffieren‹ – das Wort passt auch zu einer Südstaatenschönheit. Sei vorsichtig, Phillip.«

»Ich schätze, ich lebe schon zu lange in Atlanta. Er zwinkerte ihr zu und schloss die Tür.

Liebe wallte in ihr auf, als sie die Tasse abstellte und die Nachttischlampe löschte. Phillip war in Atlanta geblieben, weil er Megan nach dem Tod ihrer Mutter nicht entwurzeln wollte. Dabei war er nur der Halbbruder ihrer Mutter und hatte keinerlei Verpflichtung, sich um Megan zu kümmern. Dennoch hatte er die Verantwortung für sie übernommen. Er hatte sich entschlossen, sein bequemes Leben in Seattle aufzugeben und zu ihr nach Atlanta zu ziehen. Er hatte ihr erzählt, dass er freischaffender Ingenieur sei und überall arbeiten könne, außerdem gefiele ihm das Ambiente von Atlanta. Er hatte seinen Umzug wie ein Abenteuer, nicht wie ein Opfer dargestellt.

Gott segne ihn.

»Schlaf gut.« Phillip schaute noch einmal zu ihr herein. »Alles wird gut. Wir müssen nur dafür sorgen.«

»*Ich* muss dafür sorgen«, korrigierte sie ihn. »Du hast schon genug für mich getan. »Jetzt hör auf, hier herumzugeistern, und geh selbst schlafen.«

»Ja, Ma'am.« Er machte leise die Tür zu.

Ihr Lächeln verblasste, als sie versuchte, sich zu entspannen. Es war tatsächlich ihr Job, ihre eigenen Probleme zu lösen, genau wie sie gesagt hatte. Und eins dieser Probleme war, dass sie nach einem traumatischen Abend immer Einschlafschwierigkeiten hatte. Wenn sie doch schlief, hatte sie eigenartige, zusammenhanglose, schreckliche Träume …

Sie betete, dass sie heute verschont blieb.

Phillip wartete, bis er sicher war, dass Megan fest schlief, ehe er ins Wohnzimmer ging und sein Handy aus der Tasche nahm.

Es wurde schon fast Tag, aber Neal Gradys Stimme klang, als wäre er hellwach. Vermutlich hat der Bastard meinen Anruf erwartet, dachte Phillip. »Es könnte Probleme geben.«

»Das ist keine Überraschung. Sie haben sich in den letzten drei Jahren nicht bei mir gemeldet.« Er machte eine Pause. »Ist sie launisch oder sprunghaft?«

»Nein, verdammt, nichts dergleichen.«

»Protestieren Sie nicht ein bisschen zu vehement, Phillip?«

»Nein, sie kommt zurecht, das sag ich Ihnen doch.«

Schweigen.

»Okay, vielleicht ist sie ein wenig unbeständig, wenn sie mit etwas fertig werden muss, womit sie in der Klinik zu tun hatte.«

»Stimmungsschwankungen?«

»Mir sind keine aufgefallen.«

»Was ist mit ihrem Privatleben? Ich habe gehört, dass all diese Emotionen in ausgeprägte Lüsternheit umschlagen können.«

»Das glaube ich nicht. Zum Teufel, wissen Sie es denn nicht?«

»Ich ziehe es vor, es nicht zu wissen.«

»Nun, das ist nichts, was sie mir anvertrauen würde.«

»Vielleicht sollten Sie sie ermutigen, darüber zu reden. Sie sollten über jedes Anzeichen einer Veränderung mit mir sprechen. Irgendwelche Alpträume?«

»Nicht viele. Ein paar, wenn ein Patient verstorben ist. Nichts Ungewöhnliches.«

»Ich habe Ihnen geraten, sie von dem Medizinstudium abzubringen.«

»Hab ich versucht. Megan ist nicht leicht zu überreden, wenn sie sich etwas vorgenommen hat. Ich hatte gehofft, dass sie das Studium nicht durchsteht. Es ist so mühsam und belastend, dass die meisten aufgeben, erst recht diejenigen, die so mitfühlend sind wie Megan.«

»Sie hätten eine Möglichkeit finden müssen. Wenigstens hätten Sie ihr ausreden können, in der Notaufnahme zu arbeiten. Dort steht sie doch ständig unter Druck.

Als ich sie an Sie übergeben habe, hab ich Ihnen gesagt, dass Sie achtsam sein müssen.«

»Sie dachte, sie könnte in der Notaufnahme etwas bewirken. Geben Sie Ruhe, Grady. Sie haben sie mir überlassen, und ich habe all die Jahre einen verdammt guten Job gemacht. Sie sollten nicht auf dem hohen Ross sitzen und mich kritisieren. Schlüpfen Sie für eine Weile in meine Haut, bevor Sie mir sagen, was ich tun soll. Jetzt halten Sie den Mund, und hören Sie mir zu. Ich rufe nicht an, damit Sie mich abkanzeln können.«

»Kapiert. Sie haben recht – Sie haben Ihre Sache wirklich ausgezeichnet gemacht.« Grady schwieg einen Moment. »Wenn nichts darauf hindeutet, dass eine Veränderung bevorsteht, warum rufen Sie mich dann an?«

»Möglicherweise hat Molino sie aufgespürt.«

»Was?«

»Ich bin mir nicht sicher. Jemand in einem verbeulten Truck hat heute Nacht versucht, sie auf der Brücke von der Fahrbahn zu drängen. Die Polizei glaubt, es war ein betrunkener Flegel aus der Gegend.«

»Wie sah er aus?«

»Sie konnte ihn nicht richtig erkennen – nur seine Silhouette vor den Lichtern der Schnellstraße. Groß, dünn, Jeans, Cowboyhut.«

»Könnte die Polizei mit ihrer Vermutung richtigliegen?«

»Ja. Aber er hat sie mehrere Male gerammt. Wie es schien, war er fest entschlossen ...«

»Wie hat sie reagiert?«

»Sie war wütend, empört und ist der gleichen Ansicht wie die Polizei. Sie denkt, es war ein Trunkenbold, der es verdient, dass man ihm den Führerschein entzieht.« Er bemühte sich, sich seinen Zorn nicht anmerken zu lassen. »Sie haben versprochen, dass so etwas nicht vorkommt, Grady. Sie sagten, sie würden sie nicht finden.«

»Das müsste auch so sein. Ich hab alle Unterlagen und Akten über sie und Sarah vernichtet, bevor ich zu Ihnen kam.«

»Wir wollen hoffen, dass Sie das nicht vermasselt haben. Ich würde sagen, im Vergleich dazu wäre es weitaus weniger schlimm, ihr das Medizinstudium nicht ausgeredet zu haben. Was wollen Sie unternehmen?«

»Ich überprüfe das. Im Augenblick bin ich in Paris. Ich fliege ab, sobald ich meine Angelegenheiten hier geregelt habe.«

»Beeilen Sie sich. Ich will nicht riskieren, dass sie ums Leben kommt.« Und Phillip fügte betont hinzu: »Es wird Zeit, dass Sie ein bisschen Verantwortung für sie übernehmen.«

»Sie haben ja keine Ahnung, wie viel Verantwortung ich im Laufe der Jahre getragen habe.«

»Sie sind mir egal. Ich sorge mich um Megan.«

»Deshalb habe ich Sie als Vormund für sie ausgesucht. Für Sie gibt es nur Schwarz und Weiß, Phillip. Richtig ist richtig. Falsch ist falsch. Ich hingegen sehe zu viele Schattierungen von Grau.« Und erschöpft fuhr er fort: »Sie haben einen guten Job gemacht. Mag sein, dass ich nicht mit Ihnen in Kontakt geblieben bin, aber ich habe jeden Bericht gelesen, den Sie mir geschickt haben. Ich wollte Gutes über sie hören. Glauben Sie mir, ich musste mich vergewissern, dass mein Handeln richtig war.« Und hastig fügte er hinzu: »Und wenn das heute Molino war, dann wird er es wieder und wieder versuchen. Sie sollten besser Ihre Sicherheitsmaßnahmen verstärken, für den Fall, dass er hinter dem Anschlag steckt.«

»Das brauchen Sie mir nicht zu sagen. Ich werde ihr

Leben schützen und tun, was ich kann, aber Sie müssen einschreiten, falls Molino irgendetwas in Megan auslöst. Es gibt einen Bereich, in dem ich ihr nicht helfen kann.«

Er unterbrach die Verbindung und lehnte sich zurück. Er hatte seine Pflicht getan und Grady von der Bedrohung erzählt, allerdings fühlte er sich danach nicht unbedingt besser.

Grady war ihm immer schon ein Rätsel gewesen. Ja, Phillip war ihm dankbar, doch das schloss Vorbehalte nicht aus. Er vertraute auf Gradys Effektivität, war jedoch nicht überzeugt von seinen Methoden. Vielleicht stieß ihn aber auch die Macht, die er in Grady spürte, instinktiv ab. Er hatte selbst die meiste Zeit seines Lebens mit einigen Aspekten dieser Macht gelebt. Grady war nur noch leidenschaftlicher und sein Wirkungskreis größer. Phillip hatte im Laufe der Zeit gesehen, welch unglaubliche Dinge er vollbracht hatte.

Aber jetzt konnte sich Phillip keine Gedanken machen, was Grady vorhatte. Er war derjenige, der sich darauf vorbereiten musste, alles Notwendige zu tun, um Megan zu beschützen.

Schlaf gut, Megan. Wahrscheinlich wirst du all deine Energien brauchen.

Der Truck würde jede Minute explodieren. Tim Darnell trat von dem mit Benzin überschütteten blauen Vehikel zurück und beobachtete, wie die Flammen vom Fahrersitz in Richtung Tank züngelten.

Zu schade. Ein verdammt feiner Truck. Aber er war beschädigt nach der Begegnung mit Blairs SUV, und vermutlich würde man Lackspuren am Unfallwagen finden. Zwar hatte er dafür gesorgt, dass der Wagen auf einen falschen Namen zugelassen war, trotzdem konnte er es nicht riskieren, ihn zu behalten. Konnte er Molino dazu bringen, ihm den Wagen zu ersetzen?

Unwahrscheinlich. Molino duldete kein Versagen, und Tim konnte von Glück sagen, wenn er ihn weiterhin beschäftigte; einen Bonus hatte er sich sicherlich nicht verdient. Bring es hinter dich. Beiß in den sauren Apfel. Er nahm sein Mobiltelefon aus der Tasche und rief Peter Sienna in Molinos Büro an.

»Ich hoffe, du meldest mir, dass du den Auftrag erledigt hast«, sagte Sienna. »Ich hatte schon vor Stunden mit deinem Anruf gerechnet.«

»Ich musste den Truck zur Grenze nach Alabama bringen, um ihn zu zerstören.« Er zögerte. »Die Sache ist nicht gut gelaufen. Ich brauche noch ein bisschen Zeit.«

Sienna schwieg eine Weile. »Willst du damit sagen, dass sie noch am Leben ist?«

»Im Moment schon noch.« Und eilends fügte er hinzu: »Aber ich kümmere mich darum. Ich hab versucht, es wie einen Unfall aussehen zu lassen. Ich dachte, sie würde den Kopf verlieren, aber das hat sie nicht getan. Sie ist gefahren, als würde sie an dem Rennen in Daytona mitmachen. Ich muss etwas anderes versuchen. Geben Sie mir noch einen oder zwei Tage. Länger brauche ich nicht, versprochen.«

»Mr Molino schert sich keinen Deut um deine Versprechen. Er will, dass die Angelegenheit sofort erledigt wird.«

Ein scharfer Hund, dachte Tim mürrisch. Würde ich das Geld nicht brauchen, würde ich ihm sagen, dass er mich am Arsch lecken soll. »Ich habe sie die ganze letzte Woche observiert. Ich brauche nicht lange, eine andere Möglichkeit aufzutun. Ich werde Mr Molino nicht enttäuschen.«

»Er wird bereits enttäuscht sein, wenn er das hört. Zwei Tage. Danach werden wir dich ersetzen müssen«, erklärte Sienna und legte auf.

Dieser Scheißkerl behandelte ihn wie den Abschaum der Menschheit. Er und Molino glaubten, dass sie tun konnten, was sie wollten, nur weil sie Geld und Macht hatten. Nun, Tim war schlauer als die beiden. Jeder macht mal einen Fehler. Woher sollte er wissen, dass diese Blair so cool war? Sie war nur eine Frau, und er hatte selbst beobachtet, wie sie gestern Abend im Wartezimmer der Klinik die Nerven verloren hatte.

Er war auf das Schlimmste vorbereitet gewesen, dennoch musste er seine Spuren verwischen. Für alle Fälle hatte er seinen anderen Truck hier, außerhalb von Gadsden, im Unterholz versteckt. Es konnte nicht mehr lange dauern, bis der Unfallwagen gänzlich ausgebrannt war.

Und der Obdachlose, den er auf dem Highway 20 aufgelesen hatte, war ein Glücksfall gewesen. Selbst wenn das Wrack gefunden wurde, würde die Polizei denken, dass der Fahrer, der versucht hatte, Megan Blair von der Straße abzudrängen, in seinem Auto verbrannt war.

Der Landstreicher saß über das Lenkrad gebeugt, und Darnell hatte dafür gesorgt, dass es so aussah, als hätte er sich den Kopf bei dem Unfall verletzt.

Darnell runzelte die Stirn, als er mitbekam, wie sich der Mann auf dem Fahrersitz bewegte. Nein, verdammt. Wenn es ihm gelang, aus dem Truck zu kommen, war alles verdorben. Sollte er versuchen …

Das Auto explodierte, als die Flammen den Benzintank erreichten.

Ja!

Zufrieden sah er zu, wie das Feuer den Truck verschlang. Wie findest du das, Sienna? Hättest du oder Molino die Sache so ordentlich regeln können?

Darnell ging zu dem Truck, der an der Straße parkte.

Und er würde Megan Blair genauso problemlos eliminieren. Er hatte noch nicht verspielt. Es bestand immer noch die Möglichkeit, einen Unfall zu inszenieren. Diese Methode hatte er immer bevorzugt. Er war keiner von Molinos dämlichen Schlägern, die Kopf und Kragen riskierten, indem sie mit Knarren oder Messern operierten. Er hatte eine Zukunft, und eines Tages würde er mächtiger sein, als es sich Molino je erträumt hatte.

Er würde sich vierundzwanzig Stunden von ihr fernhalten, um ihr Gelegenheit zu geben, sich zu erholen. Dann war die Erinnerung auch ein wenig verblasst. Er würde in seine Vorlesungen im Georgia State gehen und dafür sorgen, dass er ein Alibi für den Abend hatte; vielleicht verbrachte er auch ein paar Stunden mit seiner Geliebten.

Und morgen würde er sich Megan Blair noch mal vorknöpfen.

Sienna drehte sich zu Molino um. »Er hat gepfuscht und bringt alle möglichen Entschuldigungen und Versprechungen vor. Fazit: Sie lebt noch. Soll ich jemand anderen damit beauftragen?«

Molino dachte nach. »Noch nicht. Normalerweise ist er nicht so nachlässig. Er hat letztes Jahr dieses Kind in Orlando ohne Probleme getötet.« Und höhnisch setzte er hinzu: »Ich bin erstaunt, dass du vorschlägst, den Jungen zu feuern. Er besucht ein vornehmes College, wie du es getan hast. Er muss also klüger sein als ein ungebildeter Spaghettifresser wie ich.«

Sienna verzog keine Miene. »Bildung ist nützlich, aber

Erfahrung kann sie nicht ersetzen. Wenn er nicht imstande ist, den Job zu machen, dann sollten wir die Fehleinschätzung berichtigen.«

Sienna klingt wie ein verdammter Anwalt, dachte Molino verärgert. Bisher war es ihm immer gelungen, an dieser gelackten, gönnerhaften Fassade zu kratzen, aber in letzter Zeit ignorierte Sienna seine Sticheleien. Wahrscheinlich hielt er jede Meinung, die von seiner abwich, für unbedeutend. Molino wandte sich ab und ging zu der Terrassentür. »Das hat keine Eile. Wir wissen ja, wo sie jetzt ist.« Nach zwölf langen Jahren hatten sie das Miststück endlich aufgespürt. Grady hatte in diesen Jahren ein Dutzend falsche Spuren gelegt, und die Frustration hatte Molino beinahe in einen Berserker verwandelt. »Und außerdem hätte ich große Lust, die Sache selbst zu erledigen.« Er fühlte den verhassten Schmerz. *Verdammter Freak. Wir hätten sie beinahe gehabt, Steven. Genau, wie ich es dir versprochen habe.* »Gibt's was Neues von Grady?«

»In Rom waren wir dicht an ihm dran. Wir haben ihn nicht erwischt. Aber wir wissen, dass er die Chronik noch nicht gefunden hat, sonst wäre er nicht mehr auf der Suche. Wir glauben, dass er sich in Paris aufhält.«

Grady ist mir immer auf den Fersen, dachte Molino verbittert. Aber wie lange kann ich noch verhindern, dass er mich überholt und vor mir zugreift?

Vergiss Grady. Irgendwann würden sie ihn schnappen. Im Augenblick sollten sie sich besser auf den Feind vor ihrer Haustür konzentrieren.

Megan Blair.

Das hatte ihm gerade noch gefehlt. Verdammt!

Grady legte nach dem Gespräch mit Phillip auf und ging zum Fenster, um über die Dächer von St. Germain zu blicken. Es war zu verlockend. Wie konnte er der Versuchung widerstehen, wenn er an jeder Front behindert wurde? In den letzten zwölf Jahren hatte er versucht, Megan Blair zu ignorieren, und jetzt stürmte sie wieder in sein Leben. Er hatte sie ordentlich untergebracht und gehofft, dass sie in diesem kleinen Haus in Atlanta gut versteckt blieb.

Aber es war anders gekommen.

Seit einem Jahr wusste er, dass sie sich regte, veränderte, erwachsener wurde. Er musste sich nicht auf Phillips Berichte stützen, nachdem er in der Nacht nach dem Tod ihrer Mutter eine Verbindung zu Megan hergestellt hatte. Überwachung war die einzige Möglichkeit, sie unter Kontrolle und stabil zu halten. Nach ihrem ersten Jahr mit Phillip hatte sie »ihren Onkel« liebgewonnen; sie vertraute ihm, und ihr Leben war heiterergeworden. Grady konnte Distanz halten und die Verbindung zu einer glimmenden Glut niederbrennen lassen.

Aber nicht in letzter Zeit. Es hatte so heftige Momente gegeben, dass er sich fühlte, als würde er ein bockendes Pferd reiten. Ihre Mutter hatte ihren Zenit mit Mitte zwanzig erreicht, und Megan war jetzt siebenundzwanzig. Wenn sie so stark war, wie er glaubte, dann konnte er diesen Zenit nicht länger hinausschieben. Selbst ohne Molinos Drohung müsste er bald etwas unternehmen.

Aber es gab Molinos Drohung, und die Zeit war knapp.

Er wählte Jed Harleys Nummer in Miami, Florida.

»Ich verlasse Paris noch heute Abend. Ich möchte, dass du sofort nach Atlanta fliegst.«

»Und dass ich all die sonnigen Strände und halbnackten Frauen, die es nach meinem sexy Körper gelüstet, zurücklasse? Dafür sollte es einen guten Grund geben, Grady.«

»Molino scheint Megan Blair gefunden zu haben.«

»Scheiße. Das ist schlecht.«

»Sehr schlecht. Ich dachte, sie wäre von seinem Radar verschwunden.«

»Warte. Es ist zwölf Jahre her. Sie hat nichts getan, was ihn auf sie aufmerksam gemacht hat, richtig?«

»Laut Phillip nicht. Sie war das typische amerikanische Mädchen – intelligent, fleißig, tierlieb und unendlich freundlich. Kurz gesagt, sie ist ein verdammtes Wunder.«

»Und du glaubst ihm nicht?«

»Doch, ich glaube ihm. Aber Phillip hat sie gern und ist vielleicht auf einem Auge blind. Er will nicht, dass sie eine Pandora ist.« Gradys Lippen zuckten. »Zum Teufel, ich habe nie versucht, ihm etwas anderes einzureden, weil ich wollte, dass er ihr Vormund wird. Phillip war perfekt und all das, was ich nicht war. Die Chance bestand, dass er recht gehabt haben könnte.«

»Du spricht in der Vergangenheit.«

»Tatsächlich?«

»Was hast du vor, Grady?«

»Ich habe Megan Blair zwölf Jahre in Ruhe gelassen, Harley.«

»Und was heißt das?«

»Wenn sie bereit ist auszubrechen, wieso sollte ich sie dann nicht benutzen, um diese Chronik zu finden und Molino zur Hölle zu schicken?«

»Das fragst du mich? Ich war schon weg, als du die

Einheit verlassen hast, um Molino Megans Mutter zu entreißen und sie nach North Carolina zu bringen. Ich weiß nicht, was auf dem Spiel steht, und wenn ich es wüsste, würde ich es wahrscheinlich nicht verstehen. Ich bin nicht wie du. Ich bin durch und durch gewöhnlich, und es gefällt mir so. Ich möchte deine Bürde nicht um alles in der Welt tragen.« Er kicherte. »Na ja, vielleicht würde ich es auf mich nehmen, wenn ich der Herrscher über alles wäre, was ich überblicke. Die Entschädigung müsste allerdings beträchtlich sein.«

»Du könntest damit fertig werden.« Grady war in all den Jahren, die er Harley kannte, noch nicht viel untergekommen, womit dieser nicht fertig geworden war. Er war einer der wertvollsten Soldaten in der Sondereinheit, in der Grady als »Berater« tätig gewesen war. Nachdem sie die Einheit verlassen und sich anderen Dingen zugewandt hatten, waren sie in Verbindung geblieben. Harley hatte einen messerscharfen Verstand, war erfahren und zäh. Sehr zäh. »Aber auf dieser Welt gibt es nicht genug Entschädigung dafür, Harley. Vertrau mir.«

»Oh, ich vertraue dir. Sonst würde ich nicht nach deiner Pfeife tanzen. Ehrlich gesagt, ich finde dieses übersinnliche Brimborium faszinierend ... aus der Ferne. Was soll ich also in Atlanta tun?«

»Megan Blair überwachen, bis ich dort bin.« Er nannte ihm ihre Privatadresse.

»Langweilig.«

»Es könnte ungemütlich werden, wenn Molinos Mann noch einmal versucht, Kleinholz aus ihr zu machen. Du müsstest bereit sein, jemandem die Kehle durchzuschneiden.«

»Klar. Du weißt, wie mir so was den Tag versüßt. Bin schon auf dem Weg.« Er legte auf.

Grady drückte auf die rote Taste. Bis er es in Worte gefasst hatte, war ihm nicht klar gewesen, wie er vorgehen wollte. Ach Quatsch, dachte er ungehalten. Ich musste mir nur klarmachen, was ich tun muss. In den vergangenen Jahren, in denen er Verbindung zu Megan hatte, hatte er sie besser kennengelernt als irgendjemanden sonst. Es war keine leichte Entscheidung gewesen.

Okay, sein Entschluss stand fest. Lasst die Tiger frei.

Gewöhn dich an mich, Megan. Wir werden uns sehr, sehr nahekommen.

Steh nicht hier herum. Pack deine Sachen, und fahr zum Flughafen. Im Moment schlief sie, das bot ihm die Gelegenheit, sie sanft zu beeinflussen, damit sie ihn akzeptierte. Während er im Flugzeug saß, konzentrierte er sich darauf, Megan behutsam dahin zu bringen, ihn im Unterbewusstsein wahrzunehmen und zuzulassen, dass die Verbindung gestärkt wurde.

Gott möge ihnen beiden helfen.

Gott, fühle ich mich gut, dachte Megan, als sie unter die Dusche ging. Ihr Kopf war klar, und sie strotzte vor Energie. Vielleicht lag das an dem zusätzlichen Schlaf, den sie sich gegönnt hatte. Sie hatte zehn Stunden durchgeschlafen, was ungewöhnlich für sie war. Möglicherweise hatte sie der nächtliche Unfall doch mehr belastet, als sie gedacht hatte. Kurz danach hatte sie nichts anderes empfunden als Wut und später Hilflosigkeit, die sie nur noch mehr aufbrachte.

Hör auf zu analysieren, und vergiss die Sache. Der Blödmann, der versucht hatte, sie von der Straße zu drängen, war keine weitere Überlegung wert. Sie hatte ein Leben, und es war ein gutes Leben, verdammt.

Phillip sah lächelnd auf, als sie in die Küche kam. »Du

wirkst lebendig und schwungvoll.« Er musterte sie. »Und optimistisch?«

»Warum nicht?« Sie schüttete Cornflakes in eine Schale. »Letzte Nacht erschien mir alles düster, aber ich kann meine Medizin nicht so praktizieren, wie es alle von mir erwarten. Ich tue das, was ich für mich und meine Patienten als richtig ansehe. Wenn mich die Klinikleitung rausschmeißt, weil ich nicht ins Schema passe, dann melde ich mich freiwillig, um Aids-Kranken in Afrika zu helfen. Ich pfeife auf das, was andere denken.«

»Das unterstütze ich.« Er reichte ihr die Milch. »Heute Nacht erschienst du mir etwas depressiv. Ich hatte nicht damit gerechnet, dass du so schnell wieder auf die Beine kommst. Du neigst nicht zu Stimmungsschwankungen. Zumindest ist mir das noch nie an dir aufgefallen. Die hast du doch nicht, oder?«

Sie verneinte.

»Keine Alpträume?«

»Nein.« Sie zuckte mit den Schultern »Und man sagt, ein guter Schlaf bringt Rat. Ich habe heute sicherlich genug geschlafen.« Sie fing an zu essen. »Wenn ich mich nicht beeile, komme ich zu spät, um Davy abzuholen. Heute ist mein freier Tag, und ich habe versprochen, am Nachmittag nach seiner Vorschule mit ihm in den Zoo zu gehen. Darf ich mir deinen Camry leihen, bis ich mir einen Mietwagen organisiert habe?«

»Natürlich.« Er gab ihr die Autoschlüssel. »Aber du könntest noch ein wenig mehr Ruhe vertragen. In den letzten Wochen bist du wie eine Kerze, die an beiden Enden brennt. Du könntest die Verabredung absagen.«

»Das will ich nicht. Davy bekommt in letzter Zeit nicht viel Aufmerksamkeit von Scott oder Jana. Sie sind zu sehr mit ihrer Ehe beschäftigt. Scott bemüht sich, die

Tatsache, dass Davy der Sohn eines anderen Mannes ist, zu ignorieren, aber es macht ihm doch hin und wieder zu schaffen. Und Jana ist eine gute Mutter, aber zurzeit möchte sie es auch genießen, eine Frau zu sein.«

»Also bemutterst du den Jungen.«

»Nein, er hat eine Mutter. Ich würde nie versuchen, Jana zu ersetzen. Liebe hat keinen Namen oder Titel. Davy ist ein süßes Kind, und Vierjährige haben kein Problem damit, Zuneigung anzunehmen, von wem sie auch kommt.«

»Du solltest selbst ein Kind haben.«

»Das wäre schön.« Sie senkte den Blick. »Vielleicht in zehn Jahren oder so. Vorausgesetzt, ich finde den richtigen Mann.«

»Und wer ist für dich der Richtige? Was ist eigentlich mit dem Jungen, mit dem du während der Schulzeit öfter ausgegangen bist?« Er zog die Stirn kraus. »Wir hieß er noch mal …?«

»Julio Medera.«

»Ah, ja. Sehr gefühlsbetont und feurig. Er schien die Finger nicht von dir lassen zu können. Der leidenschaftliche Latin Lover. War er dein Typ?«

»Leidenschaft macht die meisten Frauen an.« Sie sah ihn neugierig an. »Ich kann mich nicht erinnern, dass du mir jemals Fragen über mein Liebesleben gestellt hast. Willst du mich loswerden?«

»Auf keinen Fall.«

»Ich habe das Studium hinter mir und könnte mir ein Apartment in der Nähe der Klinik nehmen. Das sollte ich mir mal durch den Kopf gehen lassen.«

»Wag es bloß nicht. Du willst doch einen alten Zausel wie mich nicht alleinlassen, oder? Wahrscheinlich würde ich einfach mit dem Sonnenuntergang verschwinden.«

Er lächelte warmherzig. »Wir sind eine Familie, Megan. Wenn die Zeit kommt und du weg möchtest, helfe ich dir. Überstürze nichts. Wir beide hatten gute Jahre zusammen.«

Sie nickte. »Ich habe mich nur gefragt, warum du über Liebe, Ehe und ein Baby sprichst. Das sieht dir so gar nicht ähnlich.«

»Vielleicht hab ich beschlossen, dass wir uns mehr über das, was wir denken und fühlen, unterhalten sollten.«

Sie verzog das Gesicht. »Phillip, ich rede viel zu viel über meine Empfindungen. Ich werde nicht noch mehr jammern – das will ich dir nicht zumuten.«

»Du jammerst nie.«

»Das sagst du nur, weil du mich liebhast.« Ihr Lächeln verblasste. »Gott sei Dank. Habe ich dir jemals gesagt, was mir das bedeutet? Darüber sollten wir mal reden.« Sie schob ihren Stuhl zurück. »Und über dein Privatleben. Wenn ich mich recht entsinne, hattest du seit meinem Praktikum keine Verabredungen mehr.«

Er grinste. »Ich habe mein fortgeschrittenes Alter als Entschuldigung.«

»Blödsinn.«

Er lachte leise. »Ich hoffe sehr, dass du recht hast.« Er wurde wieder ernst. »Also, was ist aus deinem Julio geworden?«

»Er war mir zu leidenschaftlich.« Sie ging zur Tür, warf jedoch noch einen Blick über die Schulter. »Weshalb all diese Fragen? Alpträume. Stimmungsschwankungen. Mein nichtexistentes Liebesleben. So wissbegierig warst du, seit wir zusammengezogen sind, nicht mehr. Was hat diese Neugier zu bedeuten?«

»Du hast mich letzte Nacht wachgerüttelt«, erwiderte er ruhig. »Ich hätte dich beinahe verloren. Das hat mich darauf gebracht, dass ich mich mehr für deine Angelegenheiten interessieren sollte.« Er schmunzelte. »Mir wurde klar, dass ich meine Pflichten vernachlässigt habe.«

Seine Zuneigung wärmte ihr Herz. »Pflicht bedeutet gar nichts. Du schenkst mir Liebe, und das ist hundertmal wichtiger.« Sie winkte und ging. Sein Lächeln schwand, während sie die Einfahrt überquerte und zu seinem Camry ging.

Sie war ihm nicht ausgewichen, trotzdem hatte sie Probleme, über Julio zu reden. Sie hatte ihn verletzt, und die Schuldgefühle nagten immer noch an ihr. Er hatte Leidenschaft mit Liebe verwechselt, und sie hätte vorsichtiger sein müssen. Die Reue plagte sie so sehr, dass sie keine andere Beziehung mehr eingegangen war. Einige Male war sie versucht gewesen, sich auf jemanden einzulassen, weil sie entdeckt hatte, dass Sex ein Ventil war, das ihr half, den Schmerz und die Anspannung zu lindern, wenn die Emotionen zu hohe Wellen schlugen. Aber es war nicht fair zu nehmen, wenn man den Geber damit verletzte.

Füge niemandem Schaden zu.

Die erste Regel des hippokratischen Eides, den sie vor kurzem geleistet hatte. Ihre Lippen verzogen sich zu einem Lächeln, als sie den Wagen zurücksetzte. Das war nicht gerade das eigentliche Anwendungsgebiet für dieses Bekenntnis, aber Schwur war Schwur.

Aber jetzt musste sie Phillips unerwartete Fixierung auf ihr Liebesleben vergessen. Der kleine Davy wartete auf sie, das war am heutigen Tag das Wichtigste.

Kapitel 3

Sie ist wundervoll, dachte Grady.

Megan stand vor dem Elefantengehege und unterhielt sich mit dem kleinen Jungen – sie hatte sich so entwickelt, wie er es vor Jahren für möglich gehalten hatte. Sie strahlte und schien das ganze Licht an diesem wolkenverhangenen Tag auf sich zu ziehen. Mit fünfzehn war sie schmächtig und unscheinbar gewesen, aber schon damals hatte sie dieses Lächeln, das einerseits Übermut, andererseits atemlose Erwartung verriet. Mittlerweile war ihr Körper gereift, und das Lächeln war voller Wärme und Liebe

Er beobachtete, wie der kleine Junge auf sie reagierte, lachte und sich an sie drängte. Wer konnte ihm das verübeln?

Hör auf, sie anzustarren, ermahnte er sich. Vergiss nicht, was Megan war und was sie jetzt ist.

Denk daran, was sie sein könnte.

Tu, was du tun musst.

»Darf ich auf dem Elefanten reiten?«, fragte Davy. »Ich wette, er mag mich.«

»Ganz bestimmt.« Megan bot ihm Popcorn an. »Aber ich glaube nicht, dass kleine Jungs auf ihm reiten dürfen. Vielleicht können wir stattdessen in den Streichelzoo gehen.«

»Ich will einen Elefanten. Im Streichelzoo gibt's nur langweilige Ziegen und so.« In Davys süßer rauer Stimme schwang Verachtung mit. »Nicht einmal einen Gorilla.«

»Wie schrecklich.« Megan überlegte, was sie ihm noch vorschlagen konnte. Davy war kein Quälgeist, aber er konnte ganz schön eigensinnig sein, wenn er sich etwas in den Kopf gesetzt hatte. »Ich weiß nicht, warum sie King Kong nicht für dich hergeholt haben. Wie wär's mit einer Bahnfahrt?«

»Ja, das ist okay.« Er warf dem Elefanten noch einen sehnsüchtigen Blick zu. »Wenn du sicher bist, dass sie mich nicht reiten lassen …«

»Ich bin sicher.« Sie schob ihn behutsam in Richtung Bahn. »Aber wir werden mit deiner Mom reden und sehen, ob wir …«

Wirbelnde Dunkelheit.

Stimmen. Stimmen. Stimmen.

»Megan?«

Davy zupfte an ihrem Pullover und sah sie ängstlich an. »Steigen wir nicht in die Bahn?«

Sie bemühte sich, einen klaren Kopf zu bekommen. Die Stimmen waren weg. Seltsam. Nein, irgendwie … gar nicht seltsam. Erschreckend vertraut. »O doch.« Sie setzte Davy in den Waggon und ließ sich neben ihm nieder. Ihr Herz begann, schneller zu schlagen. Was, zum Teufel, war los mit ihr?

Mama.

»Sieh dir die Robben an, Megan.« Davy beugte sich eifrig vor, als sie an dem Wasserbecken vorbeifuhren. »Ich hab mal einen Film über eine Robbe gesehen. Der war lustig.«

»Tiere können lustig sein, genau wie Menschen, Davy.

Der einzige Unterschied ist, dass wir manchmal nicht merken …«

Stimmen!

Kräftiger. Lauter. Schreie.

Unverständliches Gebrüll mit Widerhall.

Stimmen. Stimmen. Echo. Echo.

Nein!

Sie sank zusammen, als der Schmerz sie traf.

Davy schrie.

Sie musste sich zusammennehmen. Davy hatte Angst. Sie musste aufpassen …

Die Stimmen wurden leiser und verstummten schließlich ganz. Sie nahm vage wahr, dass ein uniformierter Schaffner neben ihr stand, sie besorgt ansah und etwas sagte …

Langsam richtete sie sich auf.

Davy weinte.

Instinktiv legte sie den Arm um ihn und zog ihn an sich. »Ist schon gut …« Ihre Aussprache war schleppend. Sie versuchte, ihre Stimme zu festigen. »Alles ist in Ordnung, Davy.«

»Soll ich Sie zur Ersten-Hilfe-Station bringen, Miss?«, fragte der Schaffner. »Gibt es jemanden, den ich für Sie anrufen kann?«

»Nein, mir geht's gut.« Das stimmt nicht, dachte sie panisch. Lieber Himmel, diese Stimmen … Was, wenn es noch einmal passierte? Davy. Sie musste Davy schützen. »Eine kleine Unpässlichkeit. Vielleicht könnten Sie eine Weile bei uns bleiben, bis ich Davys Mom erreiche und sie bitten kann, den Jungen hier abzuholen.« Sie nahm ihr Handy aus der Tasche. »Ich rufe deine Mom an, Davy. Ich bekomme wohl eine Grippe oder so was.« Sie fuhr ihm zärtlich durchs Haar und drückte ihn an sich. »Erinnerst du dich? Vor ein paar Monaten warst du krank. Nach ein paar Tagen ging es dir wieder prächtig, aber eine Weile hast du wacklige Beine gehabt.«

»Wacklige Beine«, wiederholte er und schmiegte das Gesicht an ihren Arm. »Ich will nicht, dass du krank bist.«

»Mir ist nur ein klein wenig übel. Ich bin Ärztin, deshalb kenne ich so was. Morgen bin ich wieder ganz okay.« Sie strich ihm mit den Lippen über die Stirn. »Willst du lieb und ganz still sein und meine Hand nicht loslassen? Manchmal hilft das, dass sich die Menschen besser fühlen …«

»Du bist aber schnell wieder da.« Phillip schaute auf, als sie hereinkam. »Ich habe dich erst in ein paar Stunden zurück erwartet. Hat es Davy nicht gefallen …« Er brach ab, als er ihr Gesicht sah. »Was ist los?«

»Nichts.« Sie fuhr sich mit der Zunge über die Lippen. »Nur schreckliche Kopfschmerzen. Ich habe Jana gebeten, Davy im Zoo abzuholen. Ich wollte ihm den Tag nicht verderben.«

»Du hast nie Kopfschmerzen.«

»Jetzt hab ich sie.« Sie ging zu ihrem Zimmer. »Ich lege mich hin und versuche, sie wegzuschlafen. Wir sehen uns in ein, zwei Stunden.«

Sie lehnte sich an die Tür, nachdem sie sie hinter sich geschlossen hatte. Sie hasste es, Phillip zu belügen. Von Anfang an waren sie immer ehrlich zueinander gewesen.

Diesmal ging es nicht anders. Sie konnte im Augenblick niemandem gegenübertreten. Sie wollte sich ins Bett verkriechen wie ein weidwundes Tier in seine Höhle.

Höhle.

Baggersee.

Mama.

Ein Mann. Dunkle Augen starren sie an. Auflodernde Angst. Vergehende Angst.

Wurde sie verrückt?

Nein, Mama hatte gesagt …

Sie konnte sich nicht mehr erinnern, was ihre Mutter gesagt hatte. Es war genauso undeutlich und verschwommen wie die Stimmen, wie der Schmerz …

Schlaf, ruh dich aus. Lass alles von dir abfallen. Später, wenn sie wieder wach war, konnte sie nachdenken und Pläne schmieden, wie sie mit diesem unheimlichen Phänomen umgehen konnte.

Sie kroch unter die Decke und rollte sich zusammen. Alles kam wieder in Ordnung. Sie konnte mit dem, was mit ihr geschah, fertig werden. Sie brauchte nur ein bisschen Zeit, um einen klaren Kopf zu bekommen und zu entscheiden, was sie tun musste.

Und sie musste beten, dass die Stimmen wieder verschwanden.

»Ich will sie sehen«, sagte Grady, als ihm Phillip zwei Stunden später die Tür aufmachte. »Und ich möchte keine Widerworte und nichts von dem fürsorglichen Unsinn hören, Phillip.«

Phillip zuckte zurück. »Warum sollte ich Ihnen widersprechen? Ich bin derjenige, der Sie angerufen hat. Schon vergessen?«

»Dieses Mal bin ich mir sicher, dass Sie mich im Stillen verfluchen und denken, dass Sie ohne meine Einmischung besser zurechtkämen.«

»Kann sein.«

»Darf ich hereinkommen?«

Phillip wurde sich bewusst, dass er ihn nicht ins Haus

lassen wollte. Grady hatte sich verändert. Er war ein junger Mann von fünfundzwanzig Jahren gewesen, als er mit der Bitte an Phillip herangetreten war, Megan in seine Obhut zu nehmen. Jetzt musste er Mitte dreißig sein, und obschon er noch immer schlank und gutaussehend war, vermutete Phillip hinter der schillernden Fassade Wunden und Narben, die ihm Erfahrungen, die er sich kaum vorstellen konnte, beigebracht hatten. Obwohl Grady jünger war, umgab ihn eine Aura aus Macht und Selbstbewusstsein, die ein bisschen einschüchternd wirkte. Heute war diese Macht kultivierter und subtiler, aber unendlich stärker.

Phillip zuckte mit den Schultern und trat beiseite. »Ich könnte Sie ohnehin nicht aufhalten, hab ich recht?«

»Ja. Sie müssten mich erschießen.« Er betrat das Haus und schloss die Tür. »Aber das wäre nicht besonders schlau. Ich mag nicht derjenige sein, den Sie sich für Megan wünschen, aber Sie möchten auch nicht alle Brücken einreißen.« Er schaute sich im Wohnzimmer um. »Hübsch. Behaglich.«

»Uns gefällt's«, gab Phillip zurück. »Wir haben die Möbel gemeinsam ausgesucht, als wir seinerzeit dieses Haus bezogen. Das war ein Neuanfang für uns beide, und ich wollte, dass sie sich wohl fühlt.«

»Ich bin überzeugt, dass sie das tut. Sie haben ihr Geborgenheit gegeben. Als junger Mensch braucht man Schutz.«

Phillip machte die Anspielung hellhörig. »Sie meinen, jetzt, da sie erwachsen ist, braucht sie keinen Schutz mehr? Sie irren sich. Jeder Mensch sehnt sich nach einem Gefühl der Sicherheit.«

»Aber manchmal bekommen wir nicht das, was wir brauchen oder uns wünschen. Wo ist sie?«

»Sie hat sich hingelegt. Sie fühlt sich nicht gut.« Phillip sah seinen Besucher anklagend an. »Haben Sie etwas damit zu tun?«

»Ja.« Er schaute auf seine Uhr. »Ich kann ihr noch eine halbe Stunde Ruhe zubilligen. Ich könnte ihr helfen, denke jedoch, dass es besser ist, wenn sie die Sache allein überwindet. Warum bieten Sie mir nicht einen Kaffee an, während ich warte?«

»Mir ist nicht danach, den Gastgeber zu spielen.« Er deutete auf die Tür zur Küche. »Machen Sie sich den Kaffee selbst.«

»Meinetwegen.« Grady ging in die Küche. »Ich kann sogar einen für Sie mit aufbrühen.«

Phillip folgte ihm, blieb in der Tür stehen und beobachtete, wie Grady in den Schränken suchte, bis er den Kaffee gefunden hatte. »Was haben Sie mit ihr gemacht?«, wollte Phillip wissen.

»Ein kleines Experiment.« Er gab Kaffeepulver in den Filter der Maschine. »Ich musste prüfen, wie viel sie ertragen kann.«

»Was soll das heißen?«

»Ich habe ihr die Kontrolle entzogen.« Grady bedachte den Hausherrn mit einem gleichmütigen Blick. »Ich habe zugelassen, dass sie die Stimmen angreifen. Ich dachte, der Zoo ist ein guter Ort dafür, da er allgemein als Vergnügungspark angesehen wird und die Chance bestand, dass sie die Wucht nicht zu schwer traf. Ich wollte nicht, dass sie ihren speziellen Dämonen begegnet, aber ich habe ihr vor Augen geführt, dass sie da sind.«

»Zur Hölle mit Ihnen.«

»Mit dieser Reaktion habe ich gerechnet.« Grady zuckte mit den Schultern. »Ich hielt das für nötig. Ich musste mich vergewissern, ob sie noch so stark ist wie als junges Mädchen.«

»Indem Sie ihr weh tun?«

Grady nickte. »Indem ich ihr weh tue.«

»Und was haben Sie herausgefunden?«

»Dass sie tausendmal stärker ist. Molino würde spüren, dass er einen enormen Coup gelandet hat, wenn es ihm gelänge, sie zu töten. Sie ist nicht nur die Tochter ihrer Mutter, sondern eine eigenständige Persönlichkeit.« Und ungehalten setzte er hinzu: »Ich weiß, dass Sie das nicht hören wollen. Zu schade. Sehen Sie den Tatsachen ins Auge – Molino ist ihr entweder gerade in diesem Augenblick auf der Spur, oder er wird sie bald finden. Es ist besser, wenn sie vorbereitet ist. Wenn *wir* vorbereitet sind.« Er drehte sich zu der Kaffeemaschine um. »Und sie kann nichts dafür. Sie hat Talent. Und ich werde es nutzen.«

»Sie können mich mal. Ich lasse Sie nicht in ihre Nähe.«

»Phillip«, sagte Grady leise, »Sie haben keine andere Wahl. Sie sind nicht ihr Onkel. Sie gehört mir. Ich habe sie lediglich an Sie ausgeliehen. Jetzt nehme ich sie mir zurück.«

»Das ist Unsinn. Sie ist ein menschliches Wesen und gehört niemandem.«

»Sie gehört mir, bis ich die Chronik gefunden habe. Danach kann sie machen, was sie will. Ihr beide könnt von der Bildfläche verschwinden.« Er legte eine Pause ein. »Wir müssen sie finden, Phillip, das wissen Sie. Ein Menschenleben zu riskieren ist ein kleiner Preis dafür.«

»Dieses Risiko will ich aber nicht eingehen. Nicht, wenn es um Megans Leben geht.«

»Ich habe Ihnen von vornherein gesagt, dass es so weit kommen kann.«

»Ich habe nicht gedacht … es war alles so abstrakt. Jetzt ist sie meine Familie.«

»Dann tut es mir leid für Sie«, entgegnete Grady matt, als er sich an den Küchentisch setzte. »Aber da draußen gibt es Menschen, die ihr Leben lassen müssen, wenn wir Megan schonen.«

»Das ist nicht fair. Molino ist ein Irrer. Möglicherweise ist sie ja nur eine Lauscherin, keine Pandora.«

»Das hoffe ich nicht. Sollte sie jedoch eine Lauscherin sein, ist sie eines der größten Talente, denen ich je begegnet bin. Sie kann uns trotzdem helfen, wenn es mir gelingt, ihre Begabungen richtig zu kanalisieren. Ich brauche nur einen Hinweis, einen Pfad, den ich einschlagen kann. Ich renne gegen Mauern, und die Zeit wird knapp.«

»Sie hat ihr eigenes Leben.«

»Und sie kann es wieder haben, nachdem sie mir gegeben hat, was ich will.«

Phillip schüttelte den Kopf. »Ich kann nicht fassen, dass Sie so hart sind.«

»Nicht hart genug. Wenn ich richtig hart wäre, hätte ich zugelassen, dass sich Megan in der Höhle etwas antut oder wahnsinnig wird, statt sie zwölf Jahre lang mitzuschleppen.« Er schaute in seine Tasse. »Und Sie irren sich meiner Meinung nach. Ich glaube, sie ist eine Pandora.«

»Das heißt noch lange nicht, dass man sie abschießen muss wie einen tollwütigen Hund.«

»Sagen Sie das Molino.«

»Sie verdient es, dass man ihr eine Chance gibt.«

»Sie hatte ihre Chance. Ich hab sie ihr gegeben. Das war nicht leicht.« Er hob die Tasse an die Lippen. »Jetzt ist es für sie an der Zeit, die Zeche zu bezahlen.«

»Wie ihre Mutter«, fügte Phillip bitter hinzu.

»Möglich. Ich verspreche nichts.« Er trank seinen Kaffee aus und erhob sich. »Jetzt will ich Megan sehen. Wenn Sie mich aufhalten, sollten Sie lieber die Waffe holen, die Sie in der obersten Schublade Ihres Schreibtisches aufbewahren. Daran haben Sie ohnehin die letzten zehn Minuten sehnsüchtig gedacht.«

Scheiße.

»Entschuldigung, ich hab Sie nicht absichtlich belauscht. Ich respektiere Sie und kann Ihre Bedenken verstehen«, fuhr Grady fort. »Um genau zu sein, ich bin kein Gedankenleser. Manchmal sickert nur etwas zu mir durch.«

»Ich hasse all diesen parapsychologischen Quatsch«, stieß Phillip durch zusammengebissene Zähne hervor.

»Dennoch nehmen Sie die Hilfen an, wenn Sie sie brauchen.« Grady wedelte mit der Hand, als Phillip etwas erwidern wollte. »Ich will Ihnen kein schlechtes Gewissen einreden. Dankbarkeit hab ich nie von Ihnen erwartet. Und Sie sind nicht der Einzige. Den meisten Menschen ist das Übersinnliche unheimlich. Molino gehört auch dazu. Ihn spornen nur Hass und Rachedurst an. Er fürchtet uns und ist neidisch. In seinen Augen ist Talent eine Waffe der Macht, und er will nicht, dass einer von uns diese Waffe besitzt, wenn er sie nicht haben kann.« Seine Mundwinkel zuckten. »Molino ist definitiv auf Macht aus.«

»Wir wissen nicht mit Gewissheit, ob der Fahrer des Trucks wirklich einer von Molinos Leuten war. Ich habe bei der Polizei nachgefragt, sie haben ihn bisher noch nicht ausfindig gemacht.«

»Wenn sie ihn nicht aufspüren, dann ist er wahrscheinlich nicht nur ein besoffener Idiot, der Crashrennen liebt.

Ich habe Jed Harley beauftragt, ein Auge auf Megan zu haben und sich umzuhören. Aber bis jetzt hat er nichts erfahren. Deshalb«, fuhr er fort, »schlage ich vor, dass Sie Ihre Waffe in der nächsten Zukunft schussbereit halten.« Er machte sich auf den Weg zu Megans Zimmer. »Ich brauche mindestens eine Stunde allein mit ihr. Es wäre besser für sie, wenn Sie uns nicht stören würden. Sie wird genug haben, womit sie fertig werden muss.«

Phillip fürchtete, dass er die Wahrheit sagte, und war frustriert. Die Begegnung mit Grady war bestimmt ein Alptraum für Megan. Er würde sich nicht zurückhalten, und sie war im Moment so verletzlich. »Verdammt, tun Sie ihr nicht weh.«

Ohne einen Blick zurück und in Gedanken schon bei Megan, antwortete Grady: »Nicht, wenn ich es vermeiden kann.«

Höhle.

Baggersee.

Stimmen. Stimmen. Stimmen.

Hände, die sie festhalten. Dunkle Augen, die in ihre blicken und die Stimmen ausblenden.

Mama!

»Ganz ruhig, Megan. Das ist vorbei. Vergangenheit.«

Nein, die Stimmen waren da. Sie waren immer da gewesen.

»Öffne die Augen. Sieh mich an, und sie verschwinden.«

Ja, verscheuche sie.

»Nein, du musst mithelfen. Öffne die Augen.«

Sie hob langsam die Lider und sah Neal Grady, der an ihrem Bett saß.

Er erinnert mich an einen Renaissance-Prinzen ...

Prinz? Grady? Sie musste noch im Halbschlaf sein. Sie kannte keinen Grady. Auf dem Stuhl neben ihrem Bett saß ein Wildfremder. Sie setzte sich auf. »Wer sind Sie, um alles in der Welt?«

»Keine Bedrohung für dich.«

»Erzählen Sie mir nichts und verschwinden Sie aus meinem Zimmer.«

»Sofort.« Er stand auf. »Ich hol dir ein Glas Wasser.«

»Ich will kein Wasser. Ich will, dass Sie gehen. Wo ist Phillip?«

»Er wartet draußen, bis ich ihm sage, dass er hereinkommen darf.«

»Er weiß, dass Sie hier sind?« Plötzlich erinnerte sie sich, dass ihr Phillip mit sorgenvoller Miene nachgesehen hatte, als sie in ihr Zimmer gegangen war. »Sind Sie Arzt? Um Himmels willen, mir geht's gut. Ich brauche keinen Arzt.«

»Dir geht's nicht gut.« Er nahm wieder Platz. »Und leider wird es noch um ein Vielfaches schlimmer, bevor du dich erholst. Und nein, ich bin kein Arzt. Mein Name ist Neal Grady.« Er nickte, als sie die Augen aufriss. »O ja, wir sind uns früher schon begegnet. Du fängst an, dich selbständig zu erinnern. Das ist vielversprechend … und ein bisschen gruselig. Eigentlich solltest du nicht dazu imstande sein.«

»Wovon reden Sie eigentlich?« Sie schlug die Bettdecke zurück. »Ich will mit Phillip sprechen.«

»Tut mir leid, das darfst du nicht. Erst musst du mir zuhören.«

»Ich kann tun, was ich …«

Stimmen. Schreie. Stimmen. Schmerz.

»Nein!« Sie vergrub den Kopf im Kissen, aber sie konnte sie nicht ausblenden.

Stimmen. Agonie. Schreie.

Mama, hilf mir. Mama, hilf mir.

»Sie kann dir nicht helfen. Das weißt du. Aber ich kann dich von den Stimmen erlösen«, sagte Grady schroff. »Meinst du, es gefällt mir, dir das anzutun? Aber du musst zulassen, dass ich mit dir spreche. Wirst du bleiben und mir zuhören?«

»Befreien Sie ... mich ... von ihnen.«

»In ein paar Sekunden sind sie verschwunden. Entspann dich.«

Entspannen? Er musste verrückt sein. Wie konnte sie sich entspannen, wenn der Schmerz ...

Die Stimmen verstummten.

Sie atmete erleichtert auf. Sie musste aufhören zu zittern. »Gehen Sie«, forderte sie matt. »Ich weiß nicht, was Sie mit mir gemacht haben, aber ich möchte ...«

»Du weißt, was ich mit dir gemacht habe«, widersprach Grady. »Du willst es dir nur nicht eingestehen.« Er schnitt eine Grimasse. »Vielleicht ist es auch mein Fehler. Es ist nicht leicht, die Kontrolle auch nur partiell aufzugeben, nachdem du so lange bei mir warst. Normalerweise heißt es ganz oder gar nicht.«

»Keine Ahnung, wovon Sie reden.« Sie funkelte ihn an. »Und ich will es auch gar nicht wissen. Ich möchte nur, dass Sie gehen.«

»Aber du traust dich nicht, zu Phillip zu laufen, weil du weißt, dass dann die Stimmen zurückkommen. Ich schlage vor, dass wir es schnell hinter uns bringen und dir Zeit lassen, das Ganze zu verdauen. Fangen wir damit an, dass wir deine Erinnerungen an mich zurückholen. Du warst fünfzehn und hast mit deiner Mutter in einem Cottage an der Küste North Carolinas gelebt. Ihr habt euch sehr nahegestanden. Ich hatte für diesen Sommer ein Nachbarcottage gemietet, und wir freundeten uns an. Wir sind am Strand geritten, und abends haben wir Karten gespielt.«

Neal lachte sie an, während er versuchte, beim Poker zu bluffen.

Ihre Mutter schüttelte belustigt den Kopf, ehe sie in die Küche ging.

Erinnerungen erwachten, umgaben sie, ergossen sich über sie.

Neal half Megan bei den Hausaufgaben für den Lateinkurs.

»Du hast nie wirklich Hilfe gebraucht«, sagte Neal Grady leise. »Du bist lediglich gern mit mir zusammen gewesen. Du warst ein sehr liebevolles Mädchen und hast dich manchmal einsam gefühlt in diesem Strandcottage.«

»Ich war nicht einsam«, protestierte sie heftig. »Mama und ich, wir hatten uns. Es gefiel uns so.«

»Du warst allein. Aber sie tat das Beste für dich, zumindest das, was sie dafür hielt. Sie war hin- und hergerissen zwischen dem Wunsch, dir ein normales Leben zu bieten, und dem Bestreben, dich zu beschützen.« Er hielt kurz inne. »Keine von euch war normal. Ihr wart ein kleines bisschen … anders.«

Megan spürte jeden Muskel, als sie sich anspannte. »Nein, das ist eine Lüge.«

»Sarah hat dir beigebracht, das zu sagen. Du solltest alles abstreiten, wenn jemand Fragen stellte. Das war die einzige Möglichkeit, dich zu schützen. Sie hat dich sogar belogen und behauptet, du hättest eine mentale Krankheit und würdest deshalb diese Stimmen hören. Hab ich recht?«

»Ich höre Ihnen nicht zu.«

»Doch, das tust du. Sarah hatte diese parapsychologische Gabe, und sie hat sie an dich vererbt. Allerdings hat sie sie nie als Geschenk angesehen, sondern als Fluch. Sie wollte nicht, dass sie dein Leben trübt, deshalb ignorierte sie, dass es sie gab.«

Panik erfasste sie. »Das ist eine Lüge.«

»Vor mir brauchst du dich nicht zu schützen.« Er wiegte den Kopf. »Oder vielleicht doch. Aber nicht wegen dieser Wahrheit. Niemand kennt dieses Talent besser als ich.«

Sie sträubte sich. »Ich hab keine Ahnung von diesem übersinnlichen Quatsch.«

»Umso besser, dass ich viel darüber weiß. Da draußen gibt es jede Menge parapsychologisch begabter Menschen: Gedankenleser, Geistheiler, Hellseher.«

»Scharlatane.«

»Einige. Die anderen sind echt.«

»Ich nicht. Ich bin nichts davon.«

»Nein. Bis jetzt hast du nur eine Begabung offenbart. Du bist eine Lauscherin.«

»Eine was?«

»Du hörst Echos. Wenn man dich in eine Situation bringt, in der sich eine Tragödie anbahnt, oder dich stark unter Druck setzt, kannst du hören, wie sich die Szene entwickelt. Nur«, fügte er ruhig hinzu, »gibt es zu viele Tragödien, zu viele leidende Menschen. Die Echos bombardieren dich, verdrängen sich gegenseitig, bis sie zu einem einzigen langen Schrei verschmelzen.«

Er irrt sich, dachte sie. Jeder Schrei ist individuell und abgegrenzt, und der Schmerz ist unglaublich persönlich.

»Und deine Mutter hat dich nie gelehrt, sie zu unterdrücken. Möglicherweise wusste sie nicht, wie sie dir das beibringen kann. Sie musste selbst lernen, mit ihrer eigenen Gabe zurechtzukommen, aber sie hat sich nie an andere parapsychologisch Begabte gewandt. Als ich sie kennenlernte, war sie ein reines, unverfälschtes Talent. Ein riesiges Talent – jemand wie sie ist mir nie zuvor untergekommen. Ich hab versucht, ihr zu helfen, aber damals war ich verdammt jung und hatte mit eigenen Problemen zu kämpfen.«

»Das ist verrückt«, sagte Megan verunsichert. »Meine Mutter war ganz normal. Ich war die Einzige, die …«

»Sie hörte auch Stimmen, hat sich nur nichts anmerken lassen.«

»Sie hätte mich nie belogen.«

»Sie war keine starke Lauscherin, und zu manchen Zeiten hörte sie vermutlich nicht das, was du gehört hast. Aber sie wusste, was es war. Als sie herausfand, dass du dieselbe Gabe hast, gelang es ihr, deinen Geist zu kontrollieren und die Echos in Schach zu halten. Sie hat nie versucht, den nächsten Schritt zu tun, dir zu helfen, die Herausforderung anzunehmen. Sie wünschte sich verzweifelt, dass dein Leben normal verlaufen würde. Wahrscheinlich hatte sie sich das für später vorgenommen.«

Wir vergessen die Sache einfach, Baby. Komm zu mir, wenn du wieder dieses Problem hast.

»Sie hat dich geliebt, Megan. Sie war verwirrt und machte große Fehler, aber sie hat dich immer geliebt.«

»Das brauchen Sie mir nicht zu sagen«, gab sie giftig zurück. »Sie waren nur einen Sommer bei uns und wissen gar nichts über uns.«

»Ich weiß, dass ich einschreiten und dich unter Kontrolle bringen musste, als sie aufgab und dich losließ. Hätte ich das nicht getan, wärst du mit ihr gestorben.« Er hielt kurz inne. »Der einzige Weg, dich auf Kurs zu halten, war, ein paar deiner Erinnerungen auszutauschen.«

»Welche Erinnerungen?« Sie fuhr sich mit den Fingern durchs Haar. »Gott, ich kann nicht glauben, dass ich das gefragt habe. Als würde ich an all den Unsinn glauben.«

»Du kennst eben im tiefsten Inneren die Wahrheit. Ich habe nur ein Pflaster aufgeklebt, den Rest hat dein Selbsterhaltungstrieb getan. Bist du sicher, ob du wissen willst, was das Pflaster verdeckt hat? Ich kann warten.«

Sie schwieg eine Weile und kämpfte gegen die Versuchung an. Warum nicht? Sie würde sich nicht gestatten, dieses Zeug zu glauben, aber sie konnte sich ja ansehen, wie weit er mit dieser Geschichte ging. »Welche Erinnerungen?«

»Es war das Beste, dass du dich nicht an mich oder diesen letzten Abend mit deiner Mutter erinnerst. Du solltest ein normales Leben führen, deshalb war es besser, die Erinnerung an die Stimmen und das, was deine Mutter darüber gesagt hatte, aus deinem Gedächtnis zu löschen. Sonst hättest du an deiner geistigen Gesundheit gezweifelt.«

»Als ob ich gerade an *meiner* geistigen Gesundheit zweifeln würde.«

Er lächelte. »Da ist er wieder, der Selbsterhaltungstrieb. Du fängst an, dich zu erinnern ... und zu glauben.«

»Blödsinn. Ich bin Ärztin. Ich sollte zu einem angesehenen Psychiater gehen und mit ihm über verschüttete und unterdrückte Erinnerungen sprechen. Es gibt logische und wissenschaftlich nachvollziehbare Gründe für so was, die nichts mit Übersinnlichem zu tun haben oder mit ... Echos.« Das letzte Wort auszusprechen fiel ihr schwer. Echos, Schreie, Stimmen. Allein bei dem Gedanken daran geriet sie in Panik. Sie bemühte sich um einen spöttischen Ton: »Und soweit ich Sie verstanden habe, sind Sie selbst auch einer dieser ›Voodoo-Psychics‹?«

»Ich hätte dir nicht helfen können, wenn ich nicht selbst ein Talent hätte. Aber du hast wahrscheinlich das Potential, viel stärker und vielseitiger zu sein. Aus diesem Grunde brauche ich deine Hilfe.«

»Sie klopfen an die falsche Tür.« Sie zögerte, fragte ihn dann aber: »Warum wollten Sie nicht, dass ich mich an diesen besagten Abend erinnere?«

Er richtete den Blick auf ihr Gesicht. »Ich finde, das sollten wir auf einen späteren Zeitpunkt verschieben.«

Angst durchfuhr sie. »Nein, warum, verdammt noch mal?«

Er ließ sich Zeit mit der Antwort. »Weil du dich dann mit dem Mord an deiner Mutter auseinandersetzen müsstest.«

»Mord?« Das Lachen blieb ihr im Halse stecken. »Jetzt weiß ich, dass Sie ein Irrer sind. Meine Mutter hatte einen Herzanfall, stürzte einen Abhang hinunter und brach sich das Genick. Es war ein Unfall.«

»Der Mann, den du an diesem Abend am Fuße des Berges gesehen hast, hat ihr das Genick gebrochen. Und als sie starb, wusstest du, dass sie ermordet wurde. Ich erkannte das in dir, als wäre es in Leuchtschrift geschrieben.«

»Nein, so war das nicht. Kein Mensch wollte meine Mutter töten.« Tränen liefen ihr über die Wangen. »Lieber Gott, wie gemein können Sie sein?«

»Verdammt gemein.« Er stand auf. »Ich gehe jetzt besser und gebe dir die Gelegenheit, das alles zu überdenken. Du bist in der Phase der Ablehnung, und es wird eine Weile dauern, bis du deine Einstellung geändert und dich an all das Neue gewöhnt hast. Eines solltest du noch wissen:

Du brauchst keine Angst zu haben, dass ich die Kontrolle noch einmal lockere. Keine Stimmen mehr. Ich musste dich dazu zwingen, mich anzuhören, und das war der schnellste Weg, dir deine Lage vor Augen zu führen.»

»Der schnellste und brutalste«, ergänzte sie.

»Ja. Ich schicke Phillip zu dir, damit er dich trösten und deine Hand halten kann. Darin ist er sehr gut.«

»Machen Sie sich nicht über Phillip lustig«, wies sie ihn zurecht. »Er ist ein besserer Mensch, als Sie jemals sein werden.«

»Vermutlich. Ich hätte ihn nicht auserwählt, wenn ich nicht den größten Respekt vor ihm gehabt hätte.«

Sie runzelte die Stirn. »Auserwählt?«

»Ich brauchte jemanden, der dir Stabilität gab. Dafür war ich weiß Gott nicht der Richtige. Ich habe Phillip damit beauftragt.«

Sie riss erschocken die Augen auf. »Das kann nicht wahr sein. Er ist der Halbbruder meiner Mutter – mein Onkel.«

»Nein. Phillip Blair hat deine Mutter gar nicht gekannt. Er war nicht ihr Halbbruder. Das war eine notwendige Unwahrheit, die ich erfinden musste.« Er drehte sich zur Tür. »Ich hab ihn für den Job bezahlt, aber er hätte ihn auch umsonst gemacht. Phillip ist ein Idealist und hat ein großes Herz. Ich erzählte ihm von dir, und er hat sich bereit erklärt, sich um dich zu kümmern.«

»Das kann nicht wahr sein«, flüsterte sie wieder. »Er würde mich nicht anlügen.«

»Frag ihn.«

Die Tür schloss sich hinter ihm.

Mama. Phillip. Von all den schockierenden und schmerzlichen Neuigkeiten, die Grady ihr aufgetischt hatte, war die letzte am schwersten zu ertragen.

Sie machte die Augen zu. Ihr war, als hätte man sie geschlagen. Verrückt. Das alles war verrückt.

Die Leute würden das nicht verstehen, Megan. Sie würden sagen, dass du verrückt bist. Wir beide wissen, dass das nicht stimmt, Baby. Das bleibt zwischen uns beiden.

Ihre Mutter hatte nie ein Wort über Übersinnliches, besondere Talente oder sonst etwas von diesem Mist verloren. Sie hatte Megan weisgemacht, diese Stimmen würden von einer Krankheit hervorgerufen, und ihr eingeschärft, mit niemandem darüber zu reden. Seit ihrem siebten Lebensjahr hatte Megan diese Stimmen gehört, aber anfangs nur leise und von weit her. Erst in die Pubertät hatten sie nach ihr geschnappt wie Haie. Aber Mama war da, um sie zu trösten, und bald verstummten die Stimmen.

Es gelang ihr, die Echos in Schach zu halten.

Ich musste einschreiten, sonst wärst du mit ihr gestorben.

Stimmte das? Was war gelogen?

Wenn sie Grady glauben konnte, dann basierte ihr ganzes Leben auf Lügen.

O Gott, und sie hatte das schreckliche Gefühl, dass sie anfing, ihm zu glauben.

Kapitel 4

Verdammt, ich habe sie ohne alles allein gelassen, dachte Grady unwillig, als er ins Wohnzimmer kam. Er hatte bloß den Weg zu dem dornigen Pfad geebnet.

»Und?« Phillip sah auf. »Wie hat sie es aufgenommen?«

»Erwartungsgemäß.« Grady ging zum Fenster und schaute in den Garten. »Sie hält mich für geistesgestört. Sie wehrt sich verbissen und würde am liebsten den Kopf in den Sand stecken.«

»Das überrascht mich nicht. Haben Sie ihr gesagt, dass sie eine Pandora sein könnte?«

»Nein, ich hab ihr gesagt, dass sie eine Lauscherin ist. Daran hatte sie ohnehin schon genug zu knabbern.«

»Vielleicht ist sie ja wirklich nicht mehr.«

Grady hoffte, dass Phillip recht hatte. Er hatte sich seine Objektivität erhalten können, bis er heute ihr Zimmer betreten hatte. Während des ganzen Gesprächs hatte Megan Mut und Stehvermögen bewiesen; das berührte ihn in einer Weise, die nichts mit Mitleid zu tun hatte. Er hatte sie verletzt, aber nicht vernichtet. Am liebsten würde er ihren Schmerz lindern, aber gerade der Schmerz würde sie anstacheln, das zu tun, was er von ihr wollte. »Von Molino oder der Chronik hab ich ihr nichts erzählt. Sie hatte schon genügend Schwierigkeiten, die Wahrheit über ihre Mutter zu akzeptieren.« Er ging zur Haustür. »Und über Sie.«

»Sie haben mit ihr über mich gesprochen? Vielen Dank, Grady. Hätte das nicht warten können? Verdammt, ich bin ihr bester Freund.«

»Keine Lügen mehr. Zeit, reinen Tisch zu machen.«

»Selbst wenn sie jetzt ganz allein dasteht?«

Grady nickte. »Ich habe sie zwölf Jahre lang in einen Kokon aus Lügen gehüllt. Sie muss sich daraus lösen und sich der Wahrheit stellen. Jetzt gehen Sie zu ihr, und helfen Sie ihr. Sie ist sehr verletzt.«

»Dank Ihnen.«

»Erwarten Sie, dass ich das abstreite?«, fragte er grob. »Natürlich hab ich ihr das angetan. Und ich würde es wieder tun.« Er schlug die Haustür hinter sich zu und rannte die Außenstufen hinunter. Er musste weg von Megan Blair, Phillip und all den Qualen, die er ihnen bereitet hatte. Es spielte keine Rolle, dass er das für nötig erachtete. Manchmal war es beschissen, dass zu tun, was getan werden musste. Er wollte derjenige sein, der jetzt zu Megan ging und ihr Trost und Hoffnung spendete. Er wollte ihre Hand halten und ihr sagen, dass er all die Dämonen von ihr fernhalten würde.

Das durfte er nicht. Eine Bedrohung war auch ein Ansporn, und vielleicht hatte er so handeln müssen. Sollte Phillip die Prinzessin in Not retten.

Grady war daran gewöhnt, der schwarze Ritter zu sein.

»Darf ich reinkommen?«, fragte Phillip leise. »Wenn du willst, komme ich später wieder.«

»Warum?« Megan setzte sich auf. »Würde das etwas an dem ändern, was du mir zu sagen hast?«

»Nein.« Er schloss die Tür. »Lügen sind immer schmutzig, und diese spezielle liegt mir schon seit Jahren schwer im Magen. Ich bin froh, dass du jetzt Bescheid weißt.« Er nahm auf dem Stuhl neben dem Bett Platz. »Du siehst furchtbar aus. Kann ich dir irgendetwas bringen?«

Sie verzog den Mund. »Vielleicht wieder eine gemütliche heiße Schokolade? Spar dir die Mühe. Du musst das Spiel nicht länger spielen.«

»Das war kein Spiel«, widersprach er sanft. »Es war mir ein Vergnügen. Unsere gemeinsame Zeit ist mir lieb und teuer.«

Sie spürte, wie ihr Widerstand schmolz. Nein, sie durfte nicht schwach werden. Er hatte sie betrogen. »Er hat gesagt, dass er dich bezahlt hat. Stimmt das?«

»Ja, ich musste ja von etwas leben, bis ich hier beruflich Fuß gefasst hatte. Aber ich hab es nicht wegen des Geldes getan. Ich wollte dir helfen, Megan.«

»Ja, klar.«

»Sieh mich an. Ich weiß, dass du verwirrt und verletzt bist und dich einsam fühlst.« Seine Hand schloss sich um ihre. »Du bist nicht allein. Ich bin für dich da. Du liegst mir am Herzen. Wenn ich eine Tochter hätte, könnte ich sie nicht mehr lieben. Ich wünschte, du wärst meine Tochter.« Er machte eine Pause. »Ich weiß, wie verletzt du bist. Ich bin es auch.«

Er sagte die Wahrheit. Sie fühlte seinen Kummer, versuchte jedoch, ihn zu ignorieren.

Das war unmöglich. Es ging um *Phillip*. Sie konnte ihn nicht in seinem Elend schmoren lassen, doch genauso wenig konnte sie über das, was er getan hatte, hinwegsehen. »Es war falsch, Phillip. Du hättest das nicht tun dürfen.«

»Hätte ich mich Gradys Wünschen nicht gebeugt, hätte er jemand anderen damit beauftragt. Er hat mir die

Chance gegeben auszusteigen. Er hat mich gebeten, auf die Beerdigung deiner Mutter zu gehen und dich kennenzulernen. Wenn ich das Gefühl gehabt hätte, dir nicht helfen zu können, hätte ich wieder verschwinden können.« Er lächelte. »Er wusste, dass er mich am Haken haben würde, sobald ich dich sehe. Du hast am Grab gestanden, verwirrt und traurig, und versucht, tapfer zu sein. Die Frage war nicht, ob ich dir helfen will, sondern wie. Es stellte sich heraus, dass es ganz einfach war. Wir haben uns zusammengetan und sind eine Familie geworden. Ich überließ es Grady, die Dokumente zu fälschen und mich zu deinem rechtmäßigen Vormund zu machen.« Sein Lächeln verblasste. »Zieh dich nicht von mir zurück. Nimm mir nicht meine Familie, Megan.«

Tränen traten ihr in die Augen. »Woher soll ich wissen, dass du nicht nur das tust, was Grady von dir verlangt? Er scheint … ich weiß auch nicht, was er zu sein scheint. Er sagte … dass ich so was wie ein Freak bin.«

»Dieses Wort hat er sicher nicht verwendet. Da würde ein Esel einen anderen Langohr schimpfen.«

Sie zuckte zusammen. »Aber du widersprichst ihm nicht, oder? Um Himmels willen, Phillip – ich bin nicht … ich habe nie im Leben etwas Eigenartiges getan, das weißt du.«

»Nicht, seit ich dich kenne. Und es geht auch nicht um das, was du getan hast, sondern darum, was du bist. Du bist eine Lauscherin und nur deshalb zum Opfer geworden. Manchmal läuft das so.«

Sie starrte ihn fassungslos an. »Du glaubst dieses blöde Geschwätz?«

»Ich muss es glauben. Meine Frau Nora war auch eine Lauscherin.«

»Deine Frau?«

»Sie starb ein paar Jahre, bevor ich zu dir kam. Deshalb konnte Grady davon ausgehen, dass ich dir beistehe.« Er schüttelte den Kopf. »Allerdings hattest du es leicht im Vergleich zu Nora. Grady hat auf dich aufgepasst. Ich konnte meiner Frau nicht helfen. Ich wusste nicht einmal, dass es Menschen gibt, die ihr die Last erleichtern könnten.« Ein strahlendes Lächeln erhellte sein Gesicht. »Ich wünschte, du hättest meine Nora gekannt. Du bist ihr sehr ähnlich. Sie war immer beschäftigt und hat sich um alles gekümmert. Und sie war unendlich liebevoll. Sie war die sanftmütigste, süßeste Frau auf Gottes weitem Erdenreich. Wir waren zwölf Jahre verheiratet, bevor sie anfing, die Stimmen zu hören, und dann kam es nur selten vor. Wir konnten das ignorieren.« Sein Lächeln verschwand. »Dann kamen die Alpträume, und die Stimmen plagten sie ständig. Sie dachte, dass sie verrückt wird. Eine Therapie half ihr nicht. Sie flehte mich an, sie in ein Sanatorium zu bringen und sie zu verlassen. Ich habe noch drei Jahre um sie gekämpft, dann unternahm sie ihren ersten Selbstmordversuch.«

»Selbstmord«, wiederholte Megan dumpf.

Er nickte. »Sie hat gewonnen. Ich ließ sie einweisen, und sie verbrachte fünf Jahre in einer psychiatrischen Klinik. In dieser Zeit erschien Grady vor meiner Haustür. Wir holten sie aus der Anstalt, und sie war in den letzten Jahren ihres Lebens glücklich und normal. Ich stehe in seiner Schuld.«

»Anstalt«, flüsterte sie. »Ich bin nicht verrückt, Phillip.«

»Nein, das bist du nicht. Du hast nur Angst, weil deine Mutter das immer angedeutet hat.«

»Meine Mutter hat mich geliebt, und sie war meine Freundin. Sie war wunderbar, verdammt noch mal.«

»Ich widerspreche dir nicht. Ich kannte sie nicht. Grady meinte, sie sei … außergewöhnlich gewesen.«

»Was soll das heißen?«

»Greif nicht mich an, mach das mit Grady aus.«

»Ich will nichts mit Grady ausmachen. Ich bin nicht mal sicher, ob er mir die Wahrheit sagen würde.« Unwillkürlich drückte sie Phillips Hand fester. »Er war … mir gefällt nicht, was er mit mir gemacht hat. Wer, zum Teufel, ist er?«

»Er hat dich nicht belogen. Sein Name ist Neal Grady, und er sagte, ihr hättet einen ganzen Sommer mit ihm verbracht und dass du ihn möglicherweise besser kennst als ich.«

Neal warf den Kopf in den Nacken und lachte über etwas, was Sarah gesagt hatte.

Neal saß still auf einer Düne – die Arme umschlangen seine Knie – und beobachtete Megan, die in der Brandung watete.

»Lieber Himmel, du kannst den Blick nicht von ihm losreißen, wie?«, neckte sie ihre Mutter. »Ich glaube, du hast dich in unseren Neal verknallt. Oh, keine Sorge, ich werde ihm nichts davon sagen.« Sie wurde ernst. »Pass nur auf, dass du ihn nicht zu sehr magst, Baby. Ich weiß, er ist dir ein wunderbarer Spielkamerad, aber er ist viel älter als du. Er hat schon zu viel erlebt. Als ich ihn kennenlernte, hatte ich mütterliche Gefühle für ihn. Und als wir Freunde wurden, dachte ich, ich hätte Merlin vor mir, der immer jünger statt älter wird.«

»Das ist Quatsch, Mama.«

»Wahrscheinlich.« Sie schmunzelte. »Aber es ist unhöflich von dir, darauf hinzuweisen, wenn ich versuche, tiefgründig zu sein.«

Ja, ich glaubte, Neal Grady zu kennen, dachte Megan. Aber ich habe ihn mit den Augen eines einsamen Teenagers gesehen und war blind für all die Dinge, die sie nicht wahrhaben wollte. »Im Grunde weiß ich gar nichts über ihn. Als er in jenem Sommer auftauchte, erzählte meine Mutter, dass sie ihm früher schon einmal begegnet sei. Er kam mir nicht vor ... er war anders.« Sie wiederholte ihre Frage: »Wer ist er? Weich mir nicht aus, Phillip.«

»Das tue ich nicht. Ich ordne meine Gedanken. Ich erzähle dir, was ich über ihn weiß. Er ist in den Ghettos von New Orleans geboren und aufgewachsen. Als er sechzehn war, wurde er fürs Militär angeworben und später in eine Spezialeinheit versetzt.« Phillip verzog das Gesicht. »Da er keine Lust hatte, die angeblich bösen Buben niederzumetzeln, diente er als Berater.«

»Berater?«

»Unsere Regierung hat seit Jahrzehnten eine parapsychologische Abteilung, genau wie die Russen und einige europäische Staaten. Sie sprechen nicht darüber, aber eine solche Abteilung gib es wirklich. In der letzten Zeit zieht die CIA die Fachleute immer öfter zu Rate. In manchen Delta-Einheiten gibt es jemanden mit außergewöhnlichen Fähigkeiten – Gedankenleser, Hellseher, Kontrolleure. Sie nutzen jedes Talent, das ihnen Vorteile verschafft. Ein Mann wie Grady muss ihnen wie ein Gottesgeschenk vorgekommen sein.«

»Wieso? Welches Talent hat er?«

Er zuckte mit den Schultern. »Keine Ahnung, was er alles kann. Ich glaube, er kann für manche Leute die Realität verschleiern, Gedächtnisverlust bewirken, die Gedanken kontrollieren. Ich weiß, dass er für meine Frau ein Puffer war und dafür sorgte, dass sie den Verstand nicht verlor. Nach dem Tod deiner Mutter quittierte er seinen Dienst beim Militär und begann, in einer Psychic Investigative Group unter der Leitung von Michael Travis in Virginia zu arbeiten.«

Megan sah ihn ungläubig an. »Noch mehr Spinner.«

»Nein, authentische übersinnlich Begabte. Ehe ich Grady meine Nora anvertraut habe, bat ich ihn, mich hinzubringen, damit ich mir alles ansehen kann. Ich bin nicht leichtgläubig, war aber ziemlich beeindruckt. Ich hatte mit einem Haufen Schwindlern und Scharlatanen gerechnet und habe etwas gefunden, was mir die Augen für eine ganz neue Welt geöffnet hat.« Er verzog das Gesicht. »Und es hat mir höllische Angst eingejagt. Ich brauchte eine Woche, um darüber hinwegzukommen, dann gab ich Grady die Erlaubnis, meiner Frau beizustehen.«

»Willst du damit sagen, dass er so was wie ein übersinnlicher Wohltäter ist, der herumläuft und Wasser in Wein verwandelt?«

»Nein, ich erkläre dir nur, dass Grady gelegentlich in speziellen Fällen hilft. Eigentlich beschäftigt er sich mit etwas anderem.«

»Womit?«

»Ich glaube, er ist auf der Suche nach etwas. Frag ihn selbst.«

»Würde er mir das verraten?«

»Ja.« Er presste kurz die Lippen zusammen. »Ich bin ziemlich sicher, dass er es dir sagt.«

Sie schwieg eine Weile, dann stellte sie fest: »Du traust ihm nicht.«

»Nora hab ich ihm anvertraut. Ich weiß nicht, ob ich das in deinem Fall auch tun kann. Dies ist eine ganz andere Situation.«

»Du brauchst mich ihm nicht anzuvertrauen. Ich bin

kein Kind und treffe meine eigenen Entscheidungen.« Sie schüttelte müde den Kopf. »Und ich weiß nicht, was ich von alldem halten soll. Es ist verrückt. Wenn ich dir glaube, dann muss ich auch das glauben, was mir Grady erzählt hat«, flüsterte sie. »Das will ich nicht, Phillip.«

»Ich weiß.« Er drückte kurz ihre Hand und ließ sie dann los. »Aber du hast immer den Tatsachen ins Auge geblickt, auch wenn es dir noch so schwerfiel. Und dies ist nichts anderes.« Lächelnd fügte er hinzu: »Na ja, vermutlich ist das untertrieben.«

»Vermutlich«, wiederholte sie ironisch. Sie wandte den Blick von ihm. »Es ist kein Quatsch, Phillip?«

»Ich kann dir deine Zweifel nicht übelnehmen. Niemand war ein größerer Zweifler als ich.« Und nach einer kleinen Pause fuhr er fort: »Ich verstehe nichts von alldem, aber es ist kein Quatsch. Das schwöre ich dir, Megan.«

»Ich *will* das nicht«, gab sie vehement zurück. »Ich bin lieber verrückt als ein Freak. Wie komme ich da nur wieder heraus?«

»Gar nicht. Du lernst, damit zu leben.« Er stand auf. »Das ist die einzige Möglichkeit zu überleben.«

»Das kannst du nicht wissen. Du bist kein Freak und hast deine Weisheiten wahrscheinlich nur von Grady.«

»Ich habe selbst Nachforschungen angestellt. Nora hat mir zu viel bedeutet, als dass ich sie einer Situation ausgesetzt hätte, ohne mich vorher schlauzumachen.«

Wieder hatte sie ihn gekränkt. Sie war aufgebracht und frustriert, aber das sollte sie nicht an Phillip auslassen. »Tut mir leid. Ich bin nur …« Sie nahm seine Hand und legte sie an ihre Wange. »Es geht nicht gegen dich. Ich wünschte nur, ich könnte morgen aufwachen und dies alles als Alptraum ansehen.«

»Ich weiß«, antwortete er zärtlich. »Das würde ich mir auch für dich wünschen, aber das kann ich dir nicht bieten. Ich bin immer für dich da – das ist das Einzige, womit ich dich trösten kann. Grady kann mit dir nicht tun, was er will – das lasse ich nicht zu.«

»Warum ist er hier? Ich bin ohne ihn gut zurechtgekommen. Ich will ihn nicht in meinem Leben haben.«

»Du bist gut zurechtgekommen, weil er auf dich eingewirkt hat – genau wie damals auf Nora.«

»Ich werde *nicht* von ihm abhängig sein. Gott, ich hab mich so hilflos gefühlt. Er konnte mich verletzen und verbiegen. Es war, als wäre ich ein Krüppel. Ich muss etwas dagegen unternehmen.«

»Dabei kann ich dir nicht helfen, Megan. Ich fürchte, in diesem Punkt bist du auf dich allein gestellt.« Er tätschelte ihre Wange und trat dann einen Schritt zurück. »Aber du hast dich nie davor gescheut, die Initiative zu ergreifen. Ich werde dir mit Freude dabei zusehen.«

Plötzlich fiel ihr wieder etwas ein, was sie in ihrer Verwirrung vollkommen vergessen hatte. »Grady hat gesagt, dass er meine Hilfe braucht. Wobei?«

»Das wirst du sicherlich früh genug herausfinden. Grady kann sehr geduldig sein, aber nicht unter diesen Umständen.«

Sie sah Phillip nach, als er zur Tür ging. Als er hereingekommen war, war sie am Boden zerstört gewesen und hatte sich gefühlt, als wäre sie mutterseelenallein auf dieser Welt. Dennoch hatte sie nicht lange gebraucht, um sich damit zurechtzufinden, dass Phillip einen neuen Platz in ihrem Leben einnahm. Er spielte eine seltsame, ungewöhnliche Rolle, aber er selbst hatte sich nicht verändert. Nach wie vor liebte sie ihn von ganzem Herzen. Solange er zu ihr stand, war sie nicht allein.

Er würde ihr helfen, gegen Grady zu bestehen.

Mit einem Mal wurde sie sich bewusst, was ihr da durch den Kopf ging. Sie verließ sich noch genauso auf Phillip wie in den letzten Jahren. Grady hatte ihn zu ihr geführt, und sie hatte sich an ihn geschmiegt wie ein Kind in der Dunkelheit.

Aber sie war kein Kind mehr. Sie war eine Erwachsene, die sich durch ihr Medizinstudium gekämpft hatte. Laut Grady hatte ihre Mutter sie angelogen, und vielleicht stimmte das auch. Megan wusste nicht mehr, was der Wahrheit entsprach und was nicht. Und Phillip hatte erklärt, dass sie von Grady ebenso abhängig war wie seine Frau – angeblich hatte er die Stimmen von ihr ferngehalten und dafür gesorgt, dass sie nicht dem Wahnsinn anheimfiel. Aber das würde sie erst mit Sicherheit wissen, wenn ihr weder Phillip noch Grady zur Seite standen.

Falls Grady sie jemals allein ließ. Sie erinnerte sich mit Grauen daran, wie er zugelassen hatte, dass die Stimmen auf sie einprasselten.

Zugelassen. Er hatte nicht dafür *gesorgt,* dass sie Megan angriffen. Wenn das, was er sagte, wahr war, dann konnte er die Stimmen nur im Zaum halten, jedoch nicht gegen sie aufhetzen. Die Einzige, die sie zum Schweigen bringen oder kontrollieren konnte, war Megan selbst. Wenn ihre Mutter dazu imstande gewesen war, sollte sie die gleiche Fähigkeit besitzen.

Vielleicht.

Sie schloss die Augen – der Gedanke, diesem Horror Zügel anlegen zu müssen, versetzte sie in Panik. Am liebsten hätte sie sich wieder unter die Bettdecke verkrochen.

Sei kein Feigling, schalt sie sich ärgerlich. Du weißt nicht mal, ob dieser übersinnliche Unsinn wahr ist, und trotzdem schreckst du zurück. Geh der Wahrheit auf den Grund. Grady hatte behauptet, die Kontrolle über die Stimmen nur teilweise gelockert zu haben, und das bedeutete auch, dass er ihre Erinnerungen filterte. Diese Macht musste sie ihm nehmen.

So konnte sie nicht leben. Sie musste ergründen, ob ihre Mutter tatsächlich ermordet worden war, wie Grady behauptet hatte. Den Gedanken, dass sie niemals sicher sein könnte, ob sie eine mentale Störung hatte oder nicht, konnte sie genauso wenig ertragen wie die Vorstellung, unter Gradys Knute zu stehen.

Und sie konnte nicht zulassen, dass diese verdammten Stimmen ihr Leben bestimmten.

Sie schlug die Decke zurück und sprang aus dem Bett. Zieh dich an. Hör auf zu zittern. Du weißt, was zu tun ist.

Du weißt, wohin du gehen musst.

Panik!

Grady schreckte auf dem Stuhl vor dem Computer zusammen, als er Megans Entsetzen und ihre Angst spürte.

Was, zum Teufel …

Sein Handy klingelte. Phillip.

Er nahm den Anruf entgegen. »Verdammt, was geht da vor, Phillip?«

»Sagen Sie's mir«, gab Phillip zurück. »Sie ist weg.«

»Wohin ist sie?«

»Keine Ahnung. Ich habe gehört, wie ein Auto losfuhr, und lief hinaus, um nachzusehen. Mein Camry war weg und Megan auch. Molino?«

»Möglich.« Nein, die Angst, die Megan verspürte, war nicht auf eine Person fokussiert. »Allerdings glaube ich das nicht. Trotzdem ist sie außer sich vor Angst.«

»Vor Ihnen? Sie sagte, sie fühle sich hilflos, und es gefiel ihr gar nicht, dass Sie sie manipulieren können.«

»Sie war wütend auf mich, hatte aber keine Angst vor mir.«

»Warum ist sie dann fortgelaufen? Als ich sie verließ, hatte sie sich mit mir ausgesöhnt. Verdammt, Sie haben doch angeblich all diese übersinnlichen Talente, und wenn sie gebraucht werden, können Sie sie nicht nutzen?«

»Ich hab Ihnen gesagt, dass ich kein Gedankenleser bin. Gelegentlich schnappe ich einen flüchtigen Gedanken auf, aber ...«

»Wie können wir sie dann finden?«

»Ich muss kein Gedankenleser sein, um mit Megan in Kontakt zu treten. Ihre Emotionen sind wie ein Schrei, und vielleicht kann ich sie orten. Wir waren zwölf Jahre mental verbunden, und sie hat mir laute, klare Signale gesendet.«

»Also, wo ist sie?«

»So einfach ist das nicht. Ich kann sie fühlen und deshalb vielleicht aufspüren, aber ansonsten bin ich so blind wie Sie.« Er stand auf. »Und ich habe keine Zeit, mit Ihnen zu diskutieren. Ich hole Sie in fünfzehn Minuten ab. Wir müssen ihr nachfahren. Es ist möglich, dass ich Sie als Prellbock brauche, wenn wir sie finden. Sie mag sich jetzt noch nicht vor Molino fürchten, aber das kann nicht mehr lange dauern. Ich wette, Ihr Haus stand heute Nacht, als sie losfuhr, unter Beobachtung.«

Phillip fluchte verhalten. »Ich warte auf Sie.« Damit legte er auf.

Grady schnappte sich seine Jacke und stürmte zur Tür. Megans Horror wuchs von Minute zu Minute. Er spürte die Spannung und die eisigen Schauer, die sie überliefen.

Lieber Gott, ist das kalt, dachte Megan.

Sie umklammerte das Lenkrad, damit ihre Hände nicht zitterten. Atme tief durch, und denk nicht an das, was dich erwartet.

Denk an etwas Schönes.

Bis zu dieser Minute war ihr nicht klar gewesen, wie schwer es war, sich an unbeschwerte, glückliche Augenblicke zu erinnern. Seit dem Tod ihrer Mutter hatte sie nur Arbeit und Pflichten gekannt.

Davy.

Davy, der herumtobt und sie anfleht, ihn auf dem Elefanten reiten zu lassen, sie strahlend ansieht.

Ja, sie konnte die Angst in Schach halten, wenn sie an Davy dachte.

»Wo ist sie?«, stieß Phillip durch zusammengebissene Zähne hervor. »Seit einer Stunde fahren Sie ziellos herum.«

»Halten Sie den Mund, Phillip.« Grady war gereizt. »Wenn ich das wüsste, würde ich ... Sie ist ruhiger, nicht mehr so verängstigt. Ich kann sie nicht aufspüren, verflucht noch mal.«

»Was, wenn Molino sie zuerst findet? Sie haben gesagt, dass ihr vermutlich jemand gefolgt ist.«

O Gott, ich will das nicht tun.

»Osten.« Grady trat aufs Gaspedal. »Sie ist in der Nähe der Grenze zu Carolina. Sie fühlt sich dort nicht wohl. Es macht ihr Angst.«

»Carolina?« Phillip sah Grady an. »Warum sollte sie ...« Er brach ab. »Das Cottage dort, wo ihre Mutter starb?«

»Nein«, erwiderte Grady schroff. »Dort würde sie sich nicht so sehr fürchten. Sie will zu der Höhle.«

»Warum?«

»Was meinen Sie, warum? Ihre Mutter hat sie kurz vor ihrem Tod dorthin geschickt. Vielleicht denkt sie, sie ist dort sicherer.«

»Sicherer?«

Grady fluchte leise. »Die verdammte Frau spricht eine Einladung aus.«

Es ist nicht sicherer, Megan. Mach das nicht. Lass mich dir helfen.

Er konnte sie nicht erreichen. Sie konzentrierte sich zu sehr auf ihr Vorhaben.

»Eine Einladung?«

»Sie will die Stimmen an sich heranlassen.«

»Nein«, hauchte Phillip. »Es wird sein wie bei Nora. Sie wird wahnsinnig. Halten Sie sie auf.«

»Das geht nicht. Sie ist verdammt stark. Sie bekämpft mich genauso sehr wie die Stimmen. Ich kann ihr nicht helfen. Möglicherweise habe ich mehr Erfolg, wenn ich bei ihr bin.«

»Wenn es dann nicht zu spät ist«, gab Phillip niedergeschlagen zurück. »Nora hat dreimal versucht, sich das Leben zu nehmen, bevor ich sie einweisen ließ, und sie hat Jahre mit ihren Stimmen gelebt. Ein solches Trauma ohne Vorbereitung …«

»Hören Sie auf, davon zu faseln«, wies Grady ihn harsch zurecht. »Ich weiß, was passieren kann. Aber Megans Mutter hat ohne Hilfe überlebt. Vielleicht ist Megan in der Lage …« Er wiegte den Kopf. »Ich weiß nicht, wozu sie imstande ist. Wir müssen zu ihr.«

Ich habe sie verloren, dachte Darnell wütend, als er sah, dass Megan Blairs Camry am Strand parkte. Sie saß nicht im Wagen, war nirgendwo zu sehen. Auf der Fahrt hierher war er nicht allzu dicht zu ihr aufgeschlossen, um nicht entdeckt zu werden. Sie hatte ein wenig zu entschlossen gewirkt, als er versucht hatte, sie von der Brücke zu drängen. Er hatte beobachtet, wie sie vor ein paar Minuten von der Landstraße abgebogen und zum Strand gefahren war. Er stellte seinen Truck hinter einem verlassenen Hotdog-Stand an der Straße ab und ging zu Fuß weiter.

War sie in eins dieser Cottages gegangen? In keinem brannte Licht. Wenn er sie ertränkte, könnte es wie ein Unfall oder wie Selbstmord aussehen. In jedem Fall wäre es eine günstige Methode, sie zu eliminieren.

Wieso sollte er ihr nachlaufen? Sie würde ohnehin zu ihrem Auto zurückkommen.

Und er konnte warten.

Zwölf Jahre.

Sie wollte nicht in diese Höhle gehen.

Hör auf zu zittern. Tu es.

Mit ihrer Mutter war sie in den Jahren, in denen sie am Strand gewohnt hatten, oft hier gewesen, aber sie konnte sich nur noch erinnern, wie sie zum letzten Mal den Hügel hinaufgelaufen war.

Sie sank auf die Knie und kauerte sich an den kalten Felsen.

Ich bin hier, Mama.

Aber Mama war nicht da. Außer Megan war niemand da.

Und vielleicht die Stimmen …

Hast du mich belogen, Mama?

Okay, mal sehen, was ich herausfinden kann. Wie soll ich vorgehen?

Entspann dich. Öffne dich und warte, was geschieht.

Stimmen. Schreie. Schmerz.
Sie schreckte zusammen und versuchte zurückzuweichen.
Nein. Stell dich. Sieh dir an, was hier ist. Zwing dich dazu.
Sie biss sich auf die Lippe, bis sie Blut schmeckte.
Stimmengewirr.
Es wollte nicht enden.
Ich verstehe nichts. Ich verstehe nichts. Ich verstehe nichts.
Stimmen. Schmerz. Unverständliche Echos.
Sie wimmerte und bedeckte den Kopf mit dem Arm.
Nein, nicht vollkommen unverständlich. Eine Stimme war lauter als die anderen – eine wütende Männerstimme.
Schlampe. Hure. Mein eigener Bruder.
Nein, Hiram. Bleib weg von mir. Schubs mich nicht. Wir haben nicht …
Ein langer Schrei …
Das Stimmengewirr kehrte zurück.
Mein Baby. Mein kleiner John. Verlass mich nicht.
Stimmengewirr.
Es ist dein Kind, du Bastard. Du kannst mich nicht im Stich lassen, auch wenn du einer der einflussreichen, mächtigen Pearsalls bist. Ich werde überall herumerzählen, dass du …
Die eine Stimme verstummte.
Wieder dieses Raunen.
Sie spürte die Tränen, die ihr über die Wangen liefen.
Geht weg. Ich will euren Schmerz nicht hören. Ich kann euch nicht helfen, verdammt.
Stimmen stießen, stachen, erstickten sie.

Zorn loderte auf. »Verschwindet. Ich lasse nicht zu, dass ihr mir das antut. Ich *dulde* das nicht.«

Die Stimmen verschwanden.

Sie schnappte erschrocken nach Luft. Ist das alles, was sie tun musste? Die Wut bündeln, zielen und das Bombardement abwehren?

Verdammt, das war ein Irrtum; sie hörte sie immer noch.

Nein, das war keine Stimme.

Mama, geh nicht weg. Lass mich nicht allein.

»Keine … Pandora.«

Neal stand in der Tür.

Blut sprudelte aus dem Hals, als er ihn mit dem Messer aufschlitzte.

Mama.

Tod.

»Nein!« Sie sprang auf und rannte aus der Höhle.

»Megan!«

Grady.

Panik erfasste sie. Sie drängte sich an ihm vorbei und stürmte den Weg hinunter.

»Megan, ich tue dir nichts. Gott, ich hätte nie gedacht, dass du ganz allein so weit kommst, sonst hätte ich dir alles erzählt. Das hättest du gar nicht schaffen dürfen.« Er lief ihr nach. »Ich hätte dich nicht allein gelassen, wenn ich geahnt hätte …«

»Bleib mir vom Leibe.« Ihre Stimme bebte. »Lass mich in Ruhe.«

»Auf keinen Fall.« Er griff nach ihrem Arm.

Sie schlug ihm mit der Faust in die Magengrube, wirbelte herum und rannte weiter.

Er blieb hinter ihr und holte sie ein. »Megan, ich will dir nicht weh tun …«

»Blut. Tod. Ich konnte es sehen. Du hast sie umgebracht.«

»Nicht deine Mutter. Okay, verdammt, ich habe jemanden an diesem Abend getötet, aber das war nicht deine Mutter. Lass mich mit dir reden. Oh, zur Hölle.« Er sprang sie an und warf sie zu Boden.

Sie kämpfte verbissen, aber er saß auf ihr und drückte sie auf die Erde. Sie funkelte ihn an. »Du hast sie umgebracht.«

»Nein, ich hab dir die Wahrheit gesagt.«

»Du hast sie getötet und wirst auch mich töten.«

»Das hast du damals gedacht, aber es stimmt nicht. Du warst außer dir«, sagte er eindringlich. »Ich habe es nicht getan. Der Mann, den du am Rande des Wäldchens gesehen hast, hat sie ermordet. Sie versuchte, ihn von dir wegzuführen. Er hat sie überwältigt und umgebracht.«

»Nein.« Sie versuchte, ihre Arme zu befreien. »Ich will nicht ...« Sie schloss die Augen. »Ich hätte sie zurückhalten müssen. Ich wusste, dass etwas nicht stimmte. Ich hätte bei ihr bleiben sollen.«

»Du hättest sie nicht retten können und sie der Chance beraubt, dich zu schützen.«

»Vor dir.«

»Nein, das glaubst du nicht mehr.« Er schwang sich von ihr und stand auf. »Es ist nicht gut, wenn wir uns hier im Freien aufhalten. Lass uns zurück zu deinem Auto gehen. Phillip wartet auf uns.«

Sie öffnete die Augen und blitzte ihn zornig an. »Mit dir gehe ich nirgendwohin.«

»O doch. Und wenn ich dich tragen muss.«

Dazu wäre er imstande. Sie erhob sich.

»Gut. Gehen wir.«

Sie wehrte sich. »Lass mich in Ruhe.«

»Das kann ich nicht. Von jetzt an sind wir unzertrennlich.« Er presste grimmig die Lippen zusammen. »Ich hätte dich neulich beinahe verloren, als du von der Straße gedrängt wurdest. Ich habe zu viel in dich investiert, um dich weiteren Gefahren auszusetzen. Lass uns zu Phillip gehen.«

Wut und Frustration flammten erneut in ihr auf. Er hatte recht, aber sie wusste nicht mehr, was sie glauben sollte. Sie hatte gute Lust, auf etwas, auf jemanden einzuschlagen. Allerdings wäre es vergebene Mühe, Grady zu attackieren. Sie hatte bereits gemerkt, wie stark er war. Sie sollte lieber ihre Kräfte schonen, bis sie sie sinnvoll einsetzen konnte.

Sie machte auf dem Absatz kehrt und marschierte zum Strand hinunter.

Kapitel 5

»Megan.« Phillip eilte ihr entgegen, als er sie den Hügel herunterkommen sah. »Bist du in Ordnung? Ich hab mir solche Sorgen um dich gemacht.«

»Mir geht's gut.« Das stimmte nicht. Sie war wütend und verängstigt und wollte nichts wie weg von hier, von Grady. Sie spürte Gradys Blick im Rücken, als sie auf Phillip zuging. »Es gab etwas, was ich tun musste.«

Phillip sah ihr forschend ins Gesicht. »Und hast du es gemacht?«

»Zur Hölle, ja«, antwortete Grady für sie. »Sie hat die Echos bekämpft, während ich den Hügel zu der Höhle hinaufgelaufen bin. Ich konnte nicht glauben, dass sie das kann. Und sie hat mich mit ein, zwei Dingen überrascht.«

»Wenn du einen Mord als ›Ding‹ bezeichnen willst«, entgegnete Megan eisig und wandte sich an Phillip. »Wusstest du, was vor zwölf Jahren hier passiert ist?«

»Natürlich wusste er das«, warf Grady barsch ein. »Allerdings muss ich zugeben, dass ich ihm nur in groben Zügen von den Ereignissen erzählt habe, um ihn nicht zu sehr zu belasten. Es hätte keinen Sinn gehabt, ihn zu beunruhigen.« Er sah sich besorgt um und wies mit einer Kopfbewegung auf den Camry, der ein paar Meter weiter stand. »Phillip, Sie bringen sie nach Hause. Ich fahre hinter euch her. Ich möchte sicherstellen, dass …«

»Ich brauche niemanden, der mich nach Hause bringt«, fiel ihm Megan ins Wort. »Und ich kann nicht nach Hause. Ich muss nachdenken.« Ihr schwirrte der Kopf, und sie konnte keinen klaren Gedanken fassen.

»Du wirst heimfahren«, bestimmte Grady. »Oder ich bleibe bei dir, bis du dich beruhigt hast und mich mit dir reden lässt. Das ist deine Entscheidung.«

»Ich muss keine Entscheidung fällen, Bastard.« Wieder funkelte sie ihn an. »Ich brauche dich nicht. Nur zu – versuch, mir weh zu tun. Hetz deine verdammten Echos auf mich. Ich werde auch ohne deine Hilfe mit ihnen fertig.«

»Das sind nicht meine Echos«, berichtigte er sie ruhig. »Es sind deine, und ich wollte dir nie weh tun.«

»Schwachsinn.«

Sie ging auf den Camry zu.

»Lass mich mit dir fahren, Megan.« Phillip lief ihr nach. »Wenn du dich beruhigt hast, wirst du merken, dass du einen Freund gebrauchen kannst.«

»Auf den Boden!«

Megan fiel, als Grady sie und Phillip in den Sand stieß.

Eine Kugel zerschmetterte die Windschutzscheibe des Camry.

»Scheiße.« Phillip kroch zu Megan. »Bringen Sie sie in den Wagen, Grady.«

»Steigen Sie ein.« Grady schirmte sie mit seinem Körper ab. »Der Schuss kam von dem Haus da drüben. Ich habe Metall aufblitzen sehen. Wir dürfen nicht riskieren, sie aus der Deckung …«

Ein zweites Geschoss landete im Sand neben ihr.

Ein drittes folgte.

Grady fluchte. »Zur Hölle mit dem verdammten Kerl.«

Er rollte mit Megan hinter das Auto. »Bleib hier. Ich versuche, ihn zu schnappen.«

»Wer ist …«

Grady war bereits weg.

Bleib nicht hier liegen. Du musst deine Handtasche, die unter dem Vordersitz liegt, holen und mit dem Handy 911 anrufen. Sie kroch zur Beifahrertür.

Eine Kugel traf den Rückspiegel.

Wo war Grady?

Und Phillip?

Dann sah sie ihn.

Sie kniete neben Phillip im Sand, als Grady zehn Minuten später zurückkam.

»Ich habe auf dich gewartet«, stieß sie hervor. »Phillip ist angeschossen. Wir müssen ihn ins Krankenhaus bringen. Ich habe neun eins eins angerufen. Wer weiß, wann die kommen.«

»Sie müssten jede Minute hier sein.« Grady fiel auf die Knie. »Die Sirenen haben den Schützen verscheucht. Wir haben Katz und Maus gespielt, aber dann sprang er in seinen Wagen und fuhr davon. Wie geht's Phillip?«

»Ich weiß nicht. Die Kugel ist in seinen Schädel eingedrungen. Er ist bewusstlos.« Sie biss sich auf die Lippe. Reiß dich am Riemen, mach jetzt bloß nicht schlapp – Phillip braucht dich. »Bei Kopfverletzungen weiß man nie. Ein Hirntrauma kann so oder so ausgehen. Er könnte schon morgen wieder bei Bewusstsein sein oder ins Koma fallen. Ich habe die Blutung gestoppt. Mehr kann ich hier nicht für ihn tun.« Sie ballte die Hände zu Fäusten. »Ich fühle mich so verdammt nutzlos. Ich *will* ihm helfen, Grady.«

»Wir sorgen dafür, dass er die beste Behandlung bekommt, Megan«, sagte Grady. »In der besten Klinik, versprochen.«

»Warum sollte jemand auf Phillip schießen?«, flüsterte sie. »Er ist ein *Guter,* Grady. Selbst du konntest ihn nicht zu etwas machen, was er nicht ist.«

»Er muss einen Schutzengel gehabt haben.« Grady stand auf, als er das Blaulicht des Notarztwagens in der Dunkelheit sah. »Da sind sie. Es ist eine Schusswunde, und sie werden Fragen stellen. Ich kümmere mich darum, und du fährst mit Phillip in die Klinik.«

Sie nickte, ohne den Blick von Phillips Gesicht zu wenden. Es zerriss ihr das Herz. Am liebsten hätte sie geschrien und mit den Fäusten auf den Sand eingeschlagen. »Ich lasse ihn nicht allein. Ich werde ihn nie alleinlassen.«

Phillip erwachte in den nächsten zehn Stunden nicht aus der Bewusstlosigkeit.

Am folgenden Tag wurde er mit dem Hubschrauber vom Myrtle Beach Hospital zum Emory Hospitals in Atlanta transportiert und dort in die neurologische Abteilung gelegt.

»Keine Veränderung?«, erkundigte sich Grady am nächsten Morgen, als er in den Warteraum kam, in dem Megan saß. Er reichte ihr einen Becher mit Kaffee. »Untersuchungsergebnisse?«

Sie schüttelte den Kopf. »Sie denken, dass er einen Hirnschaden hat, sind sich aber nicht ganz sicher. Er wacht einfach nicht auf. Sie sagen, dass er das Bewusstsein vielleicht nie wiedererlangt.« Sie schluckte. »Ich weiß nicht, wie oft ich angeordnet habe, die Patienten an lebenserhaltende Apparate anzuschließen. Aber das hier ist etwas anderes. Es geht um Phillip.«

»Tut mir leid«, sagte Grady leise. »Er ist ein feiner Kerl. Das hat er nicht verdient.«

»Nein, aber er hat es bekommen. Es spielt also keine Rolle, ob er es verdient hat oder nicht. Ich habe viel über Phillip nachgedacht, als ich hier saß. Bis er in mein Leben trat, hat sich, abgesehen von meiner Mutter, niemand um mich gekümmert. Deshalb hat es so weh getan, als ich dachte, dass er mich hintergangen hat. Ich fühlte mich verarscht und dachte, er hätte mir nur Theater vorgespielt.«

»Er hat dich gern, Megan.«

»Das weiß ich. Ich habe es *gefühlt*. Und das hat nichts mit diesem übersinnlichen Zeug zu tun. Er war ... wir waren ein Team. Er hat gesagt, dass er mich gern zur Tochter gehabt hätte. Ich hätte mir das auch gewünscht. Mein Vater starb, bevor ich geboren wurde. Niemand hätte liebevoller sein können als Phillip. Du kannst dir gar nicht vorstellen, wie gut er zu mir war.«

»Doch, das kann ich.«

»Klar, du hast uns ja zusammengebracht. Selbst das stört mich jetzt nicht mehr. Das einzig Wichtige ist, dass wir diese Jahre miteinander hatten.« Sie holte tief Luft. »Ich habe Fragen, aber im Augenblick will ich an nichts anderes denken als an Phillip.« Sie musste mit Dr. Pretkay sprechen, dem Spezialisten aus dem Johns Hopkins Hospital, den die Ärzte hinzugezogen hatten, obwohl sie ihr kaum Hoffnung machen konnten. Sie wollten nichts unversucht lassen. »Ich muss nur eins wissen. Diese Kugel war nicht für Phillip bestimmt, stimmt's? Er hat auf mich gezielt.«

Grady nickte. »Du warst das eigentliche Ziel. Auch wenn der Schütze möglicherweise alle Augenzeugen eliminieren wollte.«

»Und in der Nacht, in der ich vom Highway abgekommen bin?«

»Ein erster Versuch. Wahrscheinlich derselbe Mann.«

»Warum?«

»Der Mann, der deine Mutter getötet hat, will die ganze Familie ausrotten.«

»Was? Das klingt nach Mafia und Vendetta.«

»Molino würde sich bei diesem Vergleich geschmeichelt fühlen. Er ist in Sizilien im Schatten der Mafia aufgewachsen.«

»Molino? Ist er der Mann, der meine Mutter auf dem Gewissen hat?«

»Er hat den Befehl gegeben. Einer seiner Männer hat sie umgebracht – Ted Dagnos.«

»Warum wollte Molino den Tod meiner Mutter?«

»Aus Rache.«

»Rache wofür?«

»Das ist eine lange Geschichte, und du hast gesagt, du möchtest im Moment nicht darüber nachdenken. Ich bin da, um deine Fragen zu beantworten, wenn du bereit dazu bist.« Er musterte sie. »Du hast begriffen, dass ich nicht ihr Mörder bin, oder?«

»Wie gesagt, ich hatte viel Zeit zum Nachdenken. Mir fällt es schwer zu akzeptieren, dass sie umgebracht wurde.« Unsicher fügte sie hinzu: »Aber das muss ich wohl. Auch wenn ich vor zwei Tagen in der Höhle Wahnsinn und Chaos durchlebt habe, glaube ich mittlerweile, dass der Tod meiner Mutter kein Unfall war. Alles andere ist mir noch suspekt. Ich brauche Beweise.« Und mit einem Kopfschütteln fuhr sie fort: »Nein, du hast recht. Jetzt möchte ich mich nicht damit befassen. Aber ich will Antworten haben, Grady. Du solltest dich darauf vorbereiten, da ich sie von dir fordern werde.«

»Jederzeit. Sag mir Bescheid, wenn du etwas Neues über Phillips Zustand erfährst.«

Sie nickte. »Kann nicht mehr lange dauern.«

»Soll ich bleiben?«

Sie sah ihn an. »Nein. Ich kann nicht behaupten, dass mir die Vorstellung, mich auf einen Mann zu stützen, der sich als unaufrichtig und manipulativ erwiesen hat, besonders gut gefällt.«

Er lächelte. »Da ist was dran. Aber ich glaube, du hast keine Angst mehr, dass ich dich weiterhin manipuliere.«

»Das stimmt.« Sie hatte nicht mehr das Gefühl, dass unmittelbar Gefahr von ihm ausging. In den letzten Tagen war er ständig für sie da gewesen und hatte schnell und geschickt alles für Phillip arrangiert. Nie drängte er sich vor – im Gegenteil, er hielt sich still im Hintergrund. »Und du warst nicht derjenige, der am Strand auf mich geschossen hat. Wahrscheinlich hast du mir sogar das Leben gerettet. Ich bin überzeugt, dass du aus selbstsüchtigen Gründen gehandelt hast, aber du willst offensichtlich nicht meinen Tod.«

»Ganz offensichtlich.« Er wandte sich zum Gehen. »Du hast meine Handynummer. Ruf mich an, wenn du mich brauchst.«

»Wohin willst du?«

Er zuckte mit den Schultern. »Du willst mich nicht um dich haben, aber ich muss dich im Auge behalten. Ich bleibe in der Nähe. Melde dich bei mir, und ich bin in fünf Minuten hier. Ich sollte dir sagen, dass ich Jed Harley gebeten habe, gelegentlich nach dir zu sehen. Nicht, dass du ihn für einen von Molinos Killern hältst.«

»Und wer ist Jed Harley?«

»Ich habe ihn angeheuert, damit er auf dich aufpasst. Er ist ein guter Mann.«

»Wie gut? In jeder Hinsicht?«

»Er ist vielseitig. Schusswaffen, Messer, Karate, Tai-Chi. Wenn er nicht gerade jemanden unschädlich machen muss, ist er äußerst unterhaltsam.«

»Ich glaube nicht, dass ich einen Hofnarren gebrauchen kann.«

»Harley schert sich nicht darum, was du brauchst. Er ist, was er ist. Da du Probleme hast, meine Anwesenheit zu dulden, muss ich deine Sicherheit mit anderen Mitteln gewährleisten. Dir wird nichts passieren, Megan.« Damit verließ er das Wartezimmer.

Seine letzten Worte beruhigten sie. Im Moment fühlte sie sich grenzenlos allein, sie war verwirrt und traurig. Grady ließ sich nicht von Zuneigung oder Freundlichkeit leiten, dennoch wollte er sie beschützen. Sie würde diesen Schutz brauchen, wenn es ihr gelang, die Konfusion abzuschütteln.

»Hi. Schlimme Sache, was? Kann ich irgendwas tun?«

Sie öffnete die Augen. Ein großer, schlaksiger Kerl in einem Hawaiihemd stand in der Tür. Sie richtete sich auf. »Nein danke.«

»Bestimmt nicht?« Er kam in den Warteraum. »Ich bin nicht nur ein Wichtigtuer, der seine Nase in Ihre Angelegenheiten steckt. Das würde mich auch ankotzen. Mein Name ist Jed Harley, und ich werde dafür bezahlt, meine Nase in Ihre Angelegenheiten zu stecken.« Er ließ sich auf den Stuhl neben ihr fallen. »Das sollte Ihnen ein besseres Gefühl geben. Beschützen und beruhigen. Das ist mein Job.«

Sie starrte ihn an. Er war Mitte dreißig, sonnengebräunt mit sandfarbenem Haar und strahlend blauen Augen. In dem Hawaiihemd glich er eher einem Strandgutsammler als dem Mann, den Grady beschrieben hatte. »Ihre Manieren am Krankenbett lassen zu wünschen übrig, Mr Harley.«

»Nur Harley.« Er grinste. »Und Sie liegen nicht im Krankenbett. Genau genommen ist mein Umgang mit Kranken vorzüglich. Ich hatte mal einen Job als Notarztwagenfahrer und war verdammt hilfreich. Die Patienten haben mich geliebt. Ich passe mein Benehmen nur der Situation an. Sie sind keine Lady, die ein liebevolles Tätscheln zu schätzen wüsste. Sie sind sehr eigenständig.«

»Woher ... liebe Güte, sind Sie auch so ein Freak wie Grady?«

»Um Himmels willen, nein.« Er schauderte. »Gott behüte. Ich bevorzuge das einfache, unkomplizierte Leben. Ich bin nur ein guter Menschenkenner. Ich habe Sie beobachtet, und Sie sind nicht schwer zu durchschauen. Mir kommt es vor, als würde ich Sie schon lange kennen.«

»Reizend«, gab sie sarkastisch zurück. »In letzter Zeit frage ich mich, ob ich mich so gut kenne.«

Wieder grinste er. »Sprechen Sie mit mir. Ich beantworte Ihre Fragen.« Er lehnte sich zurück. »Aber jetzt halte ich den Mund und lasse Sie in Ruhe. Nein, so richtig werden Sie sich wahrscheinlich nicht entspannen, aber Sie müssen sich nicht auch noch mit meinem Unsinn abgeben. Unter anderen Umständen würden Sie mich bestimmt faszinierend finden, davon bin ich überzeugt, aber jetzt ist der falsche Zeitpunkt. Lehnen Sie sich einfach zurück – ich bin für Sie da und werde tun, was immer ich kann.«

Zu ihrer eigenen Überraschung tat sie, was er sagte, und lehnte sich zurück. Der komische Kauz war erstaunlich besänftigend. »Sie brauchen nicht für mich da zu sein. Ich bin sicher, Grady hat nicht gemeint, dass Sie neben mir sitzen und Händchen halten sollen.«

»Ich bin immer ein bisschen übereifrig. Ich bin der Meinung, dass das Leben eine einzige Party mit Feuerwerk sein sollte, und es macht mich hellhörig, wenn jemand von der Party ausgeschlossen ist. Ich muss einfach etwas dagegen unternehmen.« Er verschränkte die Arme vor der Brust und streckte die Beine aus. »Also, ignorieren Sie mich, bis Sie mich brauchen.«

Bizarr, der Typ war einfach bizarr.

Aber eigenartig beruhigend.

Wieder machte sie die Augen zu, legte die Hände auf die Armlehnen und wartete.

Zehn Minuten verstrichen.

Fünfzehn.

Zwanzig.

»Megan.« Plötzlich legte sich Harleys Hand auf ihre. »Ich glaube, da kommt der Arzt.«

Sie riss die Augen auf.

»Dr. Blair?« Dr. Pretkay, der Spezialist vom Johns Hopkins, stand in der Tür. Sie umklammerte Harleys Hand. Pretkays Miene drückte Mitgefühl und ... Bedauern aus.

Verdammt. Verdammt. Verdammt.

Phillip war nicht groß, aber in dem weißen Krankenhausbett wirkte er noch schmächtiger.

»Hi, Phillip«, begann Megan verlegen, als sie sich dem Bett näherte. »Ich bin nicht sicher, ob du mich verstehen kannst. Die Experten sind sich nicht einig, wie viel Koma-Patienten mitbekommen.« Sie ergriff seine Hand. Sie war kühl und schlaff, ganz anders als sonst. »Ich dachte, ich versuch's wenigstens. Wenn du verstehen kannst, was um dich herum vorgeht, fühlst du dich wahrscheinlich hilflos, und das ist echt scheußlich.« Fang jetzt bloß nicht an zu heulen. »Sie sagen, dass sie im Moment nichts tun können, um dir zu helfen. Deshalb bringen wir dich in ein privates Pflegeheim, dort wird man sich großartig um dich kümmern. Vielleicht kann ich dich dort nicht gleich besuchen, aber ich werde nicht aufhören, nach einer Therapiemöglichkeit für dich zu suchen.« Sie schluckte und flüsterte: »Ich liebe dich. Danke für all die Jahre, Phillip.« Nein, das klang wie ein Abschied, und sie würde Phillip *nicht* aufgeben, egal, was Pretkay sagte. »Aber wir werden noch viele gemeinsame Jahre haben. Lass mir nur etwas Zeit, mich über alle Möglichkeiten zu informieren.« Sie beugte sich über ihn und hauchte ihm einen Kuss auf die Stirn. »Bis bald.«

Sie ging eilends hinaus. Als sie in den Korridor kam, war sie blind vor Tränen.

»Hey, ganz ruhig.« Grady zog sie in die Arme und wiegte sie. »Wehr dich nicht gegen mich. Du brauchst eine Schulter zum Anlehnen, und ich möchte dir helfen.«

Sie ließ ihn gewähren. Er fühlte sich warm, stark und lebendig an. Genau das brauchte sie jetzt nach der Begegnung mit dem halbtoten Phillip. »Pretkay sagt, dass Phillip vielleicht nie wieder aufwacht. Er hat mich gefragt, ob ich will, dass sie die lebenserhaltenden Apparate ausschalten.« Sie vergrub ihr Gesicht an seiner Schulter. »Zum Teufel mit ihm. Das kommt gar nicht in Frage. Phillip hatte noch nicht mal die Chance, sich aus dem Koma zu befreien. Und ich hatte noch keine Chance, um ihn zu kämpfen.«

»Schsch.« Grady strich ihr übers Haar »Du hast recht. Wir kümmern uns um ihn. Und wir werden eine Möglichkeit finden, ihm zu helfen.«

»Allerdings.« Sie stieß ihn von sich und wischte sich über die Augen. »Und das Erste, was wir tun, ist, den Hurensohn zu suchen, der auf ihn geschossen hat. Ich will nicht, dass der Mistkerl in der Gegend herumschleicht, solange Phillip hier liegt wie ein Zombie.«

»Ich habe schon daran gearbeitet.« Grady presste die Lippen zusammen. »Sieh mich nicht so erstaunt an. Ich bin derjenige, der Phillip zu dir geschickt hat. Es stand nie außer Frage, dass ich den Schützen jagen würde. Was meinst du, was ich gemacht habe, während du hier im Wartezimmer gesessen hast?«

»Wer war es?«

»Das werde ich bald erfahren.«

Sie verzog den Mund. »Von einer Kristallkugel?«

»Nein, von den Leuten vom Kriminallabor der Atlanta Police. Man hat Reifenspuren von seinem Truck im Sand und Fasern auf der Veranda, auf der er gekniet hat, gefunden.«

»Das ist nicht viel.«

»Aber ein Anfang. Ich habe Kontakte zur CIA, und sie treiben die Ermittlungen voran. Und ich habe mit Michael Travis gesprochen; er meinte, dass er jemanden kennt, der uns vielleicht unterstützen könnte.«

Sie erinnerte sich an den Namen. »Phillip sagte, ein Michael Travis sei Leiter einer Psychic Investigative Group in Virginia. Ich dachte, du brauchst keine Kristallkugel – hast du das vorhin nicht gesagt?«

»Ganz recht. Michael hat von der Atlanta City Hall gesprochen. Seine Kontakte sind nicht beschränkt auf …«

»Freaks.«

»Nenn sie, wie du willst.« Er schaute ihr in die Augen. »Dazu hast du jedes Recht.«

Weil ich eine von ihnen bin, dachte sie niedergeschlagen. »Noch gestehe ich mir das nicht ein.«

»Was? Nicht einmal nach all dem, was du in der Höhle durchgemacht hast?«

»Es könnte nach wie vor ein mentales Problem sein. Ich bin sehr pragmatisch und habe keine Beweise für etwas anderes.«

»Natürlich hast du welche«, erwiderte er harsch. »Akzeptier es, Megan.«

»Erst wenn ich es mir selbst beweisen kann. Ich denke nicht, dass ich schizophren bin. Aber kann ich meinen Instinkten trauen, obwohl mir mein logischer Verstand etwas anderes sagt? Mich gegen das stellen, was mir meine Mutter gesagt hat? Allerdings gibt es für das, was du im Zoo mit mir gemacht hast, keine logische Erklärung. Phillip glaubt das, was du mir erzählt hast, und er hat mich noch nie in die Irre geführt. Ich weiß es einfach nicht.« Sie ballte die Fäuste. »Du hast gesagt, dass die Stimmen gewöhnlich einer emotionsgeladenen Situation entspringen, stimmt das?«

»Ja.«

»Dieses Krankenhaus muss voll mit solchen Echos sein. Warum höre ich sie hier nicht?«

»Ich helfe ein wenig nach.«

»Ein wenig?«

Er nickte. »Du blockst sie selbst zum größten Teil ab. Das ist unglaublich. Du machst das instinktiv. Ich hatte keine Gelegenheit, dir die Technik beizubringen.«

»Wieso solltest du mir das beibringen wollen? Das würde dir die Möglichkeiten nehmen, mich mit den Stimmen unter Druck zu setzen.«

»Richtig. Daran habe ich auch schon gedacht. Aber letzten Endes wirst du die Echos allein zum Schweigen bringen können, und es ist besser, wenn du mir freiwillig hilfst.«

»Allein?«, wiederholte sie ungehalten. »O ja. Diese großartige Gabe, die mich in den Wahnsinn treiben kann wie Phillips Frau.«

»Sie war nicht annähernd so stark wie …«

»Ich will nichts davon hören«, unterbrach sie ihn. »Nicht jetzt. Ich muss nach Hause und etwas überprüfen. Danach werde ich Phillips Sachen zusammenpacken.« Sie schauderte. »Das macht man, wenn jemand gestorben ist. Aber er wird *nicht* sterben, Grady. Und er wird nicht in dieser stillen Hölle bleiben.« Sie ging den Flur hinunter. »Ich muss einen Weg finden …«

Der Computer-Bildschirm leuchtete blau, daneben brannte auf dem Tisch in der Bibliothek die Schreibtischlampe.

Tu's. Starr nicht auf den Bildschirm. Zapf das World Wide Web an. Man kann im Internet alles finden, wenn man nur gründlich genug sucht. Zumindest verrät es, wo man die gewünschte Information finden kann.

Aber sie wollte eigentlich gar nicht wissen, ob ihre Mutter sie angelogen hatte.

Los, spring ins kalte Wasser.

Konzentrier dich. Erinnere dich an die Echos, die deutlich zu verstehen waren.

Hiram.

Ein langer Schrei, der immer leiser wurde …

Eine stürzende Frau?

John, mein Baby …

Was für ein Baby?

Pearsall. Eine Frau, der ein Mann namens Pearsall unrecht getan hatte.

Megan wusste nicht einmal, zu welcher Zeit diese Episoden passiert waren. Ich habe erbärmlich wenig, worauf ich aufbauen kann, dachte sie frustriert. Natürlich könnte sie noch einmal in die Höhle gehen und die Stimmen erneut heraufbeschwören.

Ja, vor allen Dingen. Auf keinen Fall mache ich das noch einmal durch.

Sie tippte »Myrtle Beach« in das Suchprogramm ein.

Sie wollte die Dateien mit den Zeitungsmeldungen durchforsten und sehen, ob die Stimmen Echos waren, wie Grady behauptete. Sie erhielt nur wenige, fast gar keine Verweise. Gott allein wusste, wie viel Zeit sie die Suche kosten würde.

Das spielte keine Rolle. Sie würde nicht aufgeben.

Grady lehnte sich auf dem Fahrersitz zurück. Sein Blick war auf das Licht gerichtet, das durch ein Fenster der Bibliothek fiel. Megan war die ganze Nacht da oben gewesen, und er ahnte, was sie dort machte.

Nur zu, Megan. Prüf es nach.

Ich halte dir so lange den Rücken frei.

Kapitel 6

Es war fast Mittag, als Megan den Computer ausschaltete und sich zurücklehnte.

Fertig.

Eigentlich hätte sie müde sein müssen, aber sie war zu aufgedreht, um etwas anderes als Aufregung, Anspannung zu spüren … und Angst.

Sie musste die Angst überwinden. Sie hatte nicht all die Zeit und Mühe aufgewendet, um sich jetzt durch einen Gefühlsausbruch selbst zu blockieren. Geh nach Hause, nimm eine Dusche, und brüh dir eine Kanne Kaffee auf. Denk nüchtern und logisch, geh deine Notizen durch, dann kannst du Schlüsse ziehen.

Gleichgültig, wie diffus und unlogisch diese Schlüsse auch sein mochten.

»Du hast angerufen?«, fragte Grady, als sie ihm zwei Stunden später die Haustür öffnete.

»Vor zehn Minuten.« Sie runzelte die Stirn. »Du musst praktisch vor dem Haus gewesen sein.«

»In der Nähe.« Er kam in den Flur und machte die Tür zu. »Ich hab doch gesagt, dass ich unverzüglich komme, wenn du anrufst.«

»Da waren wir im Krankenhaus.«

Er lächelte. »Das macht keinen Unterschied. Ich bin nicht für kurzfristige Verpflichtungen. Du musst einen guten Grund gehabt haben, mich anzurufen. Im Moment gehöre ich nicht zu deinen liebsten Mitmenschen.«

»Das stimmt.« Sie drehte sich auf dem Absatz um. »Komm in die Küche, und setz dich. Ich muss mit dir reden. Ich gebe dir sogar eine Tasse Kaffee.«

»Du bewirtest mich unter deinem Dach? Ist das nicht ein mittelalterlicher Brauch, wenn man auf einen Waffenstillstand aus ist?«

»Ich bewirte dich nicht. Ich biete dir einen Kaffee an.« Sie rückte einen Stuhl zurecht; Tassen und die Kaffeekanne standen bereits auf dem Tisch. »Und ob es einen Waffenstillstand gibt, hängt allein davon ab, was du mir erzählst.«

»Dann fange ich damit an, dir über Phillip Bericht zu erstatten. Ich habe die Klinik angerufen – man hat ihn im Bellehaven Nursing Home untergebracht. Ich habe Harley gebeten, eine Wache für ihn zu organisieren.«

Sie straffte die Schultern. »Moment mal. Du hattest kein Recht, ohne meine Erlaubnis ein Pflegeheim für ihn auszusuchen. Hast du überhaupt eine Ahnung, wie viele schlechte Pflegeheime es gibt? Ein Koma-Patient ist vollkommen hilflos.«

»Ich würde Phillip nicht in eine Einrichtung stecken, in dem er keine gute Pflege bekommt. Es ist ein ausgezeichnetes Heim. Bellehaven hat in einem Nebengebäude eine Koma-Rehabilitationsabteilung eingerichtet, die von Dr. Jason Gardner geleitet wird. Zwar ist es nur eine kleine Station, aber mit höchstem Standard. Dort lassen sie die Kranken nicht einfach dahinvegetieren. Sie wenden experimentelle Medikamente und Methoden an. Die Patienten bekommen eine Physiotherapie und werden sogar psychologisch ausgewertet. Ich habe mit Gardner telefoniert – er setzt sich leidenschaftlich für seine Patienten ein. Das müsste dir gefallen.«

»Tut es.« Phillip brauchte in seiner dunklen Welt jede Hingabe, die man ihm geben konnte. »Hat er Phillip schon untersucht?«

»Nein, das macht er morgen. Augenblicklich ist der Zustand unverändert. Sie werden uns beide benachrichtigen, wenn bis heute Abend eine Veränderung eintritt – zum Guten oder zum Schlechten. Morgen kannst du dich mit Dr. Gardner in Verbindung setzen. Er hat mir seine Nummer gegeben und gesagt, dass er für Angehörige seiner Patienten jederzeit zu sprechen ist.«

»Das klingt, als wäre er ein guter Arzt, ein guter Mensch.« Und nach einer Weile setzte sie hinzu: »Danke.« Es war schlau von Grady, sie gnädig zu stimmen und an ihre Zuneigung zu der einzigen Person zu appellieren, über die sie ohne Streit reden konnten. »Ich hatte damit gerechnet, dass er erst morgen verlegt wird.«

»Ich wollte, dass er besser untergebracht ist.«

»Damit du ihn von deiner Prioritätenliste streichen kannst?«

»Nein.« Er schaute ihr in die Augen. »Um ihn von deiner zu streichen. Ja, ich wollte, dass er die bestmögliche Pflege erhält, andererseits wollte ich, dass du einen klaren Kopf bekommst. Wenn mich das zu einem Scheißkerl macht, dann soll es so sein.« Er schenkte ihr Kaffee ein. »Ich kann mir aber nicht vorstellen, dass meine Selbstsucht im Augenblick so wichtig ist, sonst säße ich nicht hier. Jetzt bist du dran, Megan. Warum willst du mich sprechen?«

»Weil du derjenige bist, der mir Antworten geben kann.« Sie umklammerte mit beiden Händen ihre Tasse. »Ich muss mehr wissen.«

»Mehr als was?«

Sie holte ein zusammengefaltetes Papier aus ihrer Tasche und überreichte es ihm. »Als ich in der Höhle war, konnte ich diese Wortfetzen aus der grässlichen Kakophonie heraushören. Das waren die lautesten Echos.«

»Und?«

»Ich *musste* mich vergewissern, ob das, was du sagst, wahr ist.« Sie schüttelte den Kopf. »Nein, es gibt keine Möglichkeit, es schwarz auf weiß zu beweisen, aber ich muss es glauben.« Sie atmete tief durch. »Deshalb habe ich die letzten sechzehn Stunden am Computer die Todesanzeigen durchgesehen – ich wollte Tatsachen, auf die ich mich stützen kann.«

»Und, hast du sie gefunden?«

Sie antwortete nicht direkt. »Es war nicht leicht. Ich hatte keine Daten, die ich hätte eingeben können, und musste alle Hinweise auf den Baggersee seit 1913, dem Gründungsjahr der Lokalzeitung, durchgehen. Ich war nicht mal sicher, ob ich Meldungen oder Berichte über die Ereignisse, die sich dort abgespielt haben, finden würde. Falls es sich um Verbrechen handelte, könnten sie auch im Verborgenen geblieben sein. Und die Zeitung hat auch keinen Grund, über alle persönlichen Tragödien zu berichten.«

»Gar keinen Grund.« Er fixierte sie. »Aber du bist auf etwas gestoßen. Du … warst fündig.« Er tippte auf den ersten Namen auf dem Papierbogen. »Hiram?«

»1922, Hiram Ludlow, ein Arbeiter im Steinbruch stand wegen Mordes an seiner Frau Joanna vor Gericht. Er hat sie nur wenige Meter von der Höhle entfernt von den Felsen gestoßen. Danach suchte er seinen Bruder Caleb und erschoss ihn. Hiram starb 1935 im Gefängnis.«

Grady deutete auf den zweiten Namen. »Pearsall?«

»1944, Kitty Brandell verklagte Donald Pearsall auf Kindesunterhalt für ihre uneheliche Tochter. Sie arbeitete in der Pearsall Teppichfabrik in der Nähe, und als Donald aus dem Zweiten Weltkrieg nach Hause kam, eroberte er Kitty offenbar im Sturm. Sie trafen sich in diesem Sommer einige Male heimlich in der Höhle – ihre Tochter Gail wurde dort gezeugt. Donald stritt ab, der Vater zu sein; Kitty verlor ihren Job in der Teppichfabrik und wurde praktisch aus der Stadt gejagt. Aber sie wehrte sich, sparte Geld für den Anwalt und strengte eine Gerichtsverhandlung an, als ihre Tochter sieben Jahre alt war.«

»Und hatte sie Erfolg vor Gericht?«

»Nein. Donalds Familie war einflussreich und vermögend. Kitty stand mit leeren Händen da. Sie musste die Gerichtskosten bezahlen, und ihr Ruf war ein für alle Mal dahin, was zu der Zeit ein schreckliches Los war. Ich wollte herausfinden, was aus ihr geworden ist, hatte aber nicht die Zeit, Nachforschungen über die Dinge anzustellen, die außerhalb der Höhle vorgefallen sind.«

Er sah auf den dritten Namen. »Was ist mit Baby John?«

»Darüber konnte ich nichts finden«, antwortete sie kopfschüttelnd. »Vielleicht hat er keine Gewalt in der Höhle erfahren. Oder seine Mutter hat sich wie ein verwundetes Tier in die Höhle verkrochen, nachdem ihr kleiner John gestorben oder verletzt worden war. Es gibt keine größere Tragödie, als ein Kind zu verlieren.«

Grady malte ein Fragezeichen neben die Notiz »Baby John«. »Zwei von drei. Nicht schlecht.«

»Nicht schlecht? Es ist furchtbar. Alles ist schrecklich.« Sie brachte ihn mit einer Geste zum Schweigen, als er den Mund aufmachte. »Ja, ich weiß, du spielst auf meine

›Trefferquote‹ an. Aber ich kann die Stimmen nicht von den traumatischen Erlebnissen trennen. Ich kann meinen eigenen Schmerz nicht lindern. Es ist, als würde ich ihn einsaugen und könnte ihn nicht mehr abschütteln. Ist das Phillips Frau jemals gelungen?«

Er nickte. »Aber sie hat die Emotionen niemals so stark empfunden wie du. Nora konnte die Stimmen nicht unterscheiden. Sie waren nur wie eine Geräuschkulisse, wie die Schreie der Insassen einer Irrenanstalt. Ich denke, so ergeht es den meisten Lauschern.«

»Wieso habe ich dann dieses Glück?«, fragte sie sarkastisch.

Er schaute in seine Tasse. »Dein besonderes Talent hat vielleicht noch andere Facetten.« Er wechselte das Thema. »Du hast meine Frage nicht beantwortet. Du hast nach Tatsachen gesucht, an die du dich klammern kannst, nach überzeugenden Beweisen. Hast du sie gefunden?«

»Es könnten alles nur Vermutungen sein, Zufälle.«

»Hast du sie gefunden?«, wiederholte er. »Glaubst du mir? Akzeptierst du, was du bist?«

Sie schwieg eine Weile – sie sträubte sich, es auszusprechen. Dieses Eingeständnis würde alles verändern: ihre Vergangenheit, ihre Gegenwart und die Zukunft. Sie würde sich selbst nicht mehr so sehen wie bisher.

»Ziemlich unheimlich, wie? Du brauchst dich dem nicht allein zu stellen, wenn dir das hilft. Ich bin für dich da.«

»Ich will deine Hilfe nicht.« Das entsprach nicht der Wahrheit. Sie wollte jede Hilfe, die sie bekommen konnte, aber sie konnte sie nicht annehmen. »Ich bin, was ich bin, und muss allein mit den Problemen fertig werden.«

»Und was genau bist du, Megan?«, fragte er leise. »Sag es.«

»Ich bin eine einigermaßen intelligente Frau und Ärztin.«

»Und?«

Sie zögerte, dann bekannte sie stockend: »Ich bin eine Lauscherin, verdammt.«

Er lächelte. »Endlich.«

»Aber ich bin nicht Nora und werde mich nicht wie sie von dir abhängig machen.«

»Das habe ich begriffen, als ich hinter dir herfahren musste und du beschlossen hattest, deinen Dämonen zu begegnen. Die meisten Menschen wären traumatisiert gewesen. Ich glaube, dass es deinem Charakter widerspricht, dich von jemandem abhängig zu machen.«

Sie hörte ihm gar nicht mehr zu. »Dämonen«, wiederholte sie. »Davon hast du schon einmal gesprochen. Aber ich darf die Stimmen nicht als Dämonen ansehen, wenn ich mit ihnen leben muss. Es sind Menschen. Schlechte Menschen, gute Menschen, egoistische, großzügige, hilflose, mächtige – es sind Menschen. Nichts anderes. Hätte ich es mit Dämonen zu tun, wäre mein Leben wahrlich die Hölle.«

»Mein Gott.«

»Was?«

»Du passt die Situation bereits deinen Bedürfnissen an.«

»Ich versuche zu überleben, und ich *werde* überleben.«

»Davon bin ich überzeugt.« Er trank einen Schluck Kaffee. »Aber du hast mich bestimmt nicht hergebeten, damit ich dir zusehe, wie du mit deiner Gabe kämpfst. Du hast gesagt, dass du Antworten willst.«

»Ich denke in geordneten Bahnen. Deshalb befasse ich mich mit einem Problem nach dem anderen.«

»Offensichtlich hast du einen Bocksprung über das erste gemacht. Stell mir deine Fragen.«

»Bocksprung?« Sie war wie eine Schnecke gekrochen, als es galt, sich einzugestehen, dass sie eine verdammte Lauscherin war. Trotzdem hatte sie es akzeptiert und musste den nächsten Schritt tun. »Du hast gesagt, dass meine Mutter von einem gewissen Molino umgebracht wurde. Ein Rachemord. Warum?«

»Er hat sie für den Tod seines Sohnes Steven verantwortlich gemacht. Molino ist der Abschaum der Menschheit, aber seinen Sohn hat er geliebt. Er war stolz auf ihn und der Ansicht, dass der Junge ganz nach ihm schlug; wahrscheinlich hatte er recht damit. Nach allem, was ich weiß, war Steven ein Lügner, ein Sadist und Vergewaltiger. Das alles hatte er mit Molino gemein.«

»Und er dachte, dass meine Mutter seinen Sohn getötet hat?« Sie schüttelte den Kopf. »Er hat sich geirrt, oder?«

»Das hängt davon ab, von welchem Standpunkt aus man das betrachtet.«

»Nein, das tut es nicht. Sie war lieb und sanftmütig.«

»Ja, aber auch liebe und sanftmütige Menschen töten aus Notwehr.«

»Aus Notwehr? Wer, zum Teufel, ist dieser Molino?«

»Abschaum, wie gesagt. Er hat jede Menge Dreck am Stecken. Er ist ein Drogendealer, besitzt etliche Bordelle in Afrika und Südamerika, und er mischt im weltweiten Kinderhandel mit.«

»Was?«

»Er bezahlt Banditen dafür, dass sie Kinder in den afrikanischen Dörfern stehlen, in den USA und Europa kümmert er sich selbst um die Entführungen. Er verkauft die Kinder an Kunden in der ganzen Welt. Das ist ein ausgesprochen lukratives Geschäft. In Afrika gibt es den Glauben, dass man sich vom Aids-Virus befreien kann, wenn man ein Mädchen entjungfert.«

Megan konnte das nicht fassen. »Nein«, hauchte sie entsetzt.

»Ich würde dir die hässlichen Einzelheiten gern ersparen, aber du musst begreifen, was für ein Hurensohn Molino ist.« Und nach einem Moment fügte er hinzu: »Und warum dich deine Mutter verlassen hat, als sie gebeten wurde, bei seiner Ergreifung mitzuhelfen.«

»Und wer hat sie gebeten?«

»Die CIA. Sie wurden von der Regierung scharf kritisiert, weil die Ganoven den Markt mit den Drogen überschwemmten, mit denen Molino sie für ihre Dienste bezahlte.« Er hob die Schultern. »Natürlich war das nur ein Tropfen auf dem heißen Stein. Molinos Netzwerk war so ausgedehnt, dass sie glaubten, ihn nicht aufhalten zu können, dennoch entschieden sie sich, es zu versuchen.«

»Und wieso haben sie meine Mutter einbezogen?«

»Sie mussten seinen Aufenthaltsort ausfindig machen und ihn in einer verfänglichen Situation schnappen, um Beweise gegen ihn zu haben. Damals war er in Afrika unterwegs, und die üblichen Informanten erwiesen sich als nutzlos. Deshalb liehen sie sich mich von meiner Einheit aus und beauftragten mich, ihn aufzuspüren.« Er wiegte den Kopf. »Leider war das nicht mein Fachgebiet. Ich kann kontrollieren, nicht lokalisieren. Deshalb hab ich Michael Travis, den Leiter der Psychic Investigative Group in Virginia, angerufen und gebeten, mir jemanden zu schicken, der den Auftrag übernehmen konnte. Er nannte mir den Namen einer Frau, die er drei Jahre zuvor kennengelernt hatte. Sie war zu ihm gekommen, weil sie vermutete, dass ihre Tochter eine Lauscherin ist, und wollte wissen, wie man die Echos ausschalten kann. Ihre eigenen konnte sie blockieren, bei ihrem Kind jedoch brauchte sie Hilfe. Das kleine Mädchen hatte mit sieben zum ersten Mal die Stimmen gehört, und damals war es ihr noch gelungen, sie zum Schweigen zu bringen, doch als das Mädchen in die Pubertät kam, wurde sie nicht mehr allein damit fertig.«

»Das Mädchen war ich?«, flüsterte Megan.

Grady nickte. »Michael Travis half deiner Mutter, so gut er konnte, aber er merkte, dass sie stärker war als er. Er machte ausführliche Tests mit ihr und fand heraus, dass sie erstaunlich vielfältige Talente besaß. Sie war nicht nur eine Lauscherin, sondern auch eine Finderin. Man brauchte ihr nur einen Handschuh, einen Schal oder eine halbgerauchte Zigarette zu geben, und sie konnte die Person nicht nur aus einer meilenweiten Entfernung erspüren, sondern sie auch aus einer Menschenmenge herauspicken. Michael meinte, dass sie genau die Richtige für den Job wäre. Wir mussten sie nur noch dazu bringen, mit uns zusammenzuarbeiten. Leider wollte sie sich auf nichts einlassen, was mit parapsychologischen Phänomenen zu tun hatte, und war nur an den Methoden interessiert, die ihr und ihrer Tochter halfen, zu überleben und ein normales Leben zu führen. Michael war sehr enttäuscht, weil er Hinweise auf Talente erkannte, die man nur selten findet. Er wollte noch weitere Tests durchführen. Sie lehnte ab.«

»Sie hat ihm die Bitte abgeschlagen?«

»Er hat sie nie wiedergesehen. Aber er behielt sie im Auge, weil er glaubte, es sei unverantwortlich, ein solches Potential zu ignorieren.«

»Das klingt so ... klinisch.« Sie fröstelte. »Sie war kein Potential, sie war meine Mutter. Es war ihr gutes

Recht, euer verdammtes Potential zu ignorieren und ein normales Leben zu führen. Ihr hättet sie in Ruhe lassen sollen.«

»Wir haben sie zu nichts gezwungen. Wir erklärten ihr die Situation und überließen ihr die Entscheidung.« Seine Lippen zuckten. »Ich will nicht behaupten, dass die Leute von der CIA sie nicht überredet haben. Sie zeigten ihr ein paar Fotos von den Kindern, die sie aus den Händen ihrer ›Besitzer‹ befreien konnten. Zwei von ihnen waren bereits mit Aids infiziert.«

»O Gott.«

»Danach hat sie sich bereit erklärt, diesen einen Auftrag zu übernehmen, aber nur diesen. Sie meldete dich für sechs Wochen in einem Feriencamp an. Du warst dreizehn. Erinnerst du dich?«

»Klar. Ich wollte nicht in dieses vermaledeite Camp. Ich wollte bei ihr bleiben. Sie sagte, ich müsste mehr unter Gleichaltrigen sein.« Nie im Traum hätte Megan daran gedacht, dass Sarah in jenem Sommer auf Verbrecherjagd gehen würde. Ihre Mutter hatte sie immer gedrängt, anderen Kindern gegenüber aufgeschlossener zu sein, deshalb erschien es vollkommen normal, dass sie sie ins Ferienlager schickte. »Wohin ist sie gefahren?«

»Nach Zentralafrika. Molino sollte sich dort mit einem seiner Gaunerkomplizen, Kofi Badu, zu einer Geldübergabe treffen. Damals lernte ich sie kennen. Wir kamen uns … nahe.«

»Wie nahe?« Und nach einer Weile setzte sie hinzu: »Wart ihr ein Liebespaar?«

»Nein. Sie war verängstigt, und ich versuchte, ihr zu helfen. Ich war daran gewöhnt, dass mich alle als Freak ansahen, aber sie war dem zum ersten Mal ausgesetzt. Sie hatte ihr Talent immer versteckt.« Er begegnete Megans Blick. »Dachtest du das, als ich in dem bewussten Sommer bei euch am Strand auftauchte? Dass wir ein Liebespaar sind?«

»Anfangs nicht. Aber manchmal kam es mir vor, als könntet ihr gegenseitig eure Gedanken lesen.« Und sie war eifersüchtig gewesen, erinnerte sie sich. Ihre Mutter hatte recht gehabt. Sie hatte sich Hals über Kopf in Neal Grady verknallt. Vom ersten Augenblick an hatte er sie gefangen genommen. Er war ihr Freund und Lehrer gewesen, trotzdem hatte sie sich auch sexuell zu ihm hingezogen gefühlt. Es hatte Momente gegeben, in denen sie ihn nur anzuschauen brauchte, und ihr Herz begann, schneller zu schlagen.

Um Himmels willen, damals war sie erst fünfzehn gewesen. Es war eine absolut normale Reaktion eines jungen Mädchens, das auf einen so attraktiven Mann wie Neal Grady trifft.

»Ich kann dir versichern, dass es nichts mit Übersinnlichem zu tun hatte, wenn wir unsere Gedanken erraten haben«, sagte Grady. »Wir saßen uns auf der Pelle, als wir im afrikanischen Dschungel waren, und das schweißt zusammen.«

»Hat meine Mutter Molino gefunden?«

»Ja.« Er verzog den Mund. »Wir gaben ihr ein rotes Hemd, das Molino in seinem Bordell auf Madagaskar hatte liegen lassen – das genügte ihr. Wir flogen in den Dschungel, wo wir ein Versteck von Kofi Badu vermuteten, und verbrachten drei Tage dort. Sie ortete Molino und führte ein Team zu ihm.«

»Und da hat sie Molinos Sohn getötet?«

»Nein, das war später. Der Vorstoß erwies sich als Reinfall. Sie hatten uns erwartet. Wir verloren sieben Männer … und deine Mutter wurde gefangen genommen.«

Megan zuckte zusammen. »Was?«

»Wir haben sie zwei Tage später wiederbekommen. Aber da war es bereits passiert. Sie hatte Molinos Sohn getötet.«

»Molinos Sohn ist mir egal«, gab sie hitzig zurück. »Was war mit meiner Mutter? Haben sie ihr etwas angetan?«

»Ja. Aber sie hat es überlebt und ist gestärkt aus der Sache hervorgekommen.«

»Was haben sie mit ihr gemacht?«

»Bist du sicher, dass du das wissen willst?«

»Ja, verdammt.«

»Molinos Sohn hat sie vergewaltigt.«

Megan wurde übel. »Dann bin ich froh, dass er tot ist.« Lieber Himmel, was hatte ihre Mutter durchgemacht! »Sie hat sich mir gegenüber nie etwas anmerken lassen. Als ich aus dem Ferienlager heimkam, war sie wie immer.«

»Ich hab dir gesagt, dass sie die Sache heil überstanden hat. Sarah war stark genug, um sich nicht von dem Dreck unterkriegen zu lassen.« Er atmete durch. »Aber als wir nach Hause kamen, beschlossen wir, Vorsichtsmaßnahmen zu ergreifen und sie für eine Weile verschwinden zu lassen. Deshalb haben wir euch beide sofort von Richmond weggebracht.«

»Mir hat sie gesagt, dass sie in Carolina einen besseren Job bekommen hätte.«

»Wir wollten ihr neue Kreditkarten und Papiere mit einem anderen Namen geben, doch das hielt sie nicht für nötig, da Molino vor der CIA auf der Flucht war. Sie sagte, dass Molino möglicherweise eines Tages festgenommen wird. Manchmal glaubte Sarah das, was sie glauben wollte. Du solltest nichts von ihm oder dem

Talent erfahren, das sie dein Leben lang vor dir geheim hielt. Ich hab versucht, ihr das auszureden.«

»Warum?«

»Molino ist unermüdlich. Er bohrt, bis er auf etwas stößt. Er blieb lange im Untergrund, und Sarah fühlte sich mit jeder Woche sicherer. Dabei war er in dieser Zeit keineswegs untätig, sondern suchte und bestach jeden, der etwas über Sarah und ihren Verbleib wissen könnte. Nach ihrem Tod entdeckten wir, dass Molinos Männer am Tag zuvor Michael Travis' Bibliothek durchsucht und alle Akten und Berichte über sie gestohlen hatten. Verdammt«, fuhr er fort, »ich wusste, dass er sie finden würde. Schon von Kindesbeinen an war ihm das Prinzip der Vendetta vertraut gewesen, und er würde nicht eher ruhen, bis er Sarah und ihre ganze Familie vernichtet hatte. Jahre vergingen, Sarah wurde immer sicherer, und mir wurde immer mulmiger zumute. Deshalb habe ich das Cottage in eurer Nachbarschaft gemietet und blieb in eurer Nähe.«

»Aber nicht an diesem letzten Tag.«

»Nein. Sarah wollte nicht, dass ich mit euch komme. Ihr ging es allmählich auf die Nerven, mich ständig um sich zu haben. Sie wollte Molino vergessen, und ich hinderte sie daran.«

»Deshalb ist sie ums Leben gekommen.«

»Ja.«

»Scheiße.« Tränen liefen Megan über die Wangen. »Meinetwegen. Stimmt's? Sie wollte Sicherheit und Normalität für mich, und Molinos Leute haben uns gefunden.«

»Es war ihre Entscheidung, Megan. An alldem trägst du keine Schuld. Du warst der einzige Mensch, den sie liebte, und sie wollte nicht, dass du dich verfolgt fühlst, nur weil sie sich mit Molino angelegt hat.«

»Aber sie hat ihn nicht aufgehalten, oder? Er ist immer noch auf freiem Fuß und handelt mit Drogen und Kindern. Er hat meine Mutter ermordet, und alles, was sie getan hatte, war umsonst. Wie kann das sein?«

»Er ist clever. Und er ist reich. Er hat Kontakte zu den Regierungen vieler Länder. Korruption. Bestechung. Angst.« Und mit einem Achselzucken fuhr er fort: »Sein Hauptquartier ist in Madagaskar, und es ist sicher wie ein Fort. Und wenn er herumreist, hat er Geld genug, um sich praktisch unsichtbar zu machen. Die CIA versucht schon seit Jahren, seiner habhaft zu werden, und sie sind nicht imstande, den Bastard zu finden. Zweimal hätte ich ihn fast geschnappt, aber er ist mir entwischt.«

»Geschnappt?«

»Sarah war meine Freundin. Du glaubst doch nicht, dass ich den Kerl, der sie getötet hat, am Leben lasse?«

»Ich weiß nicht, was ich von dir halten soll, Grady.«

»Vor zwölf Jahren wusstest du, was du von mir halten sollst.«

Sommersonne. Sanfte Wellen. Gradys Lächeln.

»Schon damals hast du mir etwas vorgemacht.«

»Vielleicht«, erwiderte er. »Vielleicht aber auch nicht. Es war eine schöne Zeit für mich. Ich hatte das Gefühl, eine Familie zu haben. Nichts hat mich zu solchen Empfindungen gezwungen. Ich war da, um euch beide zu beschützen, und Emotionen sind immer hinderlich. Ich hätte nicht auf Sarah hören sollen, als sie mich bat, euch für eine Weile allein zu lassen. Aber was sie dachte und fühlte, war mir zu wichtig. Diesen Fehler werde ich nicht noch einmal machen. Nicht mit dir, Megan. Deshalb habe ich Phillip gebeten, dir zu sagen, dass er Sarahs

Halbbruder ist – auf diese Weise konnte er dich überreden, seinen Nachnamen anzunehmen. Ich musste eine Möglichkeit finden, deine Spuren nach Sarahs Tod zu verwischen.«

»Phillip sagte, dass wir gemeinsam einen Neuanfang machen würden und die Namensänderung von Nathan in Blair Teil davon ist. So würden wir zu einer Familie werden.« Sie zitterte. Sie wollte Grady nicht glauben und sich nicht milde stimmen lassen. »Du brauchst dir nicht den Kopf über meine Gefühle zu zerbrechen. Vielmehr solltest du dir überlegen, wie du sicherstellen kannst, dass ich eine Chance mit diesem Molino bekomme.«

»Um ihn zu töten?«

Töten. Das Wort klang hässlich und war ihr fremd. Sie hatte sich jahrelang ausbilden lassen, um Leben zu retten, und jetzt beabsichtigte sie, eins auszulöschen.

»Siehst du? Für jemanden wie dich ist das kein leichter Entschluss.«

»Er hat meine Mutter umgebracht. Phillip erwacht vielleicht nie wieder aus dem Koma. So schwer ist der Entschluss gar nicht. Du kannst mir doch helfen, oder?«

»Ja, aber man muss immer einen Preis zahlen. Wenn du mir hilfst, helfe ich dir. Ich verspreche dir, dass wir Molino kriegen.«

Ein Preis. Er hatte schon vorher davon gesprochen, dass er ihre Hilfe wollte. »Was soll ich tun?«

»Ich bin auf der Suche nach etwas ganz Bestimmtem und denke, dass du mich wirksam unterstützen kannst.«

»Ich bin nicht wie meine Mutter. Ich kann Menschen oder Sachen nicht aufspüren.«

»Genau genommen ist die Gabe des Findens relativ weit verbreitet. Meistens geht sie mit bedeutenderen Fähigkeiten einher. Man weiß nie, welche Talente sich noch zeigen.« Er zuckte mit den Schultern. »Aber ich baue darauf, dass du dieses spezielle geerbt hast. Ich brauche nur eine Lauscherin – das ist nützlich genug.«

Sie schauderte, als sie sich daran erinnerte, wie schrecklich die Episode in der Höhle gewesen war. Und jetzt erwartete er, dass sie sich diesem Trauma noch einmal aussetzte?

»Und es wird vermutlich schlimmer als das, was du bisher erlebt hast.« Er beobachtete sie aufmerksam. »Ist es dir das wert?«

Lieber Gott, selbstverständlich war es das wert. Sie konnte alles ertragen, wenn sie Molino damit vernichten konnte. Seine groteske Präsenz überschattete ihr ganzes Leben. »Ich will nicht deine Marionette sein und werde nichts tun, was ich als unmoralisch ansehe.«

»Dann muss ich zusehen, dass ich diesen Teil des Projektes von dir fernhalte oder dich dazu verführe, zur dunklen Seite überzuwechseln.« Energisch setzte er hinzu: »Wir müssen sofort weg von hier. Molino hat dich observieren lassen, und ich möchte dich außer Reichweite bringen, dann können wir uns freier bewegen. Mich überrascht, dass er nichts mehr unternommen hat, seit Phillip angeschossen wurde. Wir werden ihm keine weitere Gelegenheit geben, dich anzugreifen.«

»Und wohin willst du mich bringen?«

»Nach Frankreich. Sprichst du französisch?«

»Highschool-Französisch. Ich habe viel vergessen. Muss ich das?«

»Ich weiß es nicht.«

»Und ich habe keinen Reisepass.«

»Kein Problem. Ich habe einen für dich.«

Ihr fiel wieder ein, was Phillip gesagt hatte – Grady

hatte ihm Papiere besorgt, die bewiesen, dass er ihr Onkel war. »Wie praktisch. Du musst dir deiner Sache ziemlich sicher gewesen sein.«

»Nein, aber ich bin gern allseits bereit. Wie die Pfadfinder.«

Wie er so dasaß, dunkel, entspannt und träge, erinnerte er sie daran, dass ihre Mutter ihn einmal mit einem Renaissance-Prinzen mit für damalige Verhältnisse mörderischer Ausstrahlung verglichen hatte. »Du bist definitiv kein Pfadfinder.« Sie schob ihren Stuhl zurück. »Ich packe ein paar Sachen zusammen und rufe in der Klinik an, um mich für längere Zeit abzumelden. In einer Stunde bin ich bereit zum Aufbruch.«

Er nickte. »Ich muss auch noch einiges erledigen.«

Sie ging zur Tür. »Dann bist du also doch nicht ganz so bereit.« Sie drehte sich noch einmal zu ihm um. »Hast du mir die Wahrheit gesagt, Grady?«

»Absolut.«

Sie musterte ihn forschend. »Aber du hast mir noch nicht alles gesagt, stimmt's?«

Er schwieg einen Moment. »Ich hätte wissen müssen, dass du das merkst. Nein, nicht alles.«

»Warum nicht?«

»Mir würde es keinen Vorteil verschaffen. Und Unwissenheit bringt dich in keine größere Gefahr, als ohnehin schon besteht.«

Er würde ihr nicht mehr preisgeben. »Ich werde alles erfahren, Grady.«

»Daran zweifle ich nicht. Aber nicht jetzt und nicht von mir.«

»Ich könnte das zur Bedingung machen.«

»Nur zu, zwing mich dazu«, forderte er sie ruhig, aber bestimmt auf. »Nicht jetzt, Megan.«

Sie zögerte. Im Augenblick hatte sie keine Lust, sich mit ihm auseinanderzusetzen. Sie glaubte ihm, dass er ihr keine Lügen aufgetischt hatte. Der Rest konnte warten, bis sie sich und die Situation besser im Griff hatte. »Ich *werde* alles herausfinden, Grady. Mach dich besser darauf gefasst, Pfadfinder.« Sie ging durch den Flur und knallte ihre Zimmertür hinter sich zu.

Kapitel 7

Vermutlich wird sie alles schneller herausfinden, als mir lieb sein kann, dachte Grady belustigt, als er Megan nachsah. Er hatte nur Glück, dass sie so viel um die Ohren hatte, dass sie sich nicht auf Molino konzentrieren konnte. Es würde ein interessanter Tanz werden, sie so sehr in Bewegung zu halten, dass sie nicht zum Nachdenken kam. Er war nicht sicher, wie viel sie an dem Tag, an dem ihre Mutter ums Leben gekommen war, in der Höhle gespürt und wie viel sie durch den Nebel des Schmerzes verstanden hatte. Es war unglaublich, dass sie diesen Schmerz noch einmal auf sich genommen hatte. Nein, nicht unglaublich. Er hatte sich auf diese Stärke und Entschlossenheit verlassen, als er entschieden hatte, sich ihrer zu bedienen. Niemand kannte Megan so, wie er sie kannte. Schon damals, als er sie in Sarahs Cottage zum ersten Mal sah, hatte er eine Verbindung zu ihr erahnt, die im Laufe des Jahres immer fester wurde. Er hatte sich bemüht, die Beziehung zu ihr brüderlich zu halten, aber in Wahrheit waren seine Gefühle nie die eines Bruders gewesen. Sie war damals ziemlich reif für ihr Alter gewesen und so verdammt lebhaft und strahlend, dass es ihm höllisch schwergefallen war, nicht die Hand nach ihr auszustrecken und sie zu berühren. Er erinnerte sich speziell an einen Morgen, an dem er beobachtet hatte, wie sie ihr Gesicht der Sonne zudrehte und eine Brise ihren leicht gebogenen Hals liebkoste. Gott, ihr Hals und die Schultern waren wunderschön. Er war noch jung, aber nicht unerfahren gewesen und so heiß auf sie, dass er um ein Haar schwach geworden wäre. An jenem Morgen musste er sich umdrehen und weggehen.

Wie oft war er in diesem Sommer vor Megan weggelaufen? Es war eine sinnliche, zärtliche, bittersüße Erfahrung gewesen, diese Monate mit Megan zu erleben. Und danach hatte er das merkwürdige Gefühl gehabt, dass sie ein Teil von ihm geworden war.

Ja, klar. Falls sie ein Teil von ihm war, dann musste er ein Masochist sein, wenn er ihr das zumutete, was sie in Paris erwartete. Er war praktisch nur ihr Reisebegleiter. Sie hingegen würde leiden.

Dann akzeptier es, und zieh es durch. Er nahm sein Handy aus der Tasche und tippte die Nummer der CIA mit der Durchwahl von Venable ein.

»Ich könnte Hilfe brauchen«, sagte er, sobald sich Venable gemeldet hatte. »Molino hat es auf Megan Blair abgesehen, und ich weiß nicht, was auf uns zukommt. Ich möchte sicherstellen, dass ihr bereit seid.«

»In Atlanta?«

»Nein. Wahrscheinlich in Paris. Wir machen uns auf die Suche nach der Chronik.«

»Scheiße. Kannst du sie da nicht raushalten?«

»Nein, ich brauche diese Chronik. Schuldgefühle, Venable?«

»Herrgott noch mal, ja. Ich habe mich immer gefragt, ob ich diesen Alptraum mit Sarah im Dschungel hätte verhindern können. Vielleicht hätte ich etwas anders machen können. Ich war so verdammt jung und eifrig und bin ganz nach Vorschrift vorgegangen.«

»Wir waren beide jung, und ich habe mir in all den Jahren auch Vorwürfe gemacht.«

»Nicht genug, sonst würdest du ihre Tochter nicht mit einbeziehen.«

»Du bist so lange hinter Molino her wie ich. Wir haben die Chance, ihn zu schnappen und die Chronik zu finden. Dazu brauche ich Megan.« Er schwieg eine Weile, dann fügte er hinzu: »Ich habe dich nicht angerufen, um mit dir zu diskutieren, Venable. Wirst du mich unterstützen, wenn ich Hilfe brauche?«

»Natürlich, verdammt noch mal.« Er legte auf.

Es war seltsam, dass Grady die harte Schiene mit Megan Blair fuhr und nicht Venable, der schon seit Jahren für die CIA arbeitete. Nein – eigentlich war es nicht überraschend. Die Ereignisse mit Sarah waren ihnen allen an die Nieren gegangen. Venable war ein guter Agent, und vermutlich hätte er in dieser Nacht im Dschungel gar nichts anderes tun können. Grady hatte geglaubt, sein Bestes gegeben zu haben, und trotzdem war es nicht gut genug gewesen.

Aber dieses Mal musste so etwas nicht wieder passieren. Keine Fehler mehr.

Er wählte hastig eine andere Nummer.

Megan blieb erstaunt in der Küchentür stehen. »Was, um alles in der Welt, machen Sie hier, Harley?«

»Ich warte auf Sie.« Jed Harley grinste, als er aufstand. »Und muss durchschnaufen. Grady hat mir nicht viel Zeit gelassen hierherzukommen.« Sein Blick fiel auf den kleinen Koffer, den sie in der Hand hatte. »Sie reisen mit leichtem Gepäck.«

»Mein Computer ist in diesem Koffer, die Arzttasche steht im Flur. Ich beabsichtige nicht, diese Reise lange auszudehnen. Wo ist Grady?«

»Er ist unterwegs, um alles vorzubereiten, und hat mich gebeten, Sie sicher nach Paris zu bringen.« Er verneigte sich leicht. »Ich werde Sie gesund und munter abliefern. Was meinen Sie, wie groß meine Chancen sind?«

»Woher soll ich das wissen? Wahrscheinlich nicht sehr hoch. Fifty-fifty vielleicht. In letzter Zeit würde mich wohl kaum jemand als ›munter‹ beschreiben.«

»Dann muss ich mich wohl darauf konzentrieren, Sie am Leben zu erhalten.« Er nahm ihren Koffer. »Gehen wir. Wie ich mir vorstellen kann, sind Sie nicht sehr begeistert, dass ich an Gradys Stelle getreten bin. Besser, wir machen uns schnell auf den Weg, damit Sie keine Gelegenheit haben, das zum Ausdruck zu bringen. Ich bin ein empfindsames Wesen.«

Er hatte recht. Sie war enttäuscht gewesen, als sie Harley auf dem Stuhl vorgefunden hatte, auf dem kurz zuvor noch Grady gesessen hatte. Eigentlich hätte sie erleichtert sein müssen. Harley hatte sie im Krankenhaus getröstet, und seine ungewöhnliche, leicht verrückte Art war ihr sehr sympathisch. Wenn sich Grady in ihrer Nähe aufhielt, war sie immer auf der Hut. Ständig bewegte sie sich an der Grenze zwischen Argwohn und zaghaftem Vertrauen. Gott, die Zaghaftigkeit sollte sie sich bewahren. Er hatte zugegeben, dass er ihr nicht die ganze Wahrheit gesagt hatte. Und die Enttäuschung darüber war noch spürbar. Vielleicht lag das daran, dass jede Minute mit Grady eine Herausforderung war – die Ansprüche, die er an sie stellte, und seine Präsenz zwangen sie dazu, sich mit sich selbst auseinanderzusetzen.

Harley seufzte. »Sie eilen nicht herbei, um mir den Kopf zu tätscheln und mich mit Mitgefühl zu überschütten. Normalerweise ernte ich mit dem Spruch über meine zart besaitete Seele eine enthusiastischere Reaktion.«

»Quatsch.« Sie lächelte. »Sie brauchen kein Kopftätscheln. Sie wüssten gar nicht, was Sie mit so einem Unsinn anfangen sollten.«

»Das könnte ich lernen. Sie nehmen mir das nicht ab? Dann muss ich mir wohl oder übel eine andere Taktik einfallen lassen. Lassen Sie mich darüber nachdenken.« Er nahm ihren Arm. »Auf dem Weg nach Stockholm.«

»Stockholm? Ich dachte, wir fliegen nach Paris?«

»Das tun wir – über Stockholm. Grady braucht noch ein bisschen Zeit, um den Weg zu ebnen.«

»Und Molino soll, wenn er uns folgt, nicht wissen, welches Ziel wir in Wirklichkeit anpeilen?«

»Oh, er folgt uns. Aber nicht lange. Sobald wir in Stockholm ankommen, lösen wir uns in Luft auf. Kommen Sie, wir verpassen noch unsere Maschine, wenn wir nicht auf die Tube drücken.« Er lächelte, als er ihren Ellbogen umfasste. »Ich verspreche, dass Sie sich auf dem Flug nicht langweilen werden. Ich hatte im Klinikwartezimmer keine Möglichkeit zu zeigen, wie witzig und geistreich ich sein kann. Ich war viel zu sehr damit beschäftigt, freundlich zu sein und Sie zu trösten.«

»Und das ist Ihnen gelungen.« Auch jetzt machte er einen guten Job. Ihr wurde bewusst, dass sie nicht mehr annähernd so nervös und ängstlich war, seit er hier war. Harley lenkte sie nicht nur ab, sondern gab ihr mit der sanften Berührung, mit der er sie zur Haustür dirigierte, denselben Trost wie im Krankenhaus. »Und Sie sollten bei dem bleiben, was Sie gut können. Im Augenblick wäre es für mich zu anstrengend, Ihren Witz zu bewundern.«

»Was für ein Glück. Den Stress bin ich los.«

Und auch sie spürte, dass sie nicht mehr so unter Druck stand. Sie hatte einen langen Flug vor sich und

Gelegenheit, über all das nachzudenken, was ihr Leben auf den Kopf gestellt hatte.

Und viele Stunden, um sich auf ihre nächste Begegnung mit Grady vorzubereiten.

War das Gradys Absicht gewesen, als er Harley beauftragt hatte, sie nach Paris zu bringen? Vielleicht.

»Lassen Sie uns gehen.« Sie trat vor ihm aus dem Haus. »Je früher wir anfangen, umso schneller haben wir's hinter uns.«

»Sie sitzt in einer Maschine nach Stockholm«, sagte Sienna und drehte sich zu Molino um. »Darnell sagt, dass das Flugzeug vor vierzig Minuten gestartet ist.«

»War Grady bei ihr?«

»Nein, Grady hat ihr Haus knappe zwei Stunden vor ihr verlassen. Darnell dachte, dass es dir lieber wäre, wenn er bleibt und die Blair im Auge behält. Sie ist mit Jed Harley an Bord gegangen – das ist der Typ, der ihr im Wartezimmer der Klinik beigestanden hat.«

Molino fluchte leise. »Das ist genauso, als wäre sie in Gradys Begleitung. Harley arbeitet seit vier Jahren für ihn. Wen haben wir in Stockholm?«

»Niemanden. Aber Max Wieder ist in Berlin. Soll ich ihn anrufen und nach Stockholm schicken?«

Molino nickte. »Ich will, dass er am Flughafen ist, wenn die Maschine landet. Vielleicht steigen sie in ein anderes Flugzeug, und ich will wissen, wohin sie fliegen.« Er verzog das Gesicht. »Abgesehen davon, dass sie zu Grady wollen. Das alles muss sein Werk sein.«

»Er versucht, sie zu schützen?«

»Kann sein. Aber deswegen würde er sie nicht außer Landes schicken. Ich wette, er hat sie auf die Chronik angesetzt.«

»Angesetzt?«

»Wenn sie ein Freak wie ihre Mutter ist, könnte sie ihm helfen, das Ding zu finden.«

»Oh, ich verstehe.«

Siennas Ausdruck blieb unbewegt, aber Molino spürte seine Skepsis und vielleicht auch eine Spur Spott. Er wusste, dass Sienna nichts von dem übersinnlichen Humbug hielt, und wünschte, er könnte das auch. Sogar als Steven starb, hatte Sienna nicht geglaubt, dass besondere Kräfte im Spiel gewesen waren. Was wusste er schon? Er hatte sich in Miami aufgehalten, als Steven getötet wurde. Molino hingegen wusste, dass dieses Miststück dafür verantwortlich gewesen war. Er hatte gesehen, wie es passierte.

Er erinnerte sich an den Schmerz, der ihn erfasst hatte. Hexe. Hexe. Hexe. Er hatte dafür gesorgt, dass sie in der Hölle schmorte, aber ihre Tochter war noch am Leben. Genau wie all die anderen grässlichen Freaks, die so waren wie sie.

Aber nicht mehr lange.

Er würde Siennas verborgene Verachtung ignorieren wie all die Jahre zuvor. Molino mochte sich ärgern, aber verübeln konnte er ihm nicht, dass er nicht daran glaubte, dass Steven ein Opfer dieser Hexe geworden war. Manchmal, wenn Molino mitten in der Nacht aufwachte, glaubte er selbst nicht daran.

Aber für ihn war es die Wahrheit, bis er sich gerächt und all die Freaks endgültig ausgerottet hatte.

Bis er Megan Blair vernichtet und die Chronik gefunden hatte.

»Wir haben einen Verfolger.« Harleys Blick war auf den Rückspiegel des Mietwagens geheftet, den sie sich am

Stockholmer Flughafen genommen hatten. »Schwarzer Volvo. Ein Mann, glaube ich. Das bedeutet vermutlich Observation, nicht Mord.«

»Wie beruhigend«, murmelte Megan. »Darf ich darauf hinweisen, dass in dem Auto, das mich vom Highway drängeln wollte, auch nur ein Mann saß?«

»Ja, aber damals war ich nicht bei Ihnen.« Er schmunzelte. »Mein Ruf ist furchteinflößend. Ich versetze sie in Angst und Schrecken.«

»Ich finde Sie nicht furchteinflößend.«

»Weil ich mir Mühe gebe, Ihnen gegenüber meine aggressive Seite zu zügeln.« Wieder schaute er in den Rückspiegel. »Den hänge ich ab. Ich hab keine Lust, ihn auf den Fersen zu haben, wenn wir das Dock erreichen.«

»Dock?«

»Wir fahren mit einem Schnellboot zu einem Privatflugplatz an der Küste. Von dort aus fliegen wir nach Paris.« Er trat aufs Gaspedal. »Halten Sie sich fest. Es geht los.«

Festhalten ist gut, dachte sie, als Harley abrupt nach rechts in eine schmale Gasse einbog und gleich darauf mit quietschenden Reifen nach links auf einen Boulevard fuhr.

»Er ist noch an uns dran«, brummte Harley. »Er ist ziemlich gut. Ich muss mich wohl etwas mehr anstrengen. Was für ein Spaß …«

Spaß? In der nächsten Viertelstunde kam sich Megan vor, als würde sie in einer Achterbahn sitzen. Irgendwann erreichten sie das Dock, nachdem Harley zufrieden festgestellt hatte, dass sie den Volvo abgehängt hatten. Megan war benommen und hatte die Orientierung vollkommen verloren.

»Gibt es in Stockholm keine Verkehrspolizei?«, fragte

sie, als sie ausstieg. »Ich wundere mich, dass wir nicht angehalten wurden.«

»Genau genommen sind die Stockholmer ausgesprochen gesetzestreu. Deshalb sollten wir schnell in dieses Boot springen und die Stadt verlassen. Ich bin sicher, man hat mindestens ein Dutzend Mal die Polizei unseretwegen alarmiert.« Er half ihr in das Boot. »Grady würde es sicherlich nicht gefallen, wenn man uns hier festnehmen würde.«

»Daran hätten Sie denken sollen, bevor Sie losgerast sind, als wären wir auf der Rennstrecke in Indianapolis.«

»Nein, die Rennfahrer sind geschickt, aber ihnen fehlt die Spontaneität. Auf normalen Straßen bin ich viel besser als die. Habe ich schon erwähnt, dass ich einmal Stuntfahrer in Hollywood war?«

»Nein. Sie sagten, Sie waren Notarztwagenfahrer. Was waren Sie sonst noch?«

»Oh, alles Mögliche«, wich er ihr aus und startete den Motor. »Ich liebe die Abwechslung.« Er warf ihr einen Blick zu. »Und ich bin nicht wie Grady oder Sie – ihr beide seid von dem parapsychologischen Zeug gehemmt. Ich mache, was mir gefällt, und überlass die richtig schweren Bürden anderen.«

»Wie nett von Ihnen. Ich beabsichtige nicht, mich von irgendetwas außer meinem eigenen Willen behindern zu lassen. Ich habe mich für die Medizin entschieden und werde auch dabei bleiben.«

»Schön für Sie.« Er fuhr los »Dann muss ich ja nur mit Grady Mitleid haben.«

Grady erwartete sie, als ihre Chartermaschine auf dem kleinen Flughafen Chantilly außerhalb von Paris landete.

Megan verspürte die mittlerweile vertraute Anspannung, als sie sah, wie er die Piste überquerte und auf das Flugzeug zukam. Der Wind drückte die Jeans und den dunkelblauen Pulli an seinen schlanken Körper. Irgendetwas war ... anders an ihm. Bisher hatte er den Eindruck gemacht, als würde er seine Kraft im Zaum halten, aber jetzt wirkten seine Schritte zielstrebig und energiegeladen. Die Kraft war da, aber sie wurde nicht mehr zurückgehalten. Instinktiv wappnete sich Megan innerlich dafür, es mit dieser Energie aufzunehmen.

»Es ist okay«, raunte Harley, der ihren Gesichtsausdruck studierte. »Sie werden mit ihm fertig.«

Selbstverständlich. Und vielleicht bildete sie sich diese Veränderung in Gradys Haltung ja auch nur ein. Sie nickte, stand auf und ging zum Ausgang. »Zweifellos. Er sieht nur so kampfbereit aus.«

»Er ist in Aktion. Da sieht er immer so aus.« Harley folgte ihr den Gang hinunter. »Vielleicht nicht so ausgeprägt ...«

»Irgendwelche Probleme?«, erkundigte sich Grady bei Harley, während er Megan beim Aussteigen half.

»Ein Verfolger in Stockholm, aber den bin ich losgeworden.«

»Indem er gefahren ist wie jemand aus einem alten Steve-McQueen-Film«, warf Megan ein.

»Ich bin besser«, protestierte Harley. »Dieser Stuntfahrer hätte den Typen niemals abgehängt. Er war ziemlich gut.« Er sah Grady an. »Und was jetzt?«

»Ich habe einen Bungalow in einem Motel in der Nähe reserviert. Dort bleiben wir, solange du alles checkst.«

Harley nickte. »Bin schon auf dem Weg. Ich miete einen Wagen und fange heute Abend an.« Er steuerte den winzigen Terminal am Ende der Rollbahn an. »Gib ihr was zu essen. Auf dem Flug von Atlanta wollte sie außer Erdnüssen nichts haben.« Er warf einen Blick über die Schulter und grinste Megan an. »Ich möchte nicht, dass jemand auf die Idee kommt, ich hätte sie nicht im Tipptopp-Zustand abgeliefert. Das ginge gegen meine Berufsehre.«

»Welcher Beruf das auch immer sein mag.« Megan schnitt eine Grimasse. »Im Moment führen Sie sich auf wie eine Glucke. Ich nehme nicht an, dass Sie schon einmal einen Job als Glucke hatten, hab ich recht?«

»Lieber Himmel, ja. Das wäre schauerlich. Viel zu viel Verantwortung.«

Sie lächelte unwillkürlich, während sie ihm nachsah. Sie hatte noch nie jemanden kennengelernt, der so komisch und schrullig war wie Harley, aber sie fühlte sich in seiner Gesellschaft unbefangener als in der etlicher Menschen, die sie seit Jahren kannte.

»Du magst ihn«, stellte Grady fest, ohne den Blick von ihrem Gesicht zu wenden. »Das überrascht mich nicht. Die meisten fühlen sich von Harley angezogen wie Planeten von der Sonne.«

»Ich denke, über diesen Vergleich würde er lachen. Vielleicht aber auch nicht. Möglicherweise würde er sich geschmeichelt fühlen oder es als geziemend ansehen.«

»Du hast Harley inzwischen ganz gut kennengelernt.« Er umfasste ihren Ellbogen und führte sie zu dem wartenden Auto. »Ich glaube, ich bin ein bisschen eifersüchtig.«

Sie bedachte ihn mit einem argwöhnischen Blick. »Und ich glaube, du lügst. Warum?«

»Weil ich einen Hauch Vertrautheit entdecke. In den letzten zwölf Jahren war ich derjenige, der in gewisser Intimität mit dir gelebt hat.« Er schaute ihr in die Augen. »Mir gefällt es nicht, wenn dir ein anderer so nahekommt.«

Ihr wurde heiß. Sein Geständnis kam aus heiterem Himmel und überrumpelte sie ebenso wie ihre Reaktion darauf. »Du mochtest in Intimität mit mir gelebt haben, aber das war vollkommen einseitig. Denkst du, ich hätte in all den Jahren nie echte Intimität mit Männern erlebt?«

»Nein, das denke ich nicht. Da war diese lauwarme Beziehung in deinem ersten College-Semester. Die war mir egal. Und dann war da noch die Sache mit diesem jungen Latino. Wie hieß er noch mal? Julio Sowieso.« Seine Lippen wurden schmal. »Dass du mit dem ins Bett gegangen bist, hat mich ganz gewaltig gestört. Du hast zu viel für ihn empfunden. Ich fühlte mich damals einerseits, als würde ich selbst mit dir schlafen, und kam mir andererseits vor wie ein Voyeur. Das hat mich teuflisch durcheinandergebracht. Danach musste ich einen Weg finden, mich während deiner intimen Momente von dir abzuschirmen.«

Ihre Wangen brannten. »Versuchst du, mich in Verlegenheit zu bringen? Hör auf, so zu reden. Du bist fast ein Fremder für mich.«

»Fast.« Er öffnete ihr die Wagentür. »Das ist das Schlüsselwort. In jenem Sommer am Strand hast du mich sehr gut gekannt.«

»Das dachte ich.« Sie stieg ein. »Was hast du vor, Grady? Was führst du im Schilde?«

»Liebe Güte, wie misstrauisch du bist! Du wolltest doch, dass ich offen und aufrichtig zu dir bin. Ich komme lediglich deiner Bitte nach.«

Und zeigte das Charisma und die erotische Ausstrahlung, die sie bereits vor all den Jahren für ihn eingenommen hatten. »Warum jetzt?«

»Weil wir uns in den nächsten Wochen sehr nahekommen werden. Ich möchte alles offenlegen, damit du dich konzentrieren kannst. Ich lasse nicht zu, dass dir irgendetwas im Wege steht. Es gibt nur einen Aspekt, der unmittelbar Probleme verursachen kann.« Er stieg ein und startete den Motor. »Und es darf nicht sein, dass dich unterschwellige Empfindungen ablenken. Die können manchmal schlimmer sein als …« Er brach ab, als er aus der Parklücke zurücksetzte. »Du möchtest das nicht hören, deshalb fasse ich mich kurz: Ich will mit dir schlafen. Ich würde gern all das tun, was dieser Medera mit dir gemacht hat, und mehr. Von dem Moment an, in dem ich dich im Zoo wiedergesehen habe, wollte ich dich haben. Zur Hölle, vielleicht sogar schon vorher.«

Für einen Augenblick verschlug es ihr die Sprache. »Du hast recht«, sagte sie schließlich. »Ich will das nicht hören.

»Ich bin fast fertig. Falls du merken solltest, dass ich dich ansehe, als wollte ich mich auf dich stürzen, dann liegt das daran, dass ich mir genau das wünsche. Du brauchst dich nicht zu fragen, was ich möchte oder welche Schritte ich tue, wenn du mir eine Chance gibst. In diesem Punkt bin ich absolut egoistisch.« Er bog auf die Straße ein. »Andererseits liegt das, was ich eigentlich an dir wertschätze, nicht zwischen deinen Beinen. Ich werde nicht riskieren, dass du mir deine Hilfe versagst, indem ich dich in mein Bett zerre.«

Sie bemühte sich, ihren Ton ruhig zu halten. »War's das jetzt?«

»Ja. Ist das aufrichtig genug für dich?«

Sie kam sich vor, als hätte er sie in einen Glutofen gesteckt. Sein schonungsloses Bekenntnis hätte beleidigend sein können, aber es hatte sie erregt. Sie war atemlos, ihr ganzer Körper prickelte und machte sich bereit. Erinnerungen an den Grady von früher und diesen anderen, dunkleren, gefährlicheren, erfahreneren Grady verschmolzen miteinander und wurden eins.

»Ja, es ist aufrichtig genug.« Seine dunklen Augen glühten und blickten in ihre. Ihre Mutter hatte ihn mit einem Renaissance-Prinzen verglichen, und jetzt verstand Megan, warum. Die sinnlich geschwungenen Lippen, die hohlen Wangen, sein wissender, leidenschaftlicher Gesichtsausdruck. Hastig wandte sie den Blick von ihm. »Mich stört es nicht, dass du mit mir schlafen willst, solange du nicht versuchst, mich zu vergewaltigen. Solltest du das probieren, haue ich dich um. Können wir jetzt über was anderes reden?«

»Unbedingt.« Er verzog das Gesicht und schaute an sich herunter. »Diese Unterhaltung bereitet mir großes Unbehagen. Dennoch hielt ich sie für nötig, um die Dinge zwischen uns zu klären, ehe wir weitermachen. Du bist so feinfühlig, dass du ohnehin gemerkt hättest, was mit mir los ist.«

Um die Dinge zu klären? Gar nichts war geklärt. Zwischen ihnen knisterte es, dass sie kaum noch Luft bekam. »Lieber Gott, können wir aufhören, darüber zu reden, wie geil du bist, und würdest du mir stattdessen endlich sagen, warum ich hier bin? Ich denke, das ist ein bisschen wichtiger.«

Er starrte sie erstaunt an, dann warf er den Kopf zurück und lachte. »Sorry.« Seine Augen blitzten. »Für Männer ist der Grad ihrer Geilheit das Wichtigste. Das beherrscht unser Leben.« Er schaute wieder auf die Straße. »Ich bemühe mich von jetzt an, dich nicht mehr mit diesem Thema zu langweilen. Gleich da vorn ist ein Restaurant. Ich denke, wir könnten dort haltmachen und etwas essen, was meinst du? Harley war sehr besorgt, weil du so wenig gegessen hast. Bestimmt fragt er mich danach, wenn er mir telefonisch Bericht erstattet.«

Er hatte seine sexy Ausstrahlung heruntergeschraubt, als wäre sie eine Lampe, die zu hell gestrahlt hatte. Sie war immer noch da, aber Megan gelang es, sie zu ignorieren. »Ich könnte etwas zu essen vertragen. Auf dem Flug nach Stockholm war ich zu aufgeregt.«

»Ich weiß.« Er fuhr von der Straße ab und hielt vor Le Petit Chat, einem langgestreckten, niedrigen Fachwerkhaus mit Butzenscheiben. »Deshalb hab ich dir Harley mitgeschickt – auf diese Weise musstest du dich nicht mit mir abgeben.«

»Ich schätze, das war eine Schlussfolgerung.« Unvermittelt drehte sie sich zu ihm. »Es war doch nichts anderes, oder? Wie viel ist normales Einfühlungsvermögen und wie viel nicht?«

»Du willst wissen, ob ich deine Gedanken lesen kann? Nein. Ob ich außergewöhnlich sensitiv bin, wenn es um deine Empfindungen geht? Absolut. Du hast instinktiv gelernt, wie du meine Kontrolle ausschalten kannst, aber dieses Feingefühl bleibt.« Er stieg aus und ging auf ihre Seite, um ihr die Beifahrertür aufzuhalten. »Doch selbst wenn es diese Verbindung nicht gäbe, hätte ich gewusst, dass du eine Erholungspause von mir brauchtest. Es ist einfach ein gutes Gespür.«

»Ist das die Wahrheit?«

»Es ist die Wahrheit. Ich mag dir hin und wieder etwas verschweigen, aber so dumm, dich anzulügen, bin ich nicht.« Er lächelte. »Weil du, was mich betrifft, auch außergewöhnlich sensitiv bist. Das beruht auf Gegenseitigkeit.«

»Wegen der Verbindung? Ich brauche dich nicht mehr,

um die Stimmen auszublenden. Kannst du die Verbindung nicht einfach abbrechen?«

»Ich weiß es nicht. Ich habe keine Ahnung, wie so was geht. Ich habe noch nie mit jemand anderem eine solche Verbindung aufgebaut. Deshalb wollte ich es damals in der Höhle auch nicht tun, aber ich hatte keine Wahl.« Er half ihr beim Aussteigen. »Vielleicht hängen wir für den Rest unseres Lebens aneinander.«

»Das werde ich nicht einfach so hinnehmen.«

»Wieso nicht? Du hast mich in den letzten zwölf Jahren nicht bemerkt.«

Dafür drängte er sich jetzt umso mehr in ihr Bewusstsein. Sie konnte das Mentale nicht mehr vom Körperlichen, die Vergangenheit nicht von der Gegenwart unterscheiden, aber zwischen ihnen bestand definitiv ein beunruhigendes Band. »Ich mag keine Spanner. Selbst wenn du meine Gedanken nicht lesen kannst, gefällt es mir gar nicht, wenn du weißt, was ich fühle. Meine Emotionen sind genauso privat wie meine Gedanken.«

»Ich bemühe mich, daran zu denken.« Er öffnete die Tür zum Restaurant. »Jetzt kannst du dein Französisch trainieren, indem du die Speisekarte liest und dem Kellner zuhörst, wenn er die Spezialität des Tages anpreist.«

Die Spezialität des Tages war ein vorzüglicher, typisch französisch zubereiteter Lachs.

»Ein Dessert?«, fragte Grady, als Megan den letzten Bissen hinuntergeschluckt hatte und sich zurücklehnte. »Harley würde das sicherlich gutheißen.« Er grinste. »Auch wenn du wahrscheinlich keinen Nachtisch mehr brauchst. Du hast reingehauen wie ein Fernfahrer.«

»Es war gut. Und ich hatte Hunger.« Sie schüttelte den

Kopf. »Aber ich möchte kein Dessert. Vielleicht einen Kaffee.«

Grady winkte den Kellner heran. »Café, s'il vous plaît.«

»Übrigens, ich konnte den Kellner verstehen«, sagte Megan. »Aber weshalb ist das so wichtig? Du sprichst fließend französisch. Du hast die Bestellung heruntergerasselt, als wärst du hier geboren und aufgewachsen.«

»Ich weiß nicht genau, wie Lauscher die Stimmen hören.«

»Was?« Sie hob die Brauen. »Es gibt etwas von diesem übersinnlichen Kram, was du nicht weißt?«

»Spar dir den Sarkasmus. Lauscher sind sehr selten. Selbst Michael Travis' Leute wissen nicht viel über sie. Und«, fügte er hinzu, »es gibt jede Menge Dinge, die ich nicht weiß.«

»Zum Beispiel?«

»Wenn die Stimmen Französisch, Deutsch oder Italienisch sind, sind dann die Echos, die der Lauscher hört, auch in diesen Sprachen? Oder sind die Echos so etwas wie eine emotionale Übermittlung, die in die Sprache übersetzt ist, die der Lauscher versteht?«

»Lieber Himmel!« Sie runzelte die Stirn. »Soll ich diesen verdammten Stimmen jetzt nicht nur zuhören, sondern sie auch noch übersetzen?«

»Das werden wir wissen, wenn du versuchst, dir Zugang zu ihnen zu verschaffen.« Er schwieg, solange der Kellner den Kaffee servierte. »Wie auch immer, du musst es probieren.«

»Ich *muss* gar nichts. Es ist ganz allein meine Entscheidung.« Sie hob ihre Tasse an die Lippen. »Wir haben eine Abmachung. Wenn es mir hilft, Molino zur Strecke zu bringen, dann versuche ich es.«

»Es wird dir helfen.«

»Und wen soll ich hören?«

»Edmund Gillem.«

»Ist er ... tot?«

»Ja, er hat vor sechs Wochen angeblich Selbstmord begangen.«

»Angeblich?«

»Er ist tot. Möglicherweise war es Selbstmord. Aber ich muss mehr über die Umstände erfahren.«

»Weshalb?«

»Ich bin auf der Suche nach einer Chronik und glaube, Gillem wusste, wo sie ist.«

»Und du denkst, ich könnte das herausfinden?«

»Es besteht durchaus die Möglichkeit.« Er machte eine Pause. »Sonst würde ich dir das alles nicht zumuten. Es wird hässlich werden.«

»Du warnst mich?«

»Ja. Nur weil ich unbedingt will, dass du das machst, heißt das noch lange nicht, dass ich dich blind da hineinschicke. Mach dich auf etwas gefasst, Megan.«

Sie schaute in ihre Kaffeetasse. »Diese Chronik muss eine große Bedeutung für dich haben.«

»Sie ist für relativ viele Menschen wichtig. Soll ich dir mehr darüber erzählen?«

Sie überlegte, dann schüttelte sie vehement den Kopf. »Mir ist lieber, ich weiß nichts darüber. Ich möchte in das, was du machst, nicht involviert werden. Am besten finde ich so schnell wie möglich heraus, was du wissen willst, und konzentriere mich dann auf Molino.«

»Ah, verstehe. Du willst dich abseitshalten, bis du töten kannst?«

Sie zuckte zusammen. »Wenn du es so ausdrücken willst.«

»So ist es doch.« Er hob die Schultern. »Und ich kann es dir nicht übelnehmen. Du schwankst noch immer auf der Treibsanddüne und versuchst, dich auf den Beinen zu halten. Es ist ganz natürlich, dass du dich schützt, so gut du kannst.« Er machte dem Kellner ein Zeichen. »Bist du bereit zu gehen? Das Motel ist gute dreißig Kilometer weit weg, und es macht einen einigermaßen komfortablen Eindruck. Jedenfalls übernachten wir nur einmal dort. Vorausgesetzt, Harley macht seinen Job, und wir bekommen dich unbehelligt in den Bungalow.«

»Wer sollte mir etwas tun?«

»Ich gehe einfach gern auf Nummer sicher. Es besteht die Möglichkeit, dass Molino das Motel ausfindig gemacht oder jemanden angeheuert hat, der uns beobachtet.«

»Ich kann mir nicht vorstellen, dass er eine Lauscherin erwartet. Das ist zu verrückt.«

»Nein, er hat auch mich erwartet. Aber es ist mir gelungen, mich nach Rom und wieder herauszuschmuggeln, ohne dass er erfahren hat, dass ich auf dem Platz war.«

»Was für einem Platz? Wohin gehen wir?«

Er warf Geldscheine auf das Tablett des Kellners und erhob sich. »Zum Zirkus.«

Kapitel 8

Was soll das heißen?«, fragte Megan, sobald sie im Auto saßen.

»Genau das, was ich gesagt habe. Edmund Gillem ist in seinem Wohnwagen im Zirkus Carmegue gestorben, der damals außerhalb von Rom gastierte. Der Zirkus zieht durch ganz Europa, und Chantilly ist die zweite Station nach Rom.«

»Und ich soll mich in seinen Wohnwagen setzen und abwarten, was passiert?«

»Ganz recht.«

»Wenn er in Rom gestorben ist, woher willst du dann wissen, ob sein Wohnwagen noch mit dem Zirkus unterwegs ist?«

»Die Wohnwagen gehören dem Zirkus und werden an die Artisten und Zirkusleute vermietet.«

»War Edmund Gillem ein Artist?«

»Ja.«

Sie verzog den Mund. »Wahrsager?«

»Nein, das wäre zu auffällig gewesen, das hätte er nicht riskiert. Er war Pferdetrainer, hat mit sechs wunderschönen Tieren, in die er sich blendend einfühlen konnte, gearbeitet und ihnen ganz ordentliche Tricks beigebracht. Nichts besonders Raffiniertes. Nichts, was ihm einen Vertrag in Las Vegas eingebracht hätte. Aber genau so war es ihm recht. Er wollte nicht zu viel Aufmerksamkeit erregen, und sein Job erlaubte ihm, ständig durch die Lande zu reisen.«

»Das klingt nach einem Zigeunerleben.«

»Ihm gefiel es umherzuziehen, und er betrachtete das Reisen als Teil seines Jobs.«

»War er verheiratet?«

»Nicht zum Zeitpunkt seines Todes. Vor einigen Jahren war er mit einer deutschen Ladenbesitzerin verheiratet, aber die Ehe wurde nach fünf Jahren geschieden.«

»Du weißt ziemlich viel über Gillem.«

»Ich habe ausführliche Nachforschungen über ihn angestellt, ehe ich sicher sein konnte, dass er der Mann war, den ich suchte. Er war ein guter Mann. Ich glaube, ich hätte ihn gemocht.«

»Er muss labil gewesen sein, wenn er Selbstmord begangen hat.«

»Kann sein.«

»Du sagtest, die Stimmen konzentrieren sich auf den Ort, an dem eine Tragödie passiert ist, und können auch nur dort gehört werden.«

»Soweit wir wissen.«

»Und du denkst, Gillem hat in seinem Wohnwagen Traumatisches erlebt? Ein Suizid ist sicherlich eine Tragödie, aber der Selbstmörder muss nicht notwendigerweise unter extremem Stress stehen. Manchmal ist er einfach nur traurig und resigniert.«

»Ich glaube nicht, dass Gillems Tod still war. Er ist gewaltsam gestorben. Er hat sich die Kehle mit einer gezackten Spiegelscherbe aufgeschnitten.«

Kaltes Entsetzen packte Megan.

»Er hat keinen Abschiedsbrief hinterlassen. Du wirst diese Frage beantworten müssen.«

»Wenn ich kann.« Sie wiegte den Kopf. »Ich weiß

nichts darüber. Keine Ahnung, ob ich überhaupt etwas anderes hören kann als bedeutungsloses Stimmengewirr.«

»In der Höhle konntest du einiges verstehen.«

»Aber gelingt mir das noch einmal?« Wollte sie das überhaupt? Natürlich nicht. Sie fürchtete sich davor, diesen Wohnwagen zu betreten. »Du hast selbst gesagt, du wüsstest nicht, was du von einem Lauscher erwarten kannst. Und ich bin bestimmt die unerfahrenste Lauscherin auf diesem Planeten.«

»Willst du dich drücken?«

Ja.

»Nein.« Sie würde nicht vor dieser ersten Herausforderung davonlaufen. Dabei ging es nicht nur um die Abmachung mit Grady – sie wusste, dass sie ihr Leben lang Angst haben würde, wenn sie sich den Stimmen nicht noch einmal stellte. »Ich werde mich nicht drücken.« Sie sah aus dem Wagenfenster. »Aber ich möchte, dass du mir eins versprichst.«

»Dass ich dir helfen werde?«

»Nein, dass du draußen bleibst. Ich möchte allein in dem Wohnwagen sein. Ich weiß nicht, ob du mir die Situation erleichtern könntest. Du hast gesagt, in der Höhle wäre es dir geglückt. Falls du es kannst, dann will ich nicht, dass du es tust.«

»Ich kann nicht viel tun, wenn du es nicht zulässt. Du bist mittlerweile zu stark.« Seine Hände umklammerten das Lenkrad fester. »Lass mich dir helfen, Megan. Schließ mich nicht wieder aus.«

»Ich möchte das nicht. Damit muss ich allein fertig werden. Du wirst mich *nicht* behindern. Versprich es mir.«

Er schwieg eine ganze Weile, ehe er nickte. »Okay, du

hast mein Wort.« Und bitter setzte er hinzu: »Bist du jetzt glücklich?«

»Nein.« Sie bemühte sich, ihre Stimme zu stabilisieren. »Ich habe Angst. Aber das spielt keine Rolle. So muss es wohl sein.«

»Du meinst, du willst es so haben?«

Nein. Sie hätte sich gern auf seine Kraft gestützt. Sie wollte Geborgenheit und Schutz gegen Stürme und die Stimmen, die nie verstummten. Sie wiederholte: »So muss es sein.« Dann wechselte sie das Thema. »Sind wir bald da?«

»Nur noch ein paar Kilometer. Ich habe einen Bungalow mit zwei Schlafzimmern gemietet, weil ich ein Auge auf dich haben will.«

»Gute Idee. Ich habe nichts dagegen, beschützt zu werden. Mir geht ohnehin schon genug durch den Kopf. So, wie ich es sehe, ist das dein Job.«

»Und ich erledige ihn. Ich wünschte nur, du würdest ...« Sein Handy klingelte, und er schaute auf das Display. »Harley.« Er nahm den Anruf entgegen. »Was ist?« Er hörte eine Weile zu, dann sah er Megan an. »Er hat das Zirkusgelände ausgekundschaftet und keine Spur von Molino oder seinen Leuten entdeckt. Trotzdem können wir nicht absolut sicher sein – Harley sieht sich noch mal genau um. Er kann arrangieren, dass du entweder morgen Nacht in den Wohnwagen kannst oder ...«, er hielt kurz inne, »... oder heute noch. Deine Entscheidung.«

Ihre Muskeln spannten sich an. Sie hatte nicht damit gerechnet, dass sie so etwas selbst entscheiden müsste. Sie hatte gedacht, dass ihr noch Zeit bliebe, sich mental vorzubereiten.

»Kein Stress«, sagte Grady ruhig. »Morgen Nacht ist prima.«

Das würde jedoch bedeuten, dass sie all die Stunden Angst haben und sich fragen würde, was sie in diesem Wohnwagen erwartete. Und wie sollte sie sich mental vorbereiten? Sie hatte keine Ahnung, was passieren würde. »Heute.«

Grady zögerte, und sie dachte schon, er wollte ihr das ausreden, doch dann sagte er ins Telefon: »Heute.« Dann unterbrach er die Verbindung. »Es ist erst neun. Wir müssen bis drei warten, bevor wir losgehen. Jetzt richten wir uns erst mal im Motel ein.«

»Gut.« Fang nicht an zu zittern. Zeig ihm nicht, wie sehr du dich fürchtest. »Ich gehe unter die Dusche und rufe Dr. Gardner an, um mich vorzustellen und mich nach Phillip zu erkundigen. Dann schicke ich meinem Freund Scott und seiner Frau Jana eine E-Mail und lasse sie wissen, dass es mir gutgeht und sie sich keine Sorgen um mich machen müssen. Ich konnte mich nicht mehr bei ihnen melden, bevor ich Atlanta verlassen habe. Scott werde ich bitten, sich um drei meiner Patienten besonders zu kümmern. Ich vertraue ihm, er wird aufpassen, dass es ihnen gutgeht.«

»Und mehr erzählst du ihnen nicht.«

»Selbstverständlich nicht. Sie würden das alles nicht verstehen – es würde sie verwirren. Zum Teufel, ich verstehe es ja selbst nicht.«

Eins allerdings wusste sie: In wenigen Stunden musste sie sich auf den Weg zum Zirkus Carmegue machen, und ihre Angst wuchs von Minute zu Minute.

Megan erlebte Dr. Jason Gardner als warmherzigen, offenen Mann, genau wie Grady ihn beschrieben hatte.

»Ich habe den Befund Ihres Onkels gelesen und kann Ihnen gar nichts versprechen, aber ich werde mein Bestes tun, um ihn wieder zurückzuholen«, sagte er sanft. »Ich werde Sie nie anlügen, Dr. Blair. Man hat Ihnen gesagt, wie ernst sein Zustand ist, und viele neigen dazu, Komapatienten nicht allzu große Chancen einzuräumen.«

»Natürlich. Die meisten Patienten bleiben nicht mehr als vier Wochen in tiefem Koma. Danach sterben sie entweder, oder sie kommen in einen vegetativen Zustand. Was können wir unternehmen, um die beiden Möglichkeiten auszuschließen?«

»Bestimmt hat Ihnen Ihr Mr Grady von den Verfahren erzählt, mit denen ich meine Patienten behandle.«

»Haben Sie Erfolg mit Ihren Therapien?«

»Nicht so oft, wie ich es mir wünsche. Am liebsten wäre mir, ich könnte sie alle zurückholen«, meinte er betrübt. »Es ist ein ständiger Kampf zu verhindern, dass die Heimverwaltung meine Abteilung schließt, weil die Resultate die Kosten nicht rechtfertigen. Ich kann ihnen nicht begreiflich machen, dass schon ein einziges gerettetes Menschenleben all die Gelder wert ist. Aber ich verliere nie die Hoffnung. Und ich arbeite unermüdlich und versuche alles, um die Patienten wieder ins Leben zu rufen. Sie können sicher sein, dass Phillip Blair jede Chance erhält und dass wir, meine Kollegen und ich, alle Anstrengungen unternehmen werden.«

»Was kann ich tun? Sollte ich bei ihm sein?«

»Nicht, solange keine Besserung eingetreten ist. Manche Patienten reagieren, andere nicht. Und letzten Endes weiß ich nicht, ob der Erfolg auf meinen Bemühungen basiert oder auf Gottes Entscheidungen. Ist das ein wissenschaftlicher Ansatz?«

»Zumindest ein aufrichtiger. Darf ich Sie morgen wieder anrufen?«

»Jederzeit.«

Als sie auflegte, bewegten sie unterschiedliche Gefühle. Gardner hatte sich nicht optimistisch gezeigt, aber das hatte sie auch nicht erwartet. Es war nur gut zu wissen, dass sich ein Mann, der fest daran glaubte, dass man einen komatösen Zustand aufbrechen konnte, um Phillip kümmerte. Wie Grady gesagt hatte: Gardner besaß Leidenschaft, und diese Triebfeder konnte Berge versetzen ... oder Phillip vielleicht aus der Dunkelheit befreien.

»War das Gardner?« Grady stand in der Tür zu ihrem Zimmer.

»Ja. Horchst du immer an den Türen anderer?«

»Ich wollte dich nur bitten, das Telefonat kurz zu halten. Von jetzt an sollte kein Anruf länger als drei Minuten dauern. Handys sind wunderbare technische Geräte, aber sie können geortet werden.«

»Ich werde daran denken.« Sie schaute auf ihre Uhr. Kurz nach Mitternacht. Noch drei Stunden, bis sie zum Zirkus aufbrechen würden. Gütiger Himmel, war sie nervös! Sie wünschte, das alles wäre schon vorbei. Am liebsten wäre sie sofort losgefahren.

»Willst du eine Tasse Kaffee?«, wollte Grady wissen.

Sie lehnte ab.

»Wie wär's mit einem Spaziergang?«

Sie runzelte die Stirn. »Um Mitternacht? Was hast du vor?«

»Warten ist immer schwer.«

Und wie gewöhnlich spürte Grady, was in ihr vorging. »Ich werde es überstehen.« Sie setzte sich an ihren Computer. »Ich kann mich beschäftigen.«

Sie fühlte Gradys Blick, und kurz darauf schloss er die Tür.

Ablenkung war das Motto. Nur noch drei Stunden ...

Die Fahnen auf dem Rummelplatz waren ein bisschen ausgebleicht, doch die rote Schrift wirkte frech und fröhlich; es war derselbe Farbton wie die Streifen des Zeltes, das in der Mitte des Platzes stand. Es war kurz vor drei Uhr morgens, die Jahrmarktbuden waren geschlossen, und alles wirkte verlassen.

»Edmund Gillems Wohnwagen steht auf der anderen Seite«, raunte Grady. »Er wird von einem Zirkusarbeiter namens Pierre Jacminot bewohnt, aber Harley hat ihn bestochen, damit er für diese Nacht in die Stadt fährt. Er müsste die Tür unverschlossen gelassen haben.«

»Gott sei Dank, dann wird man uns nicht wegen Einbruchs verhaften.« Sie folgte Grady über den Rummelplatz. Es war unheimlich, durch die Gasse zu gehen, die tagsüber so umtriebig und heiter wirkte und jetzt finster und menschenleer war.

Auch der Wohnwagen, zu dem sie gingen, war verlassen. Dies war der Ort, an dem sich ein Mann auf schreckliche Weise umgebracht hatte.

»Das wäre unproduktiv«, sagte Grady. »Du hast sowieso genug zu überstehen, auch ohne dass du mit den französischen Gendarmen zu tun bekommst.«

»Vielleicht.« Sie sah den kleinen silbernen Wohnwagen schon von weitem. Ihre Hände waren kalt und feucht. »Was, wenn Edmund nicht zu der Party kommt?«

»Dann wirst du erleichtert aufatmen, und ich muss einen anderen Weg finden.« Auch sein Blick war auf den schimmernden Wohnwagen gerichtet. »Du kannst die Sache aufschieben bis morgen.«

»Ich habe Zauderer schon immer gehasst. Ich bin keiner, Grady.« Sie kamen vor der Tür des Wohnwagens an. »Lass mich einfach reingehen.«

»Sofort.« Er öffnete die Tür, trat beiseite und drückte Megan eine kleine Taschenlampe in die Hand. »Schalt die Lichter nicht ein. Bist du sicher, dass du mich nicht dabeihaben willst?«

»Im Moment würde ich jeden in diesem Wohnwagen willkommen heißen, sogar Dracula.« Sie stieg die drei Stufen hoch in den dunklen Wagen und wurde von dem scharfen Geruch nach Zitronenpolitur und Schweiß empfangen. »Ich bin okay.« Sie machte die Tür hinter sich zu.

Finsternis.

Einsamkeit.

Gegen das Gefühl der Einsamkeit konnte sie nichts tun, aber gegen die Dunkelheit. Sie knipste die Taschenlampe an.

Sie stand in einem winzigen Raum mit bequem aussehendem Bettsofa und einem Fernseher. Eine noch winzigere Küche führte aus dem Zimmer. Ein schwarzes Sweatshirt lag auf der Couch.

Edmunds Sweatshirt?

Nein. Es musste dem neuen Bewohner gehören – Pierre ... wie war sein Nachname noch mal? Es schien ihr, als würde im Augenblick alles, was sie betraf, mit Edmund Gillem zusammenhängen und sich auf ihn fokussieren.

Einbildung.

Oder auch nicht.

Was sollte sie jetzt tun? Auf die Couch wollte sie sich nicht setzen. Und auch nichts berühren, was einmal Edmund gehört hatte. Sie kauerte sich neben der Tür auf den Boden und schwenkte den Lichtstrahl der Taschenlampe durch den Raum. Ein Druck von einem Mohnfeld hing über dem Fernseher. Die Möbel waren billig und abgenutzt, aber der graue Teppich sah ganz neu aus. Sie leuchtete die Wände ab. Sie waren mit Holz vertäfelt, das mit den Jahren nachgedunkelt zu sein schien. Nur ein Rechteck neben den Vorhängen war heller als der Rest der Wand. Dort musste ein Foto oder ein Bild gehangen haben.

Oder ein Spiegel.

Er hat sich die Kehle mit einer gezackten Spiegelscherbe aufgeschnitten.

Ein neuer Teppich.

Weil die Blutflecken nicht aus dem alten rausgegangen waren?

Gott, war ihr schlecht!

Armer Kerl.

Er war ein guter Mann. Ich glaube, ich hätte ihn gemocht.

Warst du ein guter Mann, Edmund?

Was hat dich dazu gebracht, dir das Leben zu nehmen?

Eine überwältigende Traurigkeit umgab sie. Das Leben war kostbar, und Edmunds mentale Qualen mussten extrem gewesen sein, wenn sie ihn dazu gebracht hatten, seinem Leben ein Ende zu setzen.

Gut, es war höchste Zeit, sich nicht mehr den Kopf zu zerbrechen und zu sehen, ob ihre sogenannte Gabe nur Firlefanz war oder ob sie ihr Antworten liefern konnte.

Sie atmete tief durch und knipste die Taschenlampe aus. Es war stockfinster, aber vor ihrem geistigen Auge sah sie das helle Rechteck an der Wand, wo einst der Spiegel gehangen hatte.

Edmund …

Sie nahm ihren Mut zusammen und öffnete sich den Stimmen.

Nichts. Nicht einmal ein Flüstern. Kein Brüllen. Gar nichts.

Erleichterung durchströmte sie. Sie hatte es versucht. Sie hatte getan, was sie versprochen hatte. Es war nicht ihre Schuld, dass sie nichts hören konnte. Vielleicht war das alles doch nur Humbug.

Und dann kamen sie.

Ein eindringlicher Schrei, der Megan durch Mark und Bein fuhr.

»Sagen Sie es. Seien Sie kein Narr, Gillem. Wo ist die Chronik?«

»Nein.« Er ächzte. »Das werde ich Ihnen nie sagen, Molino. Sie würden mich sowieso töten.«

»Vielleicht nicht. Versuchen Sie's.«

»Nein.«

»Sienna, überrede ihn.«

Ein weiterer langgezogener Schmerzensschrei.

»Wir wissen, dass Sie sie nicht hier haben. Wo haben Sie sie versteckt?«

»Ich hatte … die Chronik nie.«

»Aber Sie wissen, wer sie hat. Wer hat sie, Gillem?«

»Keine … Ahnung.«

»Fang mit seinen Hoden an, Sienna.«

Ein Schrei, der Megan dazu brachte, sich an die Wand zu drücken, als würde der Schmerz ihren, nicht Edmunds Körper befallen. Mach dem ein Ende, Edmund. Sag es ihnen. Lass nicht zu, dass sie dir noch mehr weh tun.

»Warum schützen Sie sie, Gillem? Das sind nur Freaks. Sie würden Ihnen nicht helfen. Diese Finder, Lauscher oder Gedankenleser. Wahrscheinlich sind die meisten von ihnen ohnehin Betrüger.«

»Warum wollen Sie sie dann finden?«, keuchte Edmund.

Molino antwortete nicht darauf. »Erzählen Sie mir von den Pandoras.«

»Ich weiß nicht, wovon Sie sprechen.«

»Wer sind sie? Wie viele gibt es?«

»Keine Ahnung …«

»Allmählich verliere ich die Geduld. Die Chronik. Sienna, los.«

Edmund schrie wieder.

Aber er verriet nichts.

Der Schmerz war unvermindert, die Schreie hallten wider.

»Nein«, flüsterte Megan. Sie rollte sich auf dem Boden zusammen. »Sie quälen uns, Edmund. Das ist es nicht wert … Sag es ihnen.« Was konnte so wichtig sein, dass er eine solche Bestrafung auf sich nahm? Er brachte seine Ablehnung kaum noch über die Lippen, dennoch gab er ihnen nicht, was sie verlangten.

Mutig, dachte Megan düster, und gut. Gute Männer sollten nicht so gefoltert werden.

Himmel, sie wollte diese Stimmen ausschließen. Sie fühlte sich, als würde sie eins mit Edmund. Der Schmerz war unerträglich.

Sie konnte und würde es nicht tun. Sie spürte Edmunds grauenvolle Einsamkeit. »Es ist gut, Edmund. Ich werde dich nicht verlassen.« Sie streckte die Hand nach oben und verschloss die Tür, bevor sie den Kopf in der Armbeuge vergrub. »Steh es durch. Diesmal bist du nicht allein. Ich bleibe bei dir … bis zum Ende.«

Er musste in den Wohnwagen. Zur Hölle mit seinem Versprechen.

Gradys Nägel bohrten sich in seine Handflächen, als er die Fäuste ballte. Schmerz umwirbelte Megan in der Stärke eines Tornados.

»Was passiert da?« Harley kam auf ihn zu. »Du siehst aus, als wolltest du den Wohnwagen zertrümmern.«

»Das würde ich tun, wenn ich könnte. Sie hat die verdammte Tür abgeschlossen.«

»Und du traust ihr nicht zu, dass sie das allein übersteht?«

»Sie hat *Schmerzen*. Ich gehe zurück zum Auto und hole ein Brecheisen.«

»Das dauert zu lange. Lass mich sehen, was ich tun kann.« Er bückte sich, um das Türschloss zu inspizieren. »Hab ich dir schon erzählt, dass ich mal Schlosser war?«

»Nein.«

»Gut, das wäre nämlich eine Lüge. Aber in meiner vergeudeten Jugend habe ich mich mit Safeknackerei befasst.«

»Beeil dich«, drängte Grady schroff.

Harley verzog das Gesicht. »Nur noch ein paar Sekunden.«

Das Schloss sprang auf.

Grady riss die Tür auf und stürmte in den Wohnwagen.

Megan lag zusammengerollt auf dem Boden. Sie war bewusstlos.

Oder tot?

Nein, sie öffnete die Augen. »Ich musste bis zum Ende bleiben. Es ... ist vorbei, oder?«

»Ja.«

»Gott sei Dank.« Sie schloss wieder die Augen. »Er hat so viel ertragen ...«

Grady wusste nicht, ob sie wieder in Ohnmacht gesunken war, doch er wollte nicht abwarten, bis er das ergründet hatte. Er hob sie hoch und trug sie ins Freie. »Ich bringe sie zurück ins Motel, Harley. Du schließt den Wohnwagen und kommst dann nach.«

Harley nickte. »Ich bin in zehn Minuten bei euch.«

Grady saß neben ihrem Bett, als Megan das nächste Mal die Augen aufschlug.

»Du … du hast mir nicht gesagt, dass er gefoltert wurde«, wisperte sie.

»Ich wusste das nicht genau.«

»Aber du hast es geahnt.«

»Ich hielt es für durchaus möglich. Molino will die Chronik an sich bringen.«

»Ja, das stimmt.« Sie fuhr sich mit der Zunge über die Lippen. »Er hat Edmund unaussprechliche Dinge angetan. Molino und ein Mann namens Sienna.«

»Sienna ist Molinos rechte Hand.«

»Ich glaube, Molino hat es genossen. Er hat sich richtig Zeit gelassen. Er nannte ihn einen Freak und erklärte ihm, was er ihm als Nächstes antun würde – er wollte, dass er Angst hatte.« Sie schauderte. »Ein schrecklicher Mensch.«

»Das wusstest du schon, bevor du dich auf diese Sache eingelassen hast.«

»Ich wusste das, aber ich *kannte* ihn nicht. Edmund und ich saßen gemeinsam im Dreck, und wir konnten nicht entkommen.«

»Edmund und du?«

»So kam es mir vor. Das letzte Mal war es anders. Erst wollte ich ihn verlassen, konnte aber nicht. Er war ganz allein, als er starb, und ich durfte ihn nicht im Stich lassen. Mir war klar, dass ich nichts für ihn tun kann, aber das spielte keine Rolle.« Sie schüttelte den Kopf. »Das ist schwer zu erklären.«

»Du hättest die Tür nicht abschließen dürfen.«

»Ich wollte nicht, dass du uns unterbrichst. Ich dachte, dass du möglicherweise weißt, wie sehr wir leiden.«

»Nicht Gillem hat gelitten, sondern du, verdammt.«

»Wir beide waren das.« Sie hob die Hand und rieb sich die schmerzende Schläfe. »Du hattest recht, Edmund war ein guter Mann. Er hat etwas Besseres als so einen Tod verdient. Er hätte ein langes, erfülltes Leben haben müssen.«

»Was meinst du, wenn du sagst, dass ihr beide gelitten habt?«

»Ich habe einiges über Lauscher herausgefunden, was du an deinen Freund Michael Travis weitergeben kannst. Erstens, Edmund Gillem hätte Zulu sprechen können, und ich hätte ihn verstanden. Es ist eine emotionale Übermittlung. Zweitens, die Beteiligten hätten gar nichts sagen müssen. Ich wusste, was sie fühlten und dachten.« Sie schloss die Augen, als die Emotionen dieser Nacht wieder auf sie einstürzten. »Insbesondere war mir bewusst, was Edmund durchmachte. Er wollte nicht sterben.«

Grady schwieg einen Moment, dann: »Verdammt, ich bin richtig hilflos. Ich möchte etwas für dich tun. Wie kann ich dir helfen? Hast du Kopfschmerzen? Möchtest du ein Aspirin? Verdammt, das klingt lächerlich.«

Sie öffnete die Augen. »Mir tut alles weh, allerdings glaube ich nicht, dass Aspirin etwas dagegen ausrichten kann.« Sie betrachtete das helle Licht der Morgensonne, das durchs Fenster fiel. »Wie spät ist es?«

»Kurz vor elf. Du warst fast sieben Stunden weggetreten. Hast mir eine Heidenangst eingejagt.«

»Gut. Du solltest auch etwas von der Last spüren.« Sie setzte sich auf. »Schließlich hast du mich in diesen Wohnwagen geschickt. Ich hatte auch ganz schön Angst.« Sie schwang die Beine über den Bettrand. »Jetzt gehe ich unter die Dusche, putze mir die Zähne und ziehe mich an. Ich brauche all die kleinen Dinge, die unseren Alltag ausmachen, um von Edmund, Molino und den Ereignissen im Wohnwagen loszukommen.«

»Darf ich dir eine Frage stellen?«

»Nein, darfst du nicht.« Sie steuerte das Badezimmer an. »Wir reden später weiter. Bestell das Essen in dein Zimmer. Ich muss nachdenken und einiges verarbeiten, ehe ich wieder mit dir spreche.«

Er stellte seine Frage trotzdem: »Warst du bis zum Ende bei ihm?«

Sie blieb stehen, drehte sich jedoch nicht zu ihm um. »Du meinst bis zu dem Moment, in dem ihm klar wurde, dass er nicht länger durchhalten konnte und sicherstellen musste, dass sie die Chronik nicht in die Hände bekommen?«

»Ja.«

»Du hast verdammt recht«, antwortete sie bewegt. »Sie dachten, er wäre bewusstlos, und ließen ihn allein zurück. Der Spiegel war die einzige Waffe, die ihm zur Verfügung stand. Er hat sie benutzt.« Sie machte die Tür hinter sich zu und lehnte sich, von Trauer überwältigt, dagegen. *Brich jetzt nicht zusammen.* Sie hatte die Nacht durchgestanden, und die Erinnerung daran würde sie für den Rest ihres Lebens begleiten, aber sie durfte nicht zulassen, dass sie dieses Erlebnis schwächte. Edmund war nicht schwach gewesen. Er hatte gelitten und seinen Tod herbeigeführt, aber er hatte dem Drecksack nicht gegeben, was der von ihm haben wollte.

Sie straffte die Schultern und ging unter die Dusche.

»Wir stehen das durch, Edmund«, murmelte sie. »Molino wird niemandem mehr weh tun. Ich verspreche dir, dass er keinen Sieg davontragen wird.«

Gradys Handy klingelte in dem Augenblick, in dem Megan im Bad verschwunden war.

»Ist sie wieder bei Bewusstsein?«, fragte Harley.

»Seit ungefähr fünfzehn Minuten.«

»Und ist sie okay?«

»Nein, sie ist tief betroffen. Was hast du erwartet? Sie hat letzte Nacht die Hölle durchlebt.«

»Ganz ruhig. Blaff mich nicht an. Ich weiß nicht genug, um irgendetwas zu erwarten. Oberflächlich betrachtet, hat sie lediglich eine Stunde im Dunkeln verbracht.«

»Entschuldige.«

»Kein Problem. Wird sie sich davon erholen?«

»Vielleicht. Sie ist ... anders.«

»Inwiefern?«

Das konnte Grady nicht genau sagen. Er hatte auch nicht gewusst, was sein würde, wenn Megan erwachte. Er hatte nur gebetet, dass sie keine bleibenden Schäden davongetragen hatte. Und sie könnte nach wie vor beeinträchtigt sein, auch wenn er noch nicht sah, in welcher Hinsicht. Er hatte Verwirrung und Angst gespürt, als sie den Wohnwagen betreten hatte. Und seit dem Aufwachen hatte Megan tiefgründiger, stärker gewirkt – gefestigter.

Und Grady hatte puren Stahl unter dieser Stärke wahrgenommen. »Wir werden sehen. Ich glaube, sie beschäftigt sich gerade mit alldem. Hast du Molinos Mann auf dem Zirkusgelände ausfindig gemacht?«

»Molinos Frau«, korrigierte Harley. »Marie Ledoute, eine Trapezkünstlerin. Sie ist eine eingefleischte Zockerin und schmeißt in der letzten Zeit mit Geld nur so um sich. Mit ihrer normalen Gage wäre das gar nicht möglich. Sie war sehr neugierig heute Morgen und hat Fragen gestellt; sie wollte unbedingt wissen, wo sich Pierre in der Nacht herumgetrieben hat.«

»Hat er es ihr gesagt?«

»Nein, aber das wird er bestimmt tun und zudem alles andere ausplaudern, was sie wissen will. Im Moment ist sie mit ihm im Bett.«

»Behalt sie im Auge. Wahrscheinlich wird sie sich nicht mit Molino in Verbindung setzen, solange sie noch mit Pierre Jacminot zusammen ist. Das verschafft uns einen kleinen Vorsprung.«

»Stimmt.« Harley legte auf.

Unser Vorsprung ist nicht groß, dachte Grady. Sobald Molino erfährt, wo wir uns aufhalten, wird er uns jemanden auf den Hals hetzen. Ich sollte Megan von hier fortbringen.

Nein, noch nicht. Er hatte die eigenartige Vorstellung, dass es so wäre, als würde man einen Schmetterling aufschrecken, der gerade seinen Kokon verlässt. Sie hatte in der letzten Nacht keinen Schaden davongetragen, und er würde jetzt kein Risiko eingehen. Sie brauchte Zeit, und die würde er ihr geben.

Kapitel 9

Megan öffnete um Viertel nach sechs am Abend auf Gradys Klopfen hin die Verbindungstür. Er verbeugte sich spöttisch. »Das Dinner ist serviert. Ich hoffe, es ist nicht zu früh für dich. Ich möchte um acht am Flughafen sein.«

»Wieso? Gibt's Probleme?«

»Nein, aber man weiß nie. Es ist besser, wenn wir von hier verschwinden.« Er drehte sich um und ging auf einen mit weißem Damast gedeckten Tisch zu und rückte den Stuhl für Megan zurecht. »Du hast wieder etwas mehr Farbe. Konntest du dich ausruhen?«

»Ja, ein wenig.« Sie setzte sich und legte sich die Serviette auf den Schoß. »Aber geschlafen hab ich nicht.«

»Das dachte ich mir.« Er nahm ihr gegenüber Platz. »Ich habe Hühnchen bestellt und eine Pilzsuppe auf der Karte gefunden. Du liebst doch Pilzsuppe, oder? Ich erinnere mich, dass Sarah sie ganz oft für dich gekocht hat.«

»Ja, ich mag Pilzsuppe.« Sie hob die Augenbrauen. »Das ist so ein winziges Detail – ich hätte nicht gedacht, dass du dich daran erinnerst.«

»Kleine Vorlieben und Abneigungen offenbaren den Charakter.« Er nahm seine Gabel in die Hand. »Du liebst es, durch die Brandung zu laufen, du magst kleine Hunde und ehrliche, fürsorgliche Menschen, und du beobachtest gern Sonnenaufgänge. Du hasst matschiges Essen, schwafelnde Politiker, Grausamkeit in jeder Form und das Gefühl, hilflos zu sein.«

»Ein paar dieser Dinge sind gar nicht so klein.«

»Nein. Und sie geben Hinweise auf Megan Blair. Probier den Salat. Er ist ausgezeichnet.«

Sie fing an zu essen. »Du hast dir das alles seit dem Sommer mit Mama und mir gemerkt?«

»Ich versuche immer, die guten Dinge im Gedächtnis zu behalten. Das hilft einem über schlechte Zeiten hinweg. Jener Sommer war sehr schön für mich.« Er lächelte. »Und du hast einen großen Anteil daran. Sarah erzählte mir immer wieder, wie ernst du bist, aber ich konnte das nicht finden. Du warst eifrig, lustig und voller Leben. Gott, ich habe nie wieder jemanden mit so viel Energie und Lebensfreude kennengelernt.«

»Und du hast dich geschmeichelt gefühlt, dass ich für dich geschwärmt habe«, entgegnete sie gelassen. »Du wusstest das, hab ich recht? Ich war ziemlich durchschaubar. Sogar Mama hat es gemerkt.«

»O ja. Ich wusste es. Ich fühlte mich ... geehrt.« Er schnitt ein Gesicht. »Wenn ich nicht gerade versuchte, mich gegen die dunkle Seite zu wehren. Ich musste mir immer wieder sagen, dass du keine Lolita bist und dass ich es fürchterlich bereuen würde, wenn ich dich verführe.« Er zuckte mit den Schultern. »Manchmal habe ich das sogar geglaubt. Wäre ich noch ein paar Monate länger mit dir zusammen gewesen, wäre ich in echte Schwierigkeiten geraten. Ich war damals selbst erst fünfundzwanzig, entsetzlich eigensinnig und daran gewöhnt, meinen Willen durchzusetzen.«

Die inzwischen vertraute Hitze durchdrang sie, als sie ihn ansah. Heute erschien ihr alles klarer und einfacher, jede Emotion war schärfer und spiegelte jedes Wort, jede Nuance wider. »Wenn du mich hättest verführen wollen, hätte ich auch noch ein Wörtchen mitgeredet. Ich war in dich verknallt, ja, aber das heißt noch lange nicht, dass ich mit dir in die Kiste gesprungen wäre.«

»Es wäre ein Anfang gewesen.« Er stand auf, räumte die Salatteller ab und stellte die Suppe auf den Tisch. »Danach hätte ich mich nur anstrengen müssen, dir alles zu geben, was du dir wünschst.«

»Wie die Pilzsuppe?«

»Ah, jetzt hast du mich durchschaut.« Er lehnte sich zurück. »Ich will dich mit Pilzsuppe statt Champagner oder starken Drogen gefügig machen.«

Pilzsuppe, Erinnerungen und zweideutige Anspielungen waren wirksamer als Drogen. Sie kostete die Suppe. »Sie ist gut. Die richtige Wahl.« Als ihr Teller halb leer war, sah sie auf und merkte, dass er sie forschend musterte. »Was ist?«

»Ich überlege, warum du mir von deiner Schwärmerei von damals erzählt hast. Seit ich wieder in dein Leben getreten bin, hast du immer den Kopf in den Sand gesteckt, wenn es um die Ereignisse in dem bewussten Sommer ging.«

»Das stimmt nicht.«

»Richtig, du hast nur all das, was mich betrifft, ignoriert.«

»Vielleicht gefällt es mir ja nicht mehr, den Kopf in den Sand zu stecken. Es gab keinen Grund dafür. Warum sollte ich mich heute für meine Gefühle von damals schämen? Solange ich mich an meine eigenen Regeln halte, habe ich nichts zu verbergen. Hast du damit ein Problem?«

»Oh, gar nicht. Ich bewundere deine klaren Ansichten. Ich frage mich nur, warum sie sich gerade in diesem Augenblick manifestieren.«

Eine Weile sagte sie nichts, dann: »Vielleicht weil ich kürzlich eine Lektion über Klarheit und über das Abwägen von ›wichtig‹ und ›unbedeutend‹ gelernt habe.« Sie starrte auf ihre Suppen. »Leben ist wichtig, Glaube und Treue sind wichtig, alles andere steht weiter unten auf der Skala.«

»Laut Edmund Gillem.«

»Und laut Megan Blair.« Sie hob den Blick. »Er starb, um zu verhindern, dass Molino diese Chronik in die Finger bekommt. Aber er beschützte mehr als nur die Chronik, hab ich recht? Molino hat es auch auf Menschen abgesehen. Er nannte sie Freaks. Das heißt, sie sind wie ich … und du. Stimmt's?«

Grady nickte.

»Ich möchte mehr über diese Chronik wissen. Warum war Gillem bereit, dafür zu sterben?«

»Ich hab dir versprochen, dir alles zu erzählen, wenn du es wissen willst. Du wolltest dich nicht mehr auf diese Sache einlassen als nötig.«

»Mehr als jetzt kann ich gar nicht involviert werden. Erzähl mir von der Chronik. Was ist sie?«

»Es ist eine Art Familienstammbaum – sehr ausführlich und detailliert.«

»Um welche Familie handelt es sich?«

»Don José Devanez war der Patriarch, aber über die Jahrhunderte starb der Name fast aus.«

»Jahrhunderte?«

»Die Aufzeichnungen in der Chronik beginnen im Jahr 1485 zur Zeit der spanischen Inquisition. Die Devanez waren Großgrundbesitzer in Südspanien und sehr wohlhabend. Sie haben in Unternehmen in Übersee investiert, und die Erfolge ließen nicht auf sich warten. Damals machte das Gerücht, dass sie ihren Reichtum teuflischen Mächten zu verdanken hätten, die Runde. Die Familie lebte sehr zurückgezogen auf dem Land – fernab von Städten und dem königlichen Hof. Erst als die Inquisition ihren Höhepunkt erreichte, spürten sie die Gefahr. Den örtlichen Priestern wurden Geschichten zugetragen, dass die Mitglieder der Familie Zauberei betrieben – sie wechselten ihre Gestalt und sagten die Zukunft voraus. Manche dieser Geschichten waren ziemlich wild.«

»Und einige waren wahr?«

»Die Familie besaß zweifellos starke übersinnliche Kräfte.« Er verzog das Gesicht. »Und man brauchte keine Kristallkugel, um das Menetekel an der Wand zu erkennen. Sie erwartete Folter und Tod. Die Priester waren überzeugt, dass es sich um Ketzerei handelte und Hexenmächte im Spiel waren, und in der Gegend wurde viel über die Familie Devanez getuschelt. Bruder Tomás de Torquemada war kurz zuvor zum Großinquisitor ernannt worden, und Hexenverbrennungen waren fast an der Tagesordnung. Die Familie sah ihre einzige Überlebenschance darin, Spanien zu verlassen und sich dorthin zurückzuziehen, wo sie nicht gefunden werden können. José Devanez richtete verschiedene Zufluchtsorte für seine Familienmitglieder ein und versprach, ebenfalls zu verschwinden, sobald ihm zu Ohren käme, dass die Priester gegen die Familie tätig würden.«

»Wohin sind sie geflohen?«

»Nach England, Schottland, Irland, Dänemark, Deutschland. Er verstreute die Familie über die ganze zivilisierte Welt. Er glaubte, das sei sicherer für sie. Sie sollten sich den Kulturen der Zufluchtsländer anpassen, bis sie wieder nach Hause zurückkonnten.«

»Die Chronik«, drängte Megan.

»José rechnete mit der Möglichkeit, dass sich die Familienmitglieder aus den Augen verloren. Das wollte er verhindern. Er glaubte daran, dass Einigkeit stark macht. Deshalb begann er mit der Chronik und listete alle Namen, Adressen, Verwandtschaftsgrade und sogar die spezifischen Talente auf. Es wäre verheerend gewesen, wenn die Aufzeichnungen den Inquisitoren in die Hände gefallen wären, deshalb schickte José sie an seinen Bruder Miguel im Ausland. Miguel war der einzige Devanez, der wusste, wohin sich alle anderen geflüchtet hatten. Seine Aufgabe war, die Chronik weiterzuführen und die verschiedenen Familienzweige alle fünf, sechs Jahre aufzusuchen, um über Geburten, Todesfälle und so weiter auf dem Laufenden zu bleiben. Zur damaligen Zeit lebte jeder parapsychologisch Begabte mit der ständigen Gefahr, hingerichtet zu werden. Die Inquisition überdauerte in der einen oder anderen Form drei Jahrhunderte. Wenn es zu Schwierigkeiten kam, half Miguel den betroffenen Verwandten, sich in Sicherheit zu bringen. Mit der Zeit lernte er, das als heilige Pflicht anzusehen.«

»Genau wie Edmund.«

»Heutzutage nehmen die Hüter der Chronik die Aufgabe freiwillig an. Die Nachkömmlinge der Devanez sind mittlerweile weit verstreut und kennen sich nicht mehr. Die Geschichte wurde lediglich in der Kernfamilie des ersten Miguel Devanez von Generation zu Generation weitergegeben Nach allem, was ich herausgefunden habe, ist dieser Familienzweig groß genug. Offenbar sind die Devanez ausgesprochen fortpflanzungsfreudig.«

»Und woher weißt du das alles? Gehörst du zur Familie Devanez?«

Er schüttelte den Kopf. »Bis vor etwa fünfzehn Jahren

wusste ich nichts von dieser Familie. Michael Travis besitzt eine Bibliothek und sammelt seit langem alles Geschriebene, was mit parapsychologischen Phänomenen zu tun hat. Ihm kam ein Dokument unter, das Priester, die die Aufgabe hatten, die Familie Devanez zu überprüfen, verfasst hatten. Es war ein Bericht über die heidnischen Aktivitäten der Familie während der Inquisition, in dem auch die Chronik ausführlich erwähnt wird.«

»Wie haben sie davon erfahren?«

»Nicht alle Angehörige der Familie sind aus Spanien geflohen. Ein anderer von Josés Brüdern, Ricardo, wurde an der Grenze festgenommen. Er wurde gefoltert und verriet schließlich alles, was er über den Exodus und die Chronik wusste.« Grady schürzte die Lippen. »Die frommen Priester waren, was die Folter angeht, ebenso geschickt wie Molino. Ein Glück, dass Ricardo kein Vertrauter Josés war und nicht wusste, wohin sich die einzelnen Familienmitglieder zurückgezogen hatten. Er wusste von der Existenz der Chronik, ansonsten konnte er dem Tribunal keine wesentlichen Informationen liefern. Natürlich glaubten sie ihm nicht, dass er nicht mehr wusste, und er starb auf der Folterbank.«

»Was wurde aus José Devanez?«

»Er blieb auf seinem Anwesen, bis dem letzten Angehörigen die Flucht gelungen war.«

»Und dann?«

»Er erfuhr, dass die Priester auf dem Wege zu ihm waren, um ihn festzunehmen. Und er tötete sich selbst, ehe sie ihn befragen konnten.«

»Genau wie Edmund …«

»José war in den Augen der Familie ein Märtyrer. Er hatte sie gerettet, ihnen neue Lebensgrundlagen geschaffen und sie beschützt, indem er sich selbst das Leben nahm. Fortan war es eine Ehre, zum Bewahrer der Chronik auserkoren zu werden, und eine Menge Mythen rankten sich um die Aufzeichnungen. Galahads und Lancelots Bedeutung war nach Ansicht der Devanez nichts dagegen. Aber Mythen neigen dazu zu verblassen und geraten im Laufe der Zeit in Vergessenheit.«

»Edmund hat sie nicht vergessen.«

»Nein, er hatte ein sanftes Gemüt und war voller Ideale.«

»Wie hat Molino von der Chronik erfahren?«

»Ich sagte bereits, dass er Michael Travis' Hauptquartier nach Informationen über deine Mutter durchsucht hat.« Er hielt kurz inne. »Er fand sie in demselben Ordner, in dem auch die Protokolle des Tribunals über die Familie Devanez abgeheftet waren.«

Megan richtete sich auf. »Was?«

»Michael war ziemlich sicher, dass Sarah ein Abkömmling des Devanez-Clans war.«

»Und wie kam er darauf?«

»Sie hatte gewisse potentielle Talente – Talente, die nicht oft vorkommen. Er hatte bisher nur in den Aufzeichnungen der Inquisition darüber gelesen und bereits Ermittler darauf angesetzt, die Kernfamilie ausfindig zu machen. In dem Ordner befanden sich auch Berichte über die Arbeit dieser Männer.«

»Über Edmund?«

»Mich hat es Jahre gekostet herauszufinden, wer als Bewahrer der Chronik in Frage kam und wo er sich aufhielt. Ich kann dir gar nicht sagen, wie viele falsche Spuren ich verfolgt habe. Die Familie schützt sich wirksam. Ich las alle Zeitungsberichte über angebliche übersinnliche Phänomene, und das verschaffte mir schließlich den Durchbruch. Wenn in der Presse darüber berichtet wurde, bestand die Möglichkeit, dass es sich um ein Familienmitglied handelte, das von seiner Zugehörigkeit zu den Devanez nichts wusste und gerade erst sein Talent entdeckte. Und wer, wenn nicht ein Mitglied des engsten Familienkreises, würde herbeieilen, um dem Betreffenden zu helfen und dafür zu sorgen, dass die Story keine weiten Kreise zieht, und die Vorkommnisse als Schwindel darzustellen.«

»Edmund?«

»Nein. Es war jedes Mal ein anderer. Ich beobachtete und erstellte eine Liste von den möglichen Bewahrern der Chronik. Die meisten Devanez-Abkömmlinge schienen gar nichts miteinander zu tun zu haben. Es gab nur einen einzigen Mann, der offenbar alle kannte und ständig unterwegs war.«

»Und auf dieselbe Weise hat auch Molino von Edmund erfahren?«

»Keine Ahnung. Vielleicht ist er so vorgegangen wie ich. Aber ich vermute, seine Männer haben ein Familienmitglied gefunden und zum Reden gebracht.« Er verzog die Lippen. »Diese Methode war schneller. Molino spürte Edmund Gillem zwei Tage vor mir auf.« Er fluchte leise. »Ich war nur zwei verdammte Tage zu spät.«

»Molino muss verrückt sein. Ich habe nie einen bösartigeren Menschen gesehen.«

»Widerlich. Absolut widerlich. Und er ist versessen darauf, die Chronik zu finden. Peter Sienna hat ihn bisher bei der Suche unterstützt, aber ihm geht's vermutlich nur um die Bankkonten.«

»Die Bankkonten?«

»Es heißt, dass in der Chronik die Bankverbindungen der Devanez-Familie aufgelistet sind – Nummernkonten in der Schweiz oder anderen Steueroasen. Die Devanez waren, wie gesagt, sehr geschickt mit ihren Investitionen. Im Laufe der Jahrhunderte häuften sie ungeheure Vermögen an. So viel Geld ist gefährlich. Es erregt Aufmerksamkeit, und das ist das Letzte, was die Familie gebrauchen kann. Deshalb haben sie ihre Reichtümer aufgeteilt und auf anonymen Konten deponiert, für den Fall, dass sie etwas davon brauchen.«

»Und jeder, der die Chronik in die Hände bekommt, hätte Zugang zu diesen Konten«, ergänzte Megan. »Das wäre, als würde man auf eine Goldmine stoßen.«

»Und ich wette, dass Sienna sich alle Finger danach ablecken würde«, sagte Grady grimmig. »Ich habe gehört, dass er sich bemüht, ordentlich viel Geld zu scheffeln, damit er seine eigene Organisation aufbauen kann. Er ist nicht in kriminellen Kreisen groß geworden wie Molino, zudem ist er ein ziemlicher Snob. Er hält sich für ungeheuer schlau und ist sich zu schade, für einen anderen zu arbeiten. Und Molino schert sich keinen Deut um diese Bankkonten.«

»Du sagtest, er ist auf Vendetta aus?« Megan konnte es nicht glauben. »Er will jedes Familienmitglied, das in der Chronik verzeichnet ist, vernichten?«

»Er hasste deine Mutter. Und er hasst dich. Ja, und ich denke, er würde jeden umbringen, der irgendwie mit dir in Verbindung steht. Das wäre ihm ein großes Vergnügen. Er ist wie besessen von dem Gedanken daran. Sein Sohn war der einzige Mensch, den er je geliebt hat, und Sarah hat ihm Steven genommen.«

»Er hat es genossen, Edmund weh zu tun«, sagte sie leise. »Ich konnte das nicht verstehen. Solche Gefühle sind mir … fremd. Und Edmunds Empfindungen waren ganz anders. Er bemühte sich nur, durchzuhalten und seine Pflicht nicht zu verletzen.«

»So hat er die Chronik gesehen? Als Pflicht?«

»Ja, er dachte ständig: Ich darf nicht zusammenbrechen, ich muss sie alle schützen.« Sie spürte, wie ihr Tränen in die Augen traten. »Er war wie José. Er hat sein Leben für sie gegeben.«

»Und du leidest, weil er es getan hat«, sagte Grady schroff. »Lieber Himmel, du kanntest ihn nicht einmal.«

»Ich kannte ihn. Nach letzter Nacht gibt es niemanden, den ich besser kenne.« Ihre Kehle war trocken. Sie griff nach ihrem Wasserglas. »Und er kannte mich. Zumindest wusste er von mir. Gegen Ende hat er mit Molino über mich gesprochen; er versuchte, ihm einzureden, dass ich keine Bedrohung darstelle. Ich hab nicht kapiert, wovon er redet. Mir war schleierhaft, wie Molino auf die Idee kam, dass Edmund etwas über mich wissen könnte.«

»Die Chronik. Offenbar dachte er, dass in der Chronik Informationen über dich verzeichnet sind.«

»Ich weiß nicht. Edmund brachte zu der Zeit keinen zusammenhängenden Satz mehr über die Lippen. Aber ich glaube, er versuchte, mich zu beschützen.« Ihre Hand zitterte, und sie stellte das Glas wieder auf den Tisch. »Ich war eine Fremde für ihn, trotzdem bemühte er sich, Schaden von mir zu wenden. Und Molino fügte ihm die ganze Zeit die fürchterlichsten Schmerzen zu.«

Grady sah sie an. »Erzähl mir, was er und Molino gesagt haben.«

»Ich kann mich nicht erinnern«, wehrte sie ab. »Es war zu viel, und alles ist schrecklich verschwommen. Da muss ich erst nachdenken.« Sie holte tief Luft und setzte sich aufrechter hin. »Aber nicht jetzt. Im Moment ist nichts wichtiger für mich, als diese Chronik zu finden. Ich lasse nicht zu, dass Molino sie in die Finger kriegt.

Eher sehe ich ihn in der Hölle schmoren.« Sie presste kurz die Lippen zusammen. »Das dürfte dir auch gefallen. Hast du mich nicht deswegen hierhergebracht?«

»Ich hatte gehofft, dass du mir die richtige Richtung vorgeben kannst, falls die Stimmen kooperativ sind.«

»Oh, sie waren sehr kooperativ. Du bist wirklich ein sehr cleveres Kerlchen, Grady.«

»Du hast jedes Recht, verbittert zu sein«, erwiderte er matt. »Ich kann dir keine Vorwürfe machen. Ich habe eine Entscheidung getroffen und getan, was ich für das Beste hielt, aber für dich war das nicht das Beste.«

Sie öffnete den Mund, um ihm zuzustimmen, machte ihn aber wieder zu. Es war offensichtlich, dass er nicht vorgehabt hatte, sie einer so gewaltsamen Behandlung auszusetzen. Wie hätte sie entschieden, wenn sie gewusst hätte, dass Molino so viele unschuldige Menschen finden und töten könnte? »Ich weiß, weshalb die Chronik so bedeutsam für Edmund war, aber wieso bist du so versessen darauf? Du sagtest, du bist kein Devanez.«

»Selbstschutz. Wenn ich eins gelernt habe, dann das: Die Mehrheit der Menschen fürchtet das, was sie nicht versteht, und drischt instinktiv darauf ein, um es zu zerstören. Die Inquisition war eine Lektion, die wir nicht vergessen sollten. Es ist viel ungefährlicher für uns, wenn wir im Verborgenen bleiben, statt ins Rampenlicht zu treten. Molino ist nicht bei klarem Verstand, und es ist nicht vorauszusehen, was er macht, wenn er die Chronik in die Hände bekommt. Oder was die Familie als Vergeltung tun wird.«

»Vergeltung?«

»Versteh mich nicht falsch. Ich spreche nicht von einem Haufen X-Men. Ich möchte wetten, die meisten von ihnen sind ebenso verstörte Opfer ihres Talents wie deine

Mutter. Ich möchte nur nicht, dass Molino diese Opfer in eine Ecke drängt. Ich weiß, was ich tun würde.«

Zurückschlagen. Und Megan würde dasselbe machen. »Du hättest mich vorwarnen und mir sagen können, was mich in dem Wohnwagen erwartet.«

»Ich wusste selbst nicht, was auf dich zukommt. Ich habe dir von Anfang an gesagt, dass wir nicht viel über Lauscher wissen. Ich wusste lediglich, dass es nicht schön für dich werden würde. Das habe ich dir auch nicht verheimlicht.«

Ja, das stimmte. »Nun, jetzt weißt du mehr als ...«

Gradys Handy klingelte.

Er warf einen Blick auf das Display. »Harley.« Er nahm den Anruf entgegen und horchte eine Weile. »Okay, wir sind schon auf dem Weg. Wir treffen dich am Flughafen.« Er legte auf und schob seinen Stuhl zurück. »Tut mir leid, uns bleibt keine Zeit für den Nachtisch. Wir müssen weg von hier. Molinos Informant im Zirkus hat vor zehn Minuten einen Anruf erhalten. Molino dürfte schon jemanden auf den Weg hierher geschickt haben.«

Megan stand auf und lief in ihr Zimmer. »Ich hole mein Gepäck. Dauert nur ein paar Minuten. Aber du wirst keine Zeit haben, uns neue Papiere zu verschaffen.«

Er runzelte die Stirn. »Wir können auf dem Rückweg dieselben verwenden wie bei der Ausreise aus den USA.«

»Aber wir fliegen nicht in die USA. Noch nicht.«

»Wohin dann?«

»Nach München.«

»Weshalb?«

»Weil sich die Chronik dort befindet.« Sie blieb an der Tür stehen. »Wenigstens hoffe ich, dass sie noch dort ist. Edmund hatte keine Gelegenheit, sie zu warnen.«

»Wen?«

»Renata Wilger. Er hat ihr die Chronik zur Aufbewahrung gegeben, als er mit dem Zirkus in München war. Ihm war irgendwie mulmig zumute, und er hatte gelernt, seinen Instinkten zu vertrauen.«

»Bist du sicher?«

»O ja.« Sie lächelte freudlos. »Das konnte ich nicht falsch verstehen. Er hat Molino nichts verraten, aber seine Empfindungen waren nur auf sie gerichtet, bevor er sich die Kehle durchgeschnitten hat. Er betete für sie.«

»Weißt du mehr darüber, wo ...«

»Nein«, fiel sie ihm ins Wort. »Das ist deine Aufgabe, Grady.«

»Richtig.« Er wählte eine Nummer, als sie die Tür zumachte.

Harley traf sie, als sie den Mietwagen abstellten. »Ihr seid gut in der Zeit. Ich habe gerade eine Chartermaschine organisiert.« Er verzog das Gesicht. »Das war nicht leicht, da ich ihnen den Zielflughafen nicht nennen konnte. Ich glaube, sie halten mich für einen Terroristen oder so was. Nur meinem jungenhaften Charme ist es zu verdanken, dass ich das durchziehen konnte.« Er wandte sich an Megan. »Sie sehen viel besser aus als bei unserer letzten Begegnung. Ist Ihnen jemals in den Sinn gekommen, dass es viel gesünder für Sie wäre, wenn Sie sich von Grady fernhielten?«

Sie lächelte. »Doch, daran habe ich schon gedacht.«

»Wo steht das Flugzeug?«, wollte Grady wissen. »Und hast du deinen Kontaktmann Biel angerufen, damit er uns in München die Papiere übergeben kann?«

»Hangar vierzehn.« Harley ging voraus. »Und Biel erwartet uns am Flughafen. Megan ist jetzt Ella Steinberg.

Und ich heiße Henry Higworth.« Er grinste. »Ich war nahe dran, mich Higgins zu nennen, fürchtete aber, dass jemand den Pygmalion-Bezug erkennt und uns Schwierigkeiten machen könnte.«

»Dies ist kein Spiel, Harley.«

»Leider. Ich versuche immer, alles leichtzunehmen.« Er deutete auf den Learjet vor dem Hangar. »Das ist das Schätzchen. Hübsch, was?«

»Wunderschön«, murmelte Megan. »Haben Sie diesen Biel darauf angesetzt, Renata Wilger ausfindig zu machen?«

»Ja, allerdings hat er vermutlich noch nicht viele Informationen über sie, wenn wir landen.« Er trat beiseite, damit Megan die Stufen zur Maschine hinaufgehen konnte. »Sie haben uns nicht viel Zeit gelassen, Megan.«

»Ich war nicht sicher, ob ich Ihnen überhaupt von ihr erzählen sollte, weil ich dachte, dass es für Renata und mich sicherer sein könnte, wenn ich mich selbst auf die Suche nach ihr mache.«

»Die Unabhängigkeit erhebt ihr hässliches Haupt«, sagte Grady. »Denk nicht mehr darüber nach. Es wäre nicht sicherer.«

»Woher willst du das so genau wissen? Du und Molino, ihr spielt seit Jahren Katz und Maus. Wahrscheinlich kennt er deine Methoden und Vorgehensweisen genauso gut wie du seine.«

»Ein guter Punkt. Aber ich habe versucht, immer mal wieder meine Strategien zu wechseln, damit er kein Muster erkennt.« Er folgte ihr die Gangway hinauf, setzte sie in einen Sitz und befestigte ihren Sicherheitsgurt. »Und augenscheinlich hast du entschieden, dass wir dir zumindest ein bisschen zu Diensten sein können, sonst wärst du nicht hier.«

»Du scheinst ungehindert über Grenzen springen zu können und weißt Dinge, von denen ich keine Ahnung habe.«

»Und sobald ich dir nicht mehr von Nutzen sein kann und du alle wichtigen Informationen aus mir herausgeholt hast, dann wirfst du mich weg?«

»Warum nicht?«, fragte sie leichthin zurück, doch ihr Lächeln schwand rasch. » Sie war nicht ganz aufrichtig und hatte genug von Täuschungen. »Ich würde dich nie allein lassen, wenn du mich brauchst. Ich stehe dir zu nahe. Das gefällt mir zwar nicht, aber es ist nun mal so. Das heißt jedoch nicht, dass ich nicht meinen eigenen Weg gehen werde.«

»Das steht außer Frage.« Grady setzte sich neben sie. »Aber es ist beruhigend, dass du mich nicht als völlig unbedeutend ansiehst.«

»Das könnte ich nicht. Was, wenn Molino dich töten würde? Wenn Edmund schon eine so große Wirkung auf mich ausüben konnte, dann würdest du wahrscheinlich Tag und Nacht bei mir spuken und mir keine Ruhe mehr lassen.«

Er schüttelte den Kopf. »Ich werde mir Mühe geben, das nicht zu tun. Ich würde wollen, dass du dein Leben weiterlebst und nicht zurückschaust. Wenn es eine Möglichkeit gibt, es zu verhindern, dann wirst du meine Stimme nicht hören, wenn ich abgedankt habe.«

Sie spürte einen Stich, als sie sich Grady tot vorstellte. Die Intensität dieses Gefühls überraschte sie. Sie wollte Grady nicht so nahe sein. Es war, als würden die Schwärmerei von damals und die sexuelle Anziehungskraft von heute verschmelzen und sich gegenseitig verstärken. Sie schreckte vor dem Gefühlsstrudel zurück. »Ich frage mich, ob es möglich ist, etwas davon zu kontrollieren.

Seit ich herausgefunden habe, dass dieses übersinnliche Zeug mein Leben lang um mich herum war, fühle ich diesen Groll. Mir passt es nicht, dass ich das nicht selbst steuern kann.«

»Willkommen im Club. Seit ich zehn bin, versuche ich, Antworten zu finden.«

»Und du wusstest schon damals, dass du eine parapsychologische Begabung hast?«

»Ja, aber es hat mich nicht gestört. Im Gegenteil – ich fand's lustig, dass ich Situationen kontrollieren kann. Kinder sind grausam, und die meisten wollen der Anführer der Bande sein. Erst später wurde mir bewusst, dass man mich nicht als Anführer ansah, sondern als eine Art Frankenstein-Monster.«

»Wann?«

Er zuckte mit den Schultern. »Als mich mein Vater aus dem Haus warf. Ich war sechzehn, und er sagte, ich könne selbst für mich sorgen. Er wollte sich nicht länger damit abfinden, einen Spinner im Haus zu haben.«

»Und deine Mutter?«

»Sie ist ein paar Jahre zuvor auf und davon.« Er verzog das Gesicht. »Vielleicht dachte er, sie hätte ihn nicht verlassen, wenn sie sich nicht mit einem Problemkind hätte herumschlagen müssen. Ich habe ihnen beiden schwer zu schaffen gemacht. Erst brachten sie mich zu Sozialarbeitern und einigen Psychiatern, die vom Staat bezahlt wurden. Später gaben sie alle Bemühungen auf und erzählten allen, dass ich ein bisschen sonderbar sei und man mich am besten in Ruhe und allein lassen solle.«

»Allein? Das ist schrecklich für ein Kind.«

»Hast du Mitleid mit dem armen Jungen? Das ist verschwendete Liebesmüh. Meine Eltern sollten dir leidtun.

Sie wollten sowieso nie ein Kind haben, und dann haben sie mich bekommen.«

»Mit denen kann ich nicht mitfühlen. Sie hätten sich mehr um dich bemühen müssen. Und«, fügte sie vehement hinzu, »dein Vater hätte dich nie aus dem Haus jagen dürfen.«

»Wie ich sehe, kann ich dich nicht davon überzeugen, dass du dich auf die falsche Seite schlägst.« Seine Lippen kräuselten sich zu einem feinen Lächeln. »Mir soll's recht sein. Mir gefällt es ganz gut.«

Ihr gefiel es hingegen gar nicht. Jetzt kam auch noch der Beschützerinstinkt zu all den Gefühlen hinzu, die sie für Grady empfand. Allein die Tatsache, dass er nicht versucht hatte, sich zu verteidigen oder zu rechtfertigen, nahm sie noch mehr für ihn ein. »Bist du damals zum Militär gegangen?«

Er nickte. »Ich dachte, dass ich mich so am besten über Wasser halten und einem Knastaufenthalt aus dem Weg gehen kann. Natürlich habe ich es geschafft, ein paar Mal ins Militärgefängnis zu kommen, bevor ich ein bisschen erwachsener wurde. Dann fand ich meine Nische und ging meinen Weg.«

»Ich war überrascht, als mir Phillip erzählte, dass Geheimdienste und die Army übersinnlich Begabte einsetzen. Das ist ja fast wie in den Science-Fiction-Filmen. Und ich habe das Militär immer für eine nüchterne, klare Institution gehalten, die nichts für Hokuspokus übrig hat.«

»Sie setzen alle Waffen ein – technische oder psychologische – und glauben an fast alles, was ihnen Vorteile den Gegnern gegenüber verschafft.« Er lehnte sich zurück und sah aus dem Fenster, als das Flugzeug anrollte. »Und Michael Travis' Recherchen haben ergeben, dass fast jeder an übersinnliche oder paranormale Phänomene glaubt. Genau genommen denkt ein großer Prozentsatz der Bevölkerung, selbst schon mit Übersinnlichem in Berührung gekommen zu sein.«

Megan wiegte skeptisch den Kopf. »Ein großer Prozentsatz?«

»Geh mal zu einer Dinnerparty, und lenk die Unterhaltung in diese Richtung. Du wirst staunen, wie viele tolle Geschichten du da zu hören bekommst.«

»Geschichten – ist das hier das Schlüsselwort?«

»Es gibt eine interessante Theorie über parapsychologische Fähigkeiten. Angeblich haben wir alle mehr oder minder stark ausgeprägte Talente, aber bei neunzig Prozent der Bevölkerung bleiben sie verborgen. Michael Travis hat MRTs von den Gehirnen freiwilliger Testpersonen mit parapsychologischen Gaben erstellen und chemische Untersuchungen durchführen lassen. Offenbar ist bei diesen Personen die Flüssigkeitskonzentration im Hirnzentrum höher. Denkbar wäre, dass diese Flüssigkeit einen DNA-Faktor enthält, der Hirnfunktionen auf anderer Ebene ermöglicht. Falls diese spezifische chemische Zusammensetzung vererblich ist, dann erklärt sich auch, warum übersinnliche Talente in manchen Familien gehäuft vorkommen.«

»Wie in der Familie Devanez.«

»Deine Mutter hat sich auch diesen Tests unterzogen, und man hat bei ihr eine ungewöhnlich hohe Flüssigkeitskonzentration festgestellt.«

»Und was hat man bei dir festgestellt?«

»Meine Konzentration ist nicht so hoch wie die von Sarah. Ihre Resultate waren außergewöhnlich.« Er begegnete Megans Blick. »Würde man dich testen, wären die Ergebnisse bestimmt auch erstaunlich, darauf möchte ich wetten. Sarah sagte einmal, du wärst viel stärker als sie.«

»Nun, das werden wir wohl nie herausfinden. Ich mache mich nicht zum Versuchskaninchen für deinen Michael Travis.«

»Vielleicht änderst du noch deine Meinung. Ich war auch nicht begeistert, aber man bekommt ein Problem nicht in den Griff, wenn man nichts darüber weiß. Ich bin sehr für Kontrolle.« Er lächelte. »Ich dachte, du würdest diese spezielle Hypothese willkommen heißen. Sie ist viel wissenschaftlicher als Voodoo, Hexenkunst und schwarze Magie.«

»Glaubst du daran?«

»Ich halte das alles für durchaus möglich. Als Erstes musst du einsehen, dass das Universum nicht nach hübschen logischen Mustern angeordnet ist. Dann musst du akzeptieren, dass wir unsere Umgebung nicht alle auf die gleiche Weise wahrnehmen. Hunde und Katzen sehen und riechen Dinge anders als wir. Vögel sehen leuchtendere Farben und Schattierungen, von denen wir nur träumen können.« Er lächelte. »Ich höre nicht, was du hörst. Ich bin taub für manches. Du kannst nicht das, was ich kann. Du verstehst es nicht. Vielleicht wird hin und wieder auch jemand, der normalerweise keine parapsychologischen Fähigkeiten besitzt, mit Adrenalin oder anderen chemischen Stoffen überschüttet, die die Flüssigkeitszusammensetzung im Gehirn beeinflussen. Für eine Sekunde, einen Moment, fünf Minuten bricht sich eine außergewöhnliche Fähigkeit Bahn.«

»Kann sein.«

Er kicherte. »Dir gefällt diese Erklärung. Wusste ich's doch. Dein praktischer Verstand fühlt sich verletzt, seit du in all dies geraten bist.«

»Du hast recht. Ich suche nach jeder vernünftigen Erklärung, die ich finden kann.« Sie rümpfte die Nase. »Und den Gedanken, dass jeder bis zu einem gewissen Grad übersinnlich begabt ist, finde ich beruhigend. Da fühle ich mich nicht so allein.«

Er legte seine Hand auf ihre. »Du bist nicht allein.«

Ihre Hand war warm und kribbelte bei der Berührung, ihr Puls fing an zu rasen. Er mochte beabsichtigt haben, sie mit dieser Geste zu trösten, aber sie spürte keinen Trost. Wusste er, was in ihr vorging? Verdammt, natürlich wusste er es. Er hatte gesagt, dass er sehr empfindsam war, wenn es um ihre Gefühle ging, und gerade jetzt wurde sie mit Emotionen bombardiert.

»Fass mich nicht an.«

»Warum nicht? Du magst es. Du willst es.«

Gütiger Gott, das stimmte! Das Kribbeln, das in ihrer Hand begonnen hatte, hatte nun ihren ganzen Körper erfasst. Sie spürte Gradys Nähe. Die Anspannung seiner Muskeln, den schwachen Geruch nach seinem würzigen Aftershave und Moschus, die Hitze, die er ausstrahlte. Schau ihn nicht an, ermahnte sie sich. Sie wusste, dass das, was sie sehen würde, nur noch mehr Öl ins Feuer gießen würde. Ihre Hand klammerte sich fester um die Armlehne. »Ich nehme mir nicht immer das, was ich will.«

»Ich auch nicht.« Er fluchte verhalten. »Und der Zeitpunkt ist verheerend. Ich hatte nicht die Absicht, gerade jetzt mit dem hier anzufangen. Es ist einfach passiert.«

Und wie war es passiert? Eine einigermaßen sachliche Unterhaltung, und dann diese explosive Atmosphäre? »Dann nimm deine Hand weg.«

»Ich sollte lieber noch mehr tun.« Er öffnete seinen Sicherheitsgurt und stand auf. »Ich gehe ins Cockpit und rede mit dem Piloten und Harley.« Er schaute auf sie herunter, und ihr stockte der Atem, als sie seinen Gesichtsausdruck sah. »Allerdings solltest du dich besser mit der Idee anfreunden. Ich könnte mich zurückhalten, wenn ich wüsste, dass du es nicht willst, aber das ist nicht mehr der Fall. Stimmt's?«

Er wartete nicht auf ihre Antwort.

Sie sah ihm nach, als er den Mittelgang hinunterging, und unterdrückte ihre Enttäuschung. Um Himmels willen, was stimmte nicht mit ihr? Hatte sie sich gewünscht, dass er sie auf seinen Schoß zerrte und sie an Ort und Stelle nahm?

Sie schloss die Augen, als ihr klar wurde, wie die Antwort darauf lautete. Ja, genau das wollte sie, und zwar auf primitive, rohe und jede Art, die er bevorzugte. Und zwar immer noch.

Es wäre ein großer Fehler. Gerade jetzt befand sie sich auf einer emotionalen Achterbahn, auch ohne dass sie sich auf sexuelle Abenteuer einließ. Sie holte tief Luft und löste ihren Gurt. Sie würde sich das Gesicht waschen und sich beruhigen. Wenn sie Grady wieder unter die Augen trat, musste sie kühl und gefasst sein.

Allerdings war das eher unwahrscheinlich.

Kapitel 10

Jed Harley?«, wiederholte Molino. »Diese Zirkus-Schlampe war sicher, dass Harley diesen Zirkusarbeiter bestochen hat?«

»Die Beschreibung, die ihr Pierre Jacminot gegeben hat, passt wie ein Handschuh«, sagte Sienna. »Aber das bedeutet: Grady war dort.«

»Und ich wette, diese Blair auch.«

»Was haben sie in dem Wohnwagen zu suchen? Grady muss doch wissen, dass wir keine Spuren hinterlassen.«

Keine gewöhnlichen Spuren, dachte Molino düster. Wer weiß, welche Informationen diese Freaks aufschnappen? »Mir ist egal, warum sie in den Wohnwagen wollten. Wenn sie eine Spur zu der Chronik aufgetan haben, will ich es wissen. Hast du jemanden nach Chantilly geschickt?«

»Fünf Minuten, nachdem ich den Anruf erhielt. Falbon müsste in ein paar Stunden dort sein.« Und nach kurzer Pause fuhr Sienna fort: »Wie lauten deine Instruktionen? Soll er die Frau kaltmachen, wenn er die Gelegenheit dazu hat?«

Molino überlegte. Zwei Mordversuche an Megan Blair waren erfolglos geblieben. Es war absolut lächerlich. Er sollte Falbon die Sache erledigen lassen.

Die Chronik.

Listen mit Namen all der Monster, von denen eins seinen Sohn getötet hatte.

»Nein, wir können warten. Sag ihm, dass er sie finden und jeden ihrer Schritte beobachten soll.«

Und dann sollte sie das Miststück zur Chronik führen.

»Renata Wilger.« Harley wiegte den Kopf, als ihm noch am Flughafen die Liste überreicht wurde. »Sieben Frauen mit diesem Namen. Das wird nicht einfach. Was soll ich tun? Einfach auf sie zugehen und fragen, ob sie mir bitte die Chronik aushändigen würden? Wahrscheinlich weiß sie, was Edmund Gillem zugestoßen ist.«

»Vielleicht nicht«, entgegnete Grady. »Gillem hätte die Chronik nicht jemandem anvertraut, der ihm offiziell nahestand. Molino stattet all denen, die in diese Kategorie fallen, bestimmt schon Besuche ab.«

»Was ist mit Gillems Exfrau?«, fragte Megan. »Selbst wenn sie geschieden waren, könnte Molino …«

»Sie ist eine Woche nach Edmunds Tod bei einem Bootsunfall ums Leben gekommen.«

»Molino?«, flüsterte Megan.

Er zuckte mit den Schultern. »Sie war eine gute Seglerin, und das Wetter war schön. Man hat Hämatome an ihrer Leiche gefunden.«

»Davon hast du mir nichts erzählt.«

»Wozu hätte das gut sein sollen? Ihr Tod wurde als Unfall eingestuft, und du hattest schon genug Grässliches zu verdauen.«

»Ich will nicht, dass man mich schont.«

»Sie wusste vermutlich nichts von der Chronik. Nach allem, was ich herausgefunden habe, war die Scheidung ein totaler Bruch zwischen den beiden. Edmund hat sich ihr bestimmt nicht anvertraut.«

»Trotzdem will ich mir selbst ein Bild machen.« Sie

wandte sich Harley zu. »Ich helfe Ihnen, die Liste abzuarbeiten.«

»Auf keinen Fall«, wehrte Harley ab. »Das ist mein Job. Ich grenze den Kreis ein, dann können Sie und Grady den Rest übernehmen.« Er warf einen Blick aus dem Fenster. »Das Sheraton ist gleich da vorn. Ein hübsches Hotel. Ich habe im letzten Jahr ein paar Tage dort verbracht. Herrliche Federbetten und heiße Schokolade in Silberkannen. Ein bisschen *Sound of Music*-Ambiente, aber das ist nicht schlecht. Ich liebe Kitsch.«

»Was haben Sie hier gemacht?«, wollte Megan wissen.

»Ich habe an einem Konditoren-Kurs teilgenommen. Alle Welt denkt, die feinsten Kochschulen gäbe es in Paris, aber ich habe gelernt, die köstlichsten ... Warum lachen Sie?«

»Noch ein anderer Beruf, Harley?«

»Nein, kein Beruf. Ich habe nur ein Praktikum von ein, zwei Monaten gemacht. Der Küchenchef kannte ein Geheimrezept für einen sagenhaft guten Baumkuchen. Der Kuchen bestand aus achtundzwanzig Teigschichten, und jede einzelne war exzellent.«

Megans Mundwinkel zuckten. »Und man weiß ja nie, wann man so wertvolles Wissen wie dieses gebrauchen kann.«

Er strahlte. »Es ist großartig, wenn man verstanden wird.« Grady hielt vor dem Hoteleingang, und Harley sprang aus dem Wagen. »Ich checke euch ein. Ein Blick auf Megan, und der Portier könnte sie genau beschreiben. Sie hat ein Gesicht, das man nicht so schnell vergisst. Wartet in der Bar auf mich.«

»Angrenzende Zimmer mit Verbindungstür«, wies Grady ihn an.

»Gut.« Damit verschwand Harley in der Hotellobby.

»Du bist zusammengezuckt«, stellte Grady fest. »Es spielt keine Rolle, ob unsere Zimmer durch eine Tür verbunden sind oder nicht. Es ist unsere Entscheidung.«

»Deshalb habe ich nichts gesagt.« Doch allein der Gedanke an diese Nähe hatte Wirkung auf sie. Verdammt, alles an ihm wirkte sich auf ihr körperliches Befinden aus. Sie stieß die Autotür auf und stieg aus. »Dies ist kein B-Movie aus den Fünfzigern. Ich mache mir Sorgen um mein Leben, nicht um meine Ehre.« Sie lächelte freudlos. »Weißt du, ich habe diese Redensart immer schon lächerlich gefunden. Historisch gesehen haben die Männer ihre Ehre bewahrt, wenn sie ihre Frauen rein und unversehrt hielten. In Wahrheit waren ihre Frauen nichts anderes als lebendes Inventar und Eigentum, das keine Ehre besaß.«

»In deinem Fall hätten sie sich geirrt. Du besitzt Ehre«, sagte Grady beim Aussteigen. »Aber sie befindet sich nicht zwischen deinen Beinen.«

Ihre Augen wurden groß. »Mein Gott, wie unverblümt.« Sie kicherte leise. »Ich glaube nicht, dass ich mich je zuvor wegen eines so plumpen Komplimentes geschmeichelt gefühlt habe. Es war doch ein Kompliment, oder?«

Er umfasste ihren Ellbogen und dirigierte sie zum Eingang. »Ja, zur Hölle.«

»Was meinst du, wie lange wird Harley wohl brauchen, um Renata Wilger zu finden?«

»Harley ist gut, und er hat ausgezeichnete Kontakte.«

»Weichst du mir aus?«

»Ja. Wenn er Glück hat, einen Tag. Drei, wenn er es ganz richtig macht.«

»Was soll das heißen?«

»Na ja, er muss sie finden, eine Verbindung zu Gillem nachweisen und sie überzeugen, dass wir nicht vorhaben, sie zu töten. Das könnte seine Zeit dauern. Das willst du nicht hören, ich weiß.«

»Verdammt richtig.« Sie wollte nicht in einem Hotelzimmer herumsitzen und Däumchen drehen. Insbesondere nicht, wenn Grady in Rufdistanz war. »Was, wenn Molino Renata Wilger vor uns findet?« Eine dämliche Frage. Er hatte ihr gerade erzählt, dass Edmunds Exfrau ermordet worden war; und sie hatte keine Ahnung von der Chronik gehabt.

»Es besteht die Chance, dass wir ihm ein paar Schritte voraus sind. Vorausgesetzt, Edmund hat Molino keine Hinweise gegeben, auf denen er aufbauen kann.«

»Hat er nicht.« Megan runzelte die Stirn. »Aber du hast gesagt, dass er Familienmitglieder aufspürt. Ist Renata Wilger keine Verwandte? Edmund hätte die Chronik nie an jemanden übergeben, der nicht zur Familie gehört.«

Grady nickte. »Du hast recht. Es wäre klüger gewesen, aber Edmund hätte niemanden in Gefahr gebracht, der nichts damit zu tun hatte.«

»Dann könnte Molino gerade jetzt auf der Suche nach Renata Wilger sein.«

»Ist dir bewusst, wie groß und weit verzweigt die Devanez-Nachkommen sind? Und die direkten Nachfahren wollen nicht gefunden werden. Ich habe zwölf Jahre gebraucht, um Edmund Gillem ausfindig zu machen.«

»Und Molino war schneller als du. Er könnte uns auch jetzt voraus sein.« Sie machte eine Geste, als er etwas einwerfen wollte. »Entschuldige. Ich weiß, dass solche Bedenken nicht produktiv sind.« Sie ging in die Bar. »Ich muss mich irgendwie beschäftigen, bis Harley sie gefunden hat.«

»Und wie?«

»Ich möchte eine Kopie der alten Aufzeichnungen über das Inquisitionstribunal der Devanez lesen, die Michael Travis aufgetrieben hat. Kannst du ihn bitten, mir eine Kopie zu faxen?«

Er ließ sich Zeit mit der Antwort. »Ja.« Diese Zusage kam widerwillig. Sein Gesicht war ausdruckslos, doch das Zögern sprach Bände.

»Ist das ein Problem?«, fragte Megan und sah ihm in die Augen. »Hast du mich belogen?«

»Nein.« Er ging auf einen Tisch zu. »Ich habe nicht gelogen. Aber trotzdem könnte es schwierig für dich werden. Du wirst das selbst entscheiden müssen, wenn du anfängst zu lesen. Ich muss dich vorwarnen – die Schilderung der Foltermethoden, die Ricardo Devanez erdulden musste, ist drastisch.«

»Nach allem, was ich mit Edmund durchgestanden habe, wird mich die Beschreibung von Foltern nicht umhauen. Mir wird es nicht gefallen, aber das kann mich nicht davon abhalten, alles durchzulesen und mir ein Bild zu machen. Wann kann ich das Fax erwarten?«

»Ich rufe Michael noch heute Abend an. Er wird die Kopie sofort losschicken.« Er rückte einen Stuhl für sie zurecht und gab dem Kellner ein Zeichen. »An der Rezeption steht eine Schlange. Wird wohl eine Weile dauern. Was möchtest du trinken?«

»Nur Kaffee.«

»Ich brauche etwas Stärkeres.« Er bestellte Kaffee für sie und einen Bourbon für sich. »Hast du etwas von Dr. Gardner gehört? Gibt es Neuigkeiten über Phillips Zustand?«

»Noch nicht. Mir kommt es vor, als hätte ich vor Ewigkeiten das letzte Mal mit ihm gesprochen. Dabei stimmt das gar nicht. Es gibt keine Therapie, die über Nacht wirkt.« Sie lächelte. »Aber Scott hat mir eine Mail geschickt; einem meiner Patienten geht es besser. Vielleicht brauchen sie mich in der Klinik doch nicht so sehr, wie ich dachte.«

»Sie brauchen dich«, widersprach Grady. »Und du brauchst sie, hab ich recht? Du hast mir erzählt, dass du immer schon Ärztin werden wolltest. Wann ist dir das bewusst geworden?«

»Damals war ich noch in der Grundschule. Ich hatte eine Freundin, Antonia, die bei einem Autounfall verletzt wurde. Alle dachten, sie würde sterben. Aber sie hat überlebt. Die Ärzte haben ihr Leben gerettet. Für mich war das ein Wunder. Ich wollte auch solche Wunder vollbringen. Ich habe nicht lange gebraucht, um dahinterzukommen, dass Wunder selten passieren, aber ich kann immerhin helfen, Leid zu verringern. Es gibt zu viel Leid und Schmerz auf dieser Welt, Grady.«

»Und so viel Freude«, ergänzte er. »Das hält sich immer die Waage.«

»Ich weiß. Jedes Mal, wenn ich das vergesse, mache ich mit Davy einen Ausflug – er bringt mich wieder ins Lot. Kinder wissen alles über Freude.«

»Davy ist der kleine Junge, mit dem du im Zoo warst?«

»Ja.« Ihre Miene hellte sich auf. »Scott hat mir ein neues Foto von Davy gemailt. Er hat sein erstes Fahrrad bekommen. Es hat noch Stützräder, aber du solltest dir ansehen, wie stolz er ist. Wunderbar.«

»Das muss es wohl sein.« Sein Blick war auf ihr Gesicht geheftet. »Offensichtlich bist du ganz vernarrt in das Kind. Erstaunlich, dass du nicht Kinderärztin geworden bist.«

»Dazu muss ich stärker werden. Ich muss mich dafür rüsten. Ich ernte schon jetzt genügend Kritik, weil ich meinen Patienten gegenüber nicht objektiv genug bin. Ein krankes Kind würde mir das Herz zerreißen.«

»Dann gönn dir, verdammt noch mal, eine Pause«, entgegnete er barsch. »Warum bist du so hart zu dir selbst?«

»Weil die Freude das Leid wert ist.« Sie lehnte sich zurück, während ihr der Kellner den Kaffee servierte. »Ich bin keine Märtyrerin. Du kannst dir nicht vorstellen, wie ich mich fühle, wenn alles nach Plan verläuft und ich einen Patienten gesund und munter nach Hause entlassen kann.«

»Doch, das kann ich mir vorstellen.« Er hob sein Glas hoch. »Du vergisst, dass ich keine Vorstellungskraft brauche, um nachzuvollziehen, wie du fühlst. Manchmal wünschte ich mir, es wäre so.«

Sie schreckte zurück vor der Vertrautheit, die sich zwischen ihnen aufbaute. »Stimmt, das hab ich vergessen.« Sie warf einen Blick auf die Leute an der Rezeption. »Harley ist dran. Wir sollten besser zu ihm gehen.«

»In ein paar Minuten. Trink deinen Kaffee. Ich verspreche, ich schneide kein Thema mehr an, das dir unangenehm sein könnte.«

Sienna legte Molino die Nachricht vor. »Falbon konnte ihre Spur zum Biestrop Flughafen außerhalb von Chantilly verfolgen. Sie haben keinen regulären Flug genommen, sondern eine Maschine gechartert.«

»Wohin?«

»Daran arbeitet Falbon noch. Kann eine Weile dauern. Grady ist Experte, wenn es gilt, seine Spuren zu verwischen.«

»Davon will ich nichts hören. Ich muss es wissen – sofort.« Er holte einen dicken Ordner aus seiner Schreibtischschublade. »Sind das die neuesten Informationen, die wir über die Devanez-Familie sammeln konnten?«

Sienna nickte. »Aber wir haben unsere Nachforschungen eingestellt, als du erklärt hast, dass Gillem die Chronik in Verwahrung hat. Und als wir Megan Blair gefunden haben, sind wir …«

»Du hättest weitermachen sollen. Ich musste mich um Megan Blair kümmern, aber das heißt doch nicht, dass ich kein Interesse mehr für die verdammte Chronik habe.«

Sienna schüttelte den Kopf. »Ich hatte nicht beabsichtigt, die Nachforschungen ganz einzustellen. Könnte ich entscheiden, dann hätte die Chronik absolute Priorität. Aber da sind zu viele Namen, und die Leute sind über ein Dutzend Länder verstreut. Es braucht Zeit …«

»Edmund Gillem hat in sechs Monaten fünf Länder besucht, bevor wir ihn erwischt haben. Dänemark, Schweden, Russland, Deutschland und Italien. Er muss die Chronik an jemanden in diesen Staaten übergeben haben. Wir brauchen nur noch einen kleinen Hinweis, und den könnte uns Megan Blair geben.» Er blätterte in der Akte. »Falls Falbon seinen Job macht.«

Herrliche Federbetten und heiße Schokolade in Silberkannen.

Megan lächelte, als sie nach dem Duschen aus dem Bad kam. Das Tablett mit der heißen Schokolade stand auf der Liege neben der Couch, und das Plumeau war für die Nacht zurückgeschlagen.

»Schön.« Grady lehnte am Türrahmen. »Ich habe den Kakao bestellt und das Zimmermädchen hereingelassen.

Harley wüsste es zu schätzen, dass du seine Empfehlungen ernst nimmst.« Sein Blick taxierte sie. »Du siehst aus, als würdest du dich wohl und behaglich fühlen.«

Megan zog den Bademantelgürtel fester zu. »Harley war nachlässig – er hat die gemütlichen Bademäntel nicht erwähnt.« Sie schenkte sich eine Tasse Kakao ein. »Möchtest du auch?«

»Nein danke. Ich wollte lediglich sichergehen, dass es dir gutgeht. Das Fax von Michael dürfte jede Minute eintreffen – ich werde es dir sofort bringen.«

»Gut. Ich habe mit Dr. Gardner telefoniert; er sagt, es gibt derzeit noch nichts Neues. Phillips körperlicher Zustand ist unverändert. Aber Gardner hat so eine Ahnung, dass etwas in ihm vorgeht.«

»Was?«

Sie zog die Stirn kraus. »Das weiß er wahrscheinlich selbst nicht so genau. Mir ist es jedenfalls nicht gelungen, ihm präzisere Aussagen zu entlocken, aber er sagt, dass er im Laufe der Jahre einen Instinkt für Patienten wie Phillip entwickelt hat. Er denkt, es gibt eine ... Regung. Sobald er konkrete Hinweise hat, meldet er sich bei mir.«

»Ich glaube an Ahnungen.« Er straffte den Rücken. »Für später habe ich dir eine Suppe und ein Sandwich bestellt. Mehr wirst du vermutlich nicht herunterbekommen, wenn du das Protokoll liest.«

»Diese Schokolade ist ziemlich mächtig. Ich werde keinen Hunger mehr haben.« Sie wünschte, er würde gehen. Seine Nähe war ihr nur allzu bewusst, und im Augenblick fühlte sie sich sehr verletzlich. Die sanfte Reibung des Frotteestoffes auf ihrer Haut war sinnlich und aufreizend. Es war verrückt. Sie hätte nackt sein können und käme sich nicht so entblößt vor wie in diesem weiten Bademantel.

Verdammt, sieh den Tatsachen ins Auge. Jede Berührung, jeder Stoff würde sie erregen. Sie benahm sich wie eine läufige Hündin. Sie senkte den Blick. »Ich will keine Umstände machen. Ich rufe den Zimmerservice an, wenn ich etwas essen will.«

Er grinste ironisch. »Warum habe ich das Gefühl, dass du mich loswerden willst?« Er ließ sie nicht zu Wort kommen. »Schon gut. Ich bin ein braver Junge und gehorche.« Er drehte sich weg, wirbelte aber gleich darauf wieder zu ihr herum. »Den Teufel werde ich tun.« Er war mit drei langen Schritten bei ihr. Seine Hände schlossen sich um ihren Hals. »Zeig mir nicht die kalte Schulter.« Die dunklen Augen funkelten hitzig in dem hageren Gesicht. »Ich will nicht viel. Nur eine kurze Berührung.« Seine Finger strichen ihr zärtlich über den Hals. »Dann kannst du mich wegschicken.«

»Aber ich will … keine Berührung.« Das war eine glatte Lüge, und er musste sie durchschauen. Die Haut an ihrem Hals prickelte und wurde heiß unter seinen Fingern. Sie fuhr sich mit der Zunge über die Lippen. »Zuerst dachte ich, du würdest mich erwürgen.«

»Ich war immer schon der Meinung, dass du den schönsten Hals der Welt hast. Lang und biegsam, und die Haut ist so dünn, dass ich sehen kann, wie sich dein Puls beschleunigt, wenn du aufgeregt bist.«

»Ziemlich sonderbar, Hälse zum Fetisch zu haben«, sagte sie mit brüchiger Stimme. »Bist du sicher, dass du keine Verwandten in Transsilvanien hast?«

»Jedenfalls weiß ich nichts davon. Ich bin froh, dass du dich nicht zu stark wehrst«, raunte er heiser. Sein Gesicht war gerötet, und sie spürte seine Körperwärme. »Gott sei Dank. Ich brauche das. Es reicht mir nicht, aber es ist wenigstens etwas.«

Seine Hände lagen jetzt auf ihrem Schlüsselbein, und er rieb mit den Daumen langsam über ihren Hals. Sie wünschte, seine Hände würden etwas nach unten und unter den Bademantel gleiten.

Ihr Körper machte sich bereit, ihre Brüste schwollen, und instinktiv rückte sie etwas näher an Grady heran.

»Verdammt.« Für eine Sekunde wurde der Griff um ihren Hals fester, dann ließ er sie los und trat zurück. »Nein. Später.«

Sie sah ihn geschockt an. »Was?«

»Heute Abend liest du diese Aufzeichnungen. Ich gebe dir keine Gelegenheit, mir später vorzuwerfen, ich hätte dich von etwas abgehalten und Tatsachen geschaffen, ehe alles offen auf dem Tisch liegt.«

Sie war verwirrt, dann wurde sie ärgerlich. »Warum, zur Hölle, hast du mich dann überhaupt angefasst, du Mistkerl? War das ein Spiel? Wolltest du mir zeigen, dass du alles unter Kontrolle hast? Wer hat dich darum gebeten?« Sie wich zurück. »Verschwinde.«

»Kontrolle? Ich hätte dich schon vor fünf Minuten im Bett gehabt, wenn ich alles unter Kontrolle hätte. Wahrscheinlich hätte ich es darauf anlegen sollen«, stieß er hervor. »Und du hättest es geliebt. Du bist die sinnlichste Frau, der ich je begegnet bin. Und ich muss das wissen. Ich stand all die Jahre in enger Verbindung zu dir. Du hättest es genossen. Ich wollte nur nicht, dass du später zurückblickst und denkst, ich hätte … Oh, zum Teufel damit.«

Er knallte die Tür hinter sich zu.

Megan merkte, dass sie zitterte. Ihr war heiß, trotzdem fröstelte sie, als hätte sie Fieber.

Das muss die Wut sein.

Nein, sie wollte sich nichts vormachen. Sie war enttäuscht. Sie hatte sich ihm geöffnet und … fühlte sich zurückgewiesen.

Verfluchter Bastard.

Sie kuschelte sich in einen Sessel. Hör auf zu zittern. Denk nicht darüber nach, wie sehr du es wolltest, wie sehr du ihn willst. Das geht bald vorbei.

Würde sie ihn jemals wieder ansehen können, ohne an seine Zärtlichkeiten zu denken? Dabei hatte sie nicht einmal mit ihm geschlafen. Er hatte sie lediglich gestreichelt.

Trotzdem schlug ihr Herz so schnell, dass sie kaum Luft bekam.

Zur Hölle mit ihm.

Eine Stunde später hörte sie ein leises Klopfen an der Tür.

Sie reagierte nicht.

»Megan, machen Sie die Tür auf. Ich komme mit Geschenken.«

Harleys Stimme.

Sie stand auf und öffnete ihm die Tür.

Er überreichte ihr strahlend einen Schnellhefter mit losen Papieren. »Die Kopie von dem Tribunal-Protokoll, um das Sie Grady gebeten haben. Er hat mich beauftragt, sie Ihnen zu bringen. Er sagt, es gibt noch ein paar mehr Seiten, aber die wird er Ihnen erst geben, wenn Sie das Protokoll gelesen haben.«

»Danke. Ich hatte nicht damit gerechnet, Sie heute Abend noch zu sehen. Sie sagten, Sie hätten alle Hände voll zu tun.«

»Ich habe die ersten beiden Renata Wilgers gefunden und nichts erreicht. Aber ich habe eine vielversprechende Spur, der ich heute Nacht nachgehen werde.«

»Heute Nacht?«

»Diese Renata Wilger arbeitet für eine internationale Makler- und Investment-Firma, und soviel ich erfahren habe, hat sie ein erstaunliches Gespür für lohnende Geldanlagen und Immobilientrends. Man könnte sagen, das weist auf eins dieser sogenannten Talente hin, meinen Sie nicht auch?«

»Möglich. Aber arbeiten sie in dieser Firma auch nachts?«

»Der Hausmeister in ihrem Apartmentkomplex hat mir erzählt, dass sie ein Workaholic ist und selten vor Mitternacht nach Hause kommt. Deshalb mache ich mich in ein oder zwei Stunden auf den Weg, um sie zu kontaktieren. Aber Grady hat mich gebeten, erst mit ihm zu Abend zu essen und den Botenjungen zu spielen.« Er hob die Augenbrauen. »Soweit ich es verstanden habe, leisten Sie uns beim Essen keine Gesellschaft, oder?«

Sie schüttelte den Kopf. »Ich muss dieses Tribunal-Protokoll lesen.«

»Grady meinte, einige Schilderungen werden Ihnen Alpträume bescheren. Klingeln Sie mich auf dem Handy an, wenn Sie später ein Sandwich haben wollen. Grady will nicht, dass Sie selbst den Zimmerservice anrufen.« Er salutierte grinsend und verschwand.

Megan betrachtete den Hefter. Ihr war es gleichgültig, ob der Bericht schaurig und gruselig war. Wenigstens hatte sie etwas, womit sie sich beschäftigen konnte. Sie brauchte Ablenkung. Sie setzte sich, schlug den Ordner auf und nahm die erste Seite heraus.

Folgendes schreibe ich am zwölften Junitag im Jahr des Herrn tausendvierhundertfünfundachtzig auf Geheiß des Großinquisitors Tomás de Torquemada, nieder. Dies ist das Protokoll des hochrichterlichen heiligen Tribunals im Falle der Familie Devanez.

»Wenigstens hat sie mir den Hefter nicht ins Gesicht geschleudert«, sagte Harley, als er durch das Zimmer zu Grady, der an der Minibar stand, schlenderte. »Aber sie machte einen leicht angespannten Eindruck. Was, um alles in der Welt, hast du ihr angetan?«

»Nicht annähernd genug.« Grady goss sich einen Drink ein. »Und es geht dich nichts an.«

»Selbstverständlich geht mich das etwas an. Wenn ich meine eigenen Geschäfte hintanstellen, herbeieilen und vermitteln muss. Soll ich in der Nähe bleiben, um ihr nachher die letzten Seiten, von denen du gesprochen hast, auch noch auszuhändigen?«

»Nein, sie wird mit mir über den Bericht reden wollen.«

»Da bin ich aber froh.« Harley nahm den Telefonhörer ab. »Was soll ich fürs Dinner bestellen?«

»Irgendwas.« Grady nahm sein Whiskyglas mit ans Fenster und schaute auf die Straße hinunter. Er hatte keinen Augenblick gezweifelt, dass sie die Kopien an sich nehmen würde; er scheute sich lediglich davor, noch mehr Zündstoff in ihre Beziehung zu bringen. Er hatte sich ausgesprochen tölpelhaft angestellt. Warum hatte er sich nicht zurückgehalten oder war gleich aufs Ganze gegangen?

Weil er zu lange darauf gewartet hatte, sie berühren zu können. Weil sie alles, was er je gesagt oder getan hatte, in Frage stellen würde, sobald sie das Protokoll gelesen hatte. »Sorge nur dafür, dass genügend Kaffee da ist. Es wird eine lange Nacht.«

Kapitel 11

Ein neuer Foltertag für Ricardo Devanez.

Megan hätte liebend gern die brutalen Einzelheiten übersprungen, aber die Fragen und Antworten waren mit den Beschreibungen der Foltermethoden, die der arme Mann hatte erdulden müssen, verwoben.

Sie atmete ein paarmal tief durch und schloss die Augen. Sie musste sich ein paar Minuten Erholung gönnen. Der erste Teil der Aufzeichnungen war nicht so schlimm – er befasste sich mit den anfänglichen Ermittlungen und enthielt Abschriften der peinlich genauen Berichte von Priestern, die den Auftrag hatten, José Devanez und all seine nahen und entfernten Verwandten auszuspionieren. Sowohl die Aufstellungen über den immensen Reichtum, den die Familie angehäuft hatte, als auch die Geschichten, die sich die Landbevölkerung über ihre eigentümlichen Kräfte erzählten, waren als Vorbereitung für den Prozess sorgfältig dokumentiert worden.

Eigentümliche Kräfte – allerdings, dachte Megan. Viele dieser Geschichten mussten reine Erfindung sein. Da war die Rede von einem Mann, der sich bei Vollmond in eine Bestie verwandelte, von Heilern, Gedankenlesern und von einer Frau, die eine Greisin durch bloße Berührung in den Wahnsinn getrieben hatte, von einem Kind, das Wasser auf dürrem Land finden konnte. Wenn derlei

Geschichten in den Dörfern die Runde gemacht hatten, dann war es kein Wunder, dass die Familie die Aufmerksamkeit der Inquisitoren auf sich gezogen hatte. Die Devanez waren wohltätige, friedliche Menschen, die gern unter sich blieben, dennoch erregte ihre Freundlichkeit Verdacht. Sie wurden der Täuschung und der heimlichen Teufelsverehrung beschuldigt.

Erst nach der Schilderung von Ricardo Devanez' Verhaftung durch die Priester wurde der Inhalt des Protokolls unerträglich. Ricardo hatte drei furchtbare Tage durchgehalten, bevor er zusammenbrach und von dem Exodus seiner Familie erzählte. Megan hatte aufgehört zu lesen, als sie zu der Stelle kam, an der die Folterknechte Ricardo dazu brachten, über einzelne Familienmitglieder und deren teuflische Mächte zu sprechen. José konnte in die Zukunft sehen und voraussagen, ob ein Geschäft erfolgreich sein würde, seine Tochter Isabelle brachte Blumen selbst dort, wo es keine Sonne und kein Wasser gab, zum Blühen, sein Bruder Diego konnte durch reine Willenskraft Feuer entfachen.

Hatte Ricardo das alles wirklich erlebt, oder erzählte er seinen Peinigern nur das, was sie hören wollten? Unwichtig. Megan musste das Protokoll bis zum Ende lesen. Allerdings würde sie versuchen, den Rest nur zu überfliegen und zu sehen, ob da irgendetwas stand, was für sie relevant war. Bis dahin hatte Ricardo nichts von Lauschern erwähnt.

Sie schlug die Augen auf und las weiter. Überspring das Entsetzliche – lass es nicht an dich herankommen.

Ricardo schien zu diesem Zeitpunkt wild drauflos zu plappern und sein Herz auszuschütten. Die Liste der übersinnlichen Talente war erstaunlich, und Ricardo nannte Namen und Beispiele. Wenn die Genannten von Torquemadas Schergen festgenommen worden wären, hätte der Scheiterhaufen auf sie gewartet.

Fast am Ende, auf der letzten Seite, sprach Ricardo über seine Schwester Rosa, eine Lauscherin.

Megan setzte sich aufrecht hin und las den Absatz:

Sie ist zweifellos der abscheulichste und verruchteste aller Dämonen, schrieb der Priester. *Die Frau hört nicht nur Stimmen aus der Hölle, sondern ist eine Inkarnation des Satans selbst. Der Angeklagte Ricardo Devanez erklärt, dass selten eine Frau mit diesen Mächten auf die Welt kommt – das ist ein Glücksfall. Denn jede Lauscherin ist meistens noch mit einem dunkleren Fluch belegt, und man nennt sie im Allgemeinen Pandora.*

Megan erstarrte – Erinnerungen wurden wach.

Die Nacht in der Höhle, als ihre Mutter starb.

Keine Pandora. Keine Pandora. Keine Pandora.

Molino, der Edmund in die Mangel nimmt.

Erzählen Sie mir von den Pandoras.

Ein dunklerer Fluch. Auf welchen Fluch hatte der Priester angespielt?

Die Aufzeichnungen waren nicht komplett, verdammt. Da waren noch die letzten zwei Seiten, die ihr Grady vorenthalten hatte.

Sie sprang auf, ging zur Verbindungstür und hämmerte dagegen. Als er ihr öffnete, sagte sie: »Ich will die letzten Seiten haben, und ich möchte mehr über diese Pandoras wissen.«

»Du bekommst die Seiten. Aber ich möchte da sein, um deine Fragen zu beantworten. Die Beschreibung der Pandoras ist sehr anschaulich, aber kaum unvoreingenommen.« Er trat beiseite. »Komm rein. Ich gebe dir eine Tasse Kaffee, dann können wir reden.«

»Ich will nicht reden … doch, das will ich.« Sie ging an ihm vorbei und setzte sich auf einen Stuhl am Fenster. »Gib mir den Kaffee.«

Er ging zum anderen Ende des Tisches, goss Kaffee in eine Tasse und reichte sie ihr. »Ich stehe dir zu Diensten. Stell mir deine Fragen.«

»Der Priester spricht von einem dunklen, einem ›zweifachen Fluch‹, der Frauen, die man Lauscherinnen nennt, auferlegt wurde. Ich weiß, dass ich nicht die Stimmen von Dämonen höre, also ist das Unsinn. Welchen Schuh soll ich mir sonst noch anziehen? Welche Talente haben Lauscherinnen angeblich noch?«

»Nicht alle Lauscherinnen.«

»Keine Spitzfindigkeiten. Ricardo sagte, dass die meisten Lauscherinnen auch diese … Pandoras sind. Was machen Pandoras?«

Er schwieg einen Moment und wählte seine Worte mit Bedacht. »Das Tribunal deutet Ricardos Geständnis so: Eine Pandora ist ein Dämon, der den Tod oder den Wahnsinn bringt.«

Megan stutzte. »Und das ist offensichtlich auch Unsinn.«

»Nicht ganz. Aber«, fügte er hinzu, »der Priester zitiert Ricardos Worte und interpretiert sie. Ricardo sagte, dass eine Pandora kein Dämon ist, dass sie nur Türen öffnet.«

»Was?«

»Pandoras haben die Macht, schlummernde Talente in ihren Mitmenschen zu wecken. Wenn eine Person auch nur eine winzige übersinnliche Fähigkeit besitzt, dann soll eine Pandora diese Begabung zum Vorschein bringen können.«

Sie starrte ihn ungläubig an. »Wie?«

Grady zuckte mit den Schultern. »Das wusste Ricardo nicht. Glaub mir, die Priester haben viel Zeit darauf verwendet, ihm mehr darüber zu entlocken. Sie dachten, sie hätten einen Erzdämon in Rosa Devanez gefunden. Sie bekamen nur aus ihm heraus, dass er glaubte, eine Pandora brauchte sie nur zu berühren.« Er hielt kurz inne. »Und manchmal geht es schief. Manchmal durchbricht die Person, der eine Pandora helfen will, die Barrieren und wird verrückt. Ein Mann wurde nach einem Besuch von Rosa tot aufgefunden.«

»Aber warum sollte das passieren?«

»Ich habe ausführlich mit Michael darüber diskutiert, und wir halten es für möglich, dass manche Menschen nicht mit ihren Talenten umgehen können. Nur das tritt zutage, womit sie auf die Welt gekommen sind. Und selbst wenn sich der Betreffende außergewöhnliche Talente wünscht, kann er komplett aus der Bahn geworfen werden, wenn sie ihm bewusst werden. Es ist zu viel, und es geht zu schnell. Es ist, als würde man jemandem, der nie mit Drogen zu tun hatte, eine massive Dosis Heroin verabreichen.«

Sie schauderte. »Und warum hätte Rosa durch die Gegend laufen und übersinnliche Kräfte wecken sollen?«

»Augenscheinlich haben sich einige freiwillig bereit erklärt, und Rosa hatte bei manchen Erfolg. Ricardo sagte, dass Rosa ihrer Cousine Maria geholfen hat, eine große Finderin zu werden. Und ihr Onkel Franco entwickelte, nachdem er ein paar Tage mit Rosa verbracht hatte, plötzlich dieselben hellseherischen Fähigkeiten wie José.«

»Wieso nannte man sie eine Pandora, wenn sie Gutes und Schlechtes hervorgerufen hat? In der Mythologie hat

Pandora eine Büchse geöffnet und so alle Unannehmlichkeiten auf die Welt gebracht, oder?«

»Das kommt darauf an, wie gründlich man diesem Mythos auf den Zahn fühlt«, sagte Grady. »Hesiod schreibt, dass Pandora Gaben von allen Göttern erhalten hat und dass sie deshalb den Namen Pandora – was so viel heißt wie ›alle Gaben‹ – trägt. Hermes schenkte ihr List, Verwegenheit und Charme, von Aphrodite bekam sie Schönheit, von Apollo die Musikalität und die Heilkunst, von Hera die Neugier. Zeus gab Zwietracht und Dummheit dazu.« Er lächelte. »Es gibt Feministinnen, die ins Feld führen, dass Pandora in früheren Mythen als große Göttin galt, die Leben und Kultur ermöglicht hat. Dass man Pandora für alles Schlechte auf dieser Welt verantwortlich gemacht hat, war, wie diese Feministinnen behaupten, nur ein Trick, um Frauen das Leid der Menschheit anlasten zu können. Sie ziehen Vergleiche mit Evas Rolle im Paradies.« Und nach einer Weile setzte er hinzu: »Aber alle stimmen darin überein, dass in der Büchse, die sie öffnete, auch Hoffnung war. Wenn es die Hoffnung gab, warum sollten dann nicht neben all den bösen Geistern auch andere gute freigelassen worden sein?«

»Weil es ein von einem Mann ersonnener Mythos ist.« Megans Lippen wurden schmal. »Und es war einfach, die arme Rosa Devanez mit Pandora, die Böses in die Welt gebracht hat, gleichzusetzen, obwohl sie gebeten wurde, den Menschen zu helfen.«

»Ein guter Einwand. Aber Rosa war nicht die erste Pandora in der Familie. Laut Ricardo wurde das Talent schon mindestens hundert Jahre vor der Inquisition in der Familie weitervererbt. Nicht in jeder Generation gab es eine Pandora; manchmal wurden drei, sogar vier Generationen übersprungen. Aber es war immer eine Frau, und sie war immer auch eine Lauscherin.«

»Ricardo hat den Priestern all diese Einzelheiten verraten?«

»Ich sagte doch, die frommen Männer dachten, sie hätten eine Erzfeindin in Rosa Devanez gefunden. Sie wollten wissen, wie sie diesen Dämon bekämpfen konnten, falls sie ihn dingfest machen könnten. Sie haben Ricardo ausführlich über die Charakteristiken einer Pandora befragt.«

»Und welche Charakteristiken sind das?«

»Viel Elan, außergewöhnliches Einfühlungsvermögen, Intelligenz, tiefes emotionales Verantwortungsgefühl.« Er holte tief Luft. »Sehr stark ausgeprägte Sinnlichkeit. Letzteres war in Torquemadas Augen äußerst verwerflich. Ricardo sagte, die Familie hätte den Pandoras die Sinnlichkeit vergeben, weil sie von tiefen Gefühlen hervorgerufen wurde, aber das Tribunal war unerbittlich.«

»Ist das alles? Steht sonst noch etwas in den Aufzeichnungen?«

»Nur noch die Verurteilung der Familie Devanez wird erwähnt und eine Resolution, die Dämonen und Ketzer unter ihnen aufzuspüren und zu vernichten.«

»Warum hast du mir dann die restlichen Seiten nicht gleich gegeben? Weshalb wolltest du mir selbst von dem Inhalt erzählen?«

»Ich denke, das weißt du.« Und er wiederholte leise: »Großer Elan, außergewöhnliches Einfühlungsvermögen, Intelligenz, emotionales Verantwortungsgefühl, Sinnlichkeit. Kommt dir das nicht bekannt vor?«

Natürlich kam es ihr bekannt vor. »Willst du damit sagen, dass ich eine dieser Pandoras bin?« Sie schüttelte den Kopf. »Selbst wenn ich an dieses Pandora-Konzept glauben würde, muss ich noch lange keine sein. Haben Lauscherinnen nicht ganz ähnliche Eigenschaften?«

»Ja. In geringerem Ausmaß.«

»Und wer weiß, ob dieser Teil von Ricardos Geständnis nicht reine Erfindung ist? Dass jemand Talente durch Berührung erwecken kann, ist noch weniger glaubhaft als die anderen parapsychologischen Fähigkeiten.«

»Und erschreckend. Die Verantwortung ist enorm. Man berührt jemanden und erschafft Frankensteins Monster.« Er lächelte. »Oder eine Mutter Teresa.«

»Ich bin Ärztin. Ich habe in meinem Leben viele Menschen berührt, und keiner hat sich in ein Monster oder in einen Engel verwandelt. Deshalb denke ich, diese sogenannte Begabung ist an mir vorbeigegangen.«

»Vielleicht. Sogar die Familie Devanez wusste nicht genau, wie sich dieses Talent bemerkbar macht. Ricardo meinte, es würde sich erst zeigen, wenn eine Frau Mitte zwanzig ist. Es könnte sein, dass du noch nicht das richtige Entwicklungsstadium erreicht hast. Oder vielleicht erwacht es nur unter bestimmten Umständen.«

»Du stocherst im Dunkeln. Mir reicht es schon, akzeptieren zu müssen, dass ich eine Lauscherin bin. Ich erlaube nicht, dass du mir das anhängst, ohne einen Beweis zu haben. Ich bin *keine* Pandora.«

»Genau diese Worte hat deine Mutter auch gebraucht«, erwiderte er ruhig. »Es war das Letzte, was sie zu mir gesagt hat. Sie sträubte sich bis zum Schluss, sich das einzugestehen.«

Keine Pandora. Keine Pandora. Keine Pandora.

»Und du wusstest es.« Er sah sie direkt an. »Das dachte ich mir. Deshalb wollte ich nicht, dass du diese letzten Seiten liest, wenn du allein bist.«

»Sie lag im Sterben. Warum sollte sie …«

»Weil sie eine Pandora war, es jedoch nicht zugeben wollte. Hätte sie das akzeptiert, hätte sie auch akzeptieren müssen, dass du vielleicht auch eine wirst. Eine Lauscherin war schon schlimm genug, aber eine Pandora war katastrophal. Es hatte bereits ihr Leben zerstört.«

»Wieso?«

»Molino. Sie hat seinen Sohn getötet.«

Megan war fassungslos. »Nein.«

»Doch, Megan. Sie hat ihn nicht erstochen oder erschossen, dennoch hat sie ihn getötet.« Er hielt ihrem Blick stand. »Niemand hat den Tod mehr verdient. Ich habe dir erzählt, dass sie als Molinos Gefangene vergewaltigt wurde. Molinos Sohn hat ihr das angetan, viele, viele Male und mit äußerster Brutalität. In der letzten Nacht brachte er sie zum Lagerfeuer hinaus und vergewaltigte sie im Beisein von Molino und seinen Männern.«

»Das hast du mir bereits erzählt«, sagte sie mit bebender Stimme. »Ich möchte keine Einzelheiten hören. Es ... schmerzt mich.«

»Und ich hege nicht den leisesten Wunsch, dir das alles zu erzählen. Aber ich muss. Es ist an der Zeit, Megan.«

»Ich höre dir nicht zu. Ich kann nicht ertragen, daran zu denken ...« Weder ihr eigener Schmerz noch das, was sie wollte, war von Bedeutung. Er sprach über ihre Mutter. Sie musste sich das anhören. Sie wappnete sich für das Kommende. »Sprich weiter.«

»Es gibt nicht sehr viel mehr. Für sie muss es gewesen sein, als wäre sie von einem Rudel Wölfe umzingelt. Sie grölten und lachten. Demütigung, körperlicher Schmerz. Sie wurde schon vorher von ihm vergewaltigt, aber dieses Mal war es noch abscheulicher. Ich weiß nicht, ob es an der Anhäufung der Greueltaten lag oder ob sie es einfach nicht länger aushalten konnte. Irgendetwas muss in Sarah ausgelöst worden sein. Sie schrie. Dann ergriff sie Steven Molinos Hand, um seine Berührung abzuwehren, und stieß einen neuerlichen Schrei aus. Alle lachten über sie. Für die Männer war das ein großer Spaß.« Grady hielt inne. »Und im nächsten Augenblick fing Steven Molino an zu brüllen. Er ließ von Sarah ab und wich zurück, als hätte sie die Pest. Er schrie, heulte und fluchte. Dann rannte er in den Dschungel. Als sie ihn eine Stunde später fanden, rannte er immer noch, nur um so weit wie möglich von Sarah wegzukommen. Sie brachten ihn zurück ins Camp, und Molino ließ einen Helikopter kommen, der sie abholte. Steven war außer sich und faselte von Dingen, die sein Vater dachte, die die anderen Männer dachten.«

»Ein Gedankenleser«, flüsterte Megan.

Grady nickte. »Das war offenbar sein verborgenes Talent. Es muss bei Sarahs Berührung in ihm explodiert sein wie eine Rakete. Molino setzte seinen Sohn in den Hubschrauber und brachte ihn nach Nairobi, um medizinische Hilfe für ihn zu organisieren. Als sie aus dem Helikopter stiegen, war Molino einen Moment abgelenkt, als er mit dem Arzt sprach, der Steven übernehmen sollte.« Grady hob die Schultern. »Einen kurzen Augenblick, mehr brauchte es nicht. Steven Molino drehte sich um und lief direkt in die hinteren Rotorblätter des Hubschraubers. Kein schöner Tod.«

»Gut«, rief Megan grimmig. »Ich wünschte, ich wäre dort gewesen und hätte noch ein paarmal mit der Machete zuhauen können.«

»Genau so habe ich empfunden, als wir Sarah aus dem Camp befreiten und ich von einem der Molino-Handlanger, die wir gefangen nehmen konnten, hörte, was passiert war. Aber es war nicht nötig einzugreifen. Sarah hat sich selbst gerächt.«

»Nur weil Molinos Sohn durchgedreht ist? Das ist ein dürftiger Beweis dafür, dass meine Mutter die Macht besaß, ihn in den Wahnsinn zu treiben.« Megan versuchte, klar und logisch zu denken. »Vielleicht haben ihn die Schuldgefühle aufgefressen, oder er war von vornherein schizophren.«

»Kann sein.«

»Aber du glaubst es nicht.«

»Auf der zweiten Kopie, die ich dir vorenthalten habe, sind die Ergebnisse der Tests und Untersuchungen, denen Michael deine Mutter vor Steven Molinos Tod unterzogen hatte, aufgeführt. Die DNA-Analysen haben ergeben, dass Sarah mit der Devanez-Familie verwandt war.«

»Wie konntet ihr das feststellen?«

»José Devanez wurde nach seinem Selbstmord auf seinem Anwesen in Spanien bestattet. Nicht auf geweihtem Grund, allerdings glaube ich nicht, dass ihm das unter den gegebenen Umständen viel ausgemacht hätte. Keine Ahnung, welche Fäden Michael gezogen hat, aber es gelang ihm, eine DNA-Probe von Josés sterblichen Überresten zu bekommen.«

»Selbst wenn meine Mutter eine Devanez war, heißt das noch lange nicht, dass sie jemanden durch bloße Berührung vernichten konnte. Und die Geschichte von Rosa könnte ein Märchen sein«

»Oder sie ist wahr. Die Augenzeugen, die Stevens Ende miterlebt haben, waren überzeugt, dass Sarah ihn in den Tod getrieben hat.«

»Und ich soll einer Horde sadistischer Schweine, die gejohlt haben, während meine Mutter vergewaltigt wurde, Glauben schenken?«

»Du wirst das glauben, was du glauben musst. Meine Aufgabe war, dir die Fakten vorzulegen. Wenn du die

Tochter einer Pandora bist, dann musst du vorbereitet sein.« Und unbarmherzig fügte er hinzu: »Deine Mutter hat dich unwissend und blind durchs Leben tappen lassen. Ich will verdammt sein, wenn ich das weiterhin zulasse.«

Sie umklammerte die Kaffeetasse. »Dir ist es lieber, wenn ich für den Rest meines Lebens Angst haben muss, jemanden versehentlich zu töten?«

»Unwissenheit gebiert Angst. Falls auch nur der Hauch einer Chance besteht, dass du eine Pandora bist, dann solltest du darauf vorbereitet sein und wissen, wie du deine Kräfte kontrollieren kannst. Wenn es wiederholter Vergewaltigungen bedurfte, um Sarahs Fähigkeit zum Vorschein zu bringen, dann erwacht sie auch bei dir nicht so ohne weiteres. Soweit ich weiß, ist ihr nie wieder etwas Vergleichbares passiert. Sie sträubte sich gegen dieses Talent, und sie hat es verdrängt. Sie weigerte sich zuzugeben, dass sie es besaß.«

»Möglicherweise hatte sie dieses Talent gar nicht. Vielleicht gibt es keine Pandoras.«

Grady schüttelte den Kopf. »Gott, du bist genauso eigensinnig wie deine Mutter. Glaub es oder glaub es nicht, aber vergiss nicht, dass Molino felsenfest davon überzeugt ist. Er hat gesehen, was seinem Sohn widerfahren ist, er hat erlebt, wie Sarah seinen Sohn in einen Irrsinnigen verwandelt hat. Und als er die Kopie dieses Tribunal-Protokolls aus Michaels Archiv gestohlen hat, zog er seine Schlüsse. O ja, Molino glaubt daran, dass es Pandoras gibt. Er sieht sie als Geißel der Menschheit an.«

»Das sagt der Richtige«, entgegnete Megan erbittert. »Er ist so schlecht wie diese Priester, für die Rosa ein Erzdämon war, der die Welt vernichten wollte.«

»Molino ist noch schlechter. Wenigstens dachten die

Priester, sie hätten Grund, Rosas Gabe zu fürchten. Begabungen zum Leben zu erwecken könnte sich katastrophal auswirken. Stell dir vor, Hitler hätte die Macht gehabt, in die Zukunft zu sehen. Hätte er sein Schicksal beeinflussen und den Krieg gewinnen können? Was, wenn Saddam Hussein die Gedanken anderer hätte lesen können? Wäre er in der Lage gewesen, die arabische Welt gegen den Westen zu vereinigen? Stell dir das vor!«

»Ich will es mir gar nicht vorstellen.«

»Tu's trotzdem. Es gibt womöglich noch mehr Menschen, die dich genauso sehr wie Molino eliminieren wollen, wenn sie überzeugt sind, dass du eine bedeutende Schachfigur des Gegners bist. Oder«, setzte er hinzu, »du könntest von einem idealistischen Wohltäter getötet werden, der sich einbildet, die Zivilisation zu retten, wenn er diese Bedrohung ausmerzt.«

»Ich eine Bedrohung? Lächerlich.« Doch es gab jede Menge Spinner auf dieser Welt. Gradys Mutmaßungen sind nicht so weit hergeholt, dachte sie schaudernd. »Du machst mir nicht gerade Mut.«

»Sollte das Talent eine Münze mit zwei Seiten sein, wie Ricardo behauptet hat, dann kann es entweder schrecklich oder wunderbar sein. Da wir keine konkreten Hinweise auf die Vorzüge und Nachteile haben, wirst du dir selbst Gedanken darüber machen müssen. Vorausgesetzt natürlich, dass du nicht die Augen verschließt und die Wahrheit negierst, wie es Sarah getan hat.«

»Meine Mutter war glücklich, und sie hat dafür gesorgt, dass ich glücklich war. Möglicherweise ist das der richtige Weg.«

Grady lächelte. »Komm mir nicht mit diesem Quatsch. Als ob du mit Scheuklappen durchs Leben gehen und dich vor der Realität verstecken könntest.«

Was er Realität nannte, war verwirrend und angsteinflößend. Sie wollte sich nicht verstecken, doch sie brauchte Zeit, um all das zu überdenken und zu entscheiden, wie viel sie glauben konnte und was sie als Nächstes unternehmen sollte. Sie stand auf und streckte die Hand aus. »Gib mir die letzten Seiten.«

»Du glaubst mir nicht?« Er ging zum Schreibtisch, um die Faxbogen zu holen. »Studiere sie sorgfältig.«

Sie war überzeugt, dass er die Wahrheit gesagt hatte. »Ich muss es mit eigenen Augen sehen. Vielleicht gibt es noch eine andere Interpretation als deine.«

Sie nahm die Seiten und wandte sich zum Gehen. »Gute Nacht, Grady.«

»Falls du mich brauchst – ich bin hier.«

»Danke.«

Falls du mich brauchst. Diese Worte hätten vor wenigen Stunden, als er das Verlangen in ihr entfacht hatte, eine ganz andere Bedeutung gehabt als jetzt. Sie sah ihn über die Schulter an, und ein kleines Lächeln huschte über ihr Gesicht. »Wie schnell sich die Dinge ändern.«

»Nichts hat sich geändert«, erwiderte er schroff. »Ein kleiner Wink von dir, und ich schleppe dich sofort in mein Bett. Allerdings bin ich nicht so dumm zu glauben, dass ich auch nur die leiseste Chance habe, wenn du so durcheinander bist wie jetzt. Ich kann warten.«

Sie war schockiert. »Offensichtlich habe ich dein Feingefühl zu hoch eingeschätzt.«

»Du willst Feingefühl? Das gebe ich dir. Zur Hölle, ich möchte dich trösten, aber du bist zu defensiv, um das zu akzeptieren. Deshalb nehme ich, was ich kriegen kann. Du willst Sex – gut. Grundgütiger, es wäre mehr als nur gut.«

Mit einem Mal fiel ihr wieder ein, wie Ricardo eine

Pandora beschrieben hatte. »Glaub nicht alles, was du liest. Ich bin keine Pandora, und meine Sinnlichkeit ist absolut normal und gesund.«

»Siehst du? Du bist abweisend. Genau das hatte ich befürchtet, als ich dir das Tribunal-Protokoll überlassen habe.«

»Verdammt, du hast mir gerade eröffnet, dass ich eine tickende Zeitbombe sein könnte. Es ist mein gutes Recht, abweisend zu sein.«

»Ja, das stimmt. Aber gegen mich brauchst du dich nicht zur Wehr zu setzen. Ich bin auf deiner Seite. Glaub mir, ich finde dich in jeder Hinsicht wunderbar normal – Pandora-Talent hin oder her. Ich gebe nichts auf das, was in diesen Aufzeichnungen steht. Du bist keine Kopie von irgendjemand anderem. Aber ich werde die Tatsache, dass du gern Sex hast, nicht ignorieren. Ich bin zu eng mit dir verbunden, um mir dessen nicht bewusst zu sein, Und ich gebe dir, was immer du dir wünschst. Und«, setzte er hinzu, »du solltest besser gehen, bevor ich ins Detail gehe. Die Grenze zwischen Mitgefühl und Erotik ist für mich im Augenblick nicht ganz klar erkennbar.«

Erotik. Gradys Finger an ihrem Hals. Die Reaktion ihres Körpers, die Anspannung.

»Keine Angst, ich gehe. Gute Nacht.« Ein paar Sekunden später zog sie die Tür hinter sich zu. Sie wäre gut ohne diesen letzten erregenden Wortwechsel ausgekommen. Sie war auch ohnedies schon durcheinander und aufgeregt genug. Dennoch hatte sie Gradys schonungslose Art nach all dem Gerede von Pandoras und dem Horror, den ihre Mutter durchgemacht hatte, irgendwie geerdet. Hatte er das beabsichtigt? Er war clever und kannte sie sehr gut.

Keine Analysen – versuch nicht, Grady in Schutz zu nehmen. Sie musste die restlichen Seiten lesen und darüber nachdenken, was das alles für sie bedeutete. Gar nichts? Anfangs hatte sie es auch für absolut unmöglich gehalten, dass sie eine Lauscherin sein könnte. Basierte ihre Skepsis auf Angst?

Dann überwinde sie. Grady hatte gesagt, er könne diese Talente kontrollieren und verhindern, dass sie sich ungezügelt entfalteten. Das machte Sinn. Sie durfte sich nicht von ihrer eigenen Hilflosigkeit terrorisieren lassen. Sie hatte ihre Angst vor der Lauscher-Fähigkeit überwunden. Na ja, zumindest beinahe.

Es war zweifelhaft, dass sie diese Pandora-Sache jemals grundlegend beeinflussen würde. Als Ärztin hatte sie, genau wie sie Grady bereits erklärt hatte, noch nie ein Anzeichen dieser sogenannten Begabung bemerkt. Vielleicht machte sie sich Sorgen wegen nichts.

Das hoffte sie.

»Such sie, Papa. Ich hasse sie alle. Warum hast du sie noch nicht kaltgemacht?«

Wieder ein Traum? Aber sein Sohn stand vor ihm und sah ihn anklagend an. »Ich bemühe mich, Steven.«

»Es dauert schon zu lange. Du musst all diese Freaks vernichten. Sieh dir nur an, was sie mit mir gemacht haben.«

Stevens zerfleischtes Gesicht. Die Rotorblätter, die den Kopf seines Sohnes vom Rumpf schnitten und wegschleuderten.

»O mein Gott.« Molino schluchzte. »Ich weiß. Ich weiß. Vergib mir.«

»Ich werde dir vergeben, wenn du diese Freaks eliminierst.« Steven sah ihn lächelnd an. »Ich werde dir

helfen. Gemeinsam schaffen wir es. Wir schnappen uns alle. Wir metzeln diese Freaks nieder.«

»Ja. Gemeinsam.« Erleichterung durchflutete ihn. »Wir beide können das.«

»Du hast mich gebeten, dich zu wecken, wenn sich Falbon gemeldet hat.«

Molino öffnete verschlafen die Augen und sah Sienna in der Tür. Im ersten Moment dachte er, Sienna sei die Traumfigur, nicht Steven. »Was ist?«

»Falbon sagt, die Chartermaschine ist in München gelandet. Er ist schon auf dem Weg dorthin.«

Molino setzte sich auf und schüttelte den Kopf, um seine Gedanken zu klären. »München. Wen haben wir aus München auf unserer Liste?«

»Renata Wilger. Edmund Gillem wurde bei seinem letzten Deutschlandbesuch mit ihr gesehen.«

»Dann wird Grady nach ihr suchen. Sag Falbon, dass er sie vor ihm finden muss.« Er legte sich wieder hin und schloss die Augen. »Ich möchte gleich morgen früh einen Bericht haben.«

Sienna schaltete das Licht aus und machte die Tür zu.

Ich werde dir helfen, Papa.

Ja, hilf mir, Steven. Plötzlich war Molino voller Zuversicht. Wer weiß, vielleicht konnte sein Sohn tatsächlich den Tod überwinden und sich ihm anschließen. Die Freaks hatten kein Monopol auf übersinnliche Kräfte.

Hilf mir, dann schlachten wir alle ab.

Kapitel 12

Renata hörte die Schritte hinter sich. Sie wurden langsamer, wenn sie langsamer ging, und schneller, wenn sie ihre beschleunigte.

Mistkerl.

Molino? Nein, wahrscheinlich nicht. Eher einer von seinen Männern.

Bleib ganz ruhig. Sie war auf diese Eventualität vorbereitet, und sie würde der Gefahr mit derselben Stärke begegnen, die Edmund bewiesen hatte.

Den Teufel würde sie tun. Edmund war ein Märtyrer gewesen. Sie würde sich nicht zu etwas zwingen lassen, was sie nicht tun wollte. Sie war erst dreiundzwanzig und hatte noch ihr ganzes Leben vor sich. Und sie würde leben.

Und ihr Verfolger war allein. Er musste nicht zwangsläufig einer von Molinos Handlangern sein. Vielleicht war er ein Perverser oder ein Dieb. Es war schon nach Mitternacht, und dies war nicht das erste Mal, dass ihr ein Mann die zwei Blocks vom Büro zum Parkplatz hinterhergeschlichen war.

Aber dieser Kerl versuchte nicht, sie einzuholen. Er blieb immer in Sichtweite, machte aber keinerlei Anstalten, ihr näher zu kommen. Das gefiel ihr nicht. Ganz und gar nicht. Okay, lass uns das offen austragen.

An der nächsten Straßenkreuzung ging sie nach rechts und drückte sich in den Eingang eines Ladens.

Wenige Minuten später kam er um die Ecke, ein untersetzter Mann in den Vierzigern mit schütterem braunen Haar. Er blieb unschlüssig stehen und hielt nach ihr Ausschau, spähte die Straße hinauf und hinunter. Dann steckte er die Hand in die Jackentasche. Sie sah Metall aufblitzen.

Ein Revolver.

Sie ließ ihm keine Chance, die Waffe zu ziehen.

Sie stürzte sich auf ihn und schlug mit der Handkante auf seinen Arm. Der Revolver fiel ihm aus der leblosen Hand. Dann landete sie einen kräftigen Magenschwinger.

»Miststück«, keuchte er. »Ich schneide dich in Stücke, du …«

Sie versetzte ihm einen Karateschlag auf den Nacken. Er krümmte sich, aber er hatte ein Messer in der Hand, als er auf dem Asphalt auftraf. Er holte aus.

Sie hasste Messer. Die Vorstellung, dass sich kalter Stahl in ihr Fleisch bohrte, war ihr immer schon zuwider gewesen. Sie wich nach links aus, schlug ihm mit der Handfläche auf die Nase und riss die Hand nach oben. Dieses Mal blieb er liegen.

Tot?

O ja. Das zersplitterte Nasenbein hatte sich in sein Gehirn gedrückt. Renata fiel neben ihm auf die Knie und durchsuchte seine Taschen nach einem Ausweis. Sie fand einen Reisepass – Raoul Falbon.

»Ich habe einen Streifenwagen auf der Straße hinter uns gesehen. Ich denke, wir vergessen die Beute und verschwinden von hier.«

Sie zuckte zusammen, ihr Blick huschte zu dem Mann, der ein paar Meter von ihr entfernt stand. Sie spannte sich an, bereit, ihn anzuspringen, und ihre Hand tastete nach dem Revolver, den Falbon hatte fallen lassen.

»Mann.« Der Fremde zog eine Waffe aus seiner Tasche. »Ich bin keine Bedrohung, aber ich möchte wirklich vermeiden, dieselbe Behandlung zu bekommen wie der arme Tropf hier auf dem Boden, Renata. Sollen wir gehen? Sie haben sicher keine Lust, mit der Polizei zu sprechen, oder? Ich bestimmt nicht.«

»Wer sind Sie?«

»Jed Harley. Und ich habe nichts mit Molino zu tun. Um das zu beweisen, übersehe ich geflissentlich die Tatsache, dass Sie in Erwägung ziehen, den Revolver an sich zu nehmen. Sobald wir ein wenig Zeit haben, uns zu unterhalten, stecke ich meine Waffe weg. Einverstanden?«

Sie zuckte mit den Schultern. »Klar. Ich wäre dämlich, wenn ...« Sie rollte sich ab, knallte ihm die Handkante aufs Knie und schickte ihn zu Boden. Im nächsten Moment saß sie auf ihm.

»Nein, Ma'am.« Er schlug ihr mit dem Handrücken ins Gesicht und warf sie ab.

Sie hatte Mühe, die Benommenheit loszuwerden, noch während sie nach Falbons Revolver hechtete.

Harley bekam ihn vor ihr zu fassen und warf ihn auf die Straße.

Sie biss ihm in den Arm und versuchte, ihm die Waffe zu entwinden.

»Au, du kleine Kannibalin.« Er landete einen Hieb mit dem Revolver auf die Schläfe.

Schmerz. Ignorier ihn. Sie griff ihn wieder an und hatte es auf seine Drosselvene abgesehen.

Harley packte sie, wirbelte sie herum, legte ihr den Arm um den Hals und riss den Kopf nach hinten. »Hören Sie zu. Ich könnte Ihnen ohne weiteres das Genick brechen. Das will ich aber nicht.«

»Weil ich Ihnen dann nicht mehr von Nutzen wäre«,

gab sie wütend zurück. »Ich könnte Ihnen nicht mehr sagen, was Sie wissen wollen.«

»Nein, weil ich Order habe, Sie zu finden und vor Molino und seinen Männern zu schützen, bis Sie mit Neal Grady gesprochen haben. Grady wäre es gar nicht recht, wenn ich Ihnen das Genick breche.« Und beinahe wehmütig fügte er hinzu: »Obwohl es mir die Sache beinahe wert wäre.« Wenn sie nach hinten trat, könnte sie ihn überrumpeln. Sein Griff hatte sich nur ein bisschen gelockert, und sie ...

Er seufzte. »Sie geben wohl nie auf, was? Ich schätze, dann muss ich wohl oder übel zu drastischeren Mitteln greifen.« Er packte ihre Hand. »Hören Sie auf, sich zu wehren. Sie bekommen, was Sie wollen.« Sie spürte, dass er ihr etwas Hartes, Metallenes in die Hand drückte. Dann ließ er sie los und trat ein paar Schritte zurück. »Okay, tun Sie, was Sie nicht lassen können.«

Sie starrte auf den Revolver in ihrer Hand. »Was haben Sie vor?«

»Offensichtlich müssen Sie die Oberhand haben, sonst hören Sie mir nicht zu.« Er breitete die Arme aus. »Ich bin Ihnen auf Gedeih und Verderb ausgeliefert, Renata Wilger.«

Renata runzelte die Stirn. »Ist der Revolver nicht geladen?«

Harley lächelte. »Mein Gott, ich glaube fast, Sie sind enttäuscht. Ist das zu leicht für Sie? Nein, er ist geladen, die Kammer ist voll. Was wollen Sie jetzt tun?«

Sie war sich nicht sicher. Diese letzte Aktion hatte sie überrascht. Offensichtlich hatte er im Sinn, sie zu überrumpeln und mental zu entwaffnen, wenn schon nicht körperlich. Aber sie hatte noch nie von einem Mann gehört, der freiwillig ein solches Risiko einging.

»Darf ich einen Vorschlag machen? Ich habe Sie unterbrochen, als Sie die Brieftasche des Dahingeschiedenen durchsuchten. Wieso nehmen Sie sich nicht, was Sie wollen?«

»Ich habe seinen Pass – sein Name ist Falbon. Mehr brauche ich nicht.«

»Dann sollten wir den Ort des Verbrechens verlassen. Wie wär's, wenn Sie mit mir ins Sheraton kommen, um mit Neal Grady und Megan Blair zu sprechen?«

»Ich betrachte es nicht als Verbrechen, wenn man einen von Molinos Männern tötet.« Plötzlich weiteten sich ihre Augen. »Megan Blair? Sie ist hier – in München?«

»Im Hotel.« Er musterte sie eingehend. Woher kennen Sie Megan? Ändert das Ihre Meinung?«

Sie beantwortete seine Fragen nicht. »Verdammt, sie sollte sich nicht in meiner Nähe aufhalten. Möglicherweise hat sie Molino zu mir geführt.«

»Sagen Sie ihr das selbst. Auf mich wird sie nicht hören. Ich rufe sie an.« Er holte bedächtig das Handy aus der Tasche und stellte sicher, dass sie es sah und nicht fürchten musste, dass er eine zweite Waffe ins Spiel brachte. »Okay?«

Renata zögerte, dann nickte sie. »Aber ich gehe nicht ins Hotel. Sagen Sie ihr, dass wir uns auf der anderen Straßenseite im Park treffen.«

»Sehr klug. Dann können Sie sie checken und gleichzeitig sicherstellen, dass ich Sie nicht den Gartenweg hinunterführe.« Er wählte die Nummer. »Grady, hallo, ich brauche dich und Megan. Wir treffen uns in ungefähr einer Stunde im Park auf der gegenüberliegenden Straßenseite vom Hotel. Ich bringe Renata Wilger mit.« Er hörte eine Weile zu und lächelte. Sein Blick wanderte von Renata, die immer noch mit der Waffe auf ihn zielte, zu dem Toten, der verkrümmt auf der Straße lag. »O ja, ich bin überzeugt, dass sie die richtige Renata Wilger ist.«

Harley wartete unter einer Straßenlaterne neben einer Parkbank, als Grady und Megan in den Park kamen. Er war allein.

Enttäuschung keimte in Megan auf. »Wo ist sie, Harley? Hast du sie verloren?«

»Nein, und sie hat mich nicht verloren.« Er nahm Megans Arm und zog sie ins Licht. »Heben Sie Ihren Kopf.«

»Was machst du da?« Grady trat einen Schritt vor.

»Ich tue ihr nicht weh.« In die Dunkelheit hinein rief er: »Da ist sie. Abgeliefert, wie versprochen. Kommen Sie raus ... Kommen Sie raus, wo immer Sie stecken.«

»Das klingt nach einem Kinderspiel«, stellte Grady fest.

»Verstecken.« Harley nickte. »Das Suchen ist jetzt hoffentlich vorbei, und Renata versteckt sich auch nicht. Sie traut uns nur nicht über den Weg. Deshalb hat sie auch eine Waffe auf mich gerichtet. Meinen Revolver.«

»*Deinen* Revolver?«

»Das ist eine lange Geschichte.« Harley drehte sich wieder um und rief: »Renata, Sie hatten Zeit, sich Megan genau anzusehen. Heißt es jetzt ja oder nein?«

»Wie sollte sie mich erkennen?«, wollte Megan wissen.

Harley zuckte mit den Schultern. »Fragen Sie sie.« Er spähte in die Büsche. »Mein liebes Mädchen, ich habe Verständnis, aber es ist wirklich nicht höflich, fremde Menschen mit einer Waffe zu bedrohen. Das macht sie nervös.«

»Ich richte die Waffe nicht auf sie«, sagte die Frau, die

auf sie zukam, »ich bin nur vorsichtig. Woher soll ich wissen, dass Molino sie nicht observieren lässt?«

Renata Wilger war jünger, als Megan vermutet hätte. Sie war Anfang zwanzig, klein, schlank, rothaarig und hatte Sommersprossen auf der Nase. Ihre braunen Augen blitzten, als sie Megan in Augenschein nahm. »Und wenn Sie nicht als Lockvogel benutzt werden, dann sind Sie entweder dumm oder kriminell fahrlässig, weil Sie hergekommen sind. Verschwinden Sie so schnell wie möglich aus München, und halten Sie sich fern von mir.«

Was für eine kleine Tigerin. »Sie wären nicht aus den Büschen gekommen, wenn Sie wirklich fürchten würden, dass Molino mich benutzt, um Ihnen eine Falle zu stellen. Und ich gehe nirgendwohin, bevor ich bekomme, was ich haben will.« Megan warf einen Blick auf die Waffe, die Renata in der Hand hielt und auf den Boden gerichtet hatte. »Geben Sie Harley seinen Revolver zurück, und lassen Sie uns reden.«

»Warum sollte ich mit Ihnen reden wollen? Wahrscheinlich haben Sie mir hier ohnehin schon alles verdorben. Ich werde die Flucht ergreifen müssen.«

»Vielleicht nicht.«

»Renata hat recht«, mischte sich Harley ein. »Sie hatte vorhin außer mir noch einen anderen Verfolger. Sie war bereits mit ihm fertig geworden, als ich in Erscheinung trat – sein Pass ist auf den Namen Raoul Falbon ausgestellt. Ich habe ein Handyfoto von ihm an Venable geschickt – das ist Gradys Freund bei der CIA, und er hat sich gerade bei mir gemeldet. Falbon lässt sich vom Meistbietenden anheuern, doch er arbeitet hauptsächlich für Molino.«

»Mit ihm fertig geworden?«, hakte Megan nach.

»Ich habe den Mistkerl getötet«, erklärte Renata unumwunden. »Was denken Sie denn? Dass ich ihm einen

Klaps gebe, damit er sich morgen wieder an meine Fersen heftet? Das wäre nicht besonders schlau gewesen.«

»Das stimmt«, pflichtete Grady ihr bei. »Und jetzt muss Molino einen anderen schicken. Das verschafft uns ein wenig Zeit.«

»Das verschafft *mir* ein wenig Zeit«, korrigierte Renata. »Dank Ihnen brauche ich diese Zeit auch.«

»Wir haben Molino nicht zu Ihnen geführt«, erwiderte Megan. »Er konnte unmöglich den Namen der Person kennen, nach der wir gesucht haben. Ich kannte ihn bis vor kurzem selbst nicht.«

»Dann hat er ihn von derselben Quelle wie Sie erfahren.«

Megan schüttelte den Kopf. »Unmöglich.«

»Erzählen Sie mir nichts. Sie haben ja keine Ahnung, wozu er fähig ist, wenn er etwas haben will.«

»Das weiß ich, glauben Sie mir.« Megan sah ihr unverwandt in die Augen. »Ich war dabei.«

»Blödsinn. Sie waren all die Jahre in Ihrem sicheren Versteck in Georgia. Sie haben ja keinen Schimmer.«

»Woher wollen Sie das wissen?« Sie erinnerte sich an etwas. »Und woher wussten Sie, wie ich aussehe?«

»Aus der Chronik.«

»Was?«

»Fotos. Berichte. Ihre Mutter wurde gefunden und in die Chronik aufgenommen, als sie ein Teenager war. Danach haben wir Sie beide im Auge behalten, bis Sie mit fünfzehn von der Bildfläche verschwanden. Es hat lange gedauert, aber Edmund ist es schließlich gelungen, Sie in Ihrem zweiten Studienjahr ausfindig zu machen.«

»Edmund ...«

»Edmund Gillem.« Renata schwieg einen Moment. »Er lebt nicht mehr.«

Ihre Stimme klang gefasst, aber Megan war erschüttert, wie viel Schmerz in diesen Worten lag. Am liebsten hätte sie die Arme nach Renata ausgestreckt, aber das wäre, als würde man versuchen, ein wildes Tier zu trösten. »Nein, er ist nicht mehr am Leben; er starb in seinem Wohnwagen in Rom. Er war sehr tapfer.«

»Er war ein Narr. Ich habe ihm gesagt, er soll fliehen.« Renata holte bebend Luft. »Wie ich es jetzt tun werde.«

»Zu viele Menschen haben schon vor Molino die Flucht ergriffen.«

»Glauben Sie, mir wäre es nicht lieber, wenn ich bleiben und versuchen könnte, dem Hurensohn den Garaus zu machen? Aber das geht nicht. Nicht jetzt.«

»Weil Sie die Chronik haben«, warf Grady ein.

»Das hab ich nicht gesagt.«

»Nein, das stimmt«, gab ihr Megan recht, »aber Edmund hat es gesagt.«

Renata erstarrte. »Sie lügen. Edmund hätte das niemals jemandem erzählt. Lieber wäre er gestorben.«

»Sie haben recht; er ist gestorben, um das Geheimnis zu bewahren und Sie nicht zu verraten.« Und leise fuhr Megan fort: »Und als er starb, hat er für Sie gebetet, Renata.«

Renata starrte sie lange an. »O Scheiße.« Sie wirbelte herum. »Kommen Sie, Megan, lassen Sie uns ein Stückchen gehen.«

»Verstehe ich das richtig – Grady und ich sind nicht eingeladen?«, fragte Harley. »Dann bleiben Sie wenigstens auf dem Weg, dass wir Sie im Auge behalten können.«

Renata gab keine Antwort, und Megan musste sich beeilen, um sie einzuholen.

Renata hatte die Hände in den Taschen vergraben und

schaute starr vor sich hin. Ein paar Minuten sagte sie gar nichts, und als sie das Wort ergriff, klang ihre Stimme unsicher. »Sie sind eine Lauscherin?«

»Ja.«

»In der Chronik stand, dass Sie eine werden könnten, aber wir waren nicht sicher.« Sie blinzelte, um die Tränen zurückzuhalten. »Edmund hat darauf gewettet, dass Sie das Talent im Laufe der Jahre entwickeln.« Sie schluckte. »Ich habe ihn für verrückt erklärt und dagegengehalten, dass Sie bis jetzt keinerlei Anzeichen gezeigt haben und die Fähigkeit eine Generation überspringen kann.«

»Ich wünschte, es wäre so.«

»Aber dann könnten Sie mir jetzt nicht von Edmund erzählen, stimmt's? Wann war es?«

»Vor drei Tagen. In seinem Wohnwagen außerhalb von Paris.«

Wieder schwieg Renata, dann fragte sie zaghaft: »War es ... schlimm für ihn?«

Megan wollte nicht lügen. »Schrecklich.«

»Mein Gott.« Renata blieb stehen und schloss die Augen. »Ich wusste es. Aber ich musste es hören.«

»Er war sehr tapfer und fest entschlossen zu verhindern, dass Molino noch jemandem etwas antun kann.«

»Er war ein solcher Narr. Er war mit mir übereingekommen, dass er schon beim kleinsten Hinweis darauf, dass jemand hinter ihm her ist, fliehen würde. Das hat er nicht getan. Als er vor drei Monaten hier war, sagte er, er hätte nur so ein Gefühl, und er hatte nicht die Gabe, in die Zukunft zu sehen. Er hat darüber gelacht.«

»Aber er hat sich immerhin so unwohl gefühlt, dass er die Chronik an Sie weitergegeben hat.«

»Ja.«

»Werden Sie sie mir geben? Ich verspreche, dass Molino sie nicht in die Hände bekommt.«

Renata starrte sie erstaunt an. »Guter Gott, nein! Edmund ist für diese Chronik gestorben, und er hat sie mir zur Aufbewahrung gegeben. Ich werde sie nie aus der Hand geben.« In ihrer Stimme schwangen Entschlossenheit und Leidenschaft mit. »Was glauben Sie, wer Sie sind? Sie wissen gar nichts.«

»Ich bemühe mich zu lernen, Renata. Unterrichten Sie mich.«

»Ich habe keine Zeit. Bleiben Sie einfach weg von mir. Sie ziehen das Unglück an.«

»Das kann ich nicht. Ich muss Molino ein für alle Mal aufhalten – er ist auf die Chronik aus. Grady sagte, dass Molino immer im Verborgenen bleibt, und wir müssen ihn aus seinem Versteck locken. Die Chronik bietet uns vielleicht die einzige Möglichkeit, ihn zu stoppen.«

»Dann sollten Sie lieber über eine andere nachdenken. Ich setze die Chronik nicht aufs Spiel.«

»Es besteht keine Gefahr. Wir würden Sie niemals ...«

»Nein«, wehrte Renata ab. »Hören Sie auf damit.«

Megan fügte sich kopfschüttelnd. »Okay, dann behalten Sie die Chronik. Aber laufen Sie nicht vor uns davon. Wir werden Sie beschützen. Wir wollen weiß Gott nicht, dass Ihnen etwas zustößt.«

»Weil Sie Angst haben, dass dann die Chronik für immer in der Versenkung verschwinden könnte.«

Ärger loderte in Megan auf. »Zum Teufel mit Ihnen. Ist es zu viel verlangt, wenn ich Sie bitte, mir zu glauben, dass ich Sie nicht tot sehen möchte? Edmund muss Sie gern gehabt haben. Er hat für Sie gebetet. Und er hat mich dazu gebracht, Sie zu mögen. Sie haben ihn gefoltert und fürchterliche Dinge mit ihm gemacht, ehe sie ihn in den Tod getrieben haben. Ich würde nicht zulassen, dass man ihm noch etwas nimmt. Er wollte, dass Sie leben, und, bei Gott, Sie werden leben. Wenn Sie weglaufen, werde ich Ihnen folgen. Wenn Sie sich verstecken, werde ich Sie finden.«

Renata sah sie erstaunt an. »Ich wollte nicht ... Oh, vielleicht wollte ich es doch.« Sie reckte trotzig ihr Kinn. »Ich habe Grund, an Ihnen zu zweifeln. Für mich sind Sie eine Fremde.«

»Sie wissen nur das über mich, was Sie in der Chronik gelesen haben.«

»Das waren sehr spärliche Informationen. Edmund konnte kein detailliertes Profil von allen erstellen. Wir sind zu viele.«

»Dann fülle ich die Lücken. Weil Sie mich kennenlernen müssen. Sie müssen mir vertrauen.« Megan ging weiter. »Etwas anderes lasse ich nicht zu. Ich möchte nicht, dass Sie in Panik geraten und vor mir davonlaufen, wenn ein Verdacht bleibt. Was wissen Sie über Neal Grady?«

»Er versucht schon Jahre, Familienmitglieder zu finden. Er war bei der CIA und hat ein Talent. Edmund hielt es für eine gute Idee, auf ihn zuzugehen, bevor er jemanden von uns aufspürt. Er glaubte, mit Grady reden zu können. Ihm gefiel, was er über ihn herausgefunden hatte.«

»Aber er hat es nicht getan.«

»Wir sind vorsichtig, handeln nicht spontan. Edmund wollte weitere sechs Monate warten, ehe er etwas unternahm.«

Was für eine Tragödie, dachte Megan. Die beiden Männer waren langsam aufeinander zugegangen. Hätte Grady Edmund zwei Tage früher gefunden, und wäre Edmund nicht so vorsichtig gewesen, dann hätte das Grauen im

Wohnwagen verhindert werden können. »Aber ihm sind diese sechs Monate nicht mehr geblieben«, sagte Megan. »Ich wünschte wirklich, er hätte Verbindung zu Grady aufgenommen.«

»Er musste sichergehen. Grady war nicht der Einzige, der hinter ihm oder uns her war.« Sie presste die Lippen zusammen und fuhr dann fort: »Und schließlich ist Molino erst durch Ihre Mutter auf uns aufmerksam geworden. Dieses Tribunal-Protokoll wäre für ihn bedeutungslos gewesen, wenn es nichts mit Sarah zu tun gehabt hätte.«

»Erwarten Sie, dass ich mich entschuldige?«, wollte Megan wissen. »Vergessen Sie's. Meine Mutter hat nie etwas von der Familie Devanez gehört. Sie wollte nur überleben und dafür sorgen, dass Molino nicht noch mehr unschuldige Kinder in seine dreckigen Hände fallen. Dabei ist sie durch die Hölle gegangen. Versuchen Sie nicht, mir Schuldgefühle wegen Ihrer kostbaren Chronik einzureden.«

Renata überlegte eine Weile, dann sagte sie nachdenklich und mit einem kleinen Lächeln: »Sie ist kostbar. Genau wie die Kinder. Und Sie haben recht – es kann sein, dass ich Ihnen Schuldgefühle einreden wollte. Ich fühle mich in die Defensive gedrängt.«

»Niemand greift Sie an. Sie brauchen sich nicht zu verteidigen.«

»O doch«, erwiderte sie. »Das gehört zu meinem Leben.«

In letzter Zeit gehörte das auch zu Megans Leben. Allmählich spürte sie eine echte Verbundenheit mit Renata Wilger. Die junge Frau war impulsiv, misstrauisch und, nach allem, was Harley gesagt hatte, gewalttätig, aber sie hatte Edmund gern gehabt und war bereit, dafür zu kämpfen, dass die Chronik nicht gefunden würde. Die letzte Aussage barg eine Bitterkeit, die Megan ans Herz ging. »Dann seien Sie auf der Hut vor Molino. Sie sind hier unter Freunden.«

»Bin ich das?« Renata wandte sich ab. »Vertrauen Sie Grady?«

»Ja.«

»Und Harley?«

»Auch. Obwohl ich ihn nicht so gut kenne.«

»Ich traue keinem von Ihnen. Also können Sie aufhören, mich zu bedrängen.«

»So funktioniert das nicht. Sie *werden* mir vertrauen. Schön, wir beginnen mit Schritt eins. Sie können jemandem, den Sie nicht kennen, kein Vertrauen entgegenbringen. Sie sagten, Sie wüssten nur dürre Fakten über mich? Mir widerstrebt es, mich Fremden gegenüber zu öffnen. Das verletzt meine Privatsphäre. Aber Sie werden bald so viel über mich erfahren wie sonst nur eine Schwester.« Sie holte tief Luft. »Und ich werde mit meiner Mutter anfangen. Sie war lieb und witzig und gab mir immer das Gefühl, geborgen zu sein. Das war ihr wichtig, aber den Grund dafür erkannte ich erst, als …«

»Gütiger Gott, die reden schon über eine Stunde.« Grady richtete den Blick auf Megan und Renata, die ein paar Meter von ihnen entfernt auf einer Parkbank saßen. »Was, zum Teufel, haben sie sich zu sagen?«

»In diesem Punkt möchte ich keine Vermutungen anstellen«, erwiderte Harley. »Und ich bin kein bisschen neugierig.« Er sah Grady verschlagen an. »Aber dich macht es sicherlich wahnsinnig, die Situation nicht unter Kontrolle zu haben. Für dich ist es nicht leicht, wenn du ins Abseits gestellt wirst. Wie auch immer – ich möchte wetten, dass Renata Wilger eine harte Nuss ist. Wahrscheinlich würde sie am liebsten weglaufen, und Megan hat alle Hände voll zu tun, sie davon abzuhalten. Erstaunlich, dass sie so viel Geduld aufbringt.«

Grady überraschte das nicht. Megan war in mancher Hinsicht flatterhaft, aber sie konnte sich auch auf ein Ziel konzentrieren. »Sie will die Chronik, und Renata ist der Schlüssel dazu. Megan würde sie nie weglassen. Was wissen wir über Renatas Hintergrund?«

»Ihre Eltern sind beide tot. Ihr Vater war Deutscher, ihre Mutter amerikanische Staatsbürgerin. Den größten Teil ihrer Kindheit verbrachte sie in Boston bei ihrer Mutter. Keine Geschwister. Seit ihrem dreizehnten Lebensjahr ist sie so ziemlich allein – sie hat nur noch einen entfernten Cousin – Mark Altmann –, der sie in den Ferien, wenn das Internat geschlossen war, zu sich nahm. Offenbar ist sie hochbegabt; sie hatte Stipendien für die Schule und fürs Studium. Vor zwei Jahren hat sie in Harvard ihren Doktor in Betriebswirtschaft gemacht und eine Anstellung bei einer Investmentfirma angenommen, für die sie gejobbt hat, seit sie sechzehn war. Sie ist total auf ihre Arbeit fixiert und immer auf der Überholspur.« Harley holte Luft. »Es wird schwer für sie, wenn sie ihren Job aufgeben und von hier wegmuss.«

»Schlimmer wäre, wenn sie Molino in die Hände fiele«, meinte Grady. »Was ist mit diesem Cousin? Kann Molino über ihn an Renata herankommen?«

»Er hat einiges erlebt. Er war Agent beim Mossad, dem israelischen Geheimdienst, bevor er in den Ruhestand gegangen ist.« Harley wiegte betrübt den Kopf. »Und ich kann mir vorstellen, er hat Renata einige Dinge beigebracht, die man nicht aus Büchern lernen kann. Sie ist ein giftiger kleiner Skorpion.«

»Ich schätze, diese Lektionen könnten das Wertvollste sein, was sie je gelernt hat. War ihr Vater Jude?«

»Ja. Seine Großeltern waren in Auschwitz, und die meisten Verwandten sind nach dem Krieg nach Israel ausgewandert. Er blieb in München, hielt aber engen Kontakt zu seiner Familie dort.«

»Besteht eine Verwandtschaft zu Edmund Gillem?«

»Soweit ich weiß, nicht. Lass mir ein bisschen Zeit. Ich hatte bisher noch keine Gelegenheit, mich eingehender mit Renata Wilger zu befassen.« Sein Blick schweifte zu den Frauen. »Aber vielleicht übernimmt das Megan für mich.«

»Verlass dich nicht zu sehr drauf. Im Augenblick scheint Megan das Reden übernommen zu haben.« Noch ehe er das letzte Wort ausgesprochen hatte, erhoben sich Megan und Renata und kamen auf sie zu. »Wenigstens läuft dein Skorpion nicht in die andere Richtung.«

Die Gesichter der beiden Frauen drückten Argwohn aus. Keine Feindseligkeit, keine Freundschaft – Argwohn.

»Sie überlässt uns die Chronik nicht«, verkündete Megan. »Aber sie hat freundlicherweise erlaubt, dass wir ihr den Hals retten.«

»Ich kann selbst auf mich aufpassen«, sagte Renata. »Aber Megan meinte, dass ihr hinter Molino her seid. Ich kann ihn nicht allein zur Strecke bringen.« Sie starrte Grady an. »Ich will Molinos Tod. Er muss sterben. Ich werde alles in meiner Macht Stehende tun, um das herbeizuführen. Wenn ich jedoch das Gefühl habe, dass die Chronik in Gefahr ist, bin ich weg.«

»Mieten Sie sich im Hotel ein, damit wir ein Auge auf Sie haben können?«, erkundigte sich Harley.

Sie verneinte. »Aber ich melde mich.«

»Haben Sie Freunde, bei denen Sie bleiben können, Renata?«

»Machen Sie Witze? Wenn ich mich bei ihnen verkriechen würde, wäre ich eine miserable Freundin. Edmund hat mir schon vor Jahren eröffnet, dass er mir die Chronik in Verwahrung gibt, wenn die Dinge für ihn schieflaufen. Er hat mich beobachtet, seit ich ein kleines Mädchen war. Er wohnte bei uns, wann immer er in München war, und er war wie ein Bruder für mich. Ich dachte, er wäre nur Marks Freund, aber dann sagte er mir, dass er mich als Bewahrerin auserwählt hätte. Er fand, ich sei perfekt für diese Aufgabe geeignet. Ich hatte bis auf Mark keine Familie und war ein solcher Bücherwurm, dass mir keine Zeit blieb, viele Freundschaften zu schließen. Und nachdem er mir gesagt hatte, dass er mir die Chronik übergeben würde, habe ich die wenigen Freunde, die ich hatte, aufgegeben.« Sie wandte sich ab. »Keine Angst, ich habe mich lange Zeit darauf vorbereitet. Ich rufe Sie morgen an, wenn ich irgendwo untergekommen bin.« Sie wartete eine Antwort gar nicht erst ab, sondern steuerte den Ausgang des Parks an.

»Was soll das heißen?«, murmelte Megan, während Renata außer Sicht war. »Sie hat ihre Freunde aufgegeben, weil sie wusste, dass sie eines Tages die Verantwortung für die Chronik tragen würde? Damals musste sie noch ein halbes Kind gewesen sein.«

»Offenbar hat Gillem Gehirnwäsche betrieben«, meinte Harley.

Megan wirbelte zu ihm herum. »Das hat er *nicht* getan. So etwas hätte er niemals gemacht. Er hatte sie gern, das weiß ich.«

»Okay, okay.« Harley hob abwehrend die Hände. »War nur so ein Gedanke.«

»Sie will die Chronik genauso beschützen wie er. Und es muss ihm schwergefallen sein, sie in eine solche Gefahr zu bringen.« Megan ging los. »Anscheinend hat sich ihre ganze Welt nur um diese verdammte Chronik gedreht.«

»Und das tut sie noch«, ergänzte Grady, der ihr folgte. »Und unsere Welt scheint ein Spiegelbild der ihren zu werden. Kommst du, Harley?«

»Noch nicht. Ich gebe Renata noch ein paar Minuten, dann gehe ich ihr nach.«

»Was?«

»Ich habe auf dem Weg hierher einen Sender in ihre Jacke gesteckt.« Er holte einen Mini-Empfänger aus der Tasche. »Ursprünglich hatte ich vor, die Wanze in ihrer Wohnung zu installieren, aber dann wollte ich verhindern, dass sie einfach so in der Versenkung verschwindet. Ich traue ihr nicht.«

»Ich habe lange Zeit gebraucht, um sie davon zu überzeugen, dass sie von uns nichts zu befürchten hat. Falls sie die Wanze findet und sauer wird, bekommen Sie was von mir zu hören.«

»Ihnen würde noch weniger gefallen, wenn sie abhaut und wir nicht wissen, wo sie steckt.« Harley machte sich auch auf den Weg. »Vertrauen Sie mir. Ich bin vorsichtig.«

Renata klappte ihr Handy auf, sobald sie in ihrem Wagen saß. Sie erreichte Mark in Berlin. »Ich musste heute Nacht einen Mann töten. Molino weiß, dass ich die Chronik habe. Megan Blair ist hergekommen und hat ihn auf meine Fährte gebracht. Ich bin auf der Flucht.«

»Megan Blair ...«, wiederholte Mark nachdenklich. »Du hast vorausgesehen, dass sie auf dich zukommen könnte.«

»Das war eins von drei möglichen Szenarien. Es hing davon ab, ob sie mit Grady zusammenkommt. Das ist sie. Sie möchte Molino mit der Chronik eine Falle stellen.«

Mark lachte leise. »Unglaublich. Aber wenigstens hat sie die richtigen Ziele. Findest du eine Möglichkeit, sie für dich einzusetzen?«

»Kann sein.« Sie schwieg einen Moment. »Sie ist eine Lauscherin, Mark. Sie hat Edmunds Ende erlebt. Es war ... schlimm.«

»Das hatten wir bereits vermutet.«

»Aber ich wusste es nicht.« Sie bemühte sich um einen ruhigen Tonfall. »Sie sagte ... er hat für mich gebetet.«

»Er hat gebetet, dass du stark genug bist, die Chronik sicher zu verwahren.«

»Das glaube ich nicht.«

»Renata!«

»Mir geht's gut. Es war nur ein Schock für mich.« Sie räusperte sich. »Und du weißt, dass ich auf die Chronik aufpasse.«

»Dann finde einen Weg, Megan Blair für deine Zwecke auszunützen. Molino kommt dir allmählich zu nahe.«

»Sie gehört zur Familie, Mark.«

»Und es geht um Molino, Renata.«

Natürlich hatte er recht. Megan Blair hatte, indem sie nach München gekommen war, nicht nur ihre Sicherheit gefährdet, sondern auch die der Chronik. Sie musste den Instinkt, die Familienmitglieder zu schützen, ignorieren. Opfer waren manchmal unvermeidlich. »Ich weiß, dass wir ihn ausschalten müssen. Ich werde dich nicht enttäuschen.«

»Hier geht es nicht um mich, sondern um die Familie. Ich bin überzeugt, dass du nicht scheitern wirst. Melde dich, wenn du Hilfe brauchst. Ich werde Himmel und

Hölle in Bewegung setzen.« Damit unterbrach er die Verbindung.

Ja, ich weiß, dass Mark immer für mich da ist und mir auf jede nur erdenkliche Weise helfen würde, dachte sie, als sie das Handy zuklappte. Aber seine Problemlösungen waren manchmal ziemlich hastig und tödlich. Ihr widerstrebte es, ihn auf Megan Blair loszulassen.

Erst würde sie versuchen, die Sache allein zu regeln.

Es war kurz vor vier Uhr morgens, als Megan und Grady ins Hotel zurückkamen.

»Dir bleiben nur noch ein paar Stunden Schlaf«, sagte Grady, als sie das Wohnzimmer durchquerte und zu ihrer Zimmertür ging. »Renata hat uns ein bisschen Luft verschafft, indem sie diesen Falbon ausgeschaltet hat, aber wir wissen nicht, wie viele Informationen er an Molino weitergegeben hat. Falls Molino weiß, dass wir in München sind, sollten wir lieber aus der Stadt verschwinden.«

»Nicht ohne Renata Wilger«, erklärte Megan. »Ich lasse sie nicht allein. Wir können uns hier in München ein anderes Quartier suchen.« Sie öffnete die Tür. »Du willst die Chronik? Wir werden sie bekommen.«

»Und du willst Edmund Gillems kleinen Protegé beschützen.«

»Er hat für sie gebetet«, erwiderte sie. »Seine Gebete werden erhört.« Sie machte die Tür hinter sich zu.

Mein Gott, bin ich müde, dachte sie auf dem Weg ins Badezimmer. Harleys Anruf hatte sie aus dem Tiefschlaf geweckt, und jetzt war sie erschöpfter als zuvor. Die Chronik wurde allmählich zum Mittelpunkt, um den all ihre Gedanken kreisten und auch die der Leute um sie herum. Sie nahm mythische Proportionen an, dabei war es nur ein Buch, verdammt noch mal. Kein Mensch sollte bereit sein, für ein Buch sein Leben zu opfern.

Und niemand sollte bereit sein, für ein Buch zu töten, wie es Molino tat.

Was ging ihr da durch den Kopf? Gleichgültig, wie klein sie die Chronik redete, sie hatte offensichtlich Auswirkung auf das Leben Tausender, sonst wäre Edmund nie freiwillig dafür gestorben.

Sie wusch sich das Gesicht und zog sich aus. Hör endlich auf zu grübeln. Gönn dir ein bisschen Schlaf, damit du morgen neu durchstarten kannst.

Nein, bevor sie zurück ins Bett ging, würde sie Dr. Gardner anrufen und sich nach Phillip erkundigen. Wahrscheinlich war es dumm zu hoffen, dass sich an seinem Zustand etwas ändern würde, aber sie wollte ihn nicht aufgeben.

Pandora ließ die Hoffnung in der Büchse, als sie all die anderen Geister befreite.

Nun, sie war nicht Pandora, sie *würde* keine sein, stattdessen wollte sie sich mit aller Macht an die Hoffnung für Phillip klammern.

Kapitel 13

Renata hat sich in ein kleines Häuschen am Stadtrand zurückgezogen«, berichtete Harley, als Grady am nächsten Morgen seinen Anruf entgegennahm. »Sobald es hell wurde, habe ich mich auf die Suche nach einer Bleibe in ihrer Nähe gemacht. Ich habe etwa eine Meile entfernt ein möbliertes Haus gemietet.« Er nannte die Adresse. »Ich bleibe an Renata dran, bis ihr herkommt. Dann überlasse ich alles Weitere dir und haue mich aufs Ohr.« Er beendete das Telefonat.

»Wo ist sie?«, wollte Megan wissen, als sie aus ihrem Zimmer kam.

»Am Stadtrand. Harley hat uns eine Bleibe in ihrer Nähe organisiert. Okay?«

Sie nickte. »Ich hole mein Gepäck.« An der Tür blieb sie noch einmal stehen. »Dieser Michael Travis kümmert sich doch um alle möglichen übersinnlich Begabten, oder?«

Grady nickte.

»Kennt er auch irgendwelche Heiler?«

»Worauf willst du hinaus?«

»Was denkst du denn? Es geht um Phillip. Ich bin bereit, alles zu versuchen.«

»Ich habe noch nie von einem echten Heiler gehört und glaube kaum, dass Michael einen kennt. Er hat mir erzählt, dass er vor zehn Jahren dachte, er hätte einen in Brasilien gefunden, aber er hat sich als Betrüger erwiesen. Scheinbar ist eine solche Begabung äußerst selten.«

»Mist! Das ist das einzige Talent, das in dem ganzen Chaos von Wert wäre. Ich bin Ärztin und würde alles geben, um den Menschen auf diese Weise helfen, um Phillip helfen zu können. Besteht die Möglichkeit, dass ich eine Heilerin werde? Du sagtest, meine Mutter hätte mehrere Talente gehabt. Sie war eine Finderin. Könnte ich nicht …« Er schüttelte den Kopf. »Warum nicht, verdammt?«

»Die Chancen stehen schlecht. Finder gibt es relativ viele. Sarah war eine außergewöhnlich gute Finderin. Heiler oder Heilerinnen gibt es so gut wie keine. Ich glaube kaum, dass du dich zu einer entwickelst.«

»Ich *bin* eine Heilerin. Ich bin Ärztin, und zwar eine gute. Ich möchte nur eine noch bessere werden.« Sie zuckte mit den Schultern. »Vielleicht irrst du dich. Es ist eine solche Verschwendung, die ganze Ausbildung, und dann kann man nichts anderes tun, als sich das Leid dieser Welt anzuhören.«

»Ich hoffe, dass ich mich irre. Ich will dich nicht enttäuschen. Wenn es in meiner Hand läge, würde ich dir alles geben, was du willst, und alles tun, worum du mich bittest.« Er begegnete ihrem Blick und fügte sanft hinzu: »Alles und jedes, Megan.«

Sie erstarrte. »Mein Gott, Grady.«

»Ich dachte nur, ich stecke das Spielfeld noch einmal ab.« Er lächelte. »Seit du die Aufzeichnung gelesen hast, weißt du alles, was ich weiß. Das heißt, die ehrenhafte Zurückhaltung kann ein Ende haben. Gott sei Dank. Es hat meinem Charakter gar nicht entsprochen. Lasset die Spiele beginnen.«

Hitze schoss ihr in die Wangen. »Das klingt, als wolltest du Olympische Spiele eröffnen.«

»Könnte etwas Ähnliches werden. Aber vielleicht habe ich mich falsch ausgedrückt. Ich würde die Erlösung willkommen heißen. Wir beide wünschen uns schon seit Jahren, dass es passiert. Wir werden keinen Frieden haben, bis es geschieht, bis wir es gekostet haben und uns richtig kennen.« Er sah den schnellen Pulsschlag an ihrem Hals. »Gut. Fühle es. Komm auf mich zu. Fühl *mich*. Ich werde dich nicht anrühren. Du musst den ersten Schritt tun.«

Einen Augenblick dachte er, sie würde diesen Schritt jetzt gleich machen.

Dann drehte sie sich um und verschwand in ihrem Zimmer.

Verdammt. Er sprang auf und ging auf die Tür zu, besann sich aber eines anderen.

Nein, es ist nahe. Verdirb jetzt nicht alles mit deiner Ungeduld. Lass ihr Zeit.

Geduld? Unmöglich.

Megan lehnte sich an die Tür und kämpfte gegen den Drang an, sie wieder aufzureißen und sich in seine Arme zu stürzen.

Da war es wieder, dieses rohe, heiße, prickelnde Verlangen, das ihr den Atem raubte. Ihre emotionale und körperliche Reaktion haute sie geradezu um.

Hör auf zu zittern. Sieh zu, dass du deine Begierde in den Griff bekommst. Hol dein Gepäck, verlass das Hotel, und finde Renata.

Noch nicht. Lass dir Zeit.

Würde sie Grady in den nächsten fünf Minuten wiedersehen, würden sie das Zimmer noch lange nicht verlassen.

Das Haus mit dem weit vorspringenden Dach und Blumenkästen vor den Fenstern war winzig.

»Apropos *Sound of Music*-Ambiente«, brummte Grady, als er Megan die Beifahrertür aufhielt. »Man rechnet damit, hier irgendwo Julie Andrews zu sehen, die zurück ins Kloster läuft.

»Wir sind hier nicht in den Bergen. Es gibt nur Wald. Und ich würde ehrlich lieber sehen, dass Renata auf uns zuläuft.« Sie ignorierte seine Hand und stieg ohne Hilfe aus. »Kommt Harley hierher?«

»Ja. Der Schlüssel liegt unter dem Stein neben der Tür. Ich rufe ihn an, sobald wir im Haus sind.« Er ging zur Haustür. »Er sagte, dass er ein Nickerchen gut gebrauchen könnte. Er hat Renatas Haus beobachtet, seit sie es in der Nacht betreten hat. Ich sorge dafür, dass du es bequem hast, dann löse ich ihn ab.«

»Ist mir recht.«

»Davon bin ich überzeugt«, gab er trocken zurück. »Je mehr Distanz zwischen uns besteht, umso lieber ist es dir. Du behandelst mich, als hätte ich eine ansteckende Krankheit.«

Das stimmte. Auf der Fahrt hierher hatte sie höllisch aufgepasst, ihn nicht versehentlich zu berühren. Trotzdem war es schon aufreizend gewesen, neben ihm zu sitzen. Sie hatte die Hitze gespürt, die er ausstrahlte, und seinen feinen Duft gerochen. »Wirklich?« Sie mied seinen Blick. »Und du bist bis ins Mark erschüttert?«

»Nein, es gefällt mir irgendwie. Das Wissen, dass ich Wirkung auf dich ausübe, ermutigt mich. Die schlimmste Reaktion einer Frau mit deiner emotionalen Veranlagung wäre gar keine Reaktion.« Er wartete an der Tür. »Kommst du?«

Sie zögerte, dann ging sie auf ihn zu. »Du bildest dir

ein, du wüsstest so viel von mir. Ich bin keine Pandora, und selbst wenn ich eine wäre, würde ich es nicht dulden, dass man mich in diese Schublade steckt. Ich bin ich, und das schließt meinen Charakter, meine Einstellung, meine Seele mit ein. Du kannst mich mal, Grady.«

Er grinste. »Genau darauf arbeite ich hin.« Er hob den Stein hoch und nahm den Hausschlüssel an sich. »Und ich hoffe, dass du dich nicht in eine Pandora verwandelst. Diese Bürde wünsche ich niemandem.« Er schloss die Tür auf und drehte sich zu Megan um. »Es würde dich verletzen. Und ich werde nicht zulassen, dass dir etwas oder jemand ein Leid antut, Megan. Nicht einmal ich.«

Sie bekam kaum noch Luft, war benommen und kraftlos.

»Oh, Scheiße«, murrte er. »Erinnerst du dich, dass ich dir gesagt habe, du müsstest den ersten Schritt tun?«

Sie nickte.

»Ich bin bereit, das neu zu verhandeln. Du brauchst nur ein Wort zu sagen. Irgendein Wort. Solange es nicht Nein ist.«

Es sollte ein Nein sein. Sie war nicht imstande, einen klaren Gedanken zu fassen, und Logik sollte in einer so heiklen Situation vorherrschen. Sie müsste klug handeln und diese körperliche Reaktion, die sie so schwach machte, in den Griff bekommen. Dennoch konnte sie an nichts anderes denken als an Neal Grady, der in dem Sommer am Strand ihr Spielkamerad und Mentor gewesen war. Spielkamerad und Mentor … und das Objekt ihrer erwachenden Leidenschaft. Er hatte gesagt, dass er sie seit Jahren begehrte. Und wie lange wollte sie ihn schon? War ihr Verlangen unter Erinnerungen vergraben gewesen, oder hatte es nur auf kleiner Flamme geköchelt? Jetzt erschien es ihr unmöglich, dass es jemals weniger gelodert hatte als jetzt.

Zur Hölle damit. Greif zu, und nimm's dir. Nimm ihn. »Ins Haus«, sagte sie bebend. »Jetzt sofort.«

»Mach ich.« Er packte ihren Arm und öffnete die Tür. »Oh, und wie gern. Komm, suchen wir ein Bett.«

Ihr Arm war heiß und kribbelte bei der Berührung. »Beeil dich. Ein Bett ist nicht nötig.«

»Gut.« Er knipste das Licht an und schob sie gegen die Tür. Er rieb sich aufreizend an ihr, drückte sanft ihren Kopf zurück und presste die Lippen an ihren Hals. »Ich glaube nicht, dass ich noch länger hätte warten können.« Er knöpfte ihre Bluse auf, während seine Zunge ihren Hals liebkoste. »Meine Hände zittern so sehr – ich weiß nicht, ob ich es schaffe, dich von diesen Kleidern zu befreien.«

»Ich mach das.« Sie wich zur Seite und zog sich hastig aus. »Ich vertraue dir nicht. Wenn du erst mal Zeit zum Nachdenken gehabt hast, könntest du irgendwelche dämlichen Gründe anführen, warum du nicht …« Sie brach ab und sog scharf die Luft ein, als er seine Hand zwischen ihre Beine gleiten ließ. »Vielleicht auch nicht.«

»Gut erkannt.« Er zog sie auf den Boden. »Im Moment bin ich gar nicht fähig, vernünftig zu denken.« Er streifte sein Hemd ab und warf es beiseite. Er setzte sich auf sie, und sie spürte den rauen Stoff seiner Jeans an ihren Schenkeln. Erotisch, dachte sie. Alles an ihm war erotisch – sein Duft, die Hände, die sich zwischen ihren Schenkeln bewegten, sein gerötetes Gesicht.

»Wie willst du es?«, fragte er heiser. »Sag es mir, Megan. Ich mache, was du willst.«

Seine Hände machten sie wahnsinnig. Sie wölbte sich

ihm entgegen und zog ihn an sich. »Tu's einfach, verdammt. Mir ist egal …«

»Ich denke, wir sollten ins Schlafzimmer gehen.« Grady hatte die Arme von hinten um sie gelegt, und seine Hände umfassten ihre Brüste. »Oder unter die Dusche.« Er zupfte zärtlich an ihren Nippeln. »Oder in die Küche.«

»Warum?« Gütiger Gott, ich will ihn immer noch, dachte sie erstaunt. Wie oft waren sie in den letzten Stunden eins geworden? Er hatte sie verzweifelt, leidenschaftlich und mit geradezu animalischer Wildheit geliebt. »Ich möchte mich nicht bewegen.«

»Ich habe dir versprochen, dir nicht weh zu tun.« Er massierte ihr Hinterteil. »Und ich wette, der Teppich hat deinen Po wundgescheuert.«

»Vielleicht. Kampfwunden.«

»Jetzt, da die erste Leidenschaft befriedigt ist, können wir uns ein anderes Plätzchen suchen.« Er stand auf und hielt ihr die Hand hin, um sie auf die Füße zu ziehen. »Komm. Erst die Dusche, denke ich.«

»Du willst duschen?«

»Nein, am liebsten würde ich an einem anderen Ort da weitermachen, wo wir gerade aufgehört haben.« Er führte sie durchs Wohnzimmer. »Ich schätze, dass wir in jedem Zimmer Liebe machen können, ehe mein schlechtes Gewissen so groß wird, dass ich Harley anrufen und ihm meine Ablösung ankündigen muss. Nur gut, dass das Haus so klein ist, sonst hätte Harley Pech.«

Liebe machen. Nicht vögeln.

Das sind nur Worte, machte sie sich klar. Sie bedeuten gar nichts. Und warum wurde ihr dann so warm ums Herz?

»Was hältst du von Küchentischen?«, fragte Grady.

»Sie sind interessant. Ich glaube nicht, dass ich es schon mal auf einem gemacht habe.«

»Gut. Ich werde mich anstrengen, die Erfahrung unvergesslich für dich werden zu lassen. Ich möchte dich nicht enttäuschen …«

»Du solltest Harley anrufen«, sagte sie, als sie sich im Bett auf die Seite rollte. »Er wird sich schon fragen, warum er noch nichts von uns gehört hat.«

»Er wird es sich denken können. Harley ist sehr feinfühlig.« Er drückte die Wange an ihre Schulter. »In diesem Fall hätte er das nicht sein müssen. Ein Blinder hätte gesehen, was ich für dich empfinde.«

»Hmm. Lust ist schwer zu verbergen.«

Er lachte leise. »Das ist eine Untertreibung. Für einen Mann ist das schon allein körperlich unmöglich.« Er streckte die Hand nach dem Telefon auf dem Nachttisch aus. »Bist du sicher, dass ich dich nicht überreden kann, Harley noch eine weitere Stunde zu vergessen?«

»Nein.«

»Eine halbe Stunde?«

»Nein.«

»Fünfzehn Minuten? Ich verspreche, dass du es nicht bereust.«

Das würde sie ganz bestimmt nicht. Die letzten Stunden waren beinahe unerträglich leidenschaftlich gewesen. Gott, sie war rasend gewesen. Noch nie hatte sie etwas so Intensives erlebt. Sie war versucht, sich zu ihm umzudrehen und noch einmal von vorn anzufangen.

»Fünfzehn Minuten?«, flüsterte er.

Sie legte ihm die Hand auf die Brust. Er fühlte sich warm und lebendig an, sein Herz klopfte schneller unter ihrer Handfläche. Das bewirkte sie bei ihm. Sie konnte machen, dass sich seine Muskeln anspannten und sein Atem sich beschleunigte. Macht. Doch er konnte dasselbe auch bei ihr hervorrufen. Gemeinsam könnten sie die Macht und die Wonne endlos auskosten ...

O Gott, ihre Gefühle waren zu stark. Es war Leidenschaft und doch nicht nur Leidenschaft. Was geschieht mit mir?, fragte sie sich panisch.

»Lieber nicht.« Sie setzte sich auf und schwang die Beine über den Bettrand. »Ruf Harley an. Er wartet schon lange genug.« Sie stand auf und fasste nach der Baumwolldecke am Fuß des Bettes, um sie um sich zu wickeln. »Ich springe unter die Dusche.«

»Schon wieder?« Er lächelte. »Zu zweit ist das schöner.«

»Aber allein geht's schneller.« Sie ging ins Bad. »Bis später.«

»Megan.« Sie drehte sich zu ihm um. Sein Blick suchte ihre Augen. »Du läufst weg.«

»Kann sein. Vielleicht versuche ich auch nur, die Dinge in die richtige Perspektive zu rücken. Du hast gesagt, wir müssen die Spannungen der Vergangenheit lösen, sonst lassen sie uns bis in alle Ewigkeit nicht mehr los. Das haben wir getan, Grady.«

»Den Teufel haben wir getan. Ich habe gar nichts gelöst. Ich will einfach mehr.« Er schwieg eine Weile. »Bis in alle Ewigkeit – das klingt im Moment gar nicht so schlecht.«

»Mir macht es höllische Angst.« Sie verschwand im Badezimmer. Gleich darauf ließ sie das heiße Wasser auf sich niederprasseln.

Sie wollte die Gefühle und seinen Geruch von sich waschen. Vielleicht konnte sie dann ruhig und sachlich über das, was passiert war, nachdenken.

Unwahrscheinlich. In dem Moment, in dem sie an Grady dachte, sah sie ihn vor sich, wie er am Strand stand und der Wind seine Haare zerzauste. Oder wie er sie im Warteraum der Klinik gehalten hatte, nachdem sie erfahren hatte, wie schlecht Phillips Zustand war. Oder wie er nackt auf ihr lag, hart, kraftvoll und doch zitternd vor Verlangen.

Sie erschreckte es, dass das erotische Bild das letzte in der Reihenfolge war. Nach den Erlebnissen der letzten Stunden hätte es das erste sein müssen. Es war nicht zu leugnen, dass ihr die zarteren, süßeren Augenblicke mehr bedeuteten.

Leidenschaft war gut. Alles andere würde sie schwächen, und Grady hatte bereits bewiesen, wie rücksichtslos er sein konnte. Er hatte die Kontrolle. Konnte sie physisch und mental unabhängig bleiben, wenn sie dahinschmolz, sobald sie mit ihm zusammen war? Emotionale Verwicklungen mit Grady konnten sich zu einem Unglück auswachsen.

Er wartete splitternackt vor der Tür, als sie dreißig Minuten später aus dem Bad kam. »Du hast abgesperrt?«

»Ich wollte Privatsphäre.«

»Und du weichst vor mir zurück?«

Sie schaute ihm in die Augen. »Ja. Du bist ein bisschen erdrückend. Gerade jetzt kann ich emotionale Verwirrungen nicht gebrauchen. In dem Tribunal-Protokoll steht, dass Lauscher sehr zu intensiven, flüchtigen Emotionen neigen. Auch wenn ich diesem Unsinn kaum Glauben schenke, darf ich mich nicht von Gefühlen leiten lassen.«

»Nein, das darfst du nicht.« Er lächelte. »Aber andererseits könntest du mich als Therapeut, der dir Erleichterung verschafft, ansehen. Diese Rolle übernehme ich freiwillig und gern.«

Die Intensität war verflogen, aber sein Charisma, das sie bereits vor zwölf Jahren in seinen Bann gezogen hatte, tat auch jetzt seine Wirkung. Da stand er – nackt und gänzlich unbefangen und so verdammt schön, dass sie die Augen nicht von ihm wenden konnte. Sie zwang sich, den Blick loszureißen. »Ich lasse mich nicht ablenken, Grady.«

»Und ich werde nicht nachlassen, es zu versuchen.« Er ging an ihr vorbei ins Bad. »Es hat so gutgetan. Eine kleine Ablenkung ist gut für die Seele. In einer halben Stunde bin ich wieder bei dir. Bis dahin dürfte Harley hier sein.« Die Tür schloss sich hinter ihm.

Megan atmete tief durch. Grady auszuweichen war offensichtlich gar nicht so leicht. Das überraschte sie nicht. Von Anfang an war nichts an ihrem Verhältnis zueinander leicht gewesen.

Sie musste sich irgendwie beschäftigen. Sie öffnete ihren Koffer, nahm ein Kleidungsstück heraus und begann, sich anzuziehen. Sie sollten zusehen, dass sie mit Molino und der Chronik weiterkamen, dann würde sich auch Grady auf diese Ziele konzentrieren und nicht mehr über »Ablenkung« nachdenken. Sie waren zu wichtig für sie beide, und Grady war schon auf der Suche nach der Chronik gewesen – längst bevor sie etwas von deren Existenz gewusst hatte. Ja, sie musste zur Normalität zurückkehren, dann könnte sie sich auch von dieser verwirrenden Mixtur aus Gefühl und Lust befreien.

Sie würde in die kleine Küche gehen, die ans Wohnzimmer grenzte, und Kaffee kochen. Vorher schlüpfte sie in ihre Schuhe und ging ins Schlafzimmer. Harley müsste eigentlich bereits hier sein, dann könnten sie …

»Ich habe Kaffee aufgesetzt. Er müsste in ein paar Minuten fertig sein«, verkündete eine Frauenstimme.

Megan blieb abrupt stehen und riss die Augen auf.

Renata Wilger lümmelte sich im Sessel am Fenster – ein Bein hatte sie über die Armlehne gelegt. »Ich habe mich schon gefragt, ob Sie jemals wieder aus diesem Schlafzimmer kommen. Sie haben mir nicht erzählt, dass Sie und Grady ein Liebespaar sind.«

»Das sind wir nicht. Wir … es ist einfach passiert.« Sie runzelte die Stirn. »Was machen Sie hier?« Sie erinnerte sich vage, dass Grady die Haustür abgeschlossen hatte, bevor sie ins Schlafzimmer gegangen waren. »Wie sind Sie reingekommen?«

»Ich habe das Schloss geknackt. War ganz einfach. Sie haben Glück, dass ich es war und nicht Molino.« Sie erhob sich. »Kommen Sie, lassen Sie uns Kaffee trinken. Harley dürfte auch gleich hier sein, und ich bin da, um mit Ihnen zu reden – nicht mit ihm oder Grady.«

»Wieso nur mit mir?« Megan folgte ihr in die Küche. »Warum nicht mit Grady?«

»Sie gehören zur Familie.« Renata ging zur Kaffeemaschine und schenkte die zwei Tassen voll, die sie bereitgestellt hatte. »Sie mögen Grady vertrauen. Ich vermute, es ist schwer, jemandem, mit dem man geschlafen hat, zu misstrauen. Ich vermute, das geht irgendwie Hand in Hand.«

»Nicht notwendigerweise. Aber ich vertraue Grady tatsächlich.« Sie nahm die Tasse entgegen, die ihr Renata hinhielt. »Aber wenn Sie darauf anspielen, dass ich der Familie Devanez angehöre – bis vor wenigen Tagen wusste ich noch nicht mal, dass es sie gibt. Ich kann nicht behaupten, dass ich für irgendjemanden von euch familiäre Gefühle hege.«

»Sie haben Gefühle für Edmund. Und das Band ist da. Wir sind vom selben Blut.« Sie spähte über den Tassenrand zu Megan. »Und ich denke, Sie haben Familiensinn. Sie können nichts dagegen tun. Er ist in den Jahrhunderten in uns gewachsen.«

»In der letzten Nacht haben Sie mich nicht für besonders vertrauenswürdig gehalten«, stellte Megan fest. »Sie wollten uns nicht einmal verraten, wo Sie wohnen werden.«

Renata zeigte ein kleines Lächeln. »Ich wusste, dass Sie das ohnehin erfahren würden. Schließlich hat mir Harley diesen Sender in die Tasche gesteckt.«

»Sie wussten davon?«

»Ich bin nicht ganz unerfahren auf diesem Gebiet. Mein Cousin Mark hat mich von Kindesbeinen an ausgebildet. Die Frage war nur, was Sie unternehmen, wenn Sie wissen, wo ich mich verstecke. Ob mich Molinos Männer überfallen würden. Er will die Chronik an sich bringen, und er kennt keine Skrupel.«

»Das stimmt.« Megan runzelte die Stirn. »Dies war eine Art Test?«

»Ich musste sichergehen und dachte: Wenn Sie mich nur beobachten und ansonsten nichts geschieht, kann ich Ihnen trauen.«

»Und wenn wir die Bösen gewesen wären, dann hätten Sie sich in Gefahr begeben.«

Renata schüttelte den Kopf. »Ich war auf alles vorbereitet.« Sie trank einen Schluck Kaffee. »Womit ich nicht gerechnet hatte, ist, dass ich hier warten muss, während Sie und Grady sich vergnügen.« Sie sah sich in der Küche um. »Ich musste alle Stühle wieder unter den Tisch schieben, bevor ich die Kaffeemaschine füllen konnte.«

Megans Wangen wurden heiß. Sie wechselte das Thema. »Woher wussten Sie, wo Sie uns finden können?«

»Ich habe ein Gerät benutzt, um Harleys Handy vom nächsten Funkturm aus anzuzapfen. Mir war klar, dass er mit Ihnen Verbindung halten würde.«

»Und wie sind Sie aus Ihrem Haus gekommen, ohne von Harley gesehen zu werden?«

»Dort gibt es einen Keller, über den man in einen unterirdischen Gang den Hügel hinuntergelangt.«

»Sie hätten ihm auch einfach sagen können, dass Sie herkommen.«

»Das hätte ich tun können.« Ihre Augen blitzten. »Aber ich wollte ihm eins auswischen. Für meinen Geschmack ist er ein bisschen zu selbstsicher. Er bildet sich doch tatsächlich ein, er könnte mich mit diesem kleinen Sender überwachen.«

»Sie haben mir immer noch nicht gesagt, weshalb Sie hier sind.« Und nach einer kleinen Pause setzte Megan hinzu: »Werden Sie uns zu der Chronik führen?«

Renata verneinte. »Aber ich werde zulassen, dass Sie mich als Köder einsetzen.«

»Was?«

»Höchstwahrscheinlich weiß Molino, dass Edmund die Chronik an mich weitergegeben hat. Er hat mir Falbon auf den Hals gehetzt. Sie könnten so tun, als hätten Sie mich nicht gefunden, dann wird er denken, dass ich die Chronik noch habe, und hinter mir her sein wie damals hinter Edmund.«

»Mein Gott, Renata.«

»Vorher muss ich die Chronik in Sicherheit bringen, falls etwas schiefgeht. Ich habe meinen Nachfolger als Bewahrer bereits ausgewählt. Als mir Edmund die Chronik übergab, hat er mir geraten, sofort über einen Nachfolger nachzudenken – für alle Fälle.«

»Ihr Cousin Mark?«

»Nein, aber ich würde es Ihnen ohnehin nicht verraten – ob ich Ihnen nun vertraue oder nicht. Hier geht es um die Chronik. Sobald sie sich an einem sicheren Ort befindet, können Sie mich als Lockvogel benutzen.«

»Nein«, wehrte Megan ab. »Auf keinen Fall werde ich Ihr Leben aufs Spiel setzen und Molino die Gelegenheit geben, Sie umzubringen. Das habe ich schon mit Edmund durchgemacht.«

»Und ich lasse Molino nicht weiterleben nach allem, was er Edmund angetan hat. Es war sowieso nur eine Frage der Zeit. Seit Jahren hat er im Stillen einen übersinnlich Begabten nach dem anderen ermordet – jeden, den er aufspüren konnte. Vor zwei Jahren ist eine junge Frau in Arizona bei einem Autounfall mit Fahrerflucht ums Leben gekommen. Letztes Jahr ertrank ein Junge in Orlando. Ich bin nicht mal sicher, ob Molino wusste, dass sie zur Familie Devanez gehörten. Sie waren Freaks, und das genügte ihm. Gott allein weiß, wie viele Menschenleben er auf dem Gewissen hat. Aber ich weiß genau, wie viele Tote es geben wird, wenn er die Chronik in die Finger bekommt.«

»Dann vernichten Sie sie, um Himmels willen«, rief Megan. »Wenn er die Menschen, die in der Chronik aufgelistet sind, nicht findet, kann er ihnen auch nichts antun. Ein Buch darf doch nicht solches Leid verursachen.«

»Das kann ich nicht. Meinen Sie, wir pflegen nur eine überkommene Tradition, indem wir die Chronik weiterführen? Einige der Personen, die darin erfasst sind, wissen nicht mal, dass sie zur Familie gehören. Wir versuchen, sie in Ruhe zu lassen, damit sie ihr Leben leben können. Aber andere haben Fähigkeiten, die sie in Verwirrung stürzen und die sie nicht kontrollieren können. Manche entwickeln ihre Talente später, und wir müssen ihnen jemanden zuführen, der ihnen helfen kann.« Sie schwieg einen Augenblick. »Wieder andere müssen vor den Molinos dieser Welt beschützt werden. Glauben Sie, er ist das erste Ungeheuer, das es auf die Chronik abgesehen hat? Sie haben immer schon am Horizont gelauert. Dieses Tribunal-Protokoll ist seit Jahrhunderten allen zugänglich. Die meisten hielten den Inhalt für ein Beispiel der wilden Geschichten, die die Inquisitoren aus ihren Opfern herausgepresst haben. Aber es gibt Menschen …« Sie stellte ihre Tasse ab. »Wussten Sie, dass mein Urgroßvater in Auschwitz war?«

Megan nickte. »Religiöse Verfolgung?«

»Nein. Möglicherweise wäre er letzten Endes ohnehin dort gelandet, aber er wurde zu einer Befragung dorthin gebracht. Die Nazis, insbesondere Hitler, interessierten sich für das Okkulte. Er hatte seine eigenen Astrologen und Wahrsager. Sogar die Nazisymbole reichen zurück zu esoterischen Verbindungen wie den schottischen Freimaurern und dem Templerorden; das Hakenkreuz, der Adler, die Farbzusammenstellung von Schwarz, Weiß, Rot. Hitler glaubte, er sei von ›höheren Mächten‹, die ihn mit unheimlichen hypnotischen Kräften ausgestattet hätten, auserwählt worden. Zudem war er überzeugt, dass eine neue Rasse von Supermenschen entstehen würde. Er erwartete eine Mutation des Homo sapiens, die einen höheren Bewusstseinszustand erreicht. Deshalb war er so besessen von der sogenannten Reinheit der arischen Rasse.«

»Ich habe über seine Versuche, eine Herrenrasse zu kreieren, gelesen.«

»Dann können Sie sich vorstellen, dass er überglücklich war, als ihm eine Abschrift des Tribunal-Protokolls in die Hände fiel. Das bedeutete, dass er nicht allein auf die Evolution vertrauen musste. Er konnte selbst Supermenschen erschaffen. Das passte zu dem Bild, das er von sich selbst hatte – er sah sich nämlich als gottähnlich an. Er wollte die gefügigeren Mitglieder der Devanez-Familie ausfindig machen und sie mit blauäugigen Ariern paaren. Die restlichen Talente hätte er eingesetzt, um seine Herrschaft unangreifbar zu machen.« Sie schüttelte den Kopf. »Er war sogar bereit, die Reinheit des Blutes aufs Spiel zu setzen, um eine geistige Elite zu züchten. Natürlich musste er die geeigneten Kandidaten erst finden. Also schickte er Himmler auf Hexenjagd; er sollte Berichte über übersinnlich Begabte sammeln und ihre Abstammung ergründen. Himmler fand Dokumente, die ihn zu meinem Urgroßvater Heinrich Schneider führten.« Sie verzog den Mund. »Unglücklicherweise eignete er sich nach Ansicht Hitlers nicht als Zuchthengst. Heinrich war Jude, und das hieß, dass er ›verseucht‹ war. Aber es bestand die Chance, dass er wusste, wo andere Talente, akzeptablere, zu finden waren. Er wurde ins Konzentrationslager Auschwitz gesteckt, genau wie seine ganze Familie. Seine Frau und zwei seiner Kinder wurden vor seinen Augen getötet, weil er sich weigerte zu verraten, wo sich die Chronik befand.«

»O mein Gott.«

»Dabei wusste Heinrich gar nicht, wo sie war. Er war nicht der Bewahrer. Er durchlebte Jahre des Hungerns und der Folter. Als er bei Kriegsende aus dem Konzentrationslager befreit wurde, war sein Gesundheitszustand so schlecht, dass er vier Monate später starb. In den Kriegsjahren ist es uns gelungen, die meisten Devanez-Nachkommen aus Deutschland herauszuschmuggeln. Sechshundertfünfundzwanzig Leute überquerten die Grenzen und ließen sich in anderen Ländern nieder. Und das konnten wir nur«, fügte sie bedächtig hinzu, »weil wir die Chronik hatten. Es wird immer Torquemadas, Hitlers und Molinos in dieser Welt geben. Wir müssen auf sie vorbereitet sein.« Sie nahm ihre Tasse wieder in die Hand. »Damit wir sie zermalmen können wie Kakerlaken.«

»Mir scheint, ihr seid eher vor den Kakerlaken davongelaufen.«

Renata hob die Schultern. »Sie haben recht; damit habe ich auch ein Problem. Ich habe Edmund versprochen, die Chronik nicht in Gefahr zu bringen. Und ich halte mein Versprechen. Aber«, fuhr sie fort, »ich werde Molino auch nicht am Leben lassen, nachdem er Edmund so gequält hat. Also benutzen Sie mich, um den Hurensohn in die Falle zu locken.«

»Nein.«

»Denken Sie darüber nach.« Sie stellte die Tasse wieder auf die Arbeitsfläche. »Ich lasse Ihnen zwei Tage Zeit, Ihre Meinung zu ändern. Sie wissen, wo Sie mich finden können.«

»Solange Sie nicht wieder durch den Keller abhauen«, meinte Harley, der hinter Megan auftauchte. »Ich habe diskret vor der Haustür gewartet, weil ich dachte, dass Renata ohne Zuhörer mit Ihnen sprechen wollte, Megan.« Er schaute von einer zur anderen. »Ist Ihre Unterhaltung beendet? Renata, ich begleite Sie zurück zu Ihrem Haus.«

»Sie wussten von dem Keller und dem Gang?«

»Etliche Häuser hier in der Umgebung haben diese Keller. Ich habe mich mit dem Hausbesitzer, der mir dieses Haus vermietet hat, unterhalten, und er hat mir von dieser Besonderheit erzählt. Deshalb habe ich an einer Stelle Posten bezogen, von der aus ich sowohl Ihre Haustür als auch den Tunnelausgang beobachten konnte.«

»Sehr clever«, gab Renata zu.

»Ich hab hin und wieder helle Momente.« Er sah Megan an. »Sie haben meine Frage nicht beantwortet.«

»Ich glaube, Renata hat alles gesagt, was sie sagen wollte.«

»Dann bringe ich sie nach Hause. Ich glaube nicht, dass Grady ihr Haus weiter observieren lässt. Das hat keinen Sinn. Ich war in Renatas Haus, nachdem ich mich vergewissert hatte, dass sie hierher wollte. Sie hat High-tech-Equipment und Waffen, um die sie James Bond beneiden würde.«

Megan hob die Brauen. »Cousin Mark?«

»Natürlich«, antwortete Renata schlicht. »Er ist der Meinung, dass man auf alle Eventualitäten vorbereitet sein muss. Er hat mich seit dem Tod meiner Eltern trainiert.«

»Um die Chronik zu bewachen?«

»Und um Scheißkerle wie Molino zu überleben.« Sie ging zur Tür. »Ich habe Mark heute Nacht angerufen und gebeten herauszufinden, wen mir Molino jetzt, da Falbon tot ist, auf den Hals schicken wird.« Sie öffnete die Haustür. »Vermutlich ist er erpicht darauf, schnell zuzuschlagen.« Und mit einem Blick auf Megan fuhr sie fort: »Wer es besonders eilig hat, macht oft Fehler. Er wird sich auf jede Gelegenheit stürzen, mich in seine Gewalt zu bekommen. Wir haben eine Chance.«

»Ich werde Sie nicht in Gefahr bringen«, erwiderte Megan.

Ärgerlich schüttelte Renata den Kopf. »Sie verstehen nicht. Ich *will* das.«

»Nein.«

»Halsstarrig.« Und nach kurzem Überlegen meinte Renata: »Unter anderen Umständen wäre ich … gerührt über so viel Fürsorge. Seit langer Zeit hat niemand mehr Anstalten gemacht, mich zu beschützen.« Sie winkte Harley zu sich. »Meinetwegen können wir aufbrechen. Und falls Sie jemals wieder versuchen sollten, in meiner Abwesenheit mein Haus zu betreten, werden Sie eine unliebsame Überraschung erleben. Kleine Bomben kann man schnell basteln. Das ist eine Warnung, Harley.«

»Ich nehme sie zur Kenntnis.« Harley folgte ihr. »Megan, ich bin in ein paar Minuten zurück.«

Megan beobachtete, wie die Tür hinter ihnen ins Schloss fiel.

Verdammt, Renata war störrisch wie ein Esel. Sie hatte Megan vorgeworfen, halsstarrig zu sein, war aber genauso ein Dickkopf. Sie wollte, dass alles nach ihrem Willen ablief, und war taub gegen vernünftige Argumente.

Und wenn es nach Renata ginge, würde sie sich direkt in Molinos Schussfeld manövrieren. Warum überließ sie die Chronik nicht Grady und ihr als Lockmittel für Molino? Ein Menschenleben war zu kostbar.

Dennoch verstand Megan allmählich, welche Leidenschaft Renata beseelte. Die Geschichte über den Tod ihres Urgroßvaters hatte ein Licht auf die Schikanen und das Bedürfnis geworfen, sich selbst zu schützen, das die Familie Devanez jahrhundertelang angetrieben hatte. Sie hatten Hunderte Verwandte vor einem gewaltsamen Tod bewahrt, indem sie die Chronik sorgfältig und akkurat weitergeführt hatten. Von welchen Schicksalen zeugte dieses uralte Buch noch? Renata wusste wahrscheinlich von allen. Von Kindesbeinen an hatte sie mit der Geschichte der Devanez gelebt. Edmund hatte für die Chronik sein Leben gegeben. Für ihn war das keine abstrakte, übertrieben idealistische Idee gewesen. Er wollte andere retten und verhindern, dass die Chronik in die falschen Hände fiel.

»Du bist so nachdenklich. Was ist los?«

Sie blickte zu Grady auf. Sein dunkles Haar war noch feucht von der Dusche, und er sah schlank und drahtig aus in Jeans und einem dunkelgrünen Hemd. Bei seinem Anblick machte ihr Herz einen kleinen Freudensprung. Er war nicht länger als dreißig Minuten von ihr getrennt gewesen, und trotzdem reagierte sie so heftig. »Renata hat uns einen Besuch abgestattet.« Megan ging zur Kaffeemaschine und schenkte ihm eine Tasse ein. »Setz dich, ich erzähle dir davon.«

Kapitel 14

»Sie hat recht.« Grady starrte in seine Tasse. »Es wäre eine Möglichkeit.«

Megan zuckte zurück. »Was soll das heißen? Wir werden sie *nicht* als Lockvogel missbrauchen, Grady.«

»Ich wette, sie will uns auch einspannen. Sie ist kein Opfer.«

»Dass sie sich den Plan hat einfallen lassen, ist kein Grund, ihr nicht zu helfen. Und sie könnte ein Opfer werden, wenn etwas falsch läuft. Die Chronik liegt ihr genauso am Herzen wie Edmund. Sie glaubt, dass Molino sie nicht schlagen kann, und falls es doch so weit kommt, würde sie ihm die Chronik niemals überlassen.« Megan schauderte. »Eher würde sie auch nach einer Scherbe greifen wie Edmund. Und das Erschreckende ist, dass ich anfange, sie zu verstehen.«

»Vergiss es«, versetzte Grady scharf. »Du identifizierst dich mit der Familie. Verdammt, genau das habe ich befürchtet.«

»Ich identifiziere mich gar nicht. Ich habe nur Verständnis.«

»Belass es dabei.« Er ging zu ihr und nahm ihre Hand. »Hör zu – deine emotionale Reaktion ist schon in normalen Situationen extrem. Stell dir vor, was wäre, wenn du zusätzlich, zu der Last, die du ohnehin trägst, akzeptieren würdest, eine Devanez zu sein. Fremdes Leid schmerzt dich. Als Phillip angeschossen wurde, warst du fix und fertig. Empathie mit dieser Familie würde dich gänzlich überfordern.«

Sie setzte sich zur Wehr. »Familie, das ist nur ein Wort. Außer Renata kenne ich keine Devanez.«

»Aber du leidest jetzt schon mit ihnen.« Sein Griff um ihre Hand wurde fester. »Lass dich nicht hineinziehen, Megan.«

Sie zeigte ein schwaches Lächeln. »Aber du bist doch derjenige, der mich hineinzieht. Du hast mich gebeten, die Chronik an mich zu bringen. Das kann ich nicht ohne Renata.«

»Distanziere dich. Das ist der einzige Weg, um ...« Er brach ab und schüttelte den Kopf. »Was rede ich da? Du weißt nicht, wie man sich distanziert. Das läuft deinem Charakter zuwider. Dir fällt es ja sogar schwer, dich davon zu überzeugen, dass du dich von mir fernhalten solltest.«

Sie senkte den Blick auf ihre Hände. Seine Berührung fühlte sich gut an, sicher. Er hatte recht, sie wollte nicht auf diese Stärke verzichten. Entschlossen entzog sie ihm ihre Hand. »Aber ich kann es. Du redest, als wäre ich ein Emotionsjunkie. Ich kann alles, was ich muss. Ich kann weggehen, wann immer ich will.«

»Aber ein solcher Schritt schmerzt dich mehr als andere«, sagte er sanft. »Und wenn du ein Junkie bist, dann würde ich dich nicht anders haben wollen. Du strahlst, du glühst, du brennst. Ich spüre deine innere Wärme, wenn du bei mir bist.«

Sie wusste nicht, was sie dazu sagen sollte. Etwas schmolz in ihr – so hatte sie noch niemals empfunden. Am liebsten hätte sie die Hand ausgestreckt und Grady berührt.

Dann wäre sie wieder an dem Punkt angelangt, an dem sie gewesen war, als sie das Bett verlassen hatte. »Wir reden über Renata.«

»Ja.« Er lehnte sich auf seinem Stuhl zurück. »Und du willst unsere Unterhaltung auf ein unpersönliches Thema lenken. Aber zwischen uns gibt es nichts Unpersönliches. Ist dir das noch nicht klar geworden? Wir beginnen kühl und sachlich, und dann geht es bergab. Du fragst dich, ob ich dich anfasse. Nein, nicht im Moment. Ich kann mich zurückhalten, weil dich offensichtlich zu vieles belastet. Aber es wird geschehen. Ich kann nicht anders.« Er schmunzelte. »Wir versuchen, ein wenig zurückzurudern, und verschaffen dir eine Verschnaufpause.«

»Wie reizend«, erwiderte sie humorlos, ehe sie auf etwas anderes zu sprechen kam. »Ich will nicht, dass sich Renata in Gefahr bringt, und sie weigert sich, uns diese Chronik zu überlassen – trotzdem muss es eine Möglichkeit geben, wie sie uns helfen kann.«

»Nach allem, was du mir erzählt hast, habe ich den Eindruck, dass es nach ihrem Willen geht oder gar nicht.«

»Dann muss sie eben ihren Entschluss ändern.«

Grady kicherte leise. »Ich entdecke gerade eine echte Familienähnlichkeit. Ich weiß nicht, wie das bei anderen aus dem Devanez-Clan ist, aber ihr beide könntet Schwestern sein – Seelenverwandte.«

»Lächerlich. Wir ähneln uns gar nicht.«

»Trotzdem kämpfst du mit Zähnen und Klauen für ihre Sicherheit.«

Ja, sie mochte Renata. Trotz der Widerspenstigkeit und des Eigensinns erahnte Megan hinter der Fassade eine Verletzlichkeit, die ihren Beschützerinstinkt ansprach. Seit dem Tod ihrer Eltern hatte Renata niemanden, der sich wirklich um sie kümmerte – abgesehen von ihrem Cousin Mark, der sich darauf konzentrierte, sie am Leben zu erhalten, von dem sie jedoch weder Geborgenheit noch Zuneigung bekam. »Es ist nur natürlich, dass ich ihr helfen möchte. Wir beide mussten uns schon früh allein durchschlagen, aber ich hatte Phillip. Ich glaube kaum, dass sie jemanden hatte.«

»Augenscheinlich hat euch diese Gemeinsamkeit in verschiedene Richtungen geführt. Du wurdest Ärztin, und sie wurde Lara Croft, die sich mit James Bond anlegt.« Er winkte ab, als Megan den Mund aufmachte. »Ich mache sie nicht schlecht. Vieles an ihr respektiere ich.« Er lächelte. »Lara Croft und James Bond respektiere ich auch. Du musst dich damit abfinden, dass Renata keinen Augenblick zögern würde, auf den Abzug zu drücken, wenn sie in die Enge getrieben wird. Du quälst dich und versuchst verzweifelt, eine andere Möglichkeit zu finden; sie hingegen überdenkt im Bruchteil einer Sekunde ihre Optionen und macht, was getan werden muss.« Er hob die Tasse an seine Lippen und trank, dann fuhr er fort: »Und das ist nicht notwendigerweise auf unterschiedliche Charaktereigenschaften oder die Erziehung zurückzuführen. Es könnte auch an euren Talenten liegen. Deine Begabung basiert auf einem emotionalen Verantwortungsgefühl, das dein Leben bestimmt. Renatas Talent ist abstrakter. Sie kann Muster und Verbindungen erkennen und sieht die nächsten Schritte, vielleicht sogar das Resultat voraus. Das ist eher eine mentale als eine emotionale Gabe.«

»Ich würde viel lieber an Persönlichkeit und Erziehung glauben. Alles andere würde dem übersinnlichen Zeug zu viel Bedeutung verleihen.«

»Gott behüte«, murmelte Grady.

Sie ignorierte die Ironie. »Aber wir sollten trotzdem jeden Vorteil nutzen.« Sie runzelte die Stirn. »Allerdings sehe ich nicht, wie eine Lauscherin helfen kann, Molino in die Falle zu locken.«

»Du hast Renata gefunden«, machte er deutlich.

»Das nützt uns nicht viel, wenn wir sie nicht überreden können, uns die Chronik zu geben.« Und nachdenklich fügte sie hinzu: »Aber ihr beide habt recht. Wir haben die Gelegenheit, die Beute in den Jäger zu verwandeln. Nur darf Renata nicht die Beute sein.«

Grady stutzte. »Das gefällt mir nicht.« Er musterte sie. »Es gefällt mir gar nicht.«

»Warum nicht? Du bist doch derjenige, der die Chance unbedingt nutzen will.« Sie stand auf und ging zur Haustür. »Ich muss nachdenken. Deshalb mache ich einen Spaziergang.«

Grady erhob sich. »Ich begleite dich.« Er wiegte den Kopf. »Ich weiß, du willst meine Gesellschaft nicht. Aber das spielt keine Rolle. Ich lasse dich nicht aus den Augen. Wir haben keine Ahnung, wie viel Molino weiß und wo er sich und seine Figuren auf dem Spielfeld platziert hat. Und ich werde mich nicht im Hintergrund halten wie letzte Nacht. Du musst dich mit mir abfinden.«

Sie wollte ihn nicht dabeihaben. Er störte sie – allein, ihn anzuschauen, würde sie durcheinanderbringen.

»Gewöhn dich daran«, sagte er leise.

»Das werde ich – vorerst.«

»Falbon ist tot«, verkündete Sienna. »Er wurde ermordet in der Innenstadt von München aufgefunden. Ein Schlag hatte ihm die Nase zertrümmert und die Knochensplitter ins Gehirn gedrückt. Den letzten Anruf von ihm haben wir um neun Uhr abends erhalten, und er sagte, dass er

Renata Wilger noch in dieser Nacht schnappen würde.« Er zuckte mit den Schultern. »Offensichtlich hat er sich geirrt – Grady?«

»Möglich.« Molino dachte nach. »Aber das heißt nicht, dass er die Chronik hat. Edmund Gillem war sehr halsstarrig und hat lange durchgehalten. Grady könnte zögern, dieselben Methoden anzuwenden wie wir. Und Megan Blair ist noch bei ihm?«

»Vermutlich. Sie saß mit ihm in dem Flugzeug nach München.«

Das ist gut, dachte Molino. Wenn Renata Wilger, Megan Blair und Grady zusammen waren, bestand die Chance, dass sie diese drei mordlustigen Freaks auf einmal erwischen konnten.

»Hat uns Falbon irgendwelche Hinweise gegeben, wo wir Renata Wilger finden können?«

»Als er ihre Investmentfirma beobachtete, konnte er ihr Handy anpeilen. Wenn sie es nicht blockiert hat, besteht die Möglichkeit, sie über Satellit zu orten.«

»Mach das.«

»Ich arbeite bereits daran. Wir sind der Chronik zu nahe, um jetzt noch Fehler zu machen.« Sienna neigte den Kopf zur Seite. »Ich dachte, du würdest dich mehr darüber aufregen, dass es Falbon erwischt hat.«

»Auf lange Sicht spielt das keine Rolle. Ich muss nur geduldig sein, dann erwischen wir alle.«

»Ich bin froh, dass du so zuversichtlich bist.« Damit verließ Sienna das Zimmer.

Sienna ist nicht so von unserem Erfolg überzeugt, dachte Molino. Soll er seine Zweifel haben. Er würde schon sehen, wer recht hatte.

»Ich helfe dir. Wir töten sie alle, Papa. Wir werden sie niedermetzeln.«

Tränen traten Molino in die Augen. »Ja, Steven«, flüsterte er. »Ich weiß …«

Eine schattenhafte Gestalt stand neben ihrem Bett!

Renatas Hand glitt unter das Kopfkissen. Wo war der Revolver? Sie schnappte nach Luft, schnellte nach vorn und stieß ihren Kopf in den Magen des Mannes.

Sie hörte ein Grunzen, als sie die Hand ausstreckte, um den Angreifer am Geschlechtsteil zu packen.

»Scheiße.« Er umklammerte ihre Schultern und schleuderte sie zurück aufs Bett. »Ich bin nicht hier, um Ihnen etwas anzutun, verdammt.«

Grady.

Sie erstarrte mitten in der Bewegung. »Was haben Sie hier zu suchen?« Sie knipste die Nachttischlampe an. »Ich mag keine Eindringlinge. Sie haben Glück, dass Sie noch am Leben sind.« Sie setzte sich auf. »Wie sind Sie ins Haus gekommen?«

Grady setzte sich auf einen Stuhl. »Sprechen Sie von Ihren Sprengladungen und den Fangdrähten? Es war, als müsste ich mich durch ein Labyrinth bewegen, aber Harley ist gut darin, diese kleinen Spielzeuge zu entschärfen.«

»Nein, das meine ich nicht. Ich habe erst gemerkt, dass Sie hier sind, als es schon fast zu spät war. Sie konnten sogar den Revolver unter meinem Kissen hervorziehen, bevor ich wach wurde. Gewöhnlich bin ich nicht so angreifbar.« Sie starrte ihm in die Augen. »Ich habe gehört, dass Sie gut sind, aber ich bin darauf trainiert, Kontrolleure abzuwehren.«

»Wer hat Sie ausgebildet?«

Sie blieb ihm die Antwort schuldig.

»Wenn es Sie tröstet – ich kann keinerlei Einfluss auf

Sie ausüben, solange Sie wach sind. Sie sind sehr, sehr gut. Ich musste warten, bis Sie schlafen.«

»Wenn Sie mit mir reden wollen, hätten Sie anrufen können.«

Er verzog den Mund. »Für meine Eier wäre das sicher besser gewesen. Wie auch immer – ich muss herausfinden, wer Sie sind und wie sehr ich Sie lenken kann.«

Sie schüttelte den Kopf. »Gar nicht.«

»Einen Versuch war es wert.« Er setzte sich bequemer hin. »Und jetzt kenne ich Sie ein bisschen besser.«

Sie schwang die Beine aus dem Bett. »Aber nicht so gut wie Megan. Sagen Sie, war es nötig, sie zu vögeln, um sie zu kontrollieren?«

Der Angriff brachte ihn nicht aus der Ruhe. »Nein, das war reines Vergnügen. Und ich werde sehr böse, wenn andere versuchen, Megan zu manipulieren.«

Sie richtete sich wachsam auf. »Soll das für mich gelten?«

Er nickte. »Sie üben jedes Mal, wenn Sie zusammen sind, starken Einfluss auf Megan aus.«

»Ich bin keine Kontrolleurin.«

»Ich weiß. Aber Sie sind bemerkenswert intelligent. Und Ihr Talent hat Ihnen beigebracht, Ursache und Wirkung zu studieren.«

»Nicht bei Menschen, sondern nur in verschiedenen Situationen.«

»Ich glaube kaum, dass Sie das auseinanderhalten können.«

»Glauben Sie, was Sie wollen.«

»Oh, das tue ich«, entgegnete er leise. »Beispielsweise glaube ich, Sie haben sofort erkannt, dass sich Megan gegen den Gedanken, Sie könnten den Lockvogel für Molino spielen, sträuben würde. Sie sind sehr clever und wissen, dass ihre Empfindungen sehr tief gehen, dass sie einen ausgeprägten Beschützerinstinkt hat und jede Möglichkeit nutzt, um das zu verhindern.« Er holte Luft. »Lieber würde sie selbst als Köder fungieren.«

Sie sah ihn ausdruckslos an. »Ich habe das nicht vorgeschlagen.«

»Weil Sie, wie ich bereits erwähnte, sehr clever sind.«

»Was hat sie gesagt, als Sie ihr eröffneten, dass Sie mich in Verdacht haben?«

»So dumm bin ich nicht. Ich würde nie auch nur andeuten, dass Sie heimlich ein Komplott schmieden. Sie mag Sie. Sie haben sie sogar so weit gebracht, sich der Familie zugehörig zu fühlen. Sie denkt, dass sie Sie kennt und dass Sie nie versuchen würden, sie zu manipulieren.«

Sie schwieg ein paar Sekunden. »Ich mag sie auch.«

»Aber das hält Sie nicht davon ab, sie zu beeinflussen.«

»Das ist Ihre Ansicht, die sich auf jämmerlich dürftige Beweise gründet. Sie kennen mich nicht lange genug, um mich zu beurteilen.«

»Ich konnte Sie nicht kontrollieren, aber ich spüre genug, um Ihren Charakter ziemlich genau einzuschätzen. Ich weiß über Obsessionen Bescheid, und Sie sind eindeutig besessen. Das strahlen Sie aus. Ich glaube, Sie würden alles tun, um die Chronik vor Molino zu beschützen.«

»Das habe ich nie abgestritten.«

»Aber dazu müssen Sie Molino vernichten. Und genau darin liegt die Gefahr. Würden Sie sich selbst opfern, müssten Sie die Chronik in die Obhut eines anderen geben. Besessene hassen es, das Objekt ihrer Obsession aufzugeben.« Er musterte sie. »Und ich sehe Sie nicht als Märtyrer, wie Gillem einer war.«

»Sie wären blind, wenn Sie es täten. Ich bin nicht Edmund.«

»Megan denkt aber, dass Sie dieselbe Entscheidung wie er treffen würden, falls es zum Äußersten kommt.«

Renata schüttelte den Kopf.

»Megan hat gewöhnlich exzellente Instinkte. Vielleicht erleben Sie eine Überraschung.«

»Gerade haben Sie gesagt, dass sie mich nicht durchschauen kann. Beides geht nicht.«

»Aber natürlich. Sie sind eine komplizierte Frau, und Megan hat einen ganz anderen Blickwinkel als ich.« Er stand auf und legte Renatas Revolver auf den Nachttisch. »Jetzt lasse ich Sie wieder schlafen. Wir sehen uns morgen früh.«

»Warten Sie. Warum, zum Teufel, sind Sie hergekommen? Ist das eine Art Drohung?«

Er lächelte. »Vielleicht wollte ich Ihnen nur begreiflich machen, dass Sie nicht ganz so unangreifbar sind, wie Sie denken.«

Das ist ihm gelungen, dachte sie bitter. Seit sie die Ausbildung bei Mark begonnen hatte, war ihr nicht mehr so mulmig zumute gewesen wie jetzt. »Sie haben gar nichts bewiesen. Ich habe mir nie eingebildet, unangreifbar zu sein. Und immerhin konnte ich mich von Ihnen losreißen und aufwachen, obwohl Sie versucht haben, mich im Schlafzustand zu halten.«

»Haben Sie sich losgerissen?«

Plötzlich kamen ihr Zweifel. Hatte er aus freien Stücken von ihr abgelassen? Sie sah ihm forschend ins Gesicht. »Sie bluffen. Verdammt, natürlich hab ich das getan.«

Er lachte leise. »Sie haben recht. Letzten Endes sind Sie mir entwischt.«

Mit diesem Bekenntnis hätte sie nicht gerechnet. »Dann hätten Sie sich den Weg hierher sparen können.«

Sein Lächeln verblasste. »Ich wollte Ihnen klarmachen, dass ich keineswegs erfreut wäre, wenn Sie Megan auf irgendeine Art verletzen. Genau genommen würde mich das so wütend machen, dass Sie in kleinen blutigen Stücken enden könnten.« Sein Ton war sanft, dennoch war die tödliche Drohung nicht misszuverstehen.

Verdammt, er kann einem wirklich Angst einjagen, dachte Renata. Sie war es nicht gewöhnt, eingeschüchtert zu werden, dennoch fürchtete sie sich in diesem Augenblick vor Neal Grady. Aber das durfte sie ihm nicht zeigen. »Verschwinden Sie, Grady.«

»Bin schon auf dem Weg.« Er nickte. »Gute Nacht.«

Und dann war er weg

Renata atmete erleichtert auf. Sie wünschte, Mark wäre hier, um ihr den Kopf zurechtzurücken, weil sie sich lächerlich benahm. Er hatte ihr eingeschärft, dass Angst der schlimmste aller Feinde sei. Und sie hatte stets gelacht und ihn darauf hingewiesen, dass dieses Zitat nicht gerade originell war. Frei nach Winston Churchill. Es war idiotisch, Angst vor Grady zu haben, wenn sie nicht mal Molino fürchtete.

Schlechtes Gewissen?

Möglich. Sie fühlte sich bei ihrem Vorhaben nicht gut. Aber was spielte es schon für eine Rolle, wie sie sich fühlte? Edmund hatte sich auch nicht gut gefühlt, als er sich die Kehle durchgeschnitten hatte. Sie würde tun, was nötig war, um die Chronik zu beschützen. Grady hatte recht – es war für sie nicht eine heilige Aufgabe wie für Edmund, aber es war ihre Pflicht und eine Obsession.

Sie durfte sich von Grady nicht aufhalten lassen. Sie hatte gezögert und gewartet, bis sie alle Bedenken ausgeräumt hatte und so effizient funktionierte, wie sie es gelernt hatte. Aber Grady zögerte nicht, und deshalb musste sie schnell handeln.

Sie griff nach ihrem Telefon und wählte die Nummer, die ihr Mark in der letzten Nacht gegeben hatte.

Wo treibt er sich rum?, fragte sich Megan frustriert. Nachdem sie mit Grady von ihrem Spaziergang zurückgekommen war, hatte sie sich sofort ins Schlafzimmer zurückgezogen. Und einige Zeit später hatte sie gehört, wie Grady das Haus verließ – das war schon Stunden her.

Wo war er?

Egal. Grady konnte selbst auf sich aufpassen. Es hatte keinen Sinn, in Panik zu geraten, weil der Dummkopf es nicht für nötig gehalten hatte, ihr zu sagen, dass er wegging, obwohl Molino hinter ihnen her war.

Sie bemühte sich, die Angst zu verdrängen, einzuschlafen und später an ihren Patientenakten am Laptop zu arbeiten. Unmöglich.

Schließlich setzte sie sich ins Wohnzimmer wie eine Ehefrau, die auf ihren streunenden Gatten wartete. Es war schon fast Morgen, als sie den Schlüssel im Schloss hörte.

Erleichterung durchströmte sie, dann loderte Zorn in ihr auf.

Er hob die Augenbrauen, als er sie sah. »Hallo, bist du so ärgerlich, wie ich glaube?«

»Du hättest mir sagen sollen, dass du noch mal das Haus verlassen willst.«

»Warum? Du wolltest mich nicht in deiner Nähe haben. Du bist vor mir davongelaufen wie ein Hase vor dem Jäger, als wir ins Haus zurückkamen.«

»Und du bist weggegangen, obwohl du wusstest, dass ich mir Sorgen mache? Wolltest du mich bestrafen?«

»Unsinn. Ich bin kein dummer Junge, der zu solchen Mitteln greift, wenn man ihm Privilegien im Bett verweigert. Ich wusste, dass du in mir eine Bedrohung siehst. Dass du Panik haben und dich quälen würdest. Ich mag derzeit nicht hoch in deiner Gunst stehen, aber ich liege dir am Herzen. Ich würde dir das niemals zumuten, wenn ich anders könnte.«

Sie war wirklich dumm gewesen. Wäre sie nicht so überreizt, hätte sie so was niemals gesagt. Grady war nicht engstirnig, sondern ein intelligenter, reifer Mann. »Wieso hast du mir dann nicht gesagt, dass du aus dem Haus gehst?«

»Ich hatte gehofft, dass du schläfst. Du hast gelernt, mich so wirksam zu blockieren, dass ich das nicht erkennen konnte. Ich habe extra eine Stunde gewartet. Ich hatte ein paar Dinge zu erledigen.«

»Was für Dinge?«

»Ich habe die Polizei in Atlanta angerufen und mich nach dem Stand der Ermittlungen über den Schuss auf Phillip erkundigt. Sie haben herausgefunden, dass die Reifen, deren Spur sie gefunden hatten, zu einem Chevrolet-Truck passt, der zwischen 1995 und 1998 gebaut wurde.«

»Und wie viele tausend Trucks wurden in diesen Jahren verkauft?«

»Unter Umständen können sie das eingrenzen. Die Reifen waren neu, sie wurden nicht mehr als zwei Monate gefahren. Die Polizei hört sich bei den Reifenhändlern um.«

»Das könnte lange dauern.«

Er nickte. »Oder sie haben Glück und schon am ersten Tag ein verwertbares Ergebnis.«

»Weshalb hast du nicht von hier aus angerufen?« Sie sah ihn direkt an »Ein solches Telefonat dauert höchstens ein paar Minuten, keine Stunden. Das ist nicht das Einzige, was du gemacht hast, oder?«

»Nein.«

»Aber du hast nicht vor, mir mehr zu erzählen.«

»Stimmt. Es war nichts, was dir schaden oder unseren gemeinsamen Zielen zuwiderlaufen könnte.« Er wandte sich ab. »Und jetzt lege ich mich auf diese Couch, es sei denn, du änderst deine Meinung. Du brauchst nur ein Wort zu sagen, und ich liege in zwei Minuten bei dir im Bett.« Er lächelte. »Ich habe keinen Stolz, wenn es um Sex geht.«

Sie auch nicht. In der letzten Nacht hatte sie den Stolz weit hinter sich gelassen. Sie wünschte sich nichts mehr als seine Berührung. Lieber Gott, hatte sie deshalb hier gesessen und auf ihn gewartet? Sie hatte sich gesorgt – das ja. Aber Verlangen war auch da gewesen. Das Verlangen, ihn zu sehen, ihn zu spüren.

»Ein Wort«, wiederholte er leise und schaute ihr in die Augen. »Du wirst es nicht bereuen.«

Heute Nacht würde sie es bestimmt nicht bereuen, andererseits hatte er sie ausgeschlossen und weigerte sich, sie ins Vertrauen zu ziehen. Allmählich erhielten seine Handlungen eine zu große Bedeutung. Sie hingegen konnte nicht sagen, ob sie sich zurückhalten könnte, alles zu geben, und sie wollte nicht betrogen werden.

Sie machte auf dem Absatz kehrt. »Gute Nacht, Grady.«

»Schlaf gut, Megan.«

Sein Tonfall war nicht höhnisch, aber wahrscheinlich wusste er, dass sie nicht gut schlafen würde.

Sie knipste die Nachttischlampe aus und starrte in die

Dunkelheit. Wenn sie schon keinen Schlaf finden konnte, so konnte sie wenigstens Pläne schmieden.

Denk an Molino. Denk an die Chronik.

Und stell dir Grady nicht vor, wie er nur wenige Meter von der Schlafzimmertür entfernt auf der Couch liegt.

Sie hatte immer noch kein Auge zugemacht, als vier Stunden später das Telefon auf dem Nachttisch klingelte.

»Verlasst das Haus«, sagte Renata, sobald Megan abgenommen hatte. Ihre Stimme klang eindringlich. »Sofort. Ich weiß nicht, wie viel Zeit euch noch bleibt. Verdammt, ich weiß nicht mal, wie viel Zeit ich habe. Molino hat bestimmt nicht nur einen Mann geschickt. Nicht nach dem, was Falbon widerfahren ist.«

Megan schnellte in die Höhe. »Was ist passiert? Warum …«

»Was denken Sie? Molino. Er hat mich aufgespürt. Wenn er mich gefunden hat, dann weiß er sicher auch, dass Sie praktisch vor meiner Haustür campieren. Ich kann nicht länger mit Ihnen reden. Ich muss los.«

»Warten Sie. Ich rufe Grady, und …«

Renata hatte bereits aufgelegt.

Megan schlug die Bettdecke zurück und sprang auf die Füße. »Grady!« Sie schnappte sich ihre Klamotten und begann, sich anzuziehen. »Verdammt, Grady, wo bist du?«

»Hier.« Er stand in der Tür. »Was ist los? Wer hat angerufen?«

»Renata.« Megan setzte sich und schlüpfte in ihre Schuhe. »Zieh dich an. Sie sagt, dass Molino auf dem Weg hierher sein könnte. Er hat ihren Aufenthaltsort ausfindig gemacht, und sie wollte uns warnen.«

»Woher weiß sie das?«

»Keine Ahnung. Sie hat aufgelegt, bevor ich Fragen stellen konnte. Molino würde nicht nur einen Mann schicken, sagte sie noch. Sie war sehr in Eile.« Megan nahm ihre Jacke. »Wir müssen zu ihr und uns vergewissern, dass ihr nichts zugestoßen ist.«

»Warte. Ich bin in ein paar Minuten angezogen. Wir rufen Harley an und schicken ihn zu ihr.«

»Ich gehe voraus – ich will nicht warten.«

»Das wirst du müssen, wenn du nicht willst, dass ich dir nackt hinterherlaufe.« Er streifte seine Klamotten über. »Ich möchte nicht, dass du das Haus ohne mich verlässt. Zur Hölle, ich will überhaupt nicht, dass du durch die Haustür gehst. Wir klettern aus dem Schlafzimmerfenster, für den Fall, dass Molino jemanden da draußen postiert hat.« Er warf ihr sein Handy zu. »Ruf Harley an. Seine Nummer ist gespeichert.«

»Wie konnte Molino Renata finden?«, fragte Megan, während sie Harleys Namen in der Speicherliste suchte.

»Wir leben in einer technisierten Welt, und mit dem richtigen Gerät kann man fast jeden aufspüren.« Er griff sein Jackett und zog Megan zum Fenster. »Hast du Harley dran?«

Sie nickte und reichte ihm das Telefon. »Sag ihm, dass er sich beeilen soll, Renata klang so … Sag ihm einfach, dass er schnell machen muss.«

Renata war sich vage bewusst, dass sie blutete.

Achte nicht darauf. Lauf weiter. Sie hörte sie hinter sich. Es waren zwei Männer, und sie bewegten sich ziemlich ungeschickt durch den Wald. Sie klangen wie Elefanten, die durchs Unterholz brachen.

Todbringende Elefanten. Einer – der größere der beiden – hatte sie aus einer Entfernung von mehr als hundert

Metern angeschossen, sobald er sie gesehen hatte, wie sie aus dem unterirdischen Gang kam und in den Wald lief.

Sie konnte die Wunde nicht lange ignorieren. Die Blutung hatte nicht aufgehört, und Renata konnte nicht riskieren, in Ohnmacht zu fallen oder schwach zu sein, wenn sie sie erwischten. Okay, mach langsam – such dir eine Stelle, an der du ihnen auflauern kannst. Vielleicht hast du die Möglichkeit, die Schulter zu verbinden.

Vielleicht auch nicht. Sie kamen näher. Sie konnte nichts anderes tun, als sich zu verstecken und zu warten, bis sie an ihr vorbeiliefen. Dann würde sie den hinteren Mann ausschalten, genau wie Mark es ihr beigebracht hatte. Es musste leise und schnell vonstattengehen, damit der erste Mann nichts mitbekam.

Und das hieß, dass sie ein Messer benutzen musste, und sie hasste Messer.

Sie hatte keine Wahl.

Sie lief schneller, als der Weg eine Biegung machte. Gut – nach einigen Metern kam die nächste Kurve. Die dicke Eiche am Wegrand sollte ihr ausreichend Deckung geben.

Sie huschte hinter den Baumstamm und versuchte, den Atem anzuhalten.

Sie hörte sie.

Die beiden kamen näher.

Als sie die Kurve nahmen, konnte Renata sie sehen. Der Kleinere, Drahtigere hatte gute acht Meter Vorsprung und bewegte sich geschmeidig.

Warte, bis er vorbei und um die nächste Kurve gelaufen ist.

Der Größere – derjenige, der auf sie geschossen hatte – kam herangekeucht.

Bleib ganz ruhig, wie es dir Mark gezeigt hat. Sie war

verwundet und konnte sich nicht auf körperliche Stärke verlassen. Der Mann war zu groß, als dass sie ihm die Kehle hätte durchschneiden können. Sie musste akkurat zustechen und sein Herz treffen.

Schnell. Lautlos. *Jetzt.*

Die Klinge drang in sein Herz, und er gab nur ein leises Ächzen von sich, als er taumelte und fiel.

Tot.

Ihre Hände waren blutig.

Mein Gott, wie sie Messer hasste!

Der andere Mann. Sie nahm ihren Revolver aus der Tasche und drückte sich ins Unterholz.

»Bleiben Sie. Lassen Sie mich das machen.«

Sie wirbelte herum und sah Jed Harley, der auf sie zugerannt kam.

»Schon gut«, sagte er, als er sie erreichte. »Ich krieg ihn. Sie ruhen sich ein bisschen aus.«

Sie sah ihm benommen nach. Sie fühlte, wie das Adrenalin, das sie angetrieben hatte, aus ihr wich, und sank gegen den Eichenstamm. Ja, wenn Harley sagte, dass er den anderen Bastard kaltmachen würde, dann tat er das auch. Er hatte Geschick, das hatte sie selbst erlebt; sie konnte ihm vertrauen.

Sie fühlte sich matt, ihr war schwindelig. Sie musste die Blutung stoppen, ehe sie noch kraftloser wurde. Ein Druckverband. Sie zuckte zusammen, als sie ihre Jacke auszog und die Bluse aufknöpfte.

Kapitel 15

Das ist ein ziemlich unbeholfener Verband«, stellte Harley fest.

Sie schaute auf, als er zu ihr zurückkam. »Haben Sie ihn erwischt?«

Er nickte, ohne den Blick von ihrer Schulter zu wenden. »Lieber Himmel, mussten Sie die ganze Bluse nehmen?«

»Halten Sie den Mund. Besser ging's nicht. Ich konnte den verflixten Stoff nicht zerreißen.« Sie war so schwach, dass sie es kaum geschafft hatte, die Bluse richtig festzubinden. »Es war kein Schuss zu hören.«

»Ich hab ihm das Genick gebrochen. Das ist keine solche Sauerei wie mit einem Messer.«

»Ich hatte keine andere Wahl. Ich musste ihn schnell ausschalten.«

»Ich kritisiere Sie nicht. Sie haben sich ausgezeichnet geschlagen, wenn man bedenkt, dass die zu zweit und Sie allein waren, und Sie sind verwundet.«

»Seien Sie nicht so herablassend. Ich hab meine Sache gut gemacht – Punkt.«

Er lächelte. »Das stimmt. Die Ausbildung von Cousin Mark?«

»Er hat mich in ein Camp zur Terrorbekämpfung in der Nähe von Zürich gebracht, als ich sechzehn war. Er wollte dafür sorgen, dass ich in jeder Situation überleben kann.«

»Und ich wette, er hat Ihnen später Gelegenheit gegeben, Ihr Können in der Praxis zu verfeinern.«

Sie sah ihn ausdruckslos an. »Das geht Sie nichts an.«

»Stimmt. Würden Sie sagen, es geht mich auch nichts an, ob wir noch andere Ganoven außer diesen beiden entsorgen müssen?«

»Einen im Haus.« Sie verzog den Mund. »Er war ein viel ungeschickterer Einbrecher als Sie und Grady. Ich wusste bereits Sekunden, nachdem er das Türschloss geknackt hatte, dass er im Haus war.«

»Tot, nehme ich an?«

Sie nickte. »Ich habe ihn in den Keller gelockt. Aber es war nicht so leicht wie bei Falbon. Er wusste genau, was er tun musste.« Sie schwieg einen Moment. »Und er hatte Chloroform bei sich. Molino will mich lebend haben.«

»Dann haben Sie angerufen, um Megan und Grady zu warnen, und haben die Flucht ergriffen. Sie hätten auf Verstärkung warten können. Ich war nur fünf Minuten von Ihrem Haus entfernt, als mich Gradys Anruf erreichte.«

»Es wäre einfach für diese Kerle gewesen, Sprengstoff durchs Fenster zu werfen.« Sie hielt inne, dann wiederholte sie: »Fünf Minuten? Dann haben Sie mich weiterhin überwacht. Auf Gradys Anordnung?«

»Nein, das war meine Entscheidung. Ich muss gestehen, dass ich Ihren Auftritt auf der Straße mit Falbon faszinierend fand, und wollte nicht, dass der Abgang zu abrupt wird. Ich bin zu spät in den Keller gekommen, um Sie noch abzufangen. Sie liefen bereits in den Wald, und Molinos Männer waren Ihnen auf den Fersen.« Er kniete sich neben sie und nahm den Verband ab. »Darf ich? Ich glaube, ich kann das ein bisschen besser. Ich war mal Notarztwagenfahrer und kann Wunden gut versorgen.«

»Darauf möchte ich wetten.« Sie lehnte sich an den Baumstamm. »Nur zu. Zeigen Sie mir, dass Sie ein Experte sind.«

»Auf welchem Gebiet? Ich werde die Entblößung in Grenzen halten. Schließlich möchte ich Sie nicht in Verwirrung stürzen.« Er hatte den Verband abgenommen und stieß einen leisen Pfiff aus. »Das ist ziemlich hässlich. Die Wunde muss genäht werden. Ich bringe Sie besser zurück und überlasse Sie Megans geschickten Händen.«

»Wollen Sie damit sagen, dass Sie das nicht selbst können?« Ihre Lippen zuckten. »Sie stürzen mich nicht in Verwirrung, Harley.«

»Ich könnte Sie schon zusammenflicken.« Er riss die Bluse in Streifen und wickelte sie um die Wunde. »Aber ich bin ein Amateur, und Sie haben so schöne Schultern. Ich möchte nicht für eine unansehnliche Narbe verantwortlich sein.«

»Das würde mir keine Sorgen bereiten.«

»Mir schon.« Als er den Verband fertig hatte, hockte er sich auf die Fersen. »Sie könnten es sich anders überlegen und mit einer Machete auf mich losgehen.«

Sie schauderte. »Nicht mit einer Machete. Ich hasse Klingen. Töten ist schon schlimm genug, aber Messer …«

»Dann muss ich mich also nur vor einer Kugel in Acht nehmen? Was für eine Erleichterung.« Er stand auf und zog sie auf die Füße. »Wir sollten zurückgehen. Können Sie laufen?«

Sie nickte und ging zum Weg.

»Sie stehen nicht gerade fest auf den Beinen«, stellte Harley nach ein paar Minuten fest. »Würde es Ihren Stolz sehr verletzen, wenn ich Ihnen ein wenig helfe? Sie sind ein bisschen zu langsam für mich. Ich möchte Sie noch in diesem Jahrzehnt zu Megan und Grady bringen.«

»Mistkerl.« Sie blieb stehen und atmete tief durch. »Ich nehme an, es ist zu spät, um Ihre Hilfe zurückzuweisen. Immerhin habe ich Ihnen erlaubt, einen Mann für mich zu töten.«

»Das ist wahr. Ich schätze, damit haben Sie einen Präzedenzfall geschaffen.« Er nahm behutsam ihren Arm. »Ich verspreche, mir das nicht zu Kopf steigen zu lassen. Stützen Sie sich auf mich.«

Sein Griff ist warm und tröstlich, ging es Renata durch den Kopf. Er war kein ungefährlicher Mann, aber sie fühlte sich sicher. Es war lange her, seit sie sich zum letzten Mal so beschützt gefühlt hatte.

Sie lehnte sich an ihn und ließ zu, dass er sie stützte. »Wenn Sie mich fallen lassen, schlitze ich Ihnen die Kehle auf.«

»Nein, das würden Sie nicht tun.« Er lachte leise. »Sie mögen keine Messer.«

»Sie haben Glück, dass es nur eine Fleischwunde ist«, meinte Megan, als sie den letzten Stich machte. »Aber die Verletzung ist schlimm genug. Es war ein großkalibriges Geschoss. Sie werden eine Narbe behalten.«

»Mein Gott«, stöhnte Harley mit gespielter Erleichterung, »bin ich froh, dass ich es einem Profi überlassen habe, ihre Schulter zu versauen.«

»Ich habe gar nichts versaut«, wehrte sich Megan. »Ich habe mein Bestes getan, aber ich kann nicht …«

»Er macht nur Witze«, fiel ihr Renata ins Wort. »Er hat einen ganz speziellen Humor.«

»Wenigstens hab ich einen«, brummte Harley. »Cousin Mark hätte sich darum kümmern sollen, statt Sie in Kampftaktiken auszubilden.«

Megan schaute von Harley zu Renata. Die beiden waren grundverschieden. Renata war konzentriert und vorsichtig, und Megan spürte nahezu die elektrisierende Kraft, die sie anspornte. Im Gegensatz dazu vermittelte Harley den Eindruck, total entspannt zu sein, und er ging auf Menschen zu. Dennoch spürte Megan ein Band, ein Verständnis … irgendetwas.

»Es war ein guter Schlachtfeldverband, Harley«, lobte Megan, während sie selbst einen professionellen Verband anlegte. »Sie muss noch eine Weile ein Antibiotikum schlucken und aufpassen, dass die Nähte nicht reißen, aber bald ist alles ausgestanden.« Stirnrunzelnd berührte sie eine runde weiße Narbe auf Renatas Oberarm. »Das sieht auch aus wie eine Schussverletzung.«

Renata nickte. »Syrien.« Sie zog ein frisches Shirt an. »Sind Sie bereit? Wir sollten von hier verschwinden. Ich glaube zwar nicht, dass Molinos Männer Zeit hatten, Hilfe anzufordern, aber …«

»Wenn Grady wieder da ist«, sagte Harley. »Er hat ein paar seiner CIA-Kumpel angerufen. Sie schicken einen Säuberungstrupp her. Er trifft sie im Wald.«

»Wenn es hilft, könnte ich Mark anrufen.«

»Ich bin versucht, Sie darum zu bitten«, erwiderte Megan erbittert. »Ich würde Ihren Cousin gern kennenlernen.«

»Liebe Güte, Megan wird fürsorglich und mütterlich«, ächzte Harley. »Vielleicht sollte ich mal ein Wörtchen mit ihr reden, Renata.«

»Klappe, Sie wissen gar nichts. Megan ist eine Lauscherin – sie kann nicht anders.«

»Entschuldigung. Ich bin nicht vertraut mit all den Feinheiten dieser parapsychologischen Geschichten.« Er ging zur Tür. »Ich denke, Sie haben für eine Weile genug von mir. Ich sehe mich draußen ein wenig um. Ruft mich an, wenn ihr mich braucht.« Er bedachte Renata mit einem spöttischen Blick. »Falls das Ihre Würde nicht verletzt.«

Er wartete nicht auf eine Antwort.

Renata zog die Stirn kraus, als die Haustür ins Schloss fiel. »Er ist so ein Idiot.«

»Das denken Sie nicht wirklich«, widersprach Megan. »Also sagen Sie es auch nicht.«

Renata sah sie erstaunt an. »Sie sagen mir, was ich tun soll?«

»Ja.« Megan lehnte sich zurück und begegnete ihrem Blick. »Ich finde, es ist Zeit, dass das jemand tut. Sie mögen Expertin im Töten und im Kampf bestens ausgebildet sein, dennoch sind Sie kriminell eigensinnig.«

»Was?«

»Sie haben mich schon verstanden. Wir versuchen, Ihnen zu helfen, und Sie hören nur auf uns, wenn es Ihnen in den Kram passt. Ich hab das satt. Ja, ich habe Mitleid mit Ihnen, aber …«

»Ich will Ihr Mitleid nicht.« Sie funkelte Megan an. »Ich brauche niemanden, der …«

»Seien Sie still. Mir ist egal, was Sie wollen. Harley hat recht; Ihnen sind offenbar ein paar wichtige Erfahrungen entgangen, die Sie menschlicher gemacht hätten. Sie sind intelligent, scharfsichtig und zielstrebig, aber, verdammt, es gibt mehr im Leben. Sie haben mich verteidigt, weil Sie dachten, meine Milde Ihnen gegenüber hinge mit meiner sogenannten Begabung zusammen, oder? Das ist Unsinn. Ich glaube nicht, dass Ihre Chronik meinen Charakter diktieren oder erklären kann. Meine Gefühle sind in der Seele, mit der ich geboren wurde, begründet und wurden von den Menschen, mit denen ich zusammengelebt habe, geformt. Von meiner Mutter, von Phillip ...« Sie hielt inne und atmete tief durch. »Selbst von Ihnen, Renata. Sie sind ständig in Abwehrhaltung – mir tut es weh, auch nur daran zu denken. Wenn ich mich also entscheide, mit Ihnen zu fühlen, dann müssen Sie das akzeptieren. Verstanden?«

Einen Moment lang schwieg Renata, dann sagte sie: »Verstanden.« Und langsam machte sich ein Lächeln auf ihrem Gesicht breit. »Eigentlich doch nicht. Ich habe nie zuvor jemanden wie Sie kennengelernt.«

Megan schüttelte den Kopf. »Ist das alles, was ich aus Ihnen herausbekomme?«

»Haben Sie erwartet, dass ich in Ihre Arme sinke und meine Seele entblöße?«

Nicht eine so harte Nuss wie du, dachte Megan resigniert. »Ein paar offene, ehrliche Worte wären schön.«

Renata dachte nach. »Okay, Harley ist kein Idiot. Ich ... ich weiß einfach nicht, was er denkt, und das stört mich. Ist das ehrlich genug?«

»Ein Anfang.« Und nach einem Moment fügte Megan hinzu: »Und jetzt sagen Sie mir: Wollen Sie Molino gemeinsam mit uns unschädlich machen, oder wollen Sie uns und die ganze Welt nur benutzen, um ihn allein zu erwischen?«

»Das muss ich mir noch überlegen.«

»Nein, darüber haben Sie längst nachgedacht. Ich will eine Antwort. Das ist der beste Weg. Geben Sie's zu.«

»Vielleicht.«

»Renata.«

»Okay.« Sie lächelte. »Ich bemühe mich, mit Ihnen gemeinsam zu arbeiten ... solange die Chronik nicht gefährdet ist.«

»Das war schlimmer, als einen Zahn zu ziehen«, erwiderte Megan.

»Nein, das war es nicht. Eines Tages bitte ich Mark, Ihnen zu erzählen, wie er drei Zähne bei einem Verhör durch die Taliban verloren hat.« Sie stand auf. »Und jetzt muss ich meine Ausrüstung zusammenpacken, bevor Grady zurückkommt. Unsere Zeit ist knapp.«

»Ich kann das für Sie machen. Sie sollten sich ausruhen.«

»Niemand außer mir fasst mein Equipment an. Ausruhen kann ich mich später.« Sie durchquerte vorsichtig das Wohnzimmer. Megan sah, dass sie sich Mühe gab, nicht zu schwanken.

»Und wer benimmt sich jetzt idiotisch?«, fragte Megan leise. »Kein Mensch wird Ihre wertvolle Ausrüstung kaputtmachen.«

»Aber Sie könnten sich verletzen. Jemand wie Harley mag mit all den Fallen, die ich gelegt habe, umgehen können, aber für jeden anderen wäre das ein Drahtseilakt.« Sie warf einen Blick über die Schulter. »Und ich möchte nicht Ihre Einzelteile aufklauben, wenn Sie einen falschen Schritt machen. Lassen Sie die Finger von meinen Sachen.«

Wie tödlich sind diese »Sachen« genau?, fragte sich Megan. Harley hatte gesagt, dass die technischen Geräte James Bond vor Neid erblassen lassen würden, und offensichtlich waren sie ein todbringender Schatz. Sollte sich Renata allein darum kümmern. Megan hatte von Renata bekommen, was sie brauchte; die Chronik war allerdings nach wie vor unerreichbar. Dafür hatte Megan ein Versprechen auf Zusammenarbeit erwirkt, und das musste genügen.

Würde es genügen? Die Ereignisse der Nacht hatten ihr gezeigt, wie nah ihnen Molino war. Sie schienen diesem Bastard immer nur einen Schritt voraus zu sein.

Oder weniger als einen Schritt. Renata hätte heute Nacht ums Leben kommen können, und wer weiß, ob Molinos Männer anschließend Jagd auf Grady und sie gemacht hätten.

Die Zeit ist knapp, hatte Renata gesagt. Megan hatte es satt, vor dem Schatten, den Molino auf ihr Leben warf, davonzulaufen.

Sie machte ihre Arzttasche zu und erhob sich. Komm zurück, Grady. Es wird Zeit, dass wir selbst ein paar Schatten werfen.

Grady kam eine halbe Stunde später zu Renatas Haus. »Gehen wir«, sagte er kurz angebunden. »Ich habe Harley gebeten, den Wagen zu holen und uns hier aufzulesen. Wir sind hier weg.«

»Hat die CIA Schwierigkeiten gemacht?«

»Nein. Venable hat deutlich gesagt, was jetzt zu tun ist. Als Harley die Umgegend abgesucht hat, fand er frische Reifenspuren am Ausgang des Kellers. Spuren, kein Fluchtauto. Das heißt, dass es vier Männer waren, nicht nur drei. Der Fahrer hat die Geschehnisse beobachtet und sich aus dem Staub gemacht, als sich seine Komplizen nicht mehr blicken ließen. Er dürfte Molino sofort über alles ins Bild gesetzt haben. Molino weiß inzwischen, dass wir mit Ihnen zusammenarbeiten, Renata.« Er sah sie an. »Begleiten Sie uns?«

Sie nickte. »Das scheint mir eine gute Idee zu sein.« Sie nahm ihren Koffer und steuerte die Tür an. »Im Moment.«

»So gefällt es mir. Absolute Kooperation.« Grady

streckte die Hand nach ihrem Koffer aus. »Ich nehme das – dann geht es schneller.«

»Niemand fasst ihre ›Sachen‹ an«, sagte Megan. »Anscheinend gehen sie bei nicht sachgemäßer Behandlung in die Luft.«

»In diesem Fall hab ich eine Ausnahme gemacht«, erwiderte Renata. »Aber Sie würden sich aufregen, wenn er in tausend Stücke zerfetzt würde. Wohin fahren wir?«

»Zum Flughafen. Wir chartern eine Maschine nach Atlanta. Uns ist es gelungen, den letzten Anruf von dem Handy, das ich Molinos Männern abgenommen habe, zu verfolgen. Eine Nummer im Bereich Süd-Tennessee wurde angewählt.«

»Und du glaubst, dass Molino dort ist?«, hakte Megan nach.

»Wahrscheinlich.«

»Du hast gesagt, er hätte sein Hauptquartier in Madagaskar.«

»Das ist jetzt, da er die Chance hat, das zu bekommen, was er will, zu weit weg vom Schuss. Mittlerweile müsste Molino richtig frustriert sein. Er hat uns im Blick und möchte zuschlagen.«

»Können wir seinen Aufenthaltsort ausfindig machen?«

»Dabei kommt vermutlich nichts raus. Molinos Telefone sind wahrscheinlich mit einem halben Dutzend anderen Nummern und Rufweiterschaltungen in den Vereinigten Staaten verbunden, damit man sie nicht orten kann. Ich habe Venable gebeten, sich darum zu kümmern.« Grady zuckte mit den Schultern. »Uns bleibt nicht viel anderes übrig, als abzuwarten und die Augen offen zu halten.«

»Das stimmt nicht«, widersprach Renata entschieden.

»Sie müssen ihn aus der Reserve locken. Sie wissen, dass er immer seine Männer schickt, Grady. Er macht sich nie selbst die Hände schmutzig. Was meinen Sie, wie er sonst so lange überleben konnte? Edmund sagte, er hätte einen ausgeprägten Selbsterhaltungstrieb. Er ist nur ein einziges Mal persönlich in Erscheinung getreten, und das war, als er Edmund aufgespürt hatte. Ich glaube, er hat sich nur aus der Deckung gewagt, weil er Sie unbedingt finden will, Megan. Damals war er vermutlich nur hinter der Chronik her, weil er hoffte, Ihre Adresse wäre darin aufgelistet. Er muss gedacht haben, dass ihm nichts passieren kann, und hatte nichts dagegen, einem Freak Schmerzen zuzufügen.«

Megans Augen wurden riesengroß. »Wollen Sie damit sagen, ich bin daran schuld, dass er Edmund gefoltert hat?«

»Nein, Molino hätte trotzdem einen anderen geschickt, der die Drecksarbeit für ihn erledigt. Er wäre nicht selbst tätig geworden. Und nachdem er erfahren hatte, dass Sie in der St. Andrews Klinik arbeiten, brauchte er die Chronik nicht sofort und hat sich wieder in sein Versteck verkrochen.« Sie sah Megan an. »Wie hat er sich benommen, als er bei Edmund war?«

»Er war aufgeregt, bösartig und hat frohlockt, weil er einen ›Freak‹ erwischt hat.«

»Stand er irgendwie unter Druck?«

Megan überlegte. »Ja, er wirkte fieberhaft.«

»Da haben Sie die Antwort. Wir müssen ihn reizen, seine Blutgier anstacheln und mit seinem Unmut, weil er Sie nicht zwischen die Finger bekommt, spielen. Ihn dazu bringen, dass er selbst in Erscheinung tritt.«

»Ich bin überzeugt, Sie verraten uns auch, wie wir vorgehen müssen«, sagte Grady.

»Ja.« Sie wandte sich wieder an Megan. »Grady denkt, dass ich Sie als Lockvogel für Molino einsetzen will. Dass ich versuche, Sie zu manipulieren.«

»Aber Sie haben doch vorgeschlagen, selbst der Köder zu sein.«

»Ja, das stimmt«, erwiderte Renata achselzuckend.

»Frag sie.« Grady richtete den Blick auf Renatas Gesicht. »Etwas hat sich geändert. Vielleicht sagt sie dir die Wahrheit.«

»Sie braucht mich nicht zu fragen«, und mit einem Blick auf Megan fuhr sie fort: »Ich habe mit Ihnen gespielt.«

»Was?«

»Ich brauchte Sicherheit. Molino will Ihren Tod mehr als die Chronik. Ihre Mutter hat seinen Sohn getötet. Und er möchte sich an ihrer Tochter rächen. Molino ist nicht bei Verstand, wenn es um den Tod seines Sohnes geht. Edmund meinte, dass er regelrecht fanatisch wird, wenn er nur Ihren Namen hört. Im Vergleich zu Ihnen ist die Chronik für ihn lediglich von untergeordneter Bedeutung. Ja, er will sie an sich bringen, aber er ist regelrecht versessen darauf, Sie zur Strecke zu bringen. Er würde jedes Risiko eingehen, um Sie zu schnappen – um mich oder die Chronik in die Hände zu bekommen, würde er längst nicht so viel aufs Spiel setzen. Ich würde nicht als Köder taugen. Wir müssen ihn dazu bringen, diese Risiken einzugehen.«

Megan biss sich auf die Lippe. »Verdammt, das hätten Sie mir auch gleich sagen können, statt mich zu manipulieren.«

»Ich musste handeln«, erklärte Renata. »Ich habe erkannt, dass ich nur das Szenario kreieren muss – den Rest würden Sie selbst erledigen. Aber Sie haben einen starken Willen, und es musste Ihre Idee sein. Das war mir absolut klar. Ich konnte immer schon Wirkung und Ursache erkennen. Es war wie ein Projekt, an dem ich für meine Firma arbeite. Ich hätte nicht zugelassen, dass Molino Ihnen ein Haar krümmt. Aber ich konnte das, was ich im Sinn habe, nicht allein erreichen.«

»Reizend«, meinte Grady.

»Seien Sie nicht so selbstgefällig«, wies ihn Renata mit unvermittelter Schärfe zurecht. »Glauben Sie vielleicht, ich habe das gern getan? Molino ist einfach eine zu große Bedrohung. Ich muss ihn irgendwie loswerden.« Und zu Megan gewandt, setzte sie hinzu: »Sie müssen ihn loswerden.«

»Und das rechtfertigt alles?«

»Ja. Und wenn Sie Molinos Telefonnummer haben, können Sie ihn vielleicht dazu bringen, dass er persönlich die Verfolgung aufnimmt. Rufen Sie ihn an. Bringen Sie ihn auf die Palme. Entfachen Sie seinen Zorn.«

»Halten Sie den Mund, Renata«, warnte Grady.

»Sehen Sie? Er möchte Sie diesem Risiko nicht aussetzen.« Sie legte eine kurze Pause ein. »Da gibt es noch etwas, was Sie wissen sollten. Ich habe gestern Abend einen Anruf getätigt und die Blockierung meines Handys aufgehoben, damit es leicht zu orten ist.« Sie verzog das Gesicht. »Zu leicht. Ich hätte nicht gedacht, dass sie schon so früh bei mir auftauchen. Ich war nicht vorbereitet.«

Megan riss die Augen auf. »Sie haben Molinos Männer wissen lassen, wo Sie zu finden sind?«

Grady stieß einen Fluch aus.

»Grady hat versucht, mir ein Hindernis in den Weg zu stellen. Er wollte nicht, dass Sie noch mehr in Gefahr geraten. Ich hingegen dachte, es könnte Sie ein bisschen antreiben, wenn ich Sie mehr in Molinos Fokus bringe.« Sie begegnete Megans Blick. »Das ist gelungen, oder?«

»Und Sie wurden angeschossen.«

»Eine Fehlkalkulation, wie gesagt.«

»Und warum erzählen Sie mir das alles?«

»Ich mag keine Lügen. Mark sagt, sie sind manchmal nötig, aber Sie wollte ich nicht belügen. Feinde lügt man an, aber Sie sind nicht mein Feind. Ich musste Sie bloß in die richtige Richtung schubsen. Alles Weitere liegt bei Ihnen.« Renata hielt kurz inne, dann fragte sie: »Wollen Sie immer noch, dass ich mit Ihnen komme?«

Megan sah sie an – widerstreitende Gefühle tobten in ihr. Wut, Enttäuschung und Mitleid. Am liebsten hätte sie Renata gepackt und geschüttelt wegen ihrer fast kindlichen Engstirnigkeit, die sich mit Brillanz und dieser verdammten Begabung paarte. Aber war ihr diese Engstirnigkeit nicht in die Wiege gelegt und anerzogen worden? Sie versuchte nur, zu überleben und ihre Pflicht zu tun – auf die einzige Art, die sie kannte.

»Und?«, fragte Renata vorsichtig nach.

Oh, zum Teufel. »Natürlich kommen Sie mit.« Megan ging zur Tür. »Sie mögen ja denken, dass Sie nicht der Trumpf sind, der Molino aus der Reserve lockt, aber jedes bisschen hilft. Sie haben gesagt, Sie sind auch eine Finderin. Meine Mutter hat Molino einmal aufgespürt. Vielleicht können Sie das auch. Außerdem haben Sie die Chronik.«

»Und sie würde vermutlich jeden Handel eingehen, um sie zu behalten«, warf Grady ein.

»Möglich.« Sie betrachtete Renatas Gesicht. So viel Trotz, Wildheit und Verletzlichkeit. »Stimmt das?«

Renata schwieg einen Moment. »Ich weiß es nicht.« Und müde fügte sie hinzu: »Wahrscheinlich. Wir sollten besser dafür sorgen, dass ich nicht vor die Wahl gestellt werde.«

»Sie sind auf dem Weg nach Atlanta«, sagte Sienna. »Vor zwei Stunden sind sie an Bord einer Maschine gegangen. Sie laufen uns direkt in die Arme.«

Molino schüttelte den Kopf. »Sie sind zu eifrig. So einfach wird das nicht. Aber nichts, was Wert hat, ist leicht zu haben.« Er lächelte. »Du bist sicher froh, wenn das vorbei ist, stimmt's?«

»Ja«, gestand Sienna unumwunden. »Es stört unsere Geschäfte. Ich stimme dir ja zu, dass die Chronik wertvoll ist. Wenn wir die Nummern dieser Schweizer Bankkonten bekämen, hätten wir für unser Leben ausgesorgt. Aber du kannst an nichts anderes denken als an Megan Blair. Ich habe mich gefragt«, fuhr er fort, »ob es dir nicht lieber wäre, wenn du die Geschäfte für eine Weile mir überlassen könntest, während du dich auf Megan Blair und alles, was mit ihr zusammenhängt, konzentrierst.«

»So ehrgeizig, Sienna?«, fragte Molino sanft. »Und nachdem ich das Miststück kaltgemacht habe, stelle ich fest, dass ich ein für alle Mal aus allem herausgedrängt wurde?«

»War ja nur ein Vorschlag«, gab Sienna gleichmütig zurück. »Es wird immer schwieriger, den Hurensohn Kofi Badu unter Kontrolle zu halten. Er hat andere Kaufinteressenten für die Kinder, und du gibst ihm das Geld nicht so schnell, wie er es gern hätte. Er will sich mit dir treffen und neu verhandeln.«

»Das heißt, er will mehr Geld.«

Sienna nickte. »Und du willst dich nicht damit abgeben. Also lass mich das machen.«

Molino schüttelte den Kopf. »Sag ihm, dass wir ihn nächste Woche treffen. Arrangier das.«

»Wenn du abspringst, geht er uns flöten.«

»Und du wirst mir vorwerfen: ›Das hab ich dir doch gesagt.‹« Sienna würde das nie von sich geben, dachte Molino. »Aber ich werde nicht abspringen. Ich erledige die Sache mit Megan Blair in den nächsten Tagen.«

»Wie?«

»Ich habe über sie nachgedacht. Sie will mich finden? Gut, ich lasse es zu. Ich bringe sie dazu, auf Knien zu mir zu rutschen.« Er grinste und entblößte dabei die Zähne. »Du hast mir nie geglaubt, dass ihre Mutter tatsächlich imstande war, meinen Jungen in den Wahnsinn zu treiben, hab ich recht? Würdest du Megan Blair gern vergewaltigen? Ich überlasse sie dir für eine Nacht, bevor ich ihr die Kehle aufschlitze. Ich lasse dich sogar mit ihr spielen, wie du es mit Gillem getan hast. Wäre das nicht die Gelegenheit für dich zu beweisen, dass ich ein Narr bin?«

»Ich habe nie gesagt, dass du ein Narr bist.«

»Nur zu«, forderte Molino ihn auf. »Tu's. Trau dich.«

Sienna zuckte mit den Schultern. »Wenn du darauf bestehst. Es wird mir Spaß machen, das Miststück zu vögeln. Ich hab noch nie vor etwas Angst gehabt, was man nachts besorgen kann. Aber erst musst du sie schnappen und lebend herbringen.«

»Deswegen mache ich mir keine Sorgen.« Molino griff nach seinem Handy. »Ich habe ein paar Asse im Ärmel. Jetzt ziehe ich eins nach dem anderen heraus.«

Die Maschine, die Grady gechartert hatte, landete am frühen Nachmittag in Georgia – nicht auf dem internationalen Flughafen, sondern auf einem kleinen privaten Flugplatz im Norden der Stadt.

»Wir müssen sofort weiter«, sagte Harley, als er Renata ihr Gepäck reichte. »Ich habe den Piloten bestochen, damit er seinen Flugplan in letzter Minute nach Kennesaw, Georgia, ändert, aber Sienna ist nicht blöd. Wenn er weiß, wo wir abgeflogen sind, kennt er mittlerweile auch den Zielflughafen. Er wird in Kürze hier sein.«

»Wohin fahren wir?«, wollte Megan wissen, die Harley und Grady den Gang hinunterfolgte.

»Dalton, Georgia«, antwortete Grady. »Ungefähr eine Stunde Fahrzeit von hier. Harley hat ein Haus außerhalb der Stadt angemietet. Wir richten uns dort ein und warten.«

»Worauf?«

»Auf weitere Entwicklungen.«

»Ich soll abwarten?«, hakte Megan nach. »Nein, Grady. Ich glaube, Renata hat recht. Wir müssen ihn reizen. Wir sollten das Feuer ein wenig schüren und selbst ein, zwei Anrufe tätigen.«

»Ich hatte befürchtet, dass du das vorschlägst.«

»Renata sagte, dass wir seine Blutgier anstacheln sollen. Das ist schwer zu bewerkstelligen, wenn er uns immer nur seine Männer auf den Hals schickt.«

»Verdammt noch mal. Du gibst keine Ruhe, bis du nicht mit ihm gesprochen hast, oder?«

»Nein«, erwiderte sie prompt und hoffte, dass man ihr den Abscheu vor diesem Gedanken nicht anmerkte. Der Gedanke, Molino von Angesicht zu Angesicht gegenüberzustehen, war schockierend und abstoßend. Sie kannte ihn sehr gut von Edmund Gillems Ende und aus allem, was Grady über die Begegnung ihrer Mutter mit diesem Unmenschen und seinen Männern erzählt hatte.

Aber es wäre etwas ganz anderes, ihn leibhaftig vor sich zu haben. »Wenn es hilft. Was soll ich sagen?«

»Du musst je nach Situation reagieren. Du hast gute Instinkte und scheust dich nicht davor, deine Meinung deutlich zu artikulieren. Dir wird einfallen, was du sagen musst.« Grady warf einen Blick auf Renata. »Vielleicht kann dich auch deine kleine Freundin coachen. Sie hat ja behauptet, dass sie Ursache und Wirkung erkennen kann.«

»Machen Sie halblang« warf Renata ein. »Wenn wir die Hunde loslassen, sollten Sie besser darauf vorbereitet sein, Megan zu schützen.«

»Ich lasse die Hunde nicht los. Das tun Sie«, entgegnete Grady, während er die Gangway hinunterging. »Und sobald sie diesen Anruf gemacht hat, verstecke ich sie irgendwo, bis der ganze Spuk vorbei ist.«

Renata schnaubte verächtlich. »Glauben Sie wirklich, dass sie das zulässt?«

»Hört auf, so zu reden, als wäre ich nicht anwesend«, protestierte Megan. »Ich mache, was ich will, Grady. Und ich lasse mich nicht irgendwo verstecken.«

»Sag ich doch«, murrte Renata. »Mann, ich hätte nie gedacht, dass ich es einmal genießen würde, so was zu jemandem zu sagen.«

»Und hören Sie auf, sich wie ein selbstgefälliges Kind zu benehmen«, schalt Megan. »Sehen wir lieber zu, dass wir weiterkommen.« Sie holte Harley ein und ging mit ihm auf einen dunkelblauen Wagen zu, der auf der Piste parkte. »Ich möchte weg von den beiden. Sie sind wie zwei Katzen, die um eine Maus streiten.«

Harley grinste. »Ganz und gar nicht. Katzen würden die Maus töten. Grady und Renata kratzen sich die Augen aus, weil sie beide Ihr Überleben sichern wollen.«

»Grady vielleicht. Aber Renata?«

Harley nickte. »Sie mag sich gezwungen fühlen, Sie als Köder zu benutzen, aber ich glaube, dass sie ihren eigenen Hals riskieren würde, um zu verhindern, dass Molino Sie in die Finger bekommt. Sie ist nicht so hart gesotten, wie sie Sie glauben machen möchte.«

»Ich halte sie nicht für hart gesotten.« Megan hatte immer Renatas Verletzlichkeit gesehen. »Manchmal tut sie mir richtig leid.« Sie setzte sich auf den Beifahrersitz. »Und manchmal möchte ich sie regelrecht schütteln.«

»Wie eine widerspenstige kleine Schwester?«, fragte Harley sanft.

»Wenn die Schwester Calamity Jane heißt.«

Kapitel 16

Das kleine, mit weißen Schindeln verkleidete Haus am Stadtrand von Dalton, das Harley für sie vorgesehen hatte, war umgeben von Hügeln und durch ein Pinienwäldchen von der Straße abgeschirmt. Eine Veranda führte rund um das mindestens siebzig Jahre alte Haus, und die Stufen waren ziemlich ausgetreten.

»Nicht gerade eindrucksvoll«, stellte Harley fest. »Ein altes Farmhaus, aber die Familie hat das Land verkauft und ist von hier weggezogen. Offenbar war es eine große Familie. Es gibt vier Schlafzimmer, zwei Bäder und eine große Küche. Der Makler sagte, dass der Schlüssel in der Ampel mit dem Efeu liegt.«

»Es ist prima.« Grady streckte die Hand nach dem Hausschlüssel aus. »Was ist mit Lebensmitteln?«

»Ich fahre gleich zu einem Supermarkt.« Harley sah Renata an. »Würde es Ihnen etwas ausmachen, mit mir zu kommen?«

Sie zuckte mit den Schultern. »Wenn Sie wollen.« Sie stieg wieder in den Wagen. »Ich muss auch ein paar Dinge besorgen.«

»Eine Raketenabschussrampe?«

»Wie haben Sie das erraten?«

Megan sah dem Wagen kopfschüttelnd nach. »Könnte sein, dass sie das nicht als Scherz gemeint hat.«

»Na ja, es wird wohl keine Abschussrampe sein.«

Grady schloss die Tür auf. »Die bekommt man nicht so leicht in einer kleinen Stadt. Und Harley wird ein Auge auf ihre Einkäufe haben.«

Von der Haustür aus gelangte man sofort ins Wohnzimmer; die Möbel waren schäbig und nicht allzu sauber.

Megan rümpfte die Nase. »Ich hoffe, die Schlafzimmer sind besser.«

»Wir werden schon zurechtkommen.« Er ging in die Küche. »Wir bleiben ja nicht lange.«

Megan folgte ihm. »Das ist gut. Ich bin es nämlich leid, dir und Renata beim Streiten zuzuhören.« Im Schrank standen Gläser, Megan nahm sich eins und spülte es aus. »Und ich verstehe es nicht.«

»Vielleicht nehme ich es ihr übel, dass sie versucht hat, dich zu benutzen.« Und lächelnd fügte er hinzu: »Ich betrachte das als mein Privileg.« Er wehrte ihren Protest mit einer Geste ab. »War nur ein Witz.« Sein Lächeln schwand. »Teilweise. Ich weiß, dass du selbst entscheidest, wer dich benutzen darf und wer nicht. Aber seit der Nacht, die du in Edmunds Wohnwagen verbracht hast, ist mir eine Veränderung aufgefallen. Renata stand Edmund sehr nahe, und das berührt dich.«

Das konnte sie nicht abstreiten. »Das beeinträchtigt aber nicht mein Urteilsvermögen.« Sie drehte den Wasserhahn wieder auf und ließ das Wasser laufen, bis es klar war. »Quellwasser.« Sie trank einen Schluck. »Es ist gut. Erinnerst du dich an das Quellwasser, das wir in dem Sommer am Strand hatten? Es enthielt zu viel Eisen und hat deshalb meine Haare schlaff gemacht. Du hast mich deswegen immer geneckt.«

»Ja, ich erinnere mich«, antwortete er mit belegter Stimme.

Sie erschrak und sah ihn an. O Scheiße. Sie wandte rasch den Blick ab, doch es war zu spät. Sie hatte seinen sinnlichen Ausdruck, das Verlangen und die inzwischen vertraute Bereitschaft noch vor Augen. Und ihr eigener Körper spiegelte all das wider. Sie drehte sich weg, trank ihr Glas aus und stellte es auf die Arbeitsfläche. »Ich sehe mir besser mal die Schlafzimmer an. Die Laken müssen vielleicht erst gewaschen werden und …«

»Schsch.« Er stand hinter ihr und legte die Hände auf ihre Brüste. »Die Laken können warten.« Er rieb sich langsam an ihr. »Wir nicht.«

Mein Gott. Ihr ganzer Körper prickelte. Ein Schauer lief ihr über den Rücken. Hitze. Überwältigendes Verlangen. Sie schmiegte sich an ihn. »Das sollten wir nicht tun.«

»O doch. Ich hab gesagt, dass ich dir Zeit lasse, aber du willst es auch, oder?«

O ja. Sie brauchte es wie Wasser in der Wüste, mehr als ein wärmendes Feuer im Winter. Seine Hände umfassten ihre Schultern. »Harley wird …«

»Er wird sich ankündigen, bevor er ins Haus kommt.« Er knöpfte ihr die Bluse auf. »Verdammt, du hast mir so gefehlt.«

»Lächerlich«, erwiderte sie unsicher. »So lange ist es gar nicht her.« Dennoch war es wie eine Ewigkeit, dachte sie benommen. Sie wusste, was er meinte. Der Hunger war immer da gewesen, zwar unbeachtet, aber lauernd. »Das macht keinen Unterschied. Ich lasse es nicht zu.«

»Ich nehme, was ich kriegen kann. Wenn du denkst, du kannst danach einfach von mir weggehen, dann bitte.« Er zog sein Hemd aus und warf es beiseite. »Nur rede ich weder mir noch dir ein, dass es keinen Unterschied macht.« Seine Hände liebkosten sie. »Jede Berührung …«

Raserei.

Ihr Atem kam stoßweise, als sie sich zwang, die Finger, die sich in seine Schultern krallten, zu lösen. »Ich muss weg. Ich muss …« Sie schloss die Augen. Sie wollte ihn nicht allein lassen. Sie wollte bei ihm bleiben, ihn halten und es wieder tun. Sie schob ihn von sich und setzte sich auf. »Harley und Renata kommen bald zurück.« Sie packte ihre Kleider und sprang auf. »Ich gehe hinauf und suche das Bad.«

Er rührte sich nicht und sah ihr nach. »Hab ich dir schon mal gesagt, dass du ein spektakuläres Hinterteil hast?«

»Nein.«

»Scheinbar war ich zu sehr mit Wichtigerem beschäftigt«, meinte er. »Zum Beispiel damit, wie du mich umschlingst, bis ich ganz wild werde, wenn ich …«

»Sei still.« Sie warf ihm einen Blick über die Schulter zu. »Für den Fall, dass es dir nicht aufgefallen ist – ich gehe weg von dir.«

»Das habe ich bemerkt.« Er lächelte. »Und jetzt weißt du, dass du es kannst. Offensichtlich habe ich keine Svengali-Macht über dich. Warum sollten wir uns also nicht bei jeder sich bietenden Gelegenheit vergnügen? Das Leben ist so kurz, und man weiß nie, was einen als Nächstes erwartet.«

Er hat Macht über mich, dachte sie. Allein bei seinem Anblick, wie er ganz nackt dalag, regte sich etwas in ihr. Noch nie hatte sie einen schöneren Mann gesehen, und er konnte Dinge mit ihr tun, die noch kein anderer gemacht hatte. Sie war keine Galatea, aber die erotische Anziehungskraft zwischen ihnen war zu stark, als dass man sie ignorieren könnte, und sie musste auf der Hut sein. Seit heute war das sonnenklar.

»Nicht?« Sein Blick war auf ihr Gesicht geheftet. »Ich hatte höllische Mühe, dir über die Kontrollangst hinwegzuhelfen. Denk darüber nach. Es gab Momente, in denen ich keine Kontrolle hatte – Momente, in denen du mich schwach gemacht hast, bis ich mir vorkam wie ein Schuljunge. Vielleicht sollte ich mich vor dir in Acht nehmen.«

»Ja, vielleicht solltest du das.«

Er lächelte. »Ich lasse es darauf ankommen. Jedes Mal, wenn ich diese Schwäche verspüre, werde ich ihr nachgeben.« Er scheuchte sie mit einer Handbewegung weiter. »Geh und zieh dich an. Ich bringe dein Gepäck hinauf und stelle es in eins der Schlafzimmer. Wir sehen uns zum Essen.«

»Okay.« Sie rannte die Treppe hinauf und riss im Flur alle Türen auf, bis sie in ein Bad kam. Ein paar Minuten später trat sie in die Dusche und zog den Plastikvorhang vor. Das kalte Wasser war ein Schock auf ihrem erhitzten, entspannten Fleisch und machte es straff und fest. Sie wünschte, es könnte auch ihre mentalen Fähigkeiten schocken, die sie nicht vor der sexuellen Begegnung hatten bewahren können.

Vergiss es. Sie hatte Grady gewollt und ihn sich genommen. Er hatte recht, auch wenn er Macht über sie hatte, war sie sich dennoch bewusst gewesen, dass ihn ihre Berührung schwach machte und ihn erschauern ließ. Wieso sollten sie das nicht genießen?

Das hatte Grady gesagt. Überredung oder Kontrolle?

Es war zu gefährlich, bei einem Mann, der ihre Erinnerungen jahrelang kontrolliert hatte, von Überredungskunst auszugehen.

Aber Sex war Sex. Es war nicht so, dass es tiefer ging, dass sie …

Nein! Daran wollte sie gar nicht denken. Sie würde mit Molino abrechnen und in ihr Leben zurückkehren, das sie sich ausgesucht hatte, bevor dieser Irrsinn begonnen hatte. Dieses Leben erschien ihr jetzt so fern und fremd.

Fremd? Ihre gegenwärtige Existenz war eigenartig und fremd. Erschreckend, dass sie das nicht sofort realisiert hatte. Grady hatte behauptet, sie hätte sich verändert, aber noch konnte sie zurückgehen, wenn all das vorbei war.

Sie hoffte, dass sie zurückkonnte.

Als Megan aus dem Badezimmer kam, begegnete ihr im Flur Renata mit Bettwäsche auf dem Arm.

»Ich stecke das hier in die Waschmaschine, dann gehe ich auch unter die Dusche«, sagte sie. »Dieses Haus muss seit Jahren unbewohnt sein. Ein trauriger Gedanke. Wie eine kleine alte Lady, die vernachlässigt und vergessen wurde.«

»Das ist wirklich traurig.« Und sie fand den Vergleich, den Renata gezogen hatte, merkwürdig. »Gefällt Ihnen dieses Haus?«

»Ja, besonders die Veranda. Sie erinnert mich an ein Haus in Boston, in dem ich mit meiner Mutter gelebt habe. Damals war ich erst fünf oder sechs, aber mir kam es vor, als würde uns die Veranda … umarmen.« Sie hob die Schultern. »Möglicherweise dachte ich das auch nur, weil meine Mutter mich selten in die Arme genommen hat. Ich wurde zu der Zeit zwischen meiner Mutter und meinem Vater in Deutschland hin- und hergeschickt, und dieses war ein gutes Jahr für mich.« Sie ging zur Treppe. »Ich habe mir das zweite Schlafzimmer auf der linken Seite ausgesucht, als ich sah, dass Ihre Koffer im ersten stehen. Nur Ihr Gepäck. Schläft Grady nicht auch dort?«

»Nein. Auch wenn Sie das nichts angeht.«

»Ich habe mich lediglich gefragt, ob ich um die ›Situation‹ herumschleichen muss.« Sie schnitt ein Gesicht. »Dann hätte ich vermutlich nicht taktvoll sein und mit Harley einkaufen gehen müssen, oder?«

»Taktvoll? Sie?«

»Ich kann taktvoll sein. Ich halte es für einen Fehler, dass Sie mit Grady schlafen. Er ist ein Kontrolleur, und ich weiß nicht, wie weit Sie ihm trauen können. Aber wenn es Ihnen Spaß macht, soll's mir recht sein.«

»Vielen Dank«, entgegnete Megan.

»Ich habe das wahrscheinlich falsch ausgedrückt. Man sollte nicht meinen, dass ich in meiner Firma als besonders redegewandt und höflich gelte.«

»Nein, das wäre mir nie in den Sinn gekommen.«

»Aber im Büro komme ich mir vor wie eine Schauspielerin auf der Bühne. Da ist es einfacher.« Sie ging die ersten Stufen hinunter. »Ich stecke die Laken in die Waschmaschine, dann schiebe ich einen Hackbraten in den Ofen, ehe ich eine Dusche nehme. Harley sagt, dass er uns sein Lieblingsdessert zubereitet.«

»Baumkuchen.«

»Genau. Es hat Ewigkeiten gedauert, bis er alle Zutaten beisammenhatte.«

»Dann hatten Sie ja gar keine Zeit, Ihre Abschussrampe zu kaufen«, neckte Megan sie. »Grady sagte, Sie hätten ohnehin Probleme, so was in Dalton zu finden.«

»Hätte ich eine gewollt, dann hätte ich sie auch bekommen. Mark hätte eine Quelle aufgetan.«

»Ihr Cousin muss ein erstaunlicher Mann sein.«

»Erstaunlich? Das können Sie laut sagen.« Sie drehte sich auf der Treppe noch einmal um und rief: »Sie machen den Salat. Okay?«

»Okay.« Megan trocknete sich das Haar, während sie zu ihrem Schlafzimmer ging. Das Gespräch mit Renata hatte ihr gutgetan. Es hatte sie in eine Normalität zurückgebracht, die sich nicht um Grady und ihre Gefühle für ihn drehte. Es gab noch andere Menschen auf der Welt, andere Ansichten, andere Ziele, Erinnerungen an eine Kindheit, Veranden und Cousin Mark, der ein Geheimnis war, das noch gelüftet werden musste.

Mit etwas Glück konnte sie sich auf all das konzentrieren und Grady vergessen.

Es funktionierte nicht.

Während des Essens hätte sie sich Gradys Nähe nicht bewusster sein können. Sie registrierte jede seiner Bewegungen und jede Nuance seiner Stimme. Verdammt, sie hoffte nur, dass Harley und Renata nichts mitbekamen. Lachhaft, so zu fühlen.

Gleich nach Harleys Baumkuchen ergriff sie die Flucht. Sie murmelte eine Entschuldigung und zog sich auf die Veranda zurück, die Renata so in Entzücken versetzt hatte.

Der Mond beschien den Wald in der Ferne. Megan atmete ein paarmal tief durch. Das war schon besser.

»Megan.«

Sie straffte die Schultern, drehte sich jedoch nicht um. »Ich möchte jetzt nicht mit dir reden, Grady.«

»Das habe ich auch nicht gedacht.« Er stellte sich neben sie. »Und das ist okay.« Er holte sein Handy aus der Tasche. »Wie wär's, wenn du stattdessen mit Molino sprichst?«

Sie starrte ihn an. »Jetzt?«

»Du hast gesagt, dass du ihn anrufen willst. Jetzt ist ein so guter Zeitpunkt dafür wie jeder andere.«

»Ich hätte nur nicht so früh damit gerechnet.« Sie streckte die Hand aus und nahm ihm das Telefon ab. »Nicht heute Abend.«

»Ich glaube kaum, dass dich Molino hinters Licht führen kann, so wachsam, wie du bist.« Er verzog die Lippen. »Glaub mir, mir ist es lieber, wenn ich der Grund für jeden Gefühlstumult bin, aber ich möchte das gern hinter mich bringen. Er wird versuchen, dich auf jede nur erdenkliche Weise zu verletzen. Und vielleicht gelingt es ihm sogar.«

Sie schüttelte den Kopf. »Ich komme schon klar. Hast du seine Nummer?«

»Ja.« Er nahm ihr das Handy wieder ab. »Aber ich muss die Verbindung herstellen. Sicherlich nimmt Molino sofort an, dass wir versuchen, ihn ausfindig zu machen. Ich übernehme das und mache dich mit dem Bastard bekannt. Du kannst nur ein paar Minuten ungefährdet mit ihm reden.« Er tippte die Nummer ein und wartete auf den ersten Klingelton. »Molino? Nein? Sienna, hier spricht Neal Grady. Megan Blair ist bei mir. Sie möchte mit Molino sprechen. Nein, legen Sie nicht auf. Ich wusste, dass Sie befürchten würden, dass die CIA eine Satellitenüberwachung arrangiert haben könnte, deshalb lege ich auf. Falls sich Molino mit Megan unterhalten will, kann er uns von jedem Apparat, den er für sicher hält, zurückrufen. Sie wartet drei Minuten am Telefon. Ist die Zeit vorbei, dann ist sie nicht mehr erreichbar.« Grady unterbrach die Verbindung. »Jetzt warten wir.«

»Glaubst du, er macht es?«

»O ja. Ich geb's nicht gern zu, aber Renata hat den Drecksack richtig eingeschätzt …«

Das Handy klingelte, und Grady drückte es Megan in die Hand. »Sprich mit ihm.«

»Welch unerwartete Freude, Miststück«, sagte Molino. »Aber wenn Sie mich anflehen wollen, Sie am Leben zu lassen, muss ich Sie enttäuschen.«

»Ich werde Sie nicht anflehen. Warum sollte ich? Ihre Männer sind Stümper. Sie waren nicht imstande, mich auch nur zu berühren.« Blutgier, dachte sie. Renata hatte gesagt, sie müsse seine Rachegelüste entfachen. Deshalb fügte sie hinzu: »Sind Sie genauso unfähig wie Ihre Handlanger?«

Er schwieg eine Weile, aber Megan spürte seine Wut. »Ihre Mutter war anderer Ansicht«, sagte er gefährlich leise. »Wissen Sie, wie viele Männer sie vergewaltigt haben, als wir sie gefangen hielten?«

Megan zuckte zusammen – Ekel erfasste sie. »Ihr Sohn Steven.«

»Er war ein großzügiger Junge. Gelegentlich hat er gern geteilt.«

Sie verspürte einen brennenden Schmerz. Grady hatte ihr angekündigt, dass Molino versuchen würde, sie zu verletzen. Lass das nicht zu. Greif ihn an. Finde einen Schwachpunkt. Wovor fürchtet sich Molino?

»Aber er wurde für seine Taten bestraft, oder? Meine Mutter hat ihn in den Irrsinn getrieben. Sie hielt seine Hand, und die Verdorbenheit und Fäulnis in seinem Kopf ist explodiert. Es war so leicht für sie. Sie hätte das schon früher machen sollen. Ich hab gehört, Ihr Sohn hat geheult wie ein Baby. Er war ein Schwächling, der niemals …«

»Halten Sie Ihr Maul«, unterbrach er sie aufgebracht.

Sie hatte ihn tief getroffen. »In einer Minute. Ich hab keine Lust, weiter über einen Loser wie Ihren Steven zu reden. Ich wollte Sie nur wissen lassen, dass Sie keine Chance haben, mich zu ermorden wie meine Mutter.«

»Deshalb haben Sie angerufen?«

»Ja, und ich wollte Ihre Stimme hören. Das hilft mir, mich zu konzentrieren.«

»Konzentrieren?«, wiederholte er.

»Ich hab's satt, dass Sie Jagd auf mich machen. Ich will Ihren Tod, Molino. Aber erst möchte ich Sie zu so einem geistlosen, stammelnden Idioten machen, wie es Ihr Sohn war.« Und mit giftigem Hohn setzte sie hinzu: »Wollen Sie meine Hand halten, Molino? Der Wahnsinn muss schrecklich sein, wenn sich Ihr Steven umbringen musste, um sich davon zu befreien. Möchten Sie Ihrem Sohn folgen?«

»Freak«, krächzte er.

»Ja. Und ich bin die Tochter meiner Mutter – in jeder Hinsicht –, und das wissen Sie, sonst hätten Sie nicht versucht, mich zu töten. Sie haben Ihre Chance verpasst und treiben mich dazu, Sie aufzusuchen.«

»Leg auf«, sagte Grady.

Sie nickte, fuhr jedoch fort: »Meine Mutter hat Sie gefunden, war's nicht so, Molino? Sie saßen mitten im Dschungel, trotzdem hat sie Ihr Camp gefunden. Ich kann das auch. Sie sind so hilflos, wie es Ihr Sohn war.«

»Ich bring dich um«, kreischte Molino. »Freak ist Freak. Steven und ich, wir schneiden dich in Stücke. Du kannst uns nicht entkommen.«

Er tobte immer noch, als sie das Gespräch beendete. Sie zitterte. »Ich glaube, es besteht kein Zweifel mehr, dass Molino persönlich auf mich losgehen will. Er wird sich nicht in Madagaskar verstecken und einen anderen schicken, damit er mir die Kehle durchschneidet.« Sie gab Grady das Telefon zurück. »Und um eins klarzustellen: Molino ist übergeschnappt; er redet von seinem Sohn, als wäre er noch am Leben.«

»Ich hab dir ja gesagt, dass er besessen ist.«

Sie schauderte. »Und gemein. Ich glaube, ich hatte noch nie etwas mit einem so widerwärtigen Kerl zu tun.«

»Und du hast dich entschieden, dich auf sein Niveau zu begeben?«

»Wir wollten, dass er wütend wird. Ich musste ihn dort treffen, wo es weh tut. Er glaubt, dass meine Mutter schuld am Tod seines Sohnes ist, und ich habe mich entschlossen, ihm nicht zu widersprechen.«

»Du hast sehr überzeugend geklungen.«

»Ich bin immer noch nicht überzeugt, dass meine Mutter eine Pandora war. Und selbst wenn sich herausstellen sollte, dass sie doch eine war, glaube ich nicht, dass ich eine bin. Aber er soll es glauben. Er hasst ›Freaks‹, und er hat Angst vor ihnen. Ich musste mir diese Angst zunutze machen. Habe ich aufgelegt, bevor der Anruf zurückverfolgt werden kann?«

Grady nickte. »Ich hab dir ein bisschen Spielraum gelassen.«

»Das dachte ich mir.« Sie drehte sich weg. »Und jetzt gehe ich schlafen.«

»Komm her«, sagte er sanft und ging einen Schritt auf sie zu. »Keine Angst – ich will dich nur halten. Du zitterst.«

»Ich brauche niemanden, der …« Ihr Gesicht drückte sich an seine Brust, als er sie in die Arme nahm. Lieber Himmel, er fühlte sich so gut an, und es gelang ihm, all die Schrecken, die Molino geweckt hatte, zu lindern. »Nachdem ich den Horror durchgemacht habe, fütterst du mich mit einem Hühnersüppchen?«, murmelte sie. »Das ist nicht nötig, Grady.«

»Für mich schon.« Er strich ihr übers Haar. »Ich musste dein Gesicht beobachten, während du dich mit Molino im Dreck gewälzt hast. Ich brauche ein bisschen Trost.«

»Wie egoistisch«, gab sie unsicher zurück.

»Ist das was Neues? Ich war nie etwas anderes als ein Egoist.«

»Damals in der Höhle am Todestag meiner Mutter warst du nicht selbstsüchtig. Du hast mir geholfen, obwohl du wusstest, dass es nicht leicht werden würde. Du hättest mich auch mit den Stimmen allein lassen können.«

»Nein, das hätte ich nicht. Ich hab's versucht, aber es war bereits zu spät für mich.« Seine Fingerspitzen streichelten sanft ihre Schläfe. »Also war auch das selbstsüchtig.«

»Das überzeugt mich nicht.«

»Erstaunlich. Und du bist immer so argwöhnisch, was meine Absichten betrifft. Wirst du allmählich weich, Megan?«

»Nein.« Sie schubste ihn weg. »Ich glaube nur, dass Menschen nicht nur schwarz oder weiß sind.« Sie ging ein paar Schritte. »Bis auf Molino – der ist durch und durch bis in die Tiefe seiner Seele schwarz. Kannst du mir ein Foto von Molino besorgen? Schließlich muss ich wissen, wie er aussieht, falls er auftaucht. Er könnte mir auf der Straße begegnen, und ich würde ihn nicht erkennen.«

»Ich rufe Venable an und bitte ihn, mir ein Foto aufs Handy zu schicken, das drucke ich dann aus.«

»Und eins von Sienna. Er hatte richtig Spaß, als er Edmund Gillem gefoltert hat. Er hat nicht nur Befehle ausgeführt.«

»Das überrascht mich nicht. Er war Profikiller, bevor er sich Molinos Bande angeschlossen hat. In einigen Dingen sind er und Molino sich einig, in anderen weichen ihre Ansichten voneinander ab.«

»Wann kann ich die Fotos haben?«

»Noch heute Abend. Ich rufe sofort an.«

Sie öffnete die Fliegengittertür. »Gut.«

»Du hast deine Sache sehr gut gemacht, Megan«, sagte er ruhig.

»Verdammt richtig.« Sie ging ins Haus und gleich die Treppe hinauf zu ihrem Zimmer. Sie zitterte nicht mehr, war aber noch aufgewühlt. Die Abscheulichkeit des Telefongesprächs schien immer noch um sie herumzuwirbeln und sie zu beschmutzen.

»Sind Sie okay?« Renata stand oben auf dem Treppenabsatz. »Sie haben mit Molino telefoniert?«

»Ja, woher wissen Sie das?«

»Ich bin Grady auf die Veranda gefolgt. Ich dachte, er würde Sie stören; Sie waren ohnehin schon ziemlich durcheinander.«

»Sie wollten mich vor ihm beschützen?«

Renata ließ sich Zeit mit der Antwort. »Kann sein.«

»Ich kann gut auf mich selbst aufpassen, Renata.«

»Aber Sie sind zu gut. Sie lassen zu, dass die Menschen Sie verletzen.«

»Das ist meine Entscheidung.«

»Ansichtssache. Das Leben ist aus verschiedenen Szenarien zusammengesetzt, die sich durch ein Wort oder eine Tat entfalten. Solange ich da bin, um das Wort auszusprechen oder zu handeln, kann ich Schaden abwenden.«

Megan starrte sie erstaunt an, dann fing sie an zu lachen. »Mein Gott, Sie stecken Ihre Nase gern in fremde

Angelegenheiten – ich habe nie eine kompliziertere Erklärung dafür gehört.«

»Wirklich? Ich kann noch viel komplizierter sein, ohne mich anzustrengen.«

»Da bin ich ganz sicher.« Und lächelnd fragte sie: »Warum ich? Wieso haben Sie gerade mich ausgesucht, um mich zu beschützen?«

»Ich weiß nicht.« Plötzlich fing sie an zu stammeln: »Ich ... ich denke ... ich mag dich.« Hastig fügte sie hinzu: »Natürlich kann es auch daran liegen, dass wir zur Familie gehören, und ich darauf trainiert bin, die Familie zu schützen.«

»Ja, das könnte sein«, bestätigte Megan sanft. »Aber ich hoffe, dass es nicht so ist. Ich habe nicht viele Freunde, Renata. Es wäre schön, wenn du eine Freundin für mich werden könntest.«

Renata wandte den Blick ab. »Wir werden sehen, stimmt's?« Sie wechselte das Thema. »Wie war das Gespräch mit Molino?«

»Er hatte Schaum vorm Mund, als ich auflegte. Ich habe ihm weisgemacht, ich sei eine Pandora und eine Finderin wie meine Mutter. Er hat es mir abgekauft.«

»Für den sind Freaks eben Freaks, und er weiß nicht genug über uns.« Renata hielt kurz inne. »Du hättest ihm sagen können, dass ich die Finderin bin. Das hätte dich ein wenig aus der Schusslinie gerückt.«

»Es ist besser, wenn sich seine Paranoia nur auf mich richtet, dann kannst du dich im Hintergrund bereithalten. Konnte die CIA einen Gegenstand von ihm auftreiben, der dich dann zu ihm führen kann?«

»Noch nicht. Sie versuchen, in sein Haus in Madagaskar zu gelangen, aber das ist ziemlich gut gesichert.«

»Nun, wir können davon ausgehen, dass er nicht dorthin zurückkehrt, bis er weiß, dass ich tot bin«, erklärte Megan ungerührt.

»Schaum vor dem Mund?«, wiederholte Renata grinsend.

»Wie ein tollwütiger Hund.« Sie ging zu ihrem Zimmer. »Mit Betonung auf tollwütig. Ich glaube, er hat ein paar Schrauben locker.« An der Tür blieb sie stehen. »Ich möchte mehr über Finder erfahren, Renata – ich muss wissen, was mich erwartet. Kommst du mit in mein Zimmer und erzählst mir mehr davon?«

Renata nickte. »Aber da gibt's nicht viel zu wissen.« Sie durchquerte das Zimmer und ließ sich auf die Bank in der Fensternische fallen. »Du hast gesagt, dass deine Mutter eine Finderin war.«

»Das weiß ich nur, weil Grady es mir gesagt hat. Ich wusste gar nichts von ihren Talenten.«

»Das muss ... komisch gewesen sein. Ich wusste immer von der Familie und dass die meisten von uns eine Begabung haben. Schon als ich sieben war, wurde offenbar, dass ich eine Finderin bin. Andere Talente hab ich erst später entwickelt.«

»Und du hattest keine Angst?«

»Das hat Mark nicht zugelassen. Meine Mutter war ziemlich beschäftigt und hatte keine Zeit, mich auszubilden, deshalb hat sie Mark darum gebeten.« Sie lächelte. »Ich glaube, er hat sich gar nicht gern mit mir abgegeben, bis Edmund ihm sagte, dass er mich als Bewahrerin der Chronik ausgesucht hatte. Danach hat sich Mark nicht mehr anmerken lassen, ob ich ihm lästig war. Er wusste, dass er mich vorbereiten musste.«

Und die Bewahrerin der Chronik zu unterrichten war wichtiger als die Bedürfnisse eines kleinen Mädchens.

Renata schüttelte lächelnd den Kopf. »Ich tue dir

leid. Aber Mark war sehr gut zu mir. Du verstehst das nicht.«

»Nein«, bestätigte Megan. »Aber ich versuche es. Erzähl mir, wie es ist, eine Finderin zu sein.«

»Ich bin ziemlich gut. Mark hat mein Talent für bemerkenswert gehalten und mit mir gearbeitet.«

»Wie machst du es?«

»Zuerst brauche ich einen Gegenstand, dem der Person, die ich suchen soll, gehört. Das weißt du ja schon. Der Gegenstand wird allgemein Anker genannt, weil er das Einzige ist, was einen fest auf der Spur hält. Dann konzentriert man sich und sieht, ob man eine Verbindung herstellen kann.«

»Verbindung?«

Renata runzelte die Stirn und versuchte, das näher zu erläutern: »Es ist eine Art ... Berührung. Aber meistens muss man nahe genug herankommen, damit das funktioniert. Dann streckt man sozusagen die Hand aus und stellt die Verbindung her – es ist, als würde man an einem Seil gezogen oder geführt.«

»Und das ist alles?«

Sie nickte. »Es sei denn, die Verbindung ist so stark, dass man ein Bild erhält. Manchmal hat man eine Vision von dem Gesuchten vor Augen. Wenn man Glück hat, liefert sie einem Hinweise, und man ist bei der Suche nicht mehr nur auf das Seil angewiesen.«

»Aber du brauchst unbedingt etwas, was Molino gehört?«

Renata nickte. »Gib mir einen kraftvollen Gegenstand, den ich als Anker nutzen kann, und ich finde jeden.«

»Na, hoffentlich kann dir Venable bald etwas liefern.« Sie schwieg einen Moment. »Und das funktioniert wirklich, Renata?«

»Ja, wirklich.« Renata lächelte wieder. »Ich gebe dir mein Wort. Wenn ich die Jagd sofort beginnen kann, besteht die Chance, dass wir Molino finden, bevor er dich über dem Feuer röstet.« Sie stand auf. »Konnte ich dich beruhigen?«

Megan nickte. »Wissen hilft immer. Ich komme mir vor, als würde ich im Dunkeln tappen.«

»Wenigstens hast du Gesellschaft.« Sie ging zur Tür. »Du hast eine Persönlichkeit, die in anderen den Wunsch weckt, dir in deinen dunklen Tagen beizustehen. Irgendjemand wird immer für dich da sein, Megan. Grady, Harley, sogar ich.«

Renata machte die Tür hinter sich zu.

Megan ging zum Fenster und betrachtete die mondbeschienenen Felder.

Molino war irgendwo da draußen, zerfressen von Hass, und plante seine nächsten Schritte.

Wie nah war er ihr?

Grady hatte das Faxpapier mit dem Foto von Sienna und Molino unter ihrer Tür durchgeschoben; dort fand sie es, als sie am Morgen aufwachte. Sie erlebte einen Schock, als sie es sich ansah. Unbewusst hatte sie ein Foto aus der Verbrecherkartei oder ein Passbild erwartet, aber dies war ein Schnappschuss von zwei Männern, die an einem Tisch in einem Straßencafé saßen. Sie waren leger gekleidet und lächelten – zwei ganz normale Männer in den Fünfzigern, entspannt, vielleicht im Urlaub. Grady hatte die Namen auf das Papier geschrieben und Pfeile zu den entsprechenden Köpfen gemalt. Molino war ein wenig behäbiger, hatte eine Hakennase und dichtes braunes Haar mit grauen Strähnen. Er trug ein orange-braun gestreiftes Hemd und eine Khakihose. Siennas leicht schräge haselmussbraune Augen wirkten katzenhaft in dem dreieckigen Gesicht, sein Haar war hell und schütter. Hemd und Hose saßen wie maßgeschneidert, und er vermittelte den Eindruck, ungeheuer anspruchsvoll zu sein.

Megan starrte noch immer auf das Foto, als Grady ein paar Minuten später an ihre Tür klopfte.

»Ich wollte sichergehen, dass du das so früh wie möglich siehst«, sagte er. »Ist spät in der Nacht angekommen. Überrascht?«

»Ja. Wahrscheinlich sollte ich es nicht sein. Ich glaube nicht, dass mich die Tatsache, dass sie so normal aussehen, erstaunt – es ist der Schnappschuss an sich. Sie sitzen in der Sonne, trinken Wein und genießen ihr Leben, als hätten sie es verdient.«

»Ja.«

»Aber sie verdienen es *nicht.*« Sie schluckte, um den Kloß im Hals loszuwerden. »Sie töten, sie foltern, sie verhökern kleine Kinder an Unmenschen, die sie missbrauchen und ihre Leben zerstören. Gäbe es Gerechtigkeit auf dieser Welt, dann müssten sie in der Hölle schmoren.«

»Gottes Mühlen mahlen langsam.«

»Dann sollten wir schneller für Gerechtigkeit sorgen, verdammt. Können wir nicht mehr tun?«

»Venable zieht alle Strippen beim FBI und den örtlichen Polizeibehörden in Tennessee, damit sie Molino aufspüren. Es dauert seine Zeit.«

»Und so lange sitzen Molino und Sienna in der Sonne und haben ein gutes Leben«, sagte sie verbittert.

»Nicht zurzeit.« Er schmunzelte. »Ich glaube, du hast Molino gestern Abend dermaßen wütend gemacht, dass er bestimmt nicht gemütlich auf seinem Hintern sitzt.«

»Gut.«

»Und ich habe Neuigkeiten von der Polizei in Atlanta, den Truck betreffend, der Phillips Angreifer gehört. Die Reifen wurden mit Kreditkarte beim National Car Service gekauft.«

»Du hast einen Namen?«, fragte sie eifrig.

»Tim Darnell. Er ist Student an der Georgia State University, zweiundzwanzig, intelligent, gutaussehend und ohne Vorstrafen.«

»Dann ist er vielleicht nicht der Schütze«, sagte sie enttäuscht.

»Oder eben doch. Er ist auf einer Farm in South Georgia aufgewachsen und seit frühester Jugend ein Waffennarr, der die Jagd liebt. Seine Eltern sind bettelarm, aber Darnell scheint ziemlich viel Geld zu haben. Die Polizei hat eine seiner Exfreundinnen befragt – anscheinend hat er etwas für Machtspielchen übrig. Das Mädchen hat sich von ihm getrennt, weil es Angst vor ihm hatte.«

»Können sie ihn nicht zum Verhör ins Präsidium bringen?«

»Das würden sie tun, wenn sie ihn finden könnten. Er war seit Tagen nicht mehr in seiner Wohnung. Sie observieren das Haus, hatten bis jetzt aber kein Glück.«

»Denkst du, er ist bei Molino?«

Grady zuckte mit den Schultern. »Molino duldet nur altbewährte, vertrauenswürdige Helfershelfer in seiner Nähe und ganz bestimmt keinen grünen Jungen, der seinen Job nicht anständig erledigt hat. Aber falls wir Darnell in die Finger kriegen, können wir ihn vielleicht überreden, Molino eine Falle zu stellen.«

»Wie wollt ihr ihn überreden?«, wollte Megan wissen.

Er hob eine Braue. »Nicht durch Folter. Obwohl ich sie anwenden würde, wenn es sein müsste. Zu diesem

Zeitpunkt würde ich alles tun, was nötig ist. Aber möglicherweise ist es effizienter, auf Tricks zurückzugreifen, die dir nicht ganz geheuer sind. Ich bin ein Kontrolleur, und es gibt nicht viele Menschen, die ich nicht beeinflussen kann. Dir würde es nichts ausmachen, wenn ich Darnell dazu bringen könnte zu tun, was wir wollen – sehe ich das richtig?«

»Ja.«

»Ich schätze, ich sollte auch für kleine Zugeständnisse dankbar sein.« Er drehte sich weg. »Manchmal glaube ich, du hast genau solche Vorurteile wie Molino, was die sogenannten Freaks angeht.«

»Das wäre irrational, wenn man bedenkt, dass ich selbst einer bin.«

»Aber im tiefsten Inneren hast du noch Probleme, das zu akzeptieren.« Er betrat den Flur. »Übrigens, Harley macht gerade Frühstück – es dürfte in einer halben Stunde fertig sein. Komm nicht zu spät runter. Harley ist immer sauer, wenn seine Rühreier kalt werden.«

»Gott behüte.« Sie warf das Foto auf den Nachttisch und machte sich auf den Weg ins Bad. Sie war froh, dass Gradys Neuigkeit über Tim Darnell die Entmutigung, die sie beim Betrachten des Fotos empfunden hatte, ausgleichen konnte. Dass sie nicht mehr komplett im Nebel stocherten, hatte ihre Laune beträchtlich gebessert. Es mochte frustrierend und nervenaufreibend sein, warten zu müssen, bis sich etwas Neues ergab und sie endlich Molino an den Kragen gehen konnten. Aber zumindest machten sie winzige Fortschritte.

Kapitel 17

Megans Handy klingelte am späten Nachmittag.

Dr. Jason Gardners Nummer war auf dem Display. Hoffnung keimte auf. Er hatte gesagt, dass er nur anrufen würde, wenn es etwas Neues gab.

O Gott, bitte lass es eine gute Nachricht sein.

»Wie geht's Phillip?«, fragte sie sofort. »Sie dachten doch, dass eine Veränderung vor sich ginge. Zum Guten oder zum Schlechten?«

»Nicht aufregen«, warnte Gardner. »Ich kann nichts versprechen. Ich habe Ihnen erzählt, dass Ihr Onkel …«

»Hat sich sein Zustand gebessert? Spielen Sie nicht den Diplomaten, und *reden* Sie mit mir.«

»Ich glaube, es geht ihm besser. Zweimal hat er meine Hand gedrückt, als ich ihm eine Frage stellte, die er mit Ja oder Nein beantworten sollte.«

»Sind Sie sicher?«

»Es war ein schwacher Druck, aber ich glaube nicht, dass es ein Reflex war. Die Geräte zeigen keine Veränderung an, trotzdem könnte es ein Anfang sein.«

»Gott sei Dank.«

»Allerdings brauchen wir einen Durchbruch. Es ist, als würde er durch ein Labyrinth irren und den Ausgang nicht finden. Ich hatte schon ähnliche Fälle, doch nach ein paar Wochen ließen die Reaktionen nach. Ich darf ihn nicht wieder abgleiten lassen.«

»Was können wir tun?«

»Ich halte mich so oft bei ihm auf, wie es mir meine Arbeit erlaubt. Meine Oberschwester Madge Holloway ist die restliche Zeit bei ihm. Wir sprechen mit ihm. Stellen ihm Fragen. Aber«, fuhr er fort, »ich glaube, wir brauchen einen persönlicheren Kontakt – jemanden, den er kennt und der ihm am Herzen liegt, so dass er sich ein bisschen mehr anstrengt zurückzukommen.«

»Er braucht mich?«

»Ja, ich denke, Ihre Anwesenheit wäre … hilfreich.«

»Ich bin heute Abend noch bei Ihnen. Sind Sie dann in der Klinik, damit ich mit Ihnen sprechen kann?«

»Ich erwarte Sie. Um wie viel Uhr?«

»So gegen neun. Wir müssen hier einiges planen. Welche Zimmernummer hat er?«

»Vierzehn B am Ende des Korridors.«

»Ich werde da sein.«

»Ich erwarte Sie. Danke, Dr. Blair.«

»Nein, ich danke Ihnen.« Sie legte auf und wirbelte zu Grady herum. »Phillip erwacht vielleicht aus dem Koma.«

»Das ist wundervoll«, erwiderte er ruhig »Weniger schön ist, dass du beabsichtigst, zu ihm zu fliegen.«

»Das kannst du mir nicht ausreden. Er braucht mich.«

»Ich würde nicht im Traum daran denken, dich davon abzuhalten. Für sinnlose Unterfangen bin ich nicht zu haben. Es war lediglich eine Feststellung.«

»Besser, als hier herumzusitzen und Däumchen zu drehen. Ich habe die Möglichkeit, etwas Sinnvolles zu tun. Vielleicht kommt es auf meine Anwesenheit an, ob er aus dem Koma erwacht oder nicht.«

»Okay.« Grady stand auf. »Dann lass mich alles so

arrangieren, dass es so sicher wie möglich für dich ist. Die Chance besteht, dass Molino die Klinik beobachten lässt.«

Megan nickte. »Mir ist nur wichtig, ein wenig Zeit mit Phillip verbringen zu können.«

»Kannst du das auf einen Besuch beschränken?« Er sah, wie sie die Stirn krauszog. »Wir werden sehen. Ich begleite dich in sein Zimmer. Harley und Renata können sich so lange auf dem Krankenhausgelände umsehen und sicherstellen, dass keine Gefahren drohen. Okay?«

»Es muss wohl so sein.« Sie steuerte die Treppe an. »Ich hole meine Reisetasche und den Arztkoffer. Vielleicht verbringe ich die Nacht bei Phillip. Wie Gardner sagte, irrt Phillip gerade durch ein Labyrinth. Kein Mensch kann voraussagen, wann er auf eine Lücke in der Hecke stößt.«

»Wir wollen hoffen, dass das bald passiert«, meinte Grady. »Ich drücke die Daumen.«

»Ich auch.« Sie zögerte einen Moment. »Danke, dass du mir keine Steine in den Weg legst, Grady.«

»Um Himmels willen, er ist auch mein Freund«, gab er harsch zurück. »Natürlich wäre es wünschenswert, wenn das erst in ein paar Tagen auf uns zugekommen wäre, aber es ist nun mal so, wie es ist. Wir bringen dich hin und sorgen dafür, dass dir nichts passiert.« Er ging in Richtung Küche. »Ich sage Harley und Renata Bescheid.«

Gardner wandte sich an Schwester Madge Holloway, nachdem er aufgelegt hatte. »Sie kommt, Madge.«

Madge lächelte. »Haben Sie daran gezweifelt? Sie sagten doch, dass sie zu denen gehört, die sich wirklich Sorgen machen.« Sie sah auf Phillip Blair herunter.

»Und es kommt nicht oft vor, dass wir den Angehörigen Hoffnung machen können. Ich bete, dass wir ihn zurückbekommen. Besteht die Chance?«

»Ja.« Er kam ans Bett und nahm Phillips schlaffe Hand in seine. »Phillip? Sie sind ein guter Mensch, und Gott sollte Ihnen beistehen. Das müsste doch ein wenig Gewicht haben.«

»Und er hat Sie«, fügte Madge hinzu. »Das senkt die Waagschale noch mehr zu seinen Gunsten.«

»Sagen Sie das den fünf anderen Patienten, die sich nicht so gut entwickeln wie Phillip«, erwiderte er matt. »Aber wir dürfen die Hoffnung nicht aufgeben, Madge.« Er drehte sich weg. »Ist Phillips Bodyguard noch vor der Tür?«

»Jordan?« Madge nickte.

»Sagen Sie ihm, er soll ins Zimmer kommen. Ich möchte sicherstellen, dass Phillip und Megan Blair nichts passiert.«

»Sofort.« Sie stürmte hinaus.

Gardner betrachtete lange Phillips Gesicht. »Kämpfen Sie weiter, Phillip Blair. Sie werden wieder gesund, wenn Sie nicht nachlassen.« Verdammt, er hoffte, dass das der Wahrheit entsprach.

»Das ist nicht besonders schlau«, gab Harley zu bedenken. »Molino könnte das Telefon angezapft haben und ein Empfangskomitee schicken. Du solltest sie nicht weglassen.«

»Das weiß ich«, gab Grady ungehalten zurück. »Seit wir Phillip in Bellehaven untergebracht haben, wusste ich, dass er die Schwachstelle ist. Deshalb habe ich Megan angehalten, nie länger als drei Minuten mit der Klinik zu telefonieren, wenn sie sich nach seinem Befinden erkundigt. Immer bestand die Möglichkeit, dass sie den Anruf zurückverfolgen.«

»Und wenn Megan jetzt an Phillips Seite eilt, brauchen sie gar nichts mehr zurückzuverfolgen.«

»Wir sind nicht sicher, ob die Leitung angezapft ist.« Er hob die Hand, als Harley etwas erwidern wollte. »Okay, wir dürfen das Risiko nicht eingehen. Deshalb müssen wir uns vergewissern, dass der Weg für sie frei ist. Ruf den Bodyguard an, den du für Phillip abgestellt hast. Wie war sein Name?«

»Lee Jordan. Ein guter Mann.«

»Er soll doppelt wachsam sein. Ich werde sie in Phillips Krankenzimmer begleiten. Du und Renata sucht das Gelände nach Heckenschützen ab.« Er holte ein Führerscheinfoto von Darnell und eine Kopie des Fotos, das er Megan gegeben hatte, aus der Tasche. »Aufnahmen von Molino, Sienna und Darnell. Wie Molinos andere Handlanger aussehen, wissen wir nicht.«

»Dieser Darnell fährt einen Pick-up-Truck?«

»Ich weiß nicht, ob er ihn noch benutzt.«

»Er scheint sich für einen tollen Burschen zu halten. Männer, die Frauen schlagen, möchten gern als Machos gelten. Vielleicht liebt er das Image, das ihm ein Truck verleiht. Und wenn er nicht mehr diesen Truck fährt, dann hat er sich sicher einen anderen besorgt.«

»Keine Ahnung. Lass ihn nur nicht entwischen, wenn du ihn siehst.«

»Kannst du ihr das Ganze nicht doch noch ausreden?«

»Nein.« Grady drehte sich um. »Ich hab's auch gar nicht versucht. Sie handelt rein emotional. Diese Seite an ihr kann ich nicht bekämpfen. Das will ich auch gar nicht, zum Teufel. Es ist ein wunderbarer Charakterzug.«

»Wenn er ihr nicht den Tod bringt.«

»Wird er nicht. Ich lasse es nicht zu.« Er ging zur Haustür. »Mach einfach deinen Job.«

Bellehaven

Auf dem Parkplatz vor dem Nebengebäude 4 standen nur wenige Autos relativ nahe am Eingang.

»Augenscheinlich ist die Besuchszeit vorbei«, sagte Grady, als er ausstieg. »Oder die Komapatienten bekommen nicht viel Besuch. Ich nehme an, es ist einfacher, sie zu vergessen, wenn die Familie weiß, dass sie gut untergebracht sind.«

»Vergiss nicht, in dieser Station liegen nur sechs Patienten. Gardner möchte sich auf jeden Einzelnen persönlich konzentrieren.« Megan ging zum Eingang. »Ich jedenfalls werde Phillip nicht vergessen.«

»Das weiß ich.« Er hielt ihr die Glastür auf. »Und deshalb sind wir hier.«

Der Korridor in dem rechteckigen Gebäude war nur schwach beleuchtet, und an dem halbrunden Schreibtisch gleich neben der Tür saß nur eine Schwester. Sie sah von ihren Papieren auf, als Megan und Grady auf sie zugingen. Sie war ein wenig füllig, Mitte dreißig. Das kleine Schild an ihrer Kitteltasche wies sie als Madge Holloway aus. Sie lächelte bedauernd. »Tut mir leid. Nach neun Uhr sind keine Besuche mehr in dieser Station erlaubt. Ich wollte gerade die Tür abschließen. Würde es Ihnen weiterhelfen, wenn ich mir den neuesten Befund über den Zustand Ihres Angehörigen ansehe?«

»Dr. Gardner hat uns angerufen«, sagte Megan. »Er hat mich gebeten, ihn im Zimmer vierzehn B zu treffen.«

»O ja.« Das Gesicht der Schwester erhellte sich. »Der Fall Phillip Blair. Ich hatte gehofft, dass ich hier bin, wenn Sie kommen. Wir freuen uns so über seine Fortschritte. Dr. Gardner gibt niemals auf. Sie haben Glück, dass er sich um Ihren Onkel kümmert.«

»Das ist mir bewusst«, erwiderte Megan. »Am Ende des Korridors?«

»Ganz recht. Viel Erfolg.«

»Danke.«

»Wart auf mich.« Grady nahm ihren Arm. »Du rennst ja förmlich.«

»Mir ist danach zumute. Ich bin aufgeregt.« Sie sah ihn an. »Und ich weiß, dass du mir raten willst, die Hoffnung nicht zu hochzuschrauben, aber spar dir das. Ich kann nicht anders.«

»Das würde mir gar nicht einfallen.« Sein Blick wechselte von einer Seite zur anderen, während sie an den Krankenzimmern vorbeikamen. »Wäre sowieso vergebene Liebesmüh. Aber ich bin Realist. Ich hebe mir die Freude für den Moment auf, in dem ich sehe, dass Phillip den ersten Schritt ins Bewusstsein gemacht hat.« Ein paar Meter vor der letzten Tür blieb er stehen. »Warte hier. Lass mich zuerst in das Zimmer.«

Megan warf einen Blick zurück auf die Schwester am Empfang und runzelte die Stirn. »Hier scheint alles okay zu sein.«

»Und hoffentlich machen Harley und Renata draußen eine ähnlich gute Erfahrung.« Grady ging zur Tür. »Aber lassen wir uns nicht vom schönen Schein täuschen. Ich habe selbst oft genug die Realität manipuliert.«

»Ja, aber Molino ist kein Kontrolleur. Und dies hier ist … was ist los?« Er schaute an ihr vorbei zum Eingang. »Warum …«

»Scheiße!« Er riss Phillips Zimmertür auf, duckte sich zur Seite und tauchte ins Zimmer ab. »Auf den Boden!«

Die Schwester lief geradezu aus dem Gebäude. Ihre Schritte waren zielstrebig, als sie auf den SUV, der vor der Tür stand, zuging.

Das gefiel Renata gar nicht. Die Schwester bewegte sich zu schnell, und Megan und Grady hatten das Gebäude gerade erst betreten. Mark hatte ihr eingeschärft, dass bei einer Überwachung jede Abweichung von der Normalität ein Warnzeichen ist. Natürlich handelte es sich um eine Krankenschwester, und in Kliniken gab es immer Notfälle. Renata sah sich das Auto an, in dem die Schwester vom Parkplatz fuhr.

Nein, verdammt – das war nicht richtig.

Renata griff zum Handy, während sie ihren Wagen startete und dem SUV folgte.

Sie musste Megan warnen. Und darauf bauen, dass Grady aufmerksam genug war, um Megans Leben zu schützen.

Grady zog seinen Revolver und rollte unter das Krankenbett.

Keine Schüsse.

Keine Flüche oder Rufe.

Von seiner Position aus konnte er niemanden in dem Zimmer sehen.

»Grady, verdammt. Was ist los?«

»Bleib, wo du bist, Megan. Bisher sehe ich kein Problem.«

Im angrenzenden Badezimmer?

Er kroch vorsichtig unter dem Bett hervor.

Etwas Warmes spritzte auf seine Hand.

Blut.

Er erstarrte, als er beobachtete, wie das Blut vom Bett auf seine Hand und auf die beigefarbenen Fliesen lief.

O Gott.

Nicht den Mann auf dem Bett ansehen. Noch nicht. Nicht, bevor er sicher sein konnte, dass im Bad niemand auf der Lauer lag.

Megan realisierte vage, dass ihr Handy klingelte. Ignoriere es. Jeder Nerv in ihrem Körper war zum Zerreißen gespannt, während sie auf die Geräusche in Phillips Zimmer lauschte.

Es war erst wenige Minuten her, seit Grady sie angewiesen hatte, auf dem Korridor zu bleiben, aber ihr kam es vor, als wäre ein Jahrhundert vergangen.

»Grady.«

Keine Antwort.

»Wenn du mich jetzt nicht in dieses Zimmer lässt, rufe ich die Polizei.«

»Du willst nicht hier hereinkommen, glaub mir. Ich komme zu dir.«

Panik befiel sie. »Wenn es kein Problem gibt, warum willst du dann nicht …« Sie sprang auf die Füße und ging langsam, vorsichtig in Phillips Zimmer.

Blut.

Die Laken auf dem Bett waren durchtränkt mit Blut, das von Gesicht und Hals des Mannes, der auf dem Bett lag, tropfte.

»Lieber Gott.« Megan wich zur Wand zurück. Ihre Knie gaben nach, und sie rutschte zu Boden. »Phillip …«

»Nein.« Grady kauerte sich neben sie. »Das dachte ich zuerst auch. Aber es ist nicht Phillip. Das ist schwer zu sagen bei diesen Gesichtsverletzungen, aber ich glaube, es ist Gardner.«

»Gardner?« Ihr Blick huschte zu Gradys Gesicht. »Tot?«

Er nickte. »Ich schätze, es ist in der letzten Stunde passiert.« Und nach einem Moment setzte er hinzu: »Und im Bad liegen noch zwei Leichen. Laut Ausweis ist die eine Jordan, der Bodyguard, den Harley angeheuert hat. Er wurde aus nächster Nähe erschossen. Offenbar wurde er überrumpelt. Die andere ist eine Frau in Schwesternuniform – vermutlich die Oberschwester Madge Holloway. Man hat ihr das Genick gebrochen.«

Madge Holloway. »Die Frau am Empfang hatte ein Schildchen mit dem Namen am Kittel.«

»Und ich habe beobachtet, wie sie aus dem Haus gerannt ist, sobald wir Phillips Zimmer erreicht hatten. Sie hat gerade lange genug gewartet, um uns in Sicherheit zu wiegen, dann hat sie sich aus dem Staub gemacht.«

Megan rieb sich die Schläfe. »Aber wo ist Phillip?«

Grady schüttelte den Kopf.

»Er muss ... Wie konnten Sie ihn aus dem Gebäude schaffen?«

»Wie konnte Molino Gardner und die Schwester töten? Er wollte es so. Wenn er Gardner einige Zeit in seiner Gewalt hatte, konnte er ihn zwingen, das zu tun, was er von ihm verlangte. Es scheint, als hätten sie mit ihm gespielt, bevor sie ihm die Kehle durchgeschnitten haben.«

»Hurensöhne.« Ihre Stimme bebte vor Zorn. »Gardner war ein so guter Mensch. Er hat sich um Phillip gekümmert. Er hat sich für all seine Patienten aufgeopfert. Er wollte nichts anderes, als sie aus dem Koma ...«

Wieder klingelte ihr Handy.

»Geh dran«, forderte Grady.

Sie hatte bereits auf die Taste gedrückt.

»Darnell sagt, dass jede Menge Blut geflossen ist«, sagte Molino. »Ist es nicht gut, dass Sie Ärztin und nicht zimperlich sind?«

»Sie Bastard. Was hat Ihnen Gardner getan?«

»Nichts. Er war sehr hilfsbereit, aber er wäre mich zu teuer gekommen und war mir nicht mehr von Nutzen.«

»Was?«, fragte sie entsetzt.

»Ich habe ihm eine große Summe angeboten, damit er Sie in die Klinik lockt. Sienna hat einige Zeit mit ihm verhandelt.«

»Er hätte keinen seiner Patienten verkauft.«

»Jeder hat seinen Preis. Er war ein Idealist, der daran glaubte, dass sich einer für viele opfern sollte. Man hat ihm angekündigt, dass man ihm die Spendengelder entziehen will.«

»Ich glaube Ihnen kein Wort.«

»Glauben Sie, was Sie wollen. Natürlich habe ich ihm das erzählt, was er hören wollte: Blair sei nur ein Druckmittel, und wir würden Sie nur herlocken wollen, damit wir die Chronik an uns bringen können. Er hat uns alles abgenommen, weil er so scharf auf das Geld war. Er hat es Darnell leichtgemacht und den Bodyguard ins Zimmer gerufen. So konnte Darnell ihn diskret erledigen. Dem Doktor hat Sienna weisgemacht, Jordan würde nur gefesselt und im Badezimmer zurückgelassen. Gardner sollte die Schwester wegschicken, aber Darnell war ein bisschen zu früh dran.«

Ein Mörder kam zu früh, und nur deshalb musste noch ein Mensch sein kostbares Leben lassen, dachte Megan. Ihr wurde übel. »Ist Phillip noch am Leben?«

»So sehr, wie es ein Stück Fleisch sein kann. Ich war ehrlich überrascht, dass Sie ihn nicht abgeschrieben haben, nachdem mein Freund Darnell ihn zu Gemüse gemacht hatte.«

»Er ist kein Gemüse«, stieß Megan hervor. »Und sein Zustand bessert sich.«

»Das hat Darnell mitbekommen, als er versuchte, Sie ausfindig zu machen. Ich hatte ihn gebeten, Gardners Telefon von dem Moment an, in dem Sie nach Schweden abgeflogen sind, abzuhören.«

»Stimmt es, was Gardner gesagt hat? Geht es Phillip besser?«

»O ja, und Gardner war hin- und hergerissen. Aber letzten Endes wollte er doch nicht auf das Geld verzichten, weil er sonst sein kleines Reich verloren hätte. Sienna und ich haben überlegt, ob Sie das Risiko eingehen würden. Obwohl keiner von uns beiden Ihre Gründe versteht, dachten wir, dass Sie herkommen würden, wenn Sie hören, dass Ihr Onkel Fortschritte macht. Wir wären niemals so dämlich, das versteht sich von selbst.«

»Weil Sie beide eiskalt sind.«

»Meinem Sohn gegenüber war ich nie kalt. Und auch an meinem Hass auf Sie ist nichts kalt. Er ist glühend heiß, und er frisst mich auf. Als ich hörte, dass Sie nach Bellehaven kommen würden, hätte ich Darnell und ein paar andere Männer beauftragen können, Sie zu erledigen. Aber mir ist klar geworden, dass es so nicht ablaufen sollte. Der Ausgang wäre unsicher gewesen, weil Sie Grady und Harley an Ihrer Seite haben – doch das war nicht der einzige Grund. Ich will zusehen, wenn Sie langsam sterben.« Sein Tonfall wurde immer bösartiger. »Ich möchte Sie quälen, wie ich es mit Edmund Gillem getan habe. Ich möchte das selbst übernehmen. Ich will Ihr Gesicht sehen und wissen, dass Sie leiden.«

»Das wird nicht passieren.«

»O doch. Weil ich diesen ekelhaften Zombie, an dem Sie sehr zu hängen scheinen, in meiner Gewalt habe. Natürlich wird man nicht so gut für ihn sorgen wie Dr. Gardner und seine Krankenschwestern. Es gibt kein warmes Bett. Ich stecke ihn in den Keller, dort ist es ein bisschen kalt und feucht.«

»Das könnte ihn umbringen. Sein Immunsystem ist nicht ...«

»Dann holen Sie ihn.«

»Würden Sie ihn freilassen, wenn Sie mich haben?«

Grady stieß einen Fluch aus.

»Möglich. Ich habe keine Verwendung für ihn.«

Ihre Hand umklammerte den Hörer fester. »Wo?«

»Redwing, Tennessee. Ist das nicht ein hübscher Name für eine Stadt?«

»Halten Sie sich dort auf?«

»Selbstverständlich nicht. Kommen Sie zum Friedhof auf dem Hügel, dann reden wir über einen Austausch.«

»Reden? Ich bin nicht dumm, Molino.«

»Aber Sie haben eine eigenartige Einstellung, wenn es um hilflose Wesen geht. Kommen Sie morgen Abend um elf Uhr auf den Friedhof. Wenn Sie Glück haben, dann wird Phillip Blair nicht zu den Toten dort gehören.« Damit legte er auf.

»Ein Austausch?«, fragte Grady nach.

Sie nickte knapp. »Redwing, Tennessee. Ein Friedhof auf einem Hügel. Er möchte über die Bedingungen reden. Morgen Abend um elf.«

»Das ist eine Falle. Er wird Phillip nicht aus der Hand geben. Er möchte dich leiden sehen und weiß, wie es dich schmerzt, wenn er Phillip tötet.«

»Das weiß ich.« Ihr Blick wanderte zu dem blutgetränkten Bett. »Gardner war ein Judas. Molino hat ihn umgebracht, um ihn nicht bezahlen zu müssen. Jordan und die Schwester mussten sterben, nur weil sie anwesend waren.«

»Wir müssen weg von hier, Megan«, drängte Grady sanft. »Wenn die Schwestern Schichtwechsel haben, wollen wir nicht hier erwischt werden. Wir müssten zu viel erklären, und das würde uns nur aufhalten.«

Megan wollte noch nicht weg. Gardner hatte Phillip in Gefahr gebracht – das Schicksal des Arztes ließ sie kalt. Ihr war egal, wie idealistisch seine Gründe für den Verrat gewesen sein mochten. Ausnahmsweise konnte sie diesmal den Schmerz eines Mitmenschen nicht nachempfinden. Gardner hätte eine andere Möglichkeit finden können, an Spendengelder zu kommen. Aber Jordan und die Oberschwester waren auch in diesem Raum gestorben. Ihr Los unbeachtet zu lassen erschien ihr gefühllos.

»Megan.«

»Okay, okay.« Sie erhob sich und bewegte sich zur Tür. »Ich weiß, was du sagen willst. Mir gefällt es nur nicht.« Auf dem Korridor ging sie in Richtung Ausgang. Hier war alles noch so still und schwach beleuchtet wie vorhin.

Tödlich still.

Genau wie die drei Menschen, die nur wenige Stunden zuvor noch gesund und munter gewesen waren.

Sie holte ihr Handy aus der Tasche, als sie zu ihrem Wagen kamen. »Ich rufe neun eins eins an und melde einen Notfall im Nebengebäude. Ich kann das Ganze nicht einfach so belassen. In der Abteilung liegen weitere komatöse Patienten, die möglicherweise medizinische Hilfe brauchen.«

»Ruf an.« Grady startete den Motor. »Wir sind schon

ein ganzes Stück weg, bis die jemanden vom Haupthaus hergeschickt haben.« Sein Telefon klingelte, und er nahm den Anruf entgegen. »Wir sind im Aufbruch, Harley. Seht zu, dass ihr, du und Renata, auch schnell wegkommt.« Er hörte einen Moment zu. »Okay, wir melden uns bei ihr.« Er unterbrach die Verbindung. »Renata ist der Schwester gefolgt, die aus dem Nebengebäude gestürmt war. Ihr kam es komisch vor, dass die Frau eine so große Eile und ihr Wagen keine Klinik-Parkscheibe im Fenster hatte. Deshalb hat sie Harley angerufen und gebeten, in Kontakt zu bleiben.«

»Hat Harley Darnell oder einen von Molinos Männern aufgespürt?«

Grady schüttelte den Kopf. »Aber er hat einen Truck gefunden, auf den die Beschreibung passt. Darnell könnte Phillip in einem Krankenwagen abtransportiert haben, um keinen unnötigen Verdacht zu erregen; deshalb musste er seinen Truck hier stehen lassen. Harley untersucht ihn gerade auf Spuren.«

»Wenn Darnell so schlau ist, wie du sagst, dann hat er keine verwertbaren Hinweise hinterlassen.«

Er zuckte mit den Schultern. »Man kann nie wissen. Wenigstens haben wir zwei Verbindungen zu Molino, die wir vorher noch nicht hatten.«

»Falls Renata diese Schwester nicht aus den Augen verliert.«

»Ich kann mir kaum vorstellen, dass sich Renata leicht abschütteln lässt«, erwiderte Grady trocken. »Ruf sie an.«

»Danach.« Sie wählte 911. »Zuerst die Patienten.«

Er nickte. »Unbedingt – zuerst die Patienten.«

Renatas Mobiltelefon schaltete sofort zur Mailbox. Megan versuchte es noch drei weitere Male – ohne Erfolg. »Sie hat ihr Handy ausgeschaltet.« Megan biss sich auf die Lippe. »Oder ein anderer hat es für sie getan.«

»Die Schwester?«

»Wenn sie für Molino arbeitet, könnte sie genauso skrupellos sein wie er. Sonst würde sie nicht danebenstehen und zusehen, wie drei Menschen abgeschlachtet werden!«

»Ich glaube nicht, dass sie Renata ausschalten konnte. Nach allem, was Harley erzählt, hat Renata außergewöhnliche Fähigkeiten.«

Megan wählte wieder. »Renata ist verwundet und weiß nicht mit Gewissheit, dass die Schwester ... Sie nimmt ab. Gott sei Dank. Bis du okay, Renata?«

»Mir geht's prima«, antwortete Renata. »Ich war nur ein bisschen beschäftigt. War es eine Falle?«

»Ja. Dr. Gardner, die Oberschwester Madge Holloway und Jordan, der Leibwächter, sind ermordet worden. Phillip ist weg. Molino hat ihn. Die Frau, der du gefolgt bist, ist keine Krankenschwester.«

»Darauf bin ich auch schon gekommen. Ich weiß sogar noch etwas mehr. Ihr Name ist Hedda Kipler. Sie arbeitet für Molino und scheint ihm in Sachen Brutalität in nichts nachzustehen.«

»Woher weißt du das?«

»Ich hab doch gesagt, dass ich zu tun hatte. Wir sind hier in einem Motelzimmer im Fairfield Inn am Highway 40. Kommt her und holt sie.«

»Wir sind schon auf dem Weg.«

»Lasst euch Zeit. Wir haben ein hübsches Plauderstündchen, stimmt's, Hedda?«

Megan legte auf und wandte sich Grady zu. »Fairfield

Inn am Highway 40. Sie sagte, wir müssten uns nicht beeilen, allerdings bin ich mir da nicht so sicher.«

»Warum?«

»Sie kennt bereits den echten Namen der Frau. Ich weiß nicht, wie viel Cousin Mark Renata über Verhörmethoden beigebracht hat.«

Das Erste, was Megan sah, als Renata die Tür öffnete, war Hedda Kipler, die mit einer Vorhangkordel an einen Stuhl gefesselt war. Sie hatte einen Knebel im Mund, und ihr Gesicht war blutig und geschwollen.

Megan sah Renata mit gerunzelter Stirn an. »Renata?«

»Ich hab ihr das nicht zugefügt, nachdem ich sie wie einen Truthahn zusammengeschnürt habe«, beteuerte sie hastig. »Sie hat sich auf mich gestürzt, als ich hier vor dem Motel aus dem Auto gestiegen bin. Ich musste mich wehren.« Sie verzog das Gesicht. »Sie hat auch ein paar Treffer gelandet. Du wirst meine Wunde an der Schulter noch mal nähen müssen.«

Erst jetzt entdeckte Megan den Blutfleck an Renatas Schulter. »Die Nähte sind aufgerissen. Setz dich, ich kümmere mich darum.«

»Nicht jetzt«, entschied Grady. »Erst müssen wir mehr über Molinos Anweisungen erfahren, ehe er dahinterkommt, dass wir sie in unserer Gewalt haben.« Er sah Renata an. »Wie viel haben Sie aus ihr herausbekommen?«

»Ich muss Renatas Wunde versorgen«, warf Megan ein. »Und sie sagte, sie hätte sich lediglich verteidigt.«

»Na ja, ich könnte mir denken, dass sie nicht ganz so unschuldig ist – hab ich recht, Renata?«

Sie erwiderte seinen Blick. »Nein, ich habe sie bereits

ein bisschen durchgeschüttelt. Ich musste sofort handeln, sonst hätte es wahrscheinlich Stunden oder Tage gedauert, bis ich etwas aus ihr herauskriege. Und Mark hätte das als ›ineffizient‹ bezeichnet.« Sie wandte sich an Megan. »Ich habe ihr keine bleibenden Schäden zugefügt und gerade so viel getan, dass sie begreift, wie ernst es mir ist. Sie hat ihnen geholfen, Phillip aus der Klinik zu holen. Wäre es dir lieber, ich ließe sie ihre Lügen und Storys erzählen, bis es zu spät ist und wir ihm nicht mehr helfen können?«

Megan schüttelte matt den Kopf. »Nein, aber es passt mir nicht, dass du das gemacht hast. Du musst auch einen Schaden davongetragen haben.«

»Was haben Sie noch herausgefunden?«, wollte Grady wissen.

»Sie hat für Molino in den letzten zehn Jahren in Paris, Athen und Miami gearbeitet. Sie hat alles gemacht, angefangen vom Drogentransport über Geldwäsche bis hin zu solchen Jobs wie heute Abend. Sie denkt, er hat ein Versteck in Tennessee, aber sie selbst war nie dort.«

»Mist!«

»Aber sie war in dem Apartment, das er in Miami bewohnt, 1230 Ocean View. Im letzten Monat hat sie ein Päckchen aus Zentralafrika dort abgeliefert.«

»Im Moment ist er nicht in Miami, verdammt.«

»Nein, aber Sie können Leute von der CIA in die Wohnung schicken, damit sie einen persönlichen Gegenstand von Molino holen und mir zukommen lassen. Woanders scheinen sie bisher kein Glück gehabt zu haben.«

»Bist du sicher, dass du etwas aus dieser Wohnung benutzen kannst, um ihn zu finden?«, fragte Megan.

Renata verzog die Lippen. »O ja. Hedda Kipler sagt, dass er die Dinge, die sie ihm gebracht hat, in der zweiten Schublade der Kommode neben der Badezimmertür aufbewahrt. Sagen Sie den CIA-Männern, dass sie mir etwas aus dieser Schublade schicken sollen, dann kann ich Molino ausfindig machen.«

»Du scheinst davon überzeugt zu sein.«

Renata schaute in die bösartigen Augen von Hedda Kipler. »Absolut.«

»Megan soll sich morgen Abend mit Molino in Redwing, Tennessee treffen. Redwing könnte ein Anfangspunkt für Sie sein.« Grady zuckte mit den Schultern. »Oder auch nicht. Vielleicht hat er sich einen Treffpunkt ausgesucht, der ewig weit weg von seiner derzeitigen Zentrale liegt.«

»Ich versuch's mit Redwing. Wenn Sie den Leuten von der CIA Beine machen können, mache ich mich gleich morgen früh auf den Weg.«

»Ich rufe Venable sofort an«, sagte Grady. »Wir brauchen hier jemanden, der Hedda Kipler abholt, und zudem soll er jemanden in Molinos Miami-Apartment schicken. Erwartet Molino, etwas von ihr zu hören?«

Renata schüttelte den Kopf. »Sie hat mit Sienna telefoniert, als sie die Klinik verlassen hat. Darnell ist eine Stunde vor ihr mit Phillip in einem Krankenwagen losgefahren. Er hat vorgegeben, einen neuen Patienten ins Nebengebäude transportieren zu müssen; dann sind er und ein anderer von Molinos Männern in Phillips Zimmer gegangen, um Gardner dort zu treffen. Kurz darauf war alles vorbei.« Sie warf Megan einen Blick zu. »Wusstest du, dass Gardner auf Molinos Gehaltsliste stand?«

Megan nickte. »Molino hat es mir erzählt.«

»Gardner hat die ganze Sache inszeniert. Abends haben nur zwei Schwestern Dienst. Bei Komapatienten gibt es nicht viel zu tun, nachdem sie für die Nacht hergerichtet worden sind. Gardner sagte den Schwestern, dass er sie nicht mehr brauchte, und schickte sie, um Geld zu sparen, ins Schwesternheim. Heddas Job war, am Empfang zu bleiben, bis Megan in Phillips Zimmer war und Molino Kontakt mit ihr aufnehmen konnte.«

»Eiskaltes Dreckstück.«

»Sie ist abscheulich. Ich hatte fast gehofft, sie würde mir einen Grund geben, sie kaltzumachen«, sagte Renata. »Aber sie hat Mumm. Jeder hätte in die Klinik kommen und ihr Recht, dort zu sein, anzweifeln können. Aber sie hat ihre Befehle befolgt und ist geblieben, solange sie musste.«

»Und sie hat keine weiteren Anrufe getätigt?«

»Wenn ja, dann hätte sie es mir gesagt.« Renata setzte sich. »Und jetzt flick mich zusammen, Megan. Die verdammte Wunde blutet wieder.«

Kapitel 18

Harley traf im Motel ein, als Megan noch die Wunde nähte.

Er schnalzte missbilligend mit der Zunge und schüttelte den Kopf. »Meine ganze Erste Hilfe war für die Katz, nur weil Sie so achtlos mit sich umgehen.« Er rümpfte die Nase, als er sich die klaffende Wunde ansah. »Das sieht ja schlimmer aus als vorher. Ich hoffe nur, Sie bitten mich nicht, das noch einmal zu verbinden. Ich hasse es, meine Zeit zu verschwenden.«

»Würde mir nicht im Traum einfallen«, erwiderte Renata. »Ich wusste schon immer, dass Sie ganz schön zimperlich sind.«

»Stimmt. Wo ist Grady?«

»Er bringt Hedda Kipler zum Publix-Parkplatz ein paar Blocks von hier, um sie dort den CIA-Agenten zu übergeben, die Venable geschickt hat«, erklärte Megan.

»Gute Idee«, sagte Harley. »Am Telefon hat er mir erzählt, dass die Kipler ziemlich angeschlagen ist; und er möchte verhindern, dass Renata in den Berichten eine zu prominente Stelle einnimmt.« Er fasste in die Gesäßtasche und beförderte ein braunes Brillenetui aus Leder zutage. »Ich habe Ihnen ein Geschenk mitgebracht, Renata. Dieses Etui lag in Darnells Handschuhfach. Da Sie eine Finderin sind, dachte ich, Sie könnten es auch mit Darnell versuchen.«

»Lassen Sie sie in Ruhe«, ordnete Megan an. »Sie können mit ihr sprechen, wenn ich fertig bin.«

Aber Renata hielt das Etui bereits in den Händen. »Dieser Darnell ist derjenige, der Gardner, Jordan und die Schwester umgebracht hat?«

»Ja.«

Sie strich über das Brillenetui. »Er ist irgendwo in der Nähe. Ich erhalte einen vagen Eindruck. Er ist ... glücklich. Fast überschwänglich.«

»Ist Molino bei ihm?«

»Ich weiß es nicht. Wie gesagt, es ist nur vage.«

»Er könnte bei Molino sein.« Megan setzte den letzten Stich und begann, die Wunde zu verbinden. »Wenn er Phillip bei ihm abliefert.«

»Mir gefällt dieses ›vage‹ nicht, Renata«, sagte Harley. »Sie klingen wie eine Hellseherin aus einer Fernsehshow. Ich dachte, Sie wären echt.« Er seufzte. »Ich verliere meinen Glauben an Sie. Vielleicht ist dieser ganze paranormale Kram doch nur Humbug.«

»Was Sie ohnehin längst vermuten«, gab Renata zurück. »Ich muss Ihnen keine Rechenschaft ablegen.« Sie stand auf und zog ihr Shirt an. »Seien Sie so skeptisch, wie Sie wollen. Stehen Sie mir nur nicht im Weg.«

»Ich bleibe bescheiden im Hintergrund, während Sie schnüffeln und heulen wie ein Bluthund auf der Jagd. Ich hoffe nur, es macht Ihnen nichts aus, wenn ich hinterherhechle. Möglicherweise brauchen Sie jemanden, der für Megan einspringt, wenn Ihr Verband gewechselt werden muss.«

»Sie können mitkommen.« Renatas Blick schweifte ab. »Falls Venable kriegt, was ich brauche. Vielleicht findet er es nicht, und Molino hat seine Sachen woanders hingebracht.«

Ein Unterton schwang in Renatas Stimme mit, den Megan noch nie zuvor gehört hatte. Sie musterte Renata forschend und sah die übliche zur Schau gestellte Tapferkeit, aber da war noch etwas anderes. »Was ist? Du willst das nicht tun, hab ich recht?«

Renata antwortete nicht direkt. »Ich hätte euch nicht gesagt, wo ihr dieses verdammte Ding findet, wenn ich es nicht tun wollte.« Sie steuerte die Tür an. »Ich fahre nach Redwing. Falls die Chance besteht, Molino oder Darnell ausfindig zu machen, bevor sich Megan morgen mit ihm trifft, ergreife ich sie. Ich nehme das Etui mit und sehe, ob ich irgendwelche Schwingungen auffangen kann. Wenn Venable durchkommt, ruf mich an, Megan, und ich komme.« Sie wandte sich an Harley. »Kommen Sie?«

»Natürlich, wie kann ich einer so galanten Einladung widerstehen?«, murmelte Harley. »Ich folge Ihnen in meinem Wagen.«

»Du schließt mich aus, Renata«, sagte Megan. »Das lasse ich nicht zu.«

»O doch. Wenn du etwas beitragen kannst, dann bitte. Ansonsten solltest du hier bei Grady bleiben und uns die Arbeit machen lassen. Dein Job ist sicherzustellen, dass ich Venables Nachrichten bekomme.« Sie wartete nicht auf eine Antwort und verließ das Zimmer.

»Ich werde ein Auge auf sie haben.« Harley schnitt eine Grimasse. »Obwohl ich besser zwei Meter Abstand halte.«

»Das passt mir nicht. Irgendetwas ist nicht ...« Megan brach frustriert ab. »Wir fahren morgen ganz früh nach Redwing. Achten Sie darauf, dass ihr nichts passiert, Harley.«

»Mach ich. Ich mag keine Voodoo-Talente besitzen,

aber brillante Intelligenz und Erfahrung sind auch etwas wert.« Er wandte sich zum Gehen. »Und die Bereitschaft, abzutauchen und sich auf den nächsten Kampf vorzubereiten ist auch sehr praktisch. Sie sollten diese Philosophie kultivieren. Mir ist aufgefallen, dass Sie dazu neigen, erst anzugreifen und sich später über die Folgen Gedanken zu machen. Wir sehen uns morgen, Megan.«

Sie sah niedergeschlagen und hilflos zu, wie die Tür hinter ihm zuging. Eigentlich sollte sie Jagd auf Molino machen. Sie war für Phillip verantwortlich und auch der Grund dafür, dass er in diese Situation geraten war, weil Molino ihre Achillesferse gefunden und sie genau dort getroffen hatte.

Sie begann, die Sachen in ihre Arzttasche zu räumen. Erstaunlich, dass es Renata mit der Verletzung an der Schulter gelungen war, Hedda Kipler zu bezwingen.

Nein, eigentlich war das keine Überraschung. Renata besaß eine außergewöhnliche Entschlossenheit und ein bewundernswertes Durchhaltevermögen. Sie würde niemals aufgeben und meisterte alle Hindernisse, die sich ihr in den Weg stellten.

»So nachdenklich?« Grady war hereingekommen. »Was ist los?«

»Es scheint«, antwortete sie unsicher, »als wäre ich nicht qualifiziert, Molino zu verfolgen. Renata und Harley sind nach Tennessee aufgebrochen, und mir haben sie aufgetragen, hier zu sitzen und ihnen nicht im Weg zu stehen.«

»Was dich prompt reizt, das Gegenteil zu tun.«

»Ja. Aber ich mache es nicht, weil sie recht haben. Ich bin weder eine Finderin noch eine Kontrolleurin oder ein grandioser Kämpfer wie Harley. Ich habe ein Talent, das Phillip kein bisschen helfen kann.« Sie ließ die Arzttasche zuschnappen. »Also trete ich beiseite und lasse alle ihr Ding machen, bis ich eine Möglichkeit sehe zu helfen.«

»Eine kluge Entscheidung.«

»Klug – zum Teufel damit.« Sie wirbelte zu ihm herum. »Es ist die einzig mögliche. Ich hab den Mund aufgemacht und dafür gesorgt, dass Molino schäumend vor Wut und Gift hinter mir her ist. Weißt du, was passieren kann, wenn Molino Phillips Versorgungsschläuche kappt?«

»Es ist nicht deine Schuld. Du hast getan, was du für richtig hieltest.«

»Ich dachte, er würde sich dann auf uns, auf mich konzentrieren. Wer, um alles in der Welt, hätte geglaubt, dass Molino Phillip aus der Klinik entführen kann? Aber viele Menschen mussten sterben, weil ich Molino unterschätzt habe. Ich lasse nicht zu, dass das noch mal geschieht. Daran setze ich alles. Was hat Venable gesagt?«

»Er schickt einen Mann in Molinos Apartment in Miami. Der persönliche Gegenstand, den Renata braucht, wird uns bis morgen früh um acht Uhr geliefert.« Er schaute auf seine Uhr. »Du hast also noch sechs Stunden Zeit zu schlafen. Ich nehme an, wir mieten uns für heute Nacht hier ein?«

»Meinetwegen«, erwiderte sie müde. »Mir ist alles recht.«

»Ich schlafe heute Nacht bei dir.« Er schüttelte den Kopf, als sie den Mund aufmachte. »Schlafen. Du hast mir schon einmal mangelnde Einfühlsamkeit vorgeworfen, aber selbst ich habe meine Grenzen.« Er ging auf sie zu und zog sie in die Arme. »Du bist angespannt und so zerbrechlich«, sagte er heiser. »Traurigkeit, Sorge und Schuldgefühle machen dir zu schaffen, und ich spüre jede einzelne Nuance davon. Mich macht es wahnsinnig. Wenn du es mir erlauben würdest, könnte ich dir das alles nehmen und dich vergessen lassen. Aber das tust du nicht, stimmt's?«

Sie schüttelte den Kopf. »Nein, das will ich nicht.« Aber er schenkte ihr ein wenig Ruhe, indem er sie einfach nur hielt und sie spüren ließ, dass sie nicht allein war. Sie schlang die Arme um ihn und schmiegte das Gesicht an seine Brust. Ihre Stimme war gedämpft: »Danke. Das fühlt sich gut an. Ich bin nicht ... zerbrechlich. Das weißt du, Grady.«

»Ja.« Seine Lippen streiften ihre Schläfe. »Aber wir geben es vor – nur für heute Nacht. Das gibt mir das Gefühl, etwas Sinnvolles zu tun. Lass mich dich in den Armen halten, Megan.«

Lass mich dich in den Armen halten. Lass mich deine Bürde mittragen. Lass mich ein Teil von dir sein. Süße Gedanken, eine noch süßere Realität.

»Okay«, flüsterte sie. »Heute Nacht.«

»Hier ist es.« Grady kam am nächsten Morgen ins Motelzimmer und warf ein Köfferchen aufs Bett. »Venables Agent hat das vor fünfzehn Minuten abgegeben.« Und nach einem Moment fuhr er fort: »Er schien es eilig gehabt zu haben, es loszuwerden.«

Megan schwang die Beine über die Bettkante. »Ich rufe Renata an und sag ihr, dass wir auf dem Weg sind. Wie spät ist es?«

»Zwanzig nach sieben.« Er ging ins Bad. »Wir sollten in einer Viertelstunde losfahren.«

»Gut.« Sie wählte bereits Renatas Nummer. »Wir haben es«, sagte sie, als sie sie erreichte. »Wir sind in ein paar Stunden da.«

Schweigen, dann: »Ihr habt es?«

»Ja, das hab ich gerade gesagt. Venable hat es uns zukommen lassen. Konntest du etwas mit Darnells Etui anfangen?«

»Nein, die Schwingungen sind stärker, aber immer noch nicht eindeutig. Falls Molino in der Gegend ist, dann ist Darnell nicht bei ihm.«

»Vielleicht hast du mehr Glück mit Molinos Gegenstand.«

»Kann sein.«

»Wo sollen wir dich treffen?«

»Es gibt da eine Seitenstraße auf der anderen Seite von Redwing gleich hinter einem Restaurant namens Roadkill.«

»Was für ein Name. Das kann ich mir merken. Und du wartest in dieser Seitenstraße?«

»Ich werde da sein.« Renata legte auf.

Megan unterbrach die Verbindung. Da war er wieder, dieser eigenartige Unterton, den sie schon einmal wahrgenommen hatte, als Renata über die Dinge in Molinos Apartment gesprochen hatte. Anspannung? Angst?

Megans Blick wanderte zu dem Köfferchen auf dem Bett.

Er schien es eilig gehabt zu haben, es loszuwerden.

Wieso sollte Venables Agent so erpicht darauf gewesen sein, den Koffer aus der Hand zu geben?

Megan streckte die Hand aus und zog den Koffer langsam zu sich heran.

Renata lehnte an ihrem SUV und richtete sich auf, als sie Megan kommen sah. »Wo ist Grady? Er hätte dich nicht allein herkommen lassen dürfen.«

»Er ist gleich hinter mir. Ich hab ihm gesagt, dass ich mit dir sprechen möchte.« Sie nahm den kleinen Koffer und stieg aus.

Renata zuckte zurück, ohne den Blick von dem Koffer zu wenden. »Ist er das?«

»Ja. Komm, wir gehen ein Stück.«

Renata rührte sich nicht von der Stelle. »Warum?«

»Hör auf, Fragen zu stellen.« Megan wandte sich ihr nicht zu, als sie ein Stück vorausging. »Ich möchte selbst ein paar Dinge wissen.«

»Gib mir einfach den Koffer.«

»Später.«

Renata lief ihr nach. »Du hast ihn aufgemacht, hab ich recht?«

»Ja.«

»Was ist drin?«

Megan blieb stehen und drehte sich zu ihr. »Weißt du das nicht?«

Renata schüttelte den Kopf. »Die Kipler sagte, die Schublade sei vollgestopft mit Zeug. Es könnte alles Mögliche sein.«

»Aber du wusstest, dass du alles, was sich darin befindet, benutzen kannst?«

»Und was ist da drin?«

Megans Hände zitterten, als sie den Koffer öffnete. »Es ist ein rosafarbenes Kinderkleid, zerfetzt und ausgebleicht. Offenbar hat es einem kleinen Mädchen gehört – nicht älter als sieben oder acht Jahre.« Sie nahm das Kleid und hielt es Renata hin. »Und etwas so Kleines hat einen gestandenen CIA-Agenten durcheinandergebracht.«

»So klein ist es nicht.« Renata berührte das Kleid nicht. »Offenbar hat er gewusst, was es ist.«

»Und was ist es, Renata? Was war noch in der Schublade? Wenn wir darüber sprechen, benimmst du dich, als hättest du Todesangst.«

Renata reckte das Kinn. »Ich habe keine Angst.«

»Dann nimm das Kleid.«

»Das mache ich.« Einen Moment blieb sie reglos, dann streckte sie die Hand nach dem Baumwollstoff aus. Sie schauderte. »O Gott!«

Gleich darauf lief sie zum Straßenrand und übergab sich.

»Renata.« Megan war neben ihr und legte ihr die Hand auf die Schulter. »Um Himmels willen, Renata!«

»Tut mir leid«, keuchte sie. »Ich wollte nicht ... mir geht's gleich wieder besser.«

»Setz dich.« Megan drückte sie sanft auf den Boden, und Renata lehnte sich an einen Fichtenstamm. Ihre Atemzüge kamen stoßweise und rasch. Megan kniete sich neben sie. »Was ist los? Was ist passiert?«

»Ist doch offensichtlich, oder? Mir ist schlecht geworden.«

»Wieso?«

Renata betrachtete das Kleid, das sie noch in der Hand hielt. »Vielleicht mag ich kein Rosa.«

»Dann gib es mir zurück.« Megan nahm es ihr ab. »Du musst das nicht benutzen. Wir besorgen etwas anderes.«

»Nein.« Sie schien befreiter durchatmen zu können – jetzt, da sie das Kleidchen nicht mehr festhielt. »Es muss dies hier sein. Oder etwas Ähnliches.«

»Weshalb? Was ist das?«

»Ich denke, das weißt du.«

»Ich hatte eine Vermutung, als ich es zum ersten Mal gesehen habe. Mir wurde auch schlecht. Hat es einem der kleinen Mädchen gehört, die Molino in die Sklaverei verkauft hat?«

Renata nickte knapp. »Die Kipler hat mir erzählt, dass Molino Trophäen sammelt. Er bewahrt alles in dieser einen Kommode auf – angefangen von Körperteilen der Menschen, die seinen Weg gekreuzt haben, bis hin zu Haaren von den Kindern, die er vergewaltigt und getötet hat.« Tränen liefen über Renatas Wangen. »Am liebsten sind ihm die Kleider, die die kleinen Mädchen trugen, als er sie gefangen genommen hat. Hedda Kipler hat auf ihren Reisen in die verschiedenen Teile der Erde Beutestücke von Kunden und Banditen eingesammelt und sie Molino gebracht. Sie erzählte, sie hätte gesehen, wie er an seinem Schreibtisch saß und die Sachen lächelnd gestreichelt hat.«

Das Grauen dieser Vorstellung war nahezu überwältigend. »Und du hast uns trotzdem gesagt, dass wir … dies hier besorgen sollen?«

»Du willst Molino, oder nicht? Dies stellt sicher, dass ich ihn finden kann.«

»Du kannst das Kleid nicht mal anfassen, ohne dass du dich übergeben musst.«

»Doch, das kann ich. Gib mir nur ein wenig Zeit.« Sie streckte einen Finger aus und berührte den Stoff. Sie schauderte, zog den Finger aber nicht zurück. »Normalerweise bin ich kein solches Weichei. Es ist nur … ich kann sie *sehen.*«

»Ja?«

»Und Molino auch. Die Bilder sind miteinander vermischt. Ich hatte befürchtet, dass es so sein würde. So was ist mir schon einmal passiert. Ich bin nicht wie du. Ich … kann mit solchen Emotionen umgehen. Es fühlt sich an, als hätte man mich geschlagen.« Sie atmete bebend durch. »Und für ihn war es nicht nur das Geld. Ihm hat es ein Gefühl der Macht gegeben, diese kleinen Mädchen zu zerstören. Er liebt es, ihre Kleider zu liebkosen und daran zu denken.«

»Ein Monster.«

Renata nickte. »Und diese Trophäen könnten keine stärkeren Signale aussenden. Dies ist die Essenz von dem Hurensohn. Ich werde ihn finden, selbst wenn er tausend Meilen weit weg ist.«

»Du hast gesagt, die Bilder sind miteinander vermischt.«

»Sobald ich mich an die Kleine gewöhnt habe, bin ich imstande, das Bild von Molino zu isolieren«, sagte sie heiser. »Sie hatte solche Angst, Megan. Ihr Name war Adia, und sie rannte und rannte, aber die Banditen waren zu Pferde und konnten sie einfangen. Sie weinte, doch niemand hat sich darum geschert ...«

»Vielleicht können wir sie finden, Renata.«

»Vielleicht. Wenn sie noch am Leben ist.« Tränen glitzerten in ihren Augen. »Aber erst müssen wir Molino aufspüren.« Sie straffte den Rücken und wischte sich mit dem Handrücken über die Wangen. »Tut mir leid. Jetzt bin ich wieder okay.«

»Um Himmels willen. Das war doch nicht ...« Megan erreichte sie nicht mehr. Renatas schwacher Moment war vorbei, und sie schob Megan von sich.

Warum sollte sie das akzeptieren? Megan fühlte sich Renata näher als je zuvor. Renata musste nur lernen, mit Zuneigung zurechtzukommen.

Megan nahm ihre Hand. »Ich finde, du bist verrückt, wenn du das auf dich nimmst, aber ich bewundere und respektiere dich dafür.« Sie stand auf. »Sag Bescheid, wenn ich helfen kann. Was hast du als Nächstes vor?«

»Ich fahre herum und sehe, wohin es mich führt.« Renata lächelte unsicher. »Ich strenge mich an, Molino noch vor heute Abend zu finden, Megan.«

»Das weiß ich. Aber wenn es dir nicht gelingen sollte, dann bleib dem Friedhof fern. Hast du gehört?«

Renata antwortete nicht.

»Das meine ich ernst. Ich weiß nicht, was mich dort erwartet, aber ich will nicht, dass Molino irgendwelche Anrufe tätigt und Befehl gibt, Phillip etwas anzutun.«

»Ich überleg's mir. Es würde ohnehin nichts Gutes bewirken, wenn ich dort eine Verbindung zu Molino herstellen würde, und sie würde abbrechen, sobald er genug Distanz zwischen uns legt. Er hat deinen Phillip bestimmt nicht an diesem Ort. Was ist der Plan?«

»Harley wird sich rund um den Friedhof umsehen und sicherstellen, dass Molino keine Verstärkung im Hintergrund hat. Grady steht zwischen den Bäumen und richtet ein Gewehr auf Molino.«

Renata dachte darüber nach. »Ich nehme an, mehr kann Grady dich nicht absichern.«

»Dann versprich mir, dass du nicht in die Nähe des Friedhofs kommst.«

»Wenn ich Molino vorher orten kann, ist das kein Thema mehr.«

»Versprich es.«

Renata runzelte die Stirn.

»Versprich es.«

»Nein, verdammt.« Sie drehte sich auf dem Absatz um und ging zu ihrem Wagen.

22 Uhr 45

»Harley meint, die unmittelbare Umgebung ist sauber«, sagte Grady. »Vier von Molinos Männern stehen in dem Wald auf der anderen Seite. Ich habe nicht damit gerechnet, dass er das Risiko eingeht und allein herkommt.« Er deutete in Richtung Süden. »Ich werde mich dort drüben postieren und mein Gewehr auf Molino richten. Harley wird die Runde machen und aufpassen, dass Molinos Männer nicht näher an dich herankommen. Verstanden?«

Sie nickte, ohne den Blick von dem Hügel zu wenden. »Verstanden.«

Den Redwing-Friedhof hatte es schon zu Beginn des Bürgerkrieges gegeben, und man sah ihm sein Alter an. Vermoderte Holzkreuze und Grabsteine mit verwitterten Inschriften, wucherndes Gras zwischen den Gräbern.

»Komm ihm nicht zu nahe. Unter Umständen brauche ich freie Schussbahn.«

»Du darfst ihn nicht erschießen. Er hat Phillip, und Renata weiß noch nicht, wo Molino ihn gefangen hält.«

Er schraubte das Zielfernrohr auf das Gewehr. »Wenn ich mich entscheiden muss, dann nicht für Phillip«, sagte er grimmig.

»Molino will mich nicht töten. Noch nicht.«

Harley kam aus dem Gestrüpp. »Molino ist da. Er und Sienna gehen auf der Nordseite den Hügel hinauf.«

Megan erstarrte. »Dann sollte ich mich ihm besser anschließen. Wir wollen doch nicht, dass er ungeduldig wird.«

Sie hörte Gradys leisen Fluch, als sie den Weg hinaufging. Er fühlte sich hilflos und hasste es, die Situation nicht kontrollieren zu können, das wusste sie. Nun, er würde sich damit abfinden müssen. Sie fühlte sich im Augenblick auch ziemlich hilflos.

Der Mond schien hell, so dass sie Molino und Sienna oben auf dem Hügel stehen sah. Für einen Augenblick stockten ihre Schritte, als Angst in ihr aufkeimte. Ganz ruhig. Die beiden mochten Monster sein, aber Monster konnte man vernichten.

Molino lächelte sie an. »Ah, Sienna, da ist sie. Ich hab dir doch gesagt, dass sie herbeieilt, um den menschlichen Abfall Phillip Blair zu retten. Ihre Mutter war genau so. Wie die Mutter, so die Tochter.«

Sienna zuckte mit den Schultern. »Und keine von beiden ist besonders schlau. Du verschwendest deine Zeit. Jetzt hast du sie – töte sie.«

»Was halten Sie davon, Megan?«, fragte Molino. »Ich sage ihm immer wieder, dass Sie eine würdige Gegnerin sind, aber er glaubt mir nicht. Er meint, ich sollte mich auf meine Geschäfte konzentrieren.«

»Wenn man diesen Dreck als Geschäfte bezeichnen kann«, erwiderte Megan. »Sagen Sie mir, wie ich Phillip zurückbekommen kann.«

»Gleich.«

»Ist er noch am Leben?«

»Ja, aber ich kann ihn nicht anrufen, damit Sie mit ihm sprechen können.« Er kicherte. »Seine Kommunikationsfähigkeit ist gegenwärtig ein wenig eingeschränkt. Soviel ich gehört habe, war Gardner sehr aufgeregt, weil Phillip ihm die Hand gedrückt hat, aber wir haben uns noch nicht die Mühe gemacht, das zu überprüfen.« Er legte den Kopf zur Seite. »Ich bin mehr daran interessiert, dass Sie Siennas Hand drücken.«

»Was?« Sienna riss den Kopf herum und starrte Molino an. »Welche Scheiße führst du jetzt im Schilde?«

»Liebe Güte, Sienna, du hast doch nichts zu befürchten. Du hast immer angezweifelt, dass Steven ein Opfer der Hure war, die diese Natter herangezüchtet hat. Ich habe in deinen Augen gesehen, wie sehr du mich und meine verrückten Ideen verachtest. Jetzt kannst du beweisen, ob du recht hast. Lass sie deine Hand nehmen.«

»Ich will ihn nicht anfassen«, protestierte Megan. »Er ist so schmutzig wie Sie.«

»Aber Sie haben damit angegeben, dass Sie mich in einen Idioten verwandeln können. Eine wirklich hässliche Drohung. Haben Sie geblufft?«

»Ich will ihn nicht anfassen«, wiederholte sie.

»Aber ich bestehe darauf. Deshalb sind wir hier. Ich muss wissen, womit ich es zu tun habe, was ich mit all diesen Freaks, die in der Chronik verzeichnet sind, zu erwarten habe. Sie haben sich gebrüstet, mich finden zu können, aber das ist nicht passiert. Sie haben geprahlt, dass Sie dieselben Kräfte besitzen wie Ihre Mutter, aber auch dafür habe ich noch keinen Beweis.« Er lächelte. »Zeigen Sie's mir, Megan.«

»Ich muss Ihnen gar nichts zeigen.«

»Doch, das müssen Sie; es sei denn, Sie wollen, dass ich einen Anruf tätige und meine Männer anweise, Phillip Blair von den Versorgungsschläuchen zu trennen.«

»Also schön, ich gebe es zu – ich bin keine Pandora. Ich wollte Sie nur wütend machen.«

»Zeigen Sie's mir«, wiederholte er leise.

»Zur Hölle mit dir«, schimpfte Sienna. »Ich lasse mich nicht auf diesen Unsinn ein.«

»Angst?«, fragte Molino. »Warum? Wie du gesagt hast, es ist alles nur Unsinn. Mein Steven wurde grundlos wahnsinnig.«

»Mach dich nicht lächerlich«, gab Sienna zurück. »Ich habe nur keine Lust, dein Spielchen mitzumachen.«

»Und du hast Schiss vor der hübschen Lady. Meine Güte.«

»Oh, um Himmels willen.« Sienna trat einen Schritt

vor, baute sich vor Megan auf und streckte ihr die Hand hin. »Bringen wir's hinter uns.«

Sie rührte sich nicht.

»Nehmen Sie seine Hand«, sagte Molino und holte gleichzeitig sein Handy aus der Tasche. »Ich gebe Ihnen dreißig Sekunden, ehe ich die Nummer wähle.«

Sie funkelte ihn an. »Und warum darf ich nicht Ihre Hand nehmen, Molino?«

»Weil Sienna meine Worte angezweifelt und es deshalb verdient hat, was auch immer geschehen mag. Mir hat die Idee von ägyptischen Vorkostern immer schon gefallen. Das hat etwas Königliches. Noch fünfzehn Sekunden.«

Sie ergriff Siennas Hand. Sie war groß, warm und weich, und Megan konnte an nichts anderes denken als daran, wie diese Hand Edmund Gillem gefoltert hatte.

»Drücken Sie sie«, befahl Molino. »Fest.«

Ihre Hand spannte sich an. Sie *hasste* diese Situation.

»Fester«, forderte Molino.

Noch einmal verstärkte sie den Druck.

»So ein Quatsch«, meinte Sienna. »Das dauert mir zu lange.« Er zerquetschte fast Megans Hand.

Schmerz. Wut. Hass.

Dann ließ Sienna los und trat zurück. »Zufrieden?«, fragte er Molino. »Ich habe ihr beinahe die Hand gebrochen. Willst du, dass ich das noch mal mache?«

Megan wurde schwindelig vor Erleichterung. Nichts war passiert. Bis zu diesem Moment hatte sie nicht einmal realisiert, wie groß ihre Angst gewesen war.

»Nein.« Molino fixierte Megans Gesicht. »Sehr enttäuschend. Ich hatte gehofft, dass Sie Sienna eine kleine Lektion erteilen könnten. Vielleicht macht es nicht so großen Spaß, Sie zu töten, wie ich gehofft hatte. Offensichtlich sind Sie doch keine so große Herausforderung.«

»Ich hab Ihnen gesagt, dass ich keine Pandora bin.«

»Aber Sie sind die Tochter einer Pandora, und das genügt mir.« Er drehte sich weg. »Komm, Sienna. Lass uns zum Haus gehen und Blair einen Besuch abstatten.«

Megan spannte sich an. »Was haben Sie mit ihm vor?«

»Ich will mich vergewissern, dass er noch lebt in diesem Keller.« Er legte eine kleine Pause ein. »Morgen Abend unterbreche ich dann die künstliche Ernährung.«

»Nein!«

»Doch.« Er sah ihr in die Augen. »Wenn Sie ihn zurückhaben wollen, dann müssen Sie eine Gegenleistung erbringen. Ich denke, Sie kennen die Bedingungen, die ich akzeptiere. Sie wollen Phillip Blair, ich bekomme Sie. Wenn Sie sich morgen hier nicht zeigen – ohne Grady, Harley und diesen anderen Freak Renata Wilger im Hintergrund –, dann werden Sie Blair nicht lebend wiedersehen.« Er schaute sich auf dem Friedhof um. »Meine Männer haben mir berichtet, dass Sie mit Grady und Harley hergekommen sind. Bestimmt halten sie sich in der Nähe auf. Heute Abend habe ich Ihnen noch etwas Sicherheit zugestanden. Morgen ist das anders. Ich möchte, dass Sie sich angreifbar fühlen. Nein, dass Sie sich fürchten. Ich möchte Ihre Angst schmecken. Steven hatte Angst in der Nacht, bevor er starb. Er wimmerte und heulte.«

»Sie versprechen, dass Sie Phillip freigeben?«

»Wie gesagt, unter gewissen Umständen, ja.«

»Ich bin bereit, auf den Handel einzugehen, aber ich werde mein Leben nicht für nichts aufs Spiel setzen.« Sie hielt kurz inne. »Sie bringen Phillip auf das offene Feld nördlich des Friedhofs, und ich arrangiere, dass er von einem Helikopter abgeholt und nach Bellehaven in Atlanta gebracht wird. Sobald der Hubschrauber abhebt, können Sie kommen und mich holen.«

»Das ist kein befriedigender Plan«, sagte Molino.

»Hölle und Verdammnis«, fluchte Sienna. »Hör auf zu handeln. Was interessiert dich Phillip Blair? Du bekommst die Frau, das wolltest du doch. Mach dem ein Ende.«

»So ungeduldig«, sagte Molino. »Sienna, ich weiß nicht, ob du sauer bist, weil ich deine geistige Gesundheit gefährdet habe, als ich dich gezwungen habe, die Hand unserer kleinen Megan zu halten, oder ob du erpicht darauf bist, sie in dein Bett zu bekommen.« Er bedachte Megan mit einem Lächeln. »Ich hab ihm versprochen, dass er Sie vergewaltigen darf. Darauf können Sie sich in den nächsten vierundzwanzig Stunden freuen.«

»Bringen Sie Phillip auf das Feld, damit er abgeholt werden kann.«

Molino schwieg, dann sagte er: »Gut. Sienna hat recht. Im Grunde habe ich an nichts anderem Interesse als an Ihnen.« Er ging ein paar Schritte. »Komm, wir gehen, Sienna.« Und boshaft fügte er hinzu: »Sag mir, fühlst du dich benommen oder komisch? Irgendwelche Halluzinationen?«

»Tut mir leid, dich enttäuschen zu müssen«, entgegnete Sienna. »Ich bin normal wie immer. Dieses ganze Zeug ist nichts als Humbug, und sie ist eine Schwindlerin.«

Molinos Lächeln verblasste. »Aber ihre Mutter war keine Schwindlerin. Steven war so gesund wie ich, bevor sie seinen Verstand vergiftet hat.«

»Wenn du das sagst.«

»Das sage ich.« Molino warf einen Blick zurück zu

Megan. »Ich bin froh, dass wir zu einer Vereinbarung gekommen sind. Wäre Phillip Blair nicht nur noch ein nutzloses Stück Fleisch, würde er das bestimmt auch gutheißen.«

»Halten Sie ihn warm und an den Versorgungsschläuchen«, sagte sie. »Falls er in schlechtem Gesundheitszustand ist, wenn Sie ihn abliefern, steige ich mit ihm in den Helikopter.«

»Und ich jage euch beide in die Luft. Drohen Sie mir nicht, Freak.«

Sie sah den Männern nach. Nie zuvor war ihr so viel Gemeinheit begegnet wie heute Abend. Sie schaute auf ihre Hand, die immer noch schmerzte. Siennas Brutalität war das geringste Grauen in diesen letzten Minuten gewesen. Sie hatte vermutet, dass Molino nicht normal war, aber heute Abend war es ganz deutlich geworden. Seine Bösartigkeit und Verderbtheit hatten sie mehr erschüttert als Siennas Grausamkeit.

»Oh, da fällt mir etwas ein, was Sie interessieren könnte.« Molino hatte sich noch einmal umgedreht und sah sie an. »Ich habe vorhin einen Anruf erhalten.«

Sie straffte die Schultern. Sie hatte gedacht, es wäre vorbei, aber das war es nicht. Seine gehässige Miene verriet ihr, dass er noch mehr in petto hatte.

Er holte ein Stück Papier aus der Tasche und ließ es auf die Erde fallen. »Wie gesagt, ich konnte nicht verstehen, warum Sie mir wegen eines Dahinvegetierenden ins Netz gehen.« Ohne ein weiteres Wort ging er den Hügel hinunter.

Megan starrte ihm geschockt nach. Was führte er im Schilde?

Nach einer Weile rannte sie zu dem Papier.

Nein, es war kein Papier – ein Foto.

Sie hob es auf und knipste die Taschenlampe an.

Nein!

Sie rannte Molino nach. »Bleiben Sie stehen, Sie Bastard.«

Er drehte sich lächelnd um. »Oh, das trifft Sie tief, ja? Für mich ist das eine viel bessere Versicherung als Blair. So ein niedlicher kleiner Kerl.«

»Wollen Sie damit sagen, dass Sie Davy in Ihrer Gewalt haben?« Ihre Stimme bebte. Sie zitterte am ganzen Leib und fühlte sich, als hätte man ihr mit einer Eisenfaust in den Magen geschlagen. »Das ist eine Lüge. Ich habe gestern eine E-Mail von seinem Vater bekommen; er hätte es mir geschrieben, wenn etwas mit Davy wäre.«

»Meine Männer haben ihn heute Nacht geholt. Sie sind durchs Fenster in sein Zimmer eingestiegen, während er schlief. In diesen Dingen haben wir Übung. Seine Eltern wissen noch nicht mal, dass er weg ist. Rufen Sie sie an. Sagen Sie ihnen, wo ihr kleiner Sohn die Nacht verbringt.«

»Hurensohn, wagen Sie ja nicht, ihm auch nur ein Haar zu krümmen.«

»Ich glaube, ich überlasse es Ihnen, sich darüber den Kopf zu zerbrechen. Zwar bevorzuge ich kleine Mädchen, aber ich könnte mich dazu zwingen ...«

»Ich bringe Sie um.«

»Nein, Sie kommen morgen auf dieses Feld, und wenn Sie Glück haben, übergebe ich Ihnen beide – den alten Mann und das Kind.«

»Es müssen beide sein. Ich tausche nicht einen gegen den anderen.« Sie schwieg, dann setzte sie hinzu: »Und wenn Sie Davy etwas antun, werde ich die Abmachung nicht einhalten.«

»Verdorbene Ware?« Er runzelte die Stirn. »Ja, das verstehe ich – beschädigte Ware verliert an Wert. Ich werde darüber nachdenken.« Damit machte er sich endgültig auf den Weg.

»O Gott!«, flüsterte Megan. Lass das nicht wahr sein – lass es eine Lüge sein.

Sie wählte Scotts Nummer. Es klingelte siebenmal, ehe er abnahm. »Was ist los, Megan?« Er klang, als hätte sie ihn aus tiefem Schlaf gerissen. »Das sollte etwas Wichtiges sein. Ich muss um sechs Uhr wieder zum Dienst in die Klinik.«

»Ich hoffe, es ist nicht wichtig. Ich bete darum. Scott, tu mir den Gefallen, und sieh nach Davy.«

»Du siehst aus, als hätte dich ein Bulldozer überfahren.« Grady kam ihr entgegen. »Was, um alles in der Welt, hat er mit dir gemacht?«

»Nicht mit mir. Er hat Davy.« Tränen liefen ihr übers Gesicht. »Der Bastard hat Davy.«

Grady stieß einen Fluch aus. »Bist du sicher?«

»Ich hatte gehofft, dass es eine Lüge ist. Molino hat mit mir gespielt. Er war schon auf dem Weg, als er mir das eröffnet hat. Aber ich habe Scott angerufen – sie haben nicht einmal gemerkt, dass Davy weg ist. Molino hat es mir überlassen, ihnen zu sagen, dass sie den Jungen entführt haben. Scott und Jana stehen Todesängste aus. *Ich* stehe Todesängste aus. Weißt du, was dieser Hurensohn mit Kindern macht? Ja, natürlich weißt du das. Du hast es mir ja erzählt.«

»Vielleicht hat er nicht …«

»Vielleicht doch.« Sie ballte die Fäuste. »Vielleicht tut er es doch, Grady. Ich habe ihm meine Angst gezeigt. Das war ein Fehler. Meine einzige Hoffnung ist, dass Kinder für ihn nur Waren sind, die man kauft und verkauft, und er daran denkt, dass beschädigte Waren an Wert verlieren. Er hat nicht verstanden, warum ich Phillip retten will. In seinen Augen ist er kein vollwertiger Mensch mehr. Möglicherweise denkt er, dass ich mich weigere, mit ihm zu gehen, wenn er Davy etwas antut. Ich fühle mich so verdammt ohnmächtig. Ich muss eine Möglichkeit finden, ihnen zu helfen.«

»Wir überlegen uns was.« Er kam mit ausgestreckter Hand auf sie zu. »Es muss eine ...«

»Fass mich nicht an.« Sie wusste, dass er sie nur trösten wollte, aber sie hatte das Gefühl, bei einer Berührung zu zerspringen wie ein Kristall. Sie konnte sich jetzt keine Schwäche leisten. »Nicht jetzt.«

Er ließ die Hand sinken. »Ich verstehe. Wie kann ich helfen? Was ist sonst noch da oben passiert?«

»Ich habe Molino gesagt, dass er Phillip zu dem Feld im Norden bringen muss, damit ich ihn mit einem Hubschrauber abholen lassen kann. Als er mir von Davy erzählte, sagte ich ihm, dass er den Jungen auch mitbringen müsse, sonst gäbe es keinen Deal.«

»Und was ist der Deal?«

»Sobald Phillip und Davy abgeflogen sind, kann Molino auf das Feld kommen und mich holen.«

»Den Teufel kann er.« Unterdrückter Zorn vibrierte in Gradys Stimme. »Auf keinen Fall.«

»Es ist die einzige Möglichkeit sicherzustellen, dass Phillip und Davy gesund und unversehrt bleiben. Erst müssen die beiden von der Bildfläche verschwinden.«

»Und du gehst zu ihm und legst den Kopf freiwillig auf den Block?«

»Ja, und es ist dein Job, dafür zu sorgen, dass er mir nicht abgeschlagen wird. Er wird mich nicht sofort töten. Wenn er darauf aus wäre, hätte er Phillip und Davy nicht entführt.« Ihre Schritte beschleunigten sich. »Aber ich freue mich nicht darauf, vergewaltigt und gefoltert zu werden, während du Himmel und Hölle in Bewegung setzt. Du wirst nicht mehr in meine Nähe kommen, sobald er mich mitgenommen hat, deshalb solltest du wissen, wohin er mich bringen wird. Renata sagte, sie könnte ihn finden.«

»Sie hatte eine Chance, und sie hat ihn heute nicht gefunden«, erwiderte Grady harsch.

»Sie sagte, sie hätte Schwierigkeiten, die Schwingungen zu kanalisieren.«

»Und du verlässt dich darauf, dass sie die ›Schwierigkeiten‹ überwindet? Ich weiß, wie schwer es für einen Finder ist, sich auf das Ziel zu fokussieren. Du könntest längst tot sein, bis Renata den Ort ausfindig gemacht hätte.«

»Dann schlag du eine andere Lösung vor. Ich sorge dafür, dass Phillip und Davy am Leben bleiben. Das ist meine Aufgabe. Der Rest liegt in deinen Händen.«

»Und meine Aufgabe ist, dich am Leben zu erhalten.«

»So hat es nicht angefangen. Du wolltest die Chronik und Molinos Tod.«

»Meine Prioritäten haben sich verlagert.«

»Und ich habe nur noch zwei: Phillip und Davy. Alles andere ...«

»Warum reibst du ständig deine Hand?«, fiel er ihr ins Wort.

Ihr war das gar nicht aufgefallen – es war ein Reflex. »Sie tut ein bisschen weh. Genau genommen fühlt sie sich an, als wäre sie in einem Schraubstock zerquetscht worden. Molino wollte, dass Sienna das Versuchskaninchen spielt. Ich glaube, die Vorstellung von Sienna als sabbernder Idiot hat ihm gefallen. Er war ziemlich enttäuscht, als sich herausstellte, dass ich keine Pandora bin.«

»Und du warst erleichtert.«

»Ich hatte nie wirklich damit gerechnet, dass ich … ja, ich war erleichtert.« Ihre Lippen wurden schmal. »Obwohl ich Sienna gern auf jede nur erdenkliche Art verletzt hätte. Was für ein Stück Dreck. Molino und er haben einander verdient. Nein, Molino ist immer noch die Nummer eins auf der Horror-Chartliste.« Sie ging zu dem Wäldchen, wo der Wagen parkte. »Bitte Venable, einen Hubschrauber zu schicken. Ich werde morgen auf diesem Feld sein.«

Kapitel 19

Renata kam aus dem Wäldchen, um Megan und Grady entgegenzugehen. »Was ist da oben mit Molino passiert?«

Megans Schritte verlangsamten sich nicht. »Du solltest gar nicht hier sein, Renata.«

»Ich musste sicherstellen, dass du ...«

»Finde einfach Molinos Versteck.« Megan ging an ihr vorbei zu dem Auto.

Renata spürte Megans inneren Aufruhr, während sie ihr nachsah. »So hab ich sie noch nie erlebt. Was hat er mit ihr gemacht, Grady? Was ist vorgefallen?«

»Molino hat sie überrumpelt. Ihm genügte es nicht, Phillip in seiner Gewalt zu haben. Er hat den kleinen Davy Rogan entführt. Das ist ihr schlimmster Alptraum.«

»Ein kleiner Junge ...« Sie sah das rosafarbene Kleidchen vor sich, mit dem sie in den letzten Stunden gelebt hatte. »Jetzt verstehe ich. Sie hat mir in der ersten Nacht, in der wir uns kennenlernten, von Davy erzählt. Sie liebt den Jungen, Grady.«

»Ja. Und Molino hat es ihr überlassen, den Eltern die Nachricht zu übermitteln.«

»Ungeheuer. Und was hat sie vor?«

»Sie hat eine Abmachung mit Molino geschlossen, wenn er Phillip und Davy freigibt, geht sie mit ihm.«

Das überraschte Renata nicht. »Wann?«

»Morgen Nachmittag auf dem Feld nördlich des Hügels.«

»Können Sie ihr das ausreden?«

»Was meinen Sie?«, fragte Grady zurück. »Sie kennen sie inzwischen. Es liegt in ihrer Natur. Sie kann nicht anders. Ihr ist egal, wie schlecht die Chancen gegen sie stehen. Sie wird nicht zulassen, dass Molino den beiden etwas antut.«

Ja, ich kenne Megan, dachte Renata. Sie hatte dieses Wissen sogar genutzt, um Megan in die Richtung zu schubsen, in der sie sie haben wollte. Vom ersten Moment an hatte sich Renata von der Wärme angezogen gefühlt, die Megan ausstrahlte. Sie hatte versucht, dagegen anzukämpfen, weil sie wusste, dass Zuneigung verletzlich machte. Hatte sie das nicht gelernt, als Edmund umgebracht worden war? Trotzdem war sie wieder an dem Punkt – wieder spürte sie all die Sorgen und Emotionen, die klare Gedanken und effiziente Aktionen unmöglich machten. Ignoriere es. Überleg, was zu tun ist, was Mark machen würde. »Möchten Sie, dass ich ihr eine Dosis Methohexital gebe? Das würde sie für eine Weile ausschalten und uns Zeit geben, bis wir …« Sie sah, dass er den Kopf schüttelte. »Nein?«

»Eine sehr kühle, wirksame Lösung. Genau das, was ich von Ihnen erwartet hatte. Aber Phillip wäre dann immer noch nicht außer Gefahr, und wenn sie aufwacht, würde sie uns beiden die Hölle heißmachen. Sie hat kein Verständnis für kühle und wirksame Entscheidungen.«

»Dann hat sie recht. Ich muss Molino einfach finden. Und ich mache mich besser gleich auf die Suche. Ich habe mich heute im Süden umgesehen und ein paar Schwingungen aufgefangen, als ich auf Murfreesboro zufuhr.

Dann sind sie verschwunden. Ich war nicht sicher, ob meine Konzentration nachgelassen hat oder ob ich auf dem falschen Weg war. Aber dann wurde es Zeit, nach Redwing zu kommen, für den Fall, dass Megan mich braucht.«

»Das Einzige, was sie jetzt von Ihnen braucht, ist, dass Sie Molinos Aufenthaltsort herausfinden. Sie hat mich. Sie hat Harley. Sie sollten inzwischen gemerkt haben, dass wir auf sie aufpassen.«

»Ich wusste nicht, ob ich Ihnen trauen kann. Ich weiß nur, dass Sie mir trauen können.« Sie ging zu ihrem Wagen. »Ich rufe Sie an, sobald ich Molino aufgestöbert habe. Sie und Ihre Freunde von der CIA sollten sich besser bereit machen.«

Sie stieg ein und starrte in die Dunkelheit. Sie hatte »sobald« gesagt, nicht »wenn«. Dennoch war sie heute nicht imstande gewesen, sich zu konzentrieren und der Spur zu folgen.

Weil sie Angst vor dem Schmerz gehabt hatte.

Wann immer sie das Kleid berührte, wurde sie von Kummer und Schmerz überschwemmt und innerlich schier zerrissen. Sie hatte Megan gesagt, dass sie das überwinden würde, verdammt. Sie warf einen Blick auf den kleinen Koffer auf dem Beifahrersitz. Okay, sie konnte gegen die Erinnerungen dieses kleinen Mädchens nicht ankämpfen, also musste sie sie in sich aufnehmen und eins mit ihnen werden.

Sie holte tief Luft und öffnete den Koffer. Ein Schauer überlief sie, als sie den Stoff anfasste.

Sie konnte das nicht.

Verdammt noch mal.

Ihre Finger krallten sich in den Stoff, und augenblicklich wurde sie mit Empfindungen überflutet. Angst,

Verwirrung und Schmerz von dem kleinen Mädchen. Bösartigkeit, Frohlocken und perverses Vergnügen von Molino. Es war zu viel – viel zu viel.

»So ein hübsches kleines Mädchen.« Molino saß auf einem Klappstuhl und starrte Adia an. »In einem hübschen rosa Kleid. Zieh es ihr aus, Kofi. Ich möchte sehen, was ich dem Kunden anbiete.«

Nein! Wehr dich. Hände auf ihr. Scham.

»Jetzt halt sie fest. Wie sie sich winden, wenn sie Angst haben. Ist das nicht interessant, Kofi?«

Grauen.

Verdammt, Renata wollte den Bastard *umbringen*. Sie musste das Mädchen und ihn in ihrem Geist voneinander trennen. Adias Panik und Verzweiflung waren ebenso unerträglich wie Molinos Grausamkeit.

»Hilf mir, Adia«, flüsterte sie. »Ich bin nicht bei der Sache. Er hat jetzt ein anderes Kind, und ich muss ihn ganz schnell finden. Später kümmere ich mich um dich, aber jetzt muss ich dich allein lassen.«

Aber sie konnte sich nicht von der Kleinen lösen, solange sie dieses tragische Bild vor Augen hatte. Denk an Adia, wie sie war, bevor das alles passiert ist. Glücklich, geliebt von ihren Eltern, spielend in ihrem Dorf. Doch selbst dieses Szenario weckte die Wut auf den Hurensohn, der ein Kinderglück zerstören konnte.

Versuch's noch mal.

Sie drückte das Kleid an ihre Brust.

O lieber Gott. Übergib dich nicht. Steh das durch.

Hilf mir, Adia.

Felsen.

Steil abfallende Felsen.

Ja.

Renatas Hände umklammerten das rosafarbene Kleid. Nach Stunden war es ihr gelungen, Verbindung zu Molino aufzunehmen. Ja, noch mehr – sie empfing auch ein Bild, eine Ansicht. Ihre Hand krallte sich in den Stoff, während sie Gas gab.

Nordwesten.

Mehr, betete sie, gib mir mehr.

Ein Haus auf einem Felsen. Zweistöckig, braunes Zedernholz und viel Glas. Sie sah Molino auf einem Pfad am Rande des Abgrundes; er überblickte das Tal tief unter sich. Auf dem Landeplatz hinter dem Haus stand ein blauweißer Helikopter. Ein Geräteschuppen befand sich etwas abseits von dem Platz. Wie war die Registriernummer des Helikopters? Verdammt, das Bild war zu verschwommen. Aber Molino sah in der Ferne glitzernden Stahl – eine Brücke, die Wasser überspannte.

Dann war die Vision weg.

Aber das Führungsseil war noch da. Folge ihm.

Nordwesten.

Renata legte Adias Kleid beiseite, um Gradys Nummer zu wählen. »Molino hat ein Haus auf einem Felsen. Im Nordwesten des Staates.«

»Wie sicher sind Sie? Wir haben nicht mehr viel Zeit vor Megans Treffen mit Molino.«

»Ich bin ganz sicher. Molino kann eine Brücke von einem Weg, der am Abgrund entlangführt, sehen.«

»Was für eine Brücke?«

»Das weiß ich nicht. Alles ist verschwommen. Stahl.

Es ist nicht die Golden Gate, aber sie ist immerhin so groß, dass man sie von weitem sieht.«

»Sonst noch etwas?«

»Nein, ich habe das Bild verloren. Aber die Spur ist noch da. Ich folge ihr.«

»Wo sind Sie?«

»Die letzte Stadt, durch die ich kam, war Pulaski.«

»Ich schicke Harley in einem Hubschrauber zu Ihnen.«

»Ich brauche Harley nicht.«

»Wenn Sie das Gebiet eingrenzen können, sieht er vielleicht die Brücke von der Luft aus und findet das Haus.«

»Möglich.«

»Mittags geht Megan auf dieses verdammte Feld. Ich kann Molino nicht angreifen, solange er Phillip und den Jungen in seiner Gewalt hat, aber ich muss wissen, wohin er sie bringt.«

»Das alles ist mir bewusst. Harley könnte mir in die Quere kommen.«

»Das riskiere ich. Er ruft Sie vom Hubschrauber aus an.«

Renata legte auf. Sie wollte Harley nicht hier haben. Sie brauchte niemanden, der sie so schwach und zittrig sah. Sie nahm das Kleid wieder und drückte es mit der Hand ans Lenkrad, wie sie es die vergangenen Stunden gemacht hatte. Selbst nach all der Zeit zitterte sie immer noch und litt unter den Gefühlen.

»Wir müssen das einfach hinnehmen, Adia«, flüsterte sie. »Möglicherweise kann er uns ja wirklich helfen.«

Dann blendete sie alle Gedanken aus und konzentrierte sich auf die Spur, die sie zu Molino führte.

Nordwesten.

»Renata hat gerade angerufen«, sagte Grady, als er ins Wohnzimmer kam. »Sie glaubt zu wissen, wo Molinos Versteck ist.«

Megan, die auf der Couch saß, richtete sich auf. »Gott sei Dank.«

»Und sie empfängt ein Bild. Es ist im Nordwesten in der Nähe einer Brücke. Ich rufe Harley an.«

»Gut. Ich fühle mich besser, wenn er bei ihr ist, falls sie Molino wirklich näher kommt. Sie mag es ein wenig zu sehr, die Dinge allein zu erledigen.«

»Aber sie macht ihre Sache gut.«

»Du verteidigst sie?« Sie brachte ein schwaches Lächeln zustande. »Was für eine Überraschung.«

»Das sollte es nicht sein. Sie hat bewiesen, dass sie auf deiner Seite ist. Mehr Qualifikation brauche ich zurzeit nicht. Wäre sie eine Hexe, würde ich ihr helfen, die Augen von Molchen für ihr Gebräu zu sammeln, wenn ich sicher sein könnte, dass sie Molino finden kann.«

»Eine Hexe«, wiederholte Megan. »Ich nehme an, in der Vergangenheit hätte man sie für eine Hexe gehalten. Es ist so unfair.«

»Heute ist das nicht anders.« Er tippte eine Nummer in sein Handy. »Aber jetzt muss ich Harley erreichen, damit er unserer Hexe helfen kann.«

Megan stand auf und ging in die Küche. »Ich koche uns einen Kaffee.«

»Geh schlafen, Megan«, sagte Grady leise, als sie eine Viertelstunde später mit zwei dampfenden Tassen zurückkam. »Du sitzt wie eine starre Statue auf diesem Sofa, seit wir vom Friedhof zurück sind. Du wirst vielleicht nicht schlafen, aber du kannst dich wenigstens ein bisschen hinlegen.«

Sie schüttelte den Kopf. »Scott ruft mich an, nachdem

er mit der Polizei gesprochen hat.« Sie schluckte. »Ich habe ihn gebeten, der Polizei zu sagen, dass sie sich mit Venable kurzschließen sollen. Ich hab versucht, ihm zu erklären, dass es keinen Sinn hat, die Polizei einzuschalten, dass ich Davy zurückhole, aber er wollte nicht auf mich hören. Wahrscheinlich würde ich das an seiner Stelle auch nicht. Er klang, als würde er mich hassen.«

»Er ist dein Freund. Er wird das überwinden, sobald sein Junge wohlbehalten zu Hause ist.«

»Wirklich? Welche Freundin würde einen kleinen Jungen in eine solche Gefahr bringen? Ihm ist alles gleichgültig – er will nur Davy zurück.«

»Hast du ihm von Molino erzählt?«

Sie verneinte. »Ich hab ihm verschwiegen, was für ein Monster er ist, und hoffe, dass die Polizei es ihm auch nicht sagt. Das brauchen sie nicht zu wissen. Sie gehen ohnehin schon durch die Hölle. Es genügt, dass ich es weiß. Er ist so ein lieber kleiner Junge, Grady.« Sie warf einen Blick auf das Foto, das sie in der Hand hielt. Es war ein Schnappschuss von Davy auf seinem neuen Fahrrad. Nicht derselbe, den ihr Scott gemailt hatte. Davys hinreißendes Gesicht auf diesem Foto wirkte konzentriert. »Sie müssen ihn lange beobachtet haben.«

»Wahrscheinlich, seit du mit ihm im Zoo warst. Darnell hat dich in dieser Zeit observiert. Da Davy nicht mit dir verwandt ist, hat Molino ihn vermutlich für nicht besonders wichtig gehalten. Er hat ihn nur entführt, weil er dachte, dass Phillip kein ausreichender Köder für dich ist.«

»Ein Doppelschlag. Er hat einen Weg gefunden …«

Ihr Handy klingelte. Scott. Sie drückte eilends auf die Taste. »Habt ihr mit der Polizei gesprochen?«

»Die Mistkerle halten uns hin«, antwortete Scott

schroff. »Nachdem sie mit Venable gesprochen hatten, haben sie nicht mal den Versuch unternommen, Davy zu suchen. Sie sagten, es wäre nicht gut, den Schlamm aufzurühren. Mein Gott, Davy ist allein mit den Hurensöhnen, und kein Mensch unternimmt etwas.«

»Wir unternehmen etwas, Scott. Ich lasse nicht zu, dass ihm etwas zustößt.«

»Das will ich dir geraten haben. Wir sind befreundet, aber das alles ist nur passiert, weil du dich mit diesem Abschaum eingelassen hast. Jetzt hol mir meinen Sohn zurück.«

»Tut mir so leid, Scott«, flüsterte sie.

»Das genügt nicht. Jana ist hysterisch und musste sediert werden. Ich bin ein Nervenbündel, und mein Sohn kann morgen schon tot sein. Sieh zu, dass du das in Ordnung bringst.« Damit legte er auf.

Megan sah Grady an. »Venable hat die Polizei zurückgepfiffen. Scott kann das nicht verstehen.« Sie legte das Handy auf den Tisch. »Er weiß nur, dass ich schuld an allem bin, und fordert, dass ich ihm Davy wiederbringe.« Und bebend fügte sie hinzu: »Er hat recht. Vielleicht haben wir uns alle geirrt, was diese Pandora-Sache betrifft. Vielleicht ist es mein ›Talent‹, allen Menschen in meiner Umgebung weh zu tun und Unglück zu bringen.«

»Halt den Mund«, herrschte Grady sie an. »Molino hat das getan, nicht du. Und jetzt hör auf mit diesem Selbstmitleid.«

Sie hob erschrocken den Kopf. »Ich tue mir nicht leid. Ich bin nur …«

»Gut. Denn ich halte das nicht mehr aus. Jedes Wort, das du von dir gibst, ist für mich wie ein Dolchstoß.«

Sie lächelte matt. »Dann solltest du vielleicht aufhören mit dem Selbstmitleid.«

»Ich arbeite daran. Aber ich würde mich besser fühlen, wenn du zuließest, dass ich dich berühre.« Er setzte sich neben sie. »Okay?«

Sie würde sich auch besser fühlen. Der erste Schock war vergangen, doch der Schmerz war geblieben. »Okay.« Sie schmiegte sich an ihn und ließ die Wärme und das Zusammengehörigkeitsgefühl auf sich wirken. »Ich habe sie tief verletzt, Grady«, flüsterte sie. »Jetzt begreife ich beinahe, warum Renata niemanden an sich heranlässt. Ich möchte nie wieder jemandem so weh tun.«

»Du bist nicht wie Renata. Du kannst dich nicht so abkapseln.« Er strich ihr übers Haar. »Du musst damit leben. Dies wird nicht bis in alle Ewigkeit andauern. Alles wird wieder gut. Wir sorgen dafür.«

»Ich wünschte, ich wäre bei Renata. Ich habe Angst um sie, Grady.«

»Verdammt, hör auf, um alle Angst zu haben außer um dich selbst.« Und grob fügte er hinzu: »Renata lässt sich nicht einfach von jemandem überwältigen, zusammenschlagen und verstümmeln.«

Nach seinen Zärtlichkeiten war sie schockiert von seiner schonungslosen Offenheit. Sie versuchte, sich ihm zu entziehen, aber er hielt sie fest. »Ich will das nicht hören, Grady.«

»Nein, aber es ist gut, es auszusprechen.« Er legte die Wange an ihre Schläfe. »Ich *hasse* es. Du hast kein Recht, mir dieses Gefühl zu geben und anschließend loszuziehen und deinen verdammten Hals zu riskieren.«

»Lass mich los.«

»In einer Minute.« Er drückte sie an sich, aber es dauerte keine Minute, ehe er sie losließ und aufstand. »Ich rufe Venable an und sag ihm, dass er ein paar seiner Leute nach Nashville schicken soll, für den Fall, dass wir

Verstärkung brauchen. Falls Renata sich nicht irrt, dürfte das eine gute Ausgangsbasis sein.« Er ging zur Tür. »Dir wird nichts zustoßen, Megan. Wenn Molino dir auch nur einen Fingernagel abbricht oder ein Haar krümmt, finde ich Mittel und Wege, ihn in die Hölle zu schicken und ihm schlimmere Schmerzen zuzufügen, als du es dir vorstellen kannst. Er bildet sich ein, die Freaks vernichten zu müssen? Warte, bis er sieht, was dieser Freak ihm antun kann.«

Er schlug die Tür hinter sich zu.

Seine Heftigkeit jagte Megan einen Schauer über den Rücken. Sie hatte immer die unterschwellige Gewalttätigkeit gespürt, aber auf so einen Ausbruch war sie nicht gefasst gewesen.

Plötzlich erinnerte sie sich daran, was er gesagt hatte, als er die Chronik für sich beansprucht hatte, weil er fürchtete, was passieren könnte, wenn Molino ein Mitglied der Familie Devanez in die Enge treiben würde.

Grady fühlte sich jetzt in die Enge getrieben, und sie konnte nichts dagegen tun. Bald würde sie alle Hände voll mit Molino zu tun haben.

7 Uhr 40

»Ich habe eine topographische und eine Navigationskarte von der Gegend mitgebracht.« Harley legte die Karten zwischen sich und Renata. »Schalten Sie die Innenleuchte ein.«

Sie gehorchte. »Wir verschwenden unsere Zeit. Ich muss zurück auf die Straße.« Sie hatte Harley von einem kleinen Flugplatz in der Nähe von Kingsport, Tennessee, abgeholt. Sie hatte zwar keinen Umweg deswegen machen müssen, trotzdem spürte sie, wie die Panik wuchs. Jede Minute war im Augenblick Gold wert. »Können Sie das nicht allein machen?«

»Da Sie die Brücke als groß beschrieben haben, bin ich fast sicher, dass sie über den Mississippi führt.« Er malte Kreise um zwei Brücken. »Und diese beiden Brücken sind von dem hügeligen Gelände auf der Tennessee-Seite aus zu sehen. Sie sagten, Molinos Haus steht auf einem Felsen, richtig?«

Sie nickte.

»Wie weit ist es etwa vom Fluss entfernt?«

»Keine Ahnung.« Sie dachte nach. »Fünfzehn, vielleicht zwanzig Meilen.«

»Schaute Molino nach Norden oder Süden?«

Sie schloss für einen kurzen Moment die Augen. »Nach Süden.«

»Die Brücken sind ungefähr sechzig Meilen voneinander entfernt. Wir dürfen uns keinen Fehler erlauben. Das könnte sich verheerend für Megan auswirken. Sehen Sie sich die Karte an. Löst das irgendetwas aus?«

Verärgert schüttelte sie den Kopf. »Um Himmels willen, ich kann nicht auf eine Karte schauen und erwarten, dass sie mir Geheimnisse verrät wie ein Buchstabenbrett. So funktioniert das nicht.«

»Woher soll ich das wissen? Megan hat mir etwas von Verbindung, Spuren und Führungsseil erzählt, aber für mich sind das alles böhmische Dörfer. Ich muss zugeben, dass ich außergewöhnlich tolerant bin und vernünftig versuche, mit Ihnen zusammenzuarbeiten. Ich vertraue meinen Karten mehr als Ihrem ›Führungsseil‹.«

»Tolerant?«, wiederholte sie. »Sie tolerieren mich?«

»Nein.« Er grinste. »Aber der Gedanke hat Sie so wütend gemacht, dass Sie dieses kleine Kleid losgelassen haben. Ich dachte, Sie brauchen ein bisschen Ablenkung.«

»Sie haben keinen Schimmer, was ich brauche und was nicht.« Aber er hatte es gut gemeint, und vielleicht war es ja tatsächlich besser, wenn sie einen kurzen Moment an etwas anderes dachte. Sie warf einen Blick auf die Karte. »Beide Brücken befinden sich in dem Bereich, zu dem ich geführt wurde. Aber welche ist die richtige?«

»Da ich keine mystische Hilfe von Ihnen bekomme, muss ich beide Brücken überfliegen und mir das Gelände selbst ansehen.« Er faltete die Karte zusammen. »Ich lasse Sie wieder auf die Straße und rufe Sie an, um Ihnen die Gegend um diese Brücken zu beschreiben. Oder wollen Sie mit mir in den Helikopter steigen?«

Sie lehnte ab. »Beim Fliegen spüre ich die Verbindung nicht so stark wie auf dem Boden.«

»Wie Sie wollen.« Er nahm das Kleid und hielt es einen Augenblick fest, bevor er es ihr überreichte. »Der Gedanke daran macht mich sehr, sehr wütend.« Er schlug die Autotür zu und ging zurück zu dem Hubschrauber.

10 Uhr 50

»Sind Sie bereit?«, fragte Molino, als Megan den Anruf entgegennahm. »Ich bin es und kann es kaum erwarten, Sie zu treffen.«

»Und Sie bringen Phillip und Davy mit?«

»Das hab ich Ihnen doch gesagt.«

»Wie geht es ihnen? Haben Sie ihnen etwas angetan?«

»Das können Sie sich selbst ansehen. Ich weiß«, fügte er hinzu, »dass Grady und seine CIA-Freunde in der Nähe herumlungern, und ich lege die Regeln fest. Nachdem der Helikopter mit Phillip und dem Jungen abgehoben hat, bleiben Sie auf dem Feld, bis meine Maschine Sie abholt. Verlieren Sie nicht die Geduld – es wird ein paar Minuten dauern. Falls jemand verhindern sollte, dass Sie mit mir kommen, werde ich den Befehl geben, den Hubschrauber mit Ihrem Freund Phillip und dem Kind abzuschießen. Und sollte Ihnen jemand folgen, nachdem Sie an Bord gegangen sind, werden sie beobachten können, wie Sie aus mehreren Hundert Metern auf die Erde fallen. Da Sie keins von den irren Talenten Ihrer Mutter geerbt zu haben scheinen, bezweifle ich, dass Sie fliegen können.«

»Sie haben meine Frage nicht beantwortet. Haben Sie ihnen etwas angetan?«

Doch er hatte die Verbindung bereits unterbrochen.

11 Uhr 35

Renata registrierte voller Entsetzen, dass sie das Führungsseil verloren hatte.

In der einen Minute war es stark und straff gewesen, in der nächsten spürte sie gar nichts mehr.

Bitte, nicht jetzt. Sie hatte gedacht, dass sie dem Ziel ganz nahe war.

Ihre Hand zitterte, als sie Harleys Nummer in das Telefon tippte. »Es ist weg. Das Führungsseil ist nicht mehr da.«

»Beruhigen Sie sich«, sagte Harley beschwichtigend. »Ich weiß, dass es für Sie schlimm sein muss, aber ich begreife es nicht.«

»Verdammt, ich habe ihn *gefühlt*. Es wurde stärker und stärker, und dann habe ich ihn verloren.«

»Dann lassen Sie uns nachdenken.« Er schwieg eine Weile. »Wie spät ist es?« Er antwortete selbst: »Viertel vor zwölf, Renata. Er soll Megan um Mittag treffen. Wenn er abhebt und nach Süden in Richtung Redwing fliegt, würden Sie dann die Verbindung zu ihm verlieren?«

»Mist.« Sie kam sich idiotisch vor. »Ja. Ich habe mich auf ihn in dieser Gegend konzentriert. Es ist so, als hätte mir jemand den Teppich unter den Füßen weggezogen. Wieso bin ich nicht drauf gekommen?«

»Ich habe gehört, dass Genies manchmal Schwierigkeiten haben, sich die Turnschuhe zuzubinden.«

»Was soll das heißen?«

»Worte des Trostes? Sehen Sie zu, dass Sie Ihr Führungsseil zu fassen bekommen, und rufen Sie mich wieder an. Ich bin über der ersten Brücke und möchte etwas tiefer gehen.« Er beendete das Gespräch.

Renata schloss die Augen und legte die Hände auf das Kleid.

Wo bist du, Mistkerl?

Nichts.

Nein, da war ein schwaches Ziehen – federleicht in Richtung Osten.

Sie wartete einen Moment, aber das Ziehen wurde mit jeder Sekunde schwächer.

Sie rief Harley an. »Er fliegt nach Südosten.«

»Redwing«, sagte Harley. »Er will Megan abholen.«

»Wie lange haben wir Zeit, bis er sie herbringt?«

»Zwei Stunden Maximum, würde ich sagen.«

Zwei Stunden.

Wieder keimte Panik auf. Verdammt, was war nur los mit ihr? Sie hatte gelernt, immer ruhig zu bleiben und einen kühlen Kopf zu bewahren.

Die Antwort war nicht schwer zu finden. Diese Sache bedeutete ihr zu viel. Jetzt verstand sie, warum Mark sie immer davor gewarnt hatte, sich emotional auf etwas einzulassen.

Nun, jetzt war es zu spät. Sie hatte Gefühle entwickelt.

»Ich habe keine Spur mehr«, sagte sie. »Ich werde versuchen, den Platz nach Ihrer Beschreibung zu identifizieren. Wir müssen Molinos Versteck schnell finden, bevor er zurückkommt. Grady wird einen Mann im Haus postieren wollen. Zur Hölle, Megan braucht jede Hilfe, die sie kriegen kann. Sind Sie über der Brücke?«

»Ein Stück östlich davon.«

»Was sehen Sie? Irgendwelche Felsen?«

»Noch nicht. Ich fliege noch einmal …«

Mein Gott, ich fühle mich entsetzlich allein, dachte Megan, als sie die Augen abschirmte und in den Himmel schaute. Das Feld war flach und unbebaut, und sie hörte nur den Wind in den umstehenden Bäumen.

Sie war nicht wirklich allein. Grady stand mit ein paar von Venables Männern zusammen, die vor wenigen Stunden eingetroffen waren, irgendwo zwischen den Bäumen. Das sollte ihre Angst besänftigen, aber so war es nicht. Erst als sie aus dem Auto gestiegen war, hatte sie bemerkt, wie feige sie sein konnte.

Es spielte keine Rolle, wie sie sich fühlte, solange sie nicht davonlief. Das sollte sie sich aufheben, bis Phillip und Davy in Sicherheit waren. Sie wünschte nur, es wäre endlich alles vorbei, und die beiden würden nach Bellehaven fliegen, wo Davy von Jana und Scott erwartet wurde.

Wo blieb Molino? Er hatte von einem Hubschrauber gesprochen, aber da war …

Ein Motorengeräusch erhob sich von dem Wald am Straßenrand.

Megan drehte sich um und sah einen Krankenwagen, der über das Feld auf sie zuholperte.

Der Fahrer bremste ab und sprang aus dem Wagen. »Hi, kleine Lady. Ich habe ein Paket für Sie.« Er war jung, gutaussehend und trug ein Sweatshirt und Jeans. »Nicht, dass es noch viel wert ist. Man möchte meinen, Sie hätten ihn abgeschrieben.« Er lief zum Heck und öffnete die Tür. »Mit besten Grüßen von Molino.« Er rollte die Trage heraus. »Und meinen natürlich auch.«

»Sie sind Darnell«, sagte sie bedächtig. »Sie sind der Mann, der auf Phillip geschossen hat.«

»Ich werde nicht mehr lange Darnell sein. Molino hat mir eine neue Identität und einen Job im Ausland versprochen, wenn ich Ihnen diesen alten Burschen übergebe. Mir wird der Boden hier ein bisschen zu heiß. Das ist nicht meine Schuld.« Er befestigte die Versorgungsschläuche und schob die Trage zu Megan. »Ich hab alles richtig gemacht.«

»Töten. Verletzen. O ja, Sie haben alles richtig gemacht. Wo ist Davy?«

»Oh, das Kind?«

Ihr Herz klopfte so sehr, dass sie kaum noch Luft bekam. »Davy sollte auch hier sein. Wo ist er?«

»Er war nicht so kooperativ wie der alte Herr. Er hat sich gewehrt.«

Hellstes Entsetzen erfasste sie. »Was haben Sie mit ihm gemacht?«

»Er hat sich aufgeführt wie ein Tier. Und ich hab ihn wie eins behandelt.« Er ging zurück zum Krankenwagen. »Kommen Sie, und holen Sie ihn.«

Sie war bereits bei ihm, als er in den Wagen kletterte. »Ist er verletzt?«

Er riss ein Tuch von einem Drahtkäfig und sprang wieder auf den Boden. »Vielleicht ein bisschen. Ich bin nicht gerade sanft mit ihm umgegangen, als ich ihn in den Hundekäfig steckte.«

Davy saß geduckt und mit angezogenen Beinen in dem kleinen Käfig. Sein Mund war mit Klebeband zugeklebt.

»Sie Bastard.« Megan sprang in den Krankenwagen und öffnete den Riegel des Käfigs. »Ist gut, Davy. Du bist in Sicherheit.« Sie half ihm aus dem Käfig und zog vorsichtig das Klebeband ab. Seine Augen waren geschwollen vom Weinen, und seine Lippe war aufgeplatzt. »Es ist gut.« Sie nahm ihn in die Arme und wiegte ihn. »Du fliegst nach Hause zu Mom und Daddy.«

Er klammerte sich an sie. »Ich hab Angst, Megan. Das sind böse Menschen.«

»Ja, das sind sie. Aber du musst nicht mehr bei ihnen bleiben.« Sie strich ihm über den Kopf. »Haben sie ... dir weh getan, Davy?«

»Ja.«

»Wie?«

Davy funkelte Darnell an. »Ich hab ihn gebissen, und er hat mich geschlagen, dabei ist meine Lippe aufgeplatzt.«

»Und sonst?«

»Sie haben mich gefesselt und ins Dunkle gebracht.«

»Das ist sehr schlimm. Aber verletzt hat dich sonst niemand?«

Er schüttelte den Kopf. »Aber ich hatte schreckliche Angst.«

Sie atmete erleichtert auf. Danke, lieber Gott. »Das weiß ich.« Sie nahm seine Hand. »Aber jetzt ist es vorbei.

Du wirst jetzt nach Hause gebracht.« Sie half ihm beim Aussteigen. »Willst du ein artiger Junge sein und mit mir kommen, während ich mir meinen Freund ansehe? Er ist sehr krank.«

»Er schläft«, sagte Davy. »Ich hab ihn gesehen, als sie ihn in den Krankenwagen brachten. Wann wacht er wieder auf?«

»Bald, hoffe ich.« Aber sie wusste nicht, ob Gardner die Wahrheit gesagt hatte – Phillip war so blass. Sie fühlte ihm den Puls. Langsam, aber gleichmäßig. Er roch furchtbar, aber nicht nach einer Infektion, Normalerweise konnte sie das unterscheiden, wenn …

»Er lebt.« Darnell sah sie an. »Er ist ein zäher alter Kauz. Ich habe nicht geglaubt, dass er es schafft.«

»Ja, er ist stark. Stärker, als Sie jemals sein können. Sie haben die beiden abgeliefert. Warum fahren Sie nicht weg?«

»Ich soll hier warten und mit Ihnen und Molino fliegen.« Er grinste. »Und ich soll die beiden erschießen, falls Sie versuchen, mit ihnen in den Helikopter zu steigen.«

»Ich werde nicht …« Sie hob den Kopf, als sie einen Hubschrauber hörte. »Sie bleiben weg von ihnen«, herrschte sie Darnell an. Er lehnte sich an den Krankenwagen und verschränkte die Arme. »Ich fasse die beiden nicht an, solange Sie das tun, was man Ihnen gesagt hat.«

Sie nahm Phillips Hand in ihre, spürte aber keine Reaktion. Sie hatte so große Hoffnungen gehabt, als Gardner sie angerufen hatte. War der Zeitpunkt verpasst, in dem Phillip hätte zurückkommen können? Hatte er das Massaker an Gardner und der Krankenschwester vielleicht bewusst miterlebt und sich dann für immer in sich zurückgezogen? Wer weiß? Doch darüber durfte sie jetzt nicht nachdenken. Sie konnte nichts anderes tun, als sich zu vergewissern, dass er überlebt hatte.

»Nicht weinen, Megan«, flüsterte Davy.

Sie sah ihn an. »Ich weine nicht.« Sie blinzelte die Tränen weg. »Und wenn ich es tue, dann nur, weil ich so glücklich bin, dass du bei mir bist und alles gut wird.« Sie kauerte sich vor ihn. »Bald wird ein Hubschrauber hier landen, und du und mein Freund werdet an Bord gebracht. Dort, wo er wieder landet, warten deine Mom und dein Daddy auf dich.« Sie schwieg eine Weile. »Aber ich kann nicht mit dir fliegen. Du bist ja schon ein großer Junge und kannst auf meinen Freund Phillip aufpassen, oder?«

Davy warf Darnell einen Blick zu. »Ich habe gehört, was er gesagt hat. Er lässt dich nicht gehen?«

Sie wich der Frage aus. »Ich komme später nach. Versprochen. Wirst du auf Phillip achtgeben?«

Er nickte nachdenklich. »Der Mann tut dir nicht weh?«

»Niemand wird mir etwas tun.« Sie drückte den Jungen an sich. Das Dröhnen der Rotoren war jetzt direkt über ihnen. Sie flüsterte: »Ich liebe dich, Davy.«

Es dauerte fünf Minuten, bis Phillip in dem Hubschrauber untergebracht war, und Megan trat zurück und sah zu, wie die Maschine abhob.

»Was für ein Umstand«, meinte Darnell. »Es wäre viel schwerer für Molino gewesen, Sie in die Finger zu bekommen, wenn Sie nicht so dumm wären.«

»Halten Sie den Mund.«

»Molino will Ihnen Schmerzen zufügen.« Darnell grinste boshaft. »Er hat von nichts anderem gesprochen, als ich die Fracht abgeholt habe.«

Sie ignorierte den Bastard und schaute in den Himmel.

Der Hubschrauber mit Phillip und Davy war fast schon außer Sicht.

Adieu, alter Freund. Ich hoffe, es geht dir gut. Adieu, Davy.

»Es ist die falsche Brücke«, sagte Harley. »Hier gibt es weit und breit keinen Felsen, wie Sie ihn beschrieben haben. Sanfte Hügel. Es muss die Jefferson Parks Bridge im Norden sein.«

»Sind Sie absolut sicher?«, fragte Renata. »Wenn Sie sich irren, ist es zu spät, vor Molino dorthin zu gelangen. Ich brauche eine Dreiviertelstunde von hier bis zur Jefferson Parks Bridge.«

»Vertrauen Sie mir. Hier ist das Haus nicht.«

Sie vertraute nie jemandem außer sich selbst.

Aber dieses Mal blieb ihr wohl nichts anderes übrig.

Molinos blauweißer Hubschrauber landete etwa fünfzehn Minuten, nachdem Phillip und Davy abgeflogen waren, auf dem Feld.

Megan stand aufrecht und erhobenen Hauptes da, während die Maschine aufsetzte. Er darf nicht merken, wie groß meine Angst ist. Das wäre ihm eine Genugtuung.

Molino öffnete die Tür. »Welche Freude, Sie wiederzusehen. Sie sind ein wenig blasser als gestern Abend. Die Sonne ist nicht freundlich zu Ihnen.« Er lächelte. »Ich werde auch nicht freundlich zu Ihnen sein.« Er wandte sich an Darnell. »Hilf ihr an Bord. Wir müssen gleich los.«

Darnell trat vor, aber Megan riss sich von ihm los. »Ich will nicht, dass er mich berührt.« Sie stieg in den Helikopter. »Er ist so schlecht wie Sie.«

»O nein, er kann mir in nichts das Wasser reichen.« Er sah zu, wie Darnell auf den Einstieg zuging. »Er ist großspurig, selbstgefällig und macht Fehler. Sie wären längst tot, wenn er seinen Job anständig gemacht hätte.«

Darnells Gesicht lief rot an. »Es war nicht meine Schuld. Ich dachte, Sie hätten verstanden, dass ...«

»Ich dulde keine Ausflüchte, Darnell.« Molino zog einen Revolver aus der Tasche. »Man muss immer für seine Fehler bezahlen.«

Er schoss Darnell in den Kopf.

Megan beobachtete entsetzt, wie Darnell fiel.

Molino machte die Tür zu. »Abheben!«

»Scheiße!«

Grady sah, wie Darnell zu Boden ging. Ihn scherte es keinen Deut, dass Darnell nicht mehr am Leben war, doch der Vorfall zeigte, in welcher Stimmung Molino war. Er hatte gehofft, dass der Bastard etwas besser gelaunt wäre.

Besser gelaunt? Der Hurensohn war ein sadistischer Wahnsinniger. Gradys Telefon klingelte, als er zu seinem Auto ging. Harley.

»Es ist die Jefferson Parks Bridge«, erklärte Harley. »Ich überfliege gerade das Gebiet. Ich kann ein großes zweistöckiges Haus aus Zedernholz auf einem Felsen mit Blick auf den Fluss ausmachen. Ich kann nicht allzu nahe ran, weil ich nicht gesehen werden will, aber ich glaube auf der Westseite ist ein Hubschrauber-Landeplatz. Da steht keine Maschine.«

»In vierzig Minuten wird eine landen. Molino hat Megan gerade aufgelesen. Ich treffe mich jetzt mit Venable, und wir machen uns sofort auf den Weg. Verschwinde von dort. Wo ist Renata?«

»Etwa fünfzehn Meilen weit weg.« Er hielt kurz inne. »Es gibt nur eine Straße, die zu dem Haus führt, und der Felsen fällt steil ab. Da sind ein paar Vorsprünge im oberen Teil, aber man kann nicht von unten zum Haus klettern. Oben stehen viele Bäume und Büsche, aber es wird schwer, Venable und seine Männer unbemerkt zum Haus zu bringen – es sei denn, wir warten, bis es dunkel ist.«

»Auf keinen Fall. Weißt du, was Molino Megan antun kann, während wir auf die Dunkelheit warten?«

»Ich weiß, dass es gut möglich ist, dass er sie umbringt, wenn du angreifst und er glauben muss, dass er alles verliert.«

Grady fluchte verhalten. Er wusste, dass Harley recht hatte, aber er wollte verdammt sein, wenn er nicht schnell handelte. »Warum, zum Teufel, hat Renata ihn nicht schneller gefunden? Wir haben keine Möglichkeit mehr.«

»Sie hat ihr Bestes getan. War verdammt schwierig für sie.«

»Nicht so schwierig, wie es für Megan wird. Molino hat gerade das Spiel eröffnet – er hat Darnell mit einem Kopfschuss getötet. Das sollte dir verraten, womit es Megan zu tun hat.« Der Gedanke, dass sie bei Molino war, machte ihm höllische Angst. Er hatte von vornherein gewusst, dass es ein Alptraum sein würde, und er hatte recht behalten. »Ich werde versuchen, nichts zu übereilen. Auf jeden Fall stürme ich nicht auf diesen Berg und riskiere, dass er sie sofort umbringt. Ich rufe dich an, wenn ich in der Nähe bin.« Er legte auf.

Aber wie sollte er vermeiden, Megan in Gefahr zu bringen, wenn das Haus so schwer zugänglich war, wie Harley erklärte?

Der Rest liegt in deinen Händen, hatte Megan gesagt.
In seinen Händen, seine Verantwortung, sein Job. Es war nicht viel. Er musste nur dafür sorgen, dass Megan am Leben blieb.

Kapitel 20

Sie sehen schockiert aus«, stellte Molino fest, als der Hubschrauber startete. »Und ich dachte, es würde Sie glücklich machen zu sehen, wie ich Darnell das Hirn wegblase. Immerhin war er derjenige, der aus Phillip Blair Gemüse gemacht hat.«

»Sie sind dafür verantwortlich. Sie haben den Befehl gegeben.« Megan zuckte mit den Schultern. »Und es ist mir gleichgültig, dass Sie Darnell getötet haben. Jetzt gibt es einen fiesen Typen weniger auf der Erde. Apropos fieser Typ – wo ist Sienna?«

»Er erwartet Sie ungeduldig in meinem Haus. Ich dachte, Sie sollten ein anständiges Begrüßungskomitee haben.«

»Und ich dachte, Sie beide wären an den Hüften zusammengewachsen.«

»Wir haben eine wechselseitig zufriedenstellende Beziehung. In letzter Zeit bin ich allerdings nicht sehr glücklich über sein Verhalten. Deshalb war ich bereit, ihn den Löwen vorzuwerfen.«

»Ich bin kein Löwe.«

»Ich weiß. Was für eine Enttäuschung.« Er kicherte. »Sie haben mich idiotisch aussehen lassen in Siennas Augen. So hatte ich mir das nicht vorgestellt. Er war immer noch voll hässlicher Gedanken über meinen Steven, als wir Sie letzte Nacht verlassen haben.« Er wedelte mit der

Hand. »Aber ich habe ihm verziehen, bevor ich heute aufgebrochen bin, um Sie zu holen. Immerhin habe ich ihm versprochen, dass er Sie in der ersten Nacht haben kann, und ich halte immer mein Wort.«

»Das ist schwer zu glauben.«

»Na ja, ich halte es, wenn es mir passt.« Er schaute aus dem Fenster. »Wir sind fast zu Hause. Es wird Zeit, dass das Spiel beginnt. Haben Sie Angst, Megan?«

»Nein.«

»Sie lügen. Ich sehe den Pulsschlag an Ihrem Hals. Ich wette, Ihre Hand würde sich kalt und feucht anfühlen.« Er schmunzelte. »Aber ich werde Sie erst berühren, wenn Sie ordentlich gefesselt und bereit sind. Wissen Sie, ich habe viel aus dem Gerichtsprotokoll über Ihren Vorfahren Ricardo Devanez gelernt. Die Foltermethoden, die die Inquisitoren angewandt haben, waren innovativ und sehr zufriedenstellend. Ein paar dieser Methoden habe ich bei Edmund Gillem benutzt. Ich kann es kaum erwarten, mein Repertoire zu erweitern. Es gibt eine besonders aufregende Sache, die man ›den Folterstuhl‹ nennt.«

»Sie sind ein makabrer Unhold. Und Ihr Sohn muss der dämliche Schizo gewesen sein, für den ihn Sienna gehalten hat. Ich bezweifle, dass meine Mutter ihm etwas angetan hat. Wahrscheinlich haben Sie ihm das rezessive Gen vererbt, das ihn schließlich veranlasst hat, überzuschnappen.«

Molinos Lächeln war wie weggewischt. »Lügnerin.«

Das war ein Schuss ins Blaue gewesen, aber sie hatte offensichtlich den Nagel auf den Kopf getroffen. »Ja, das muss es sein. Gibt es Fälle von Geistesgestörtheit in Ihrer Familie? Es ist offensichtlich, dass Sie nicht alle Tassen im Schrank haben. Sie brauchten eine Entschuldigung, weil Sie sich schuldig fühlten, Steven vernichtet zu haben. Er war so verrückt wie …« Ihr Kopf schnellte nach hinten, als Molino ihr mit dem Handrücken ins Gesicht schlug.

Dunkelheit. Alles drehte sich um sie.

»Miststück«, zischte er. »Hure.«

»Sie sind dafür verantwortlich.« Sie hatte den kupfrigen Geschmack von Blut im Mund. »Sienna hat bewiesen, dass ich keine Pandora bin. Meine Mutter war auch keine. Sie haben Ihren Sohn auf dem Gewissen.«

Er schlug sie noch einmal. »Ich bringe dich um, du Miststück. Du verdorbene Lügnerin. Ich zerfetze dich …« Er hielt inne und holte Luft. »Nein, das lasse ich nicht zu. Ich werde langsam vorgehen.« Der Helikopter war schon fast auf dem Boden. »Sie haben gerade dafür gesorgt, dass ich noch mehr Vergnügen haben werde. Ich freue mich schon darauf, Sie an Sienna zu übergeben.«

»Grady ist auf dem Weg«, sagte Harley zu Renata. »Er will mich anrufen, wenn er in der Nähe ist. Ich lande jetzt.« Und nach kurzem Schweigen setzte er hinzu: »Wir haben Glück, wenn wir sie lebend da herausbekommen.«

Genau daran hatte Renata in der letzten halben Stunde auch gedacht. »Was hat Grady vor?«

»Keine Ahnung. Ich bin nicht mal sicher, ob er es weiß. Ich schätze, wir müssen uns gemeinsam überlegen, wie wir sie am sichersten …«

»Es gibt keine sichere Methode«, fiel sie ihm heftig ins Wort. »Und Molino wird sie töten, wenn wir nur quatschen und nichts unternehmen.«

»Grady und Venable werden nicht viel Zeit …«

»Zum Teufel mit Grady. Ich kann nicht warten, bis Sie ein Komitee gebildet und beratschlagt haben, was zu tun ist.«

»Und was ist Ihre Alternative?«

»Aufhören zu reden und sie da rausholen.« Sie legte auf.

Sie ging nicht dran, als Harley kurz darauf noch einmal anrief. Er würde Fragen stellen und argumentieren, aber sie wollte nichts davon hören. Sie war zu angespannt und ängstlich und musste beide Empfindungen loswerden, ehe sie das tun konnte, worin sie am besten war. Die verschiedenen Szenarien gegeneinander abwägen, Ursache und Wirkung einschätzen und den Ausgang voraussagen, der garantierte, dass Megan am Leben blieb und Molino starb.

Sie hatte auf der Fahrt hierher bereits den Prozess eingeleitet, als ihr klar wurde, dass es zu spät war, Molinos Festung anzugreifen.

Sie schaute auf das Kleidchen, das sie immer noch in der Hand hielt. »Ich muss dich jetzt allein lassen. Adia.« Sie faltete das Kleid sorgfältig zusammen und legte es behutsam in den Koffer. »Dank dir wissen wir, wo er ist. Jetzt müssen wir den Hurensohn nur noch kriegen.«

»Gerade aus.« Molino hatte die Hand auf Megans Rücken gelegt und schob sie die geschwungene Treppe hinunter zur Tür. »Sie dürfen ihn nicht warten lassen.«

Sie zitterte. Sienna. Ihr wurde schlecht, als sie an seine große, warme, weiche Hand dachte, die plötzlich brutal zugepackt hatte.

»Sie sagen ja gar nichts«, stellte Molino fest. »Sie haben Angst vor ihm, hab ich recht? Frauen sind so sanft und zerbrechlich. Fast so zerbrechlich wie Kinder. Lächerlich, wenn sie versuchen, sich gegen uns zu wehren.«

»Tatsächlich?« Wie konnte sie den Revolver an sich bringen? Wenn sie ihn überrumpelte, könnte sie eine

Chance haben. Vorhin war es ihr gelungen, ihn auf die Palme zu bringen, und sie könnte ...

»Da hinein.« Er öffnete eine Tür am Fuße der Treppe. »Sienna verlangt immer einen Raum abseits von uns anderen. Er liebt seine Privatsphäre. Ich habe kein Problem damit. Wir sind nicht in allem einer Meinung.« Er trat beiseite, um sie in das Zimmer zu lassen. »Sienna, hier ist das versprochene Geschenk.«

Megan bewegte sich nicht vom Fleck.

»Nicht so schüchtern.« Molino schubste sie in den Raum. »Er wartet.« Er deutete mit der Hand in eine Ecke. »Sagen Sie hallo zu ihm.«

O Gott! Nicht schreien.

Sienna war gefesselt und an die Wand genagelt. Sein Kopf war kahlgeschoren, sein Schädel blutig und eingedrückt. Seine Augen waren weit aufgerissen, das Gesicht im Todeskampf verzerrt.

»Sie haben ihn ermordet«, krächzte sie. »Wieso? Weil er nicht glaubte, dass Ihr Sohn ...«

»Ich habe jahrelang mit seiner Skepsis gelebt. Ich hätte sie auch weiter toleriert, wenn ich noch Verwendung für ihn gehabt hätte.« Molino schüttelte den Kopf. »Wirklich zu schade, dass ich ihn loswerden musste, ehe ich mein Versprechen, Sie ihm zu überlassen, einhalten konnte. Natürlich habe ich andere Männer, die sich Ihrer annehmen würden, aber keiner hat die Talente, die Sienna hatte. Sienna verstand etwas von Schmerzen. Er war großartig mit Edmund Gillem.«

Sie konnte den Blick nicht von Siennas Gesicht losreißen. »Haben Sie ihn auch gefoltert?«

»O nein! Na ja, vielleicht ein bisschen. Er hat ständig an seinen Haaren gezupft, deshalb habe ich ihn geschoren. Das hat ihm gar nicht gefallen.«

»An seinen Haaren gezupft?«

Molino grinste. »Er schrie, zog an seinen Haaren und schlug den Kopf gegen die Wand. Er hatte große Schmerzen, deshalb beschloss ich, ihm zu helfen. Genau genommen war ich so mit Sienna beschäftigt, dass ich meine Pläne mit dem kleinen Jungen ganz vergessen habe.«

»Schmerzen? Was haben Sie Sienna sonst noch angetan?«

»Ich? Gar nichts.« Er drehte sich zu ihr um und sah sie an. »Das waren Sie. Ich war so unglücklich, dass Sienna gestern, nachdem er Ihre Hand gedrückt hat, weggegangen ist. Ich hätte wissen müssen, dass Sie mich nicht enttäuschen würden. Mir war nur nicht klar, dass es nicht sofort geschieht.«

Megan schluckte. »Ich weiß nicht, wovon Sie sprechen.«

»Ihre Mutter hat die Hand meines Jungen genommen und seinen Verstand innerhalb von Sekunden zerstört. Vielleicht sind Sie nicht so gut, wie sie es war. Oder Sie wollten mir nicht offenbaren, dass Sie sind wie sie. Sienna zeigte keinerlei Anzeichen, bis kurz vor Mitternacht. Er überprüfte die Wachen am Rande des Felsens, und die Männer erzählten, dass er ständig den Kopf schüttelte. Eine Stunde, nachdem er sich in sein Zimmer zurückgezogen hatte, hörten wir einen dumpfen Laut. Als ich hinunterging, um nach dem Ärmsten zu sehen, war er bereits hinüber. Er heulte, riss sich die Haare büschelweise aus und schlug den Kopf gegen die Wand, als würde er von Dämonen getrieben.«

»Das ist nicht wahr.«

»Doch. Weshalb streiten Sie es ab? Sie müssen gewusst haben, was ihm blüht. Ich habe ihn lediglich von seinem Leid erlöst.«

»Sie lügen. Sie haben ihn getötet, weil er Zweifel an der Gesundheit Ihres geliebten Sohnes gesät hat und Sie einen Sündenbock brauchten.«

»Ich habe keinen Zweifel an Steven.« Er schaute auf ihre Hände, die sie zu Fäusten geballt hatte. »Was ich alles mit Ihrer Macht zu töten anfangen könnte! Es ist nicht richtig, dass Freaks die Einzigen sind, die …« Sein Handy klingelte. Er drückte auf die Taste, und ein Lächeln erhellte sein Gesicht. »Guten Tag, Miss Wilger. Was für eine Freude, von Ihnen zu hören. Heute ist mein Glückstag.« Er schielte zu Megan, die wie erstarrt dastand. »Ja, unserer Megan geht es so weit gut.« Er stellte das Telefon auf laut. »Wir sollten sie nicht ausschließen. Sie kann Sie jetzt hören.«

»Ist mir egal, ob sie mich hören kann oder nicht«, gab Renata zurück. »Sie hat mir von Anfang an nichts als Ärger gemacht. Ich bekomme Druck von Grady und den CIA-Typen, weil ich versuchen soll, eine Abmachung mit Ihnen zu treffen, damit Sie sie gehen lassen.«

»Dazu ist es zu spät.«

»Gut. Ich glaube nämlich nicht, dass ein Menschenleben so viel wert ist wie die Chronik. Behalten Sie sie.«

»Warten Sie. Legen Sie noch nicht auf.«

»Sie sagten doch, es ist zu spät.«

»Ich könnte einen solchen Deal in Erwägung ziehen. Falls ich sicher sein könnte, dass Sie die Chronik wirklich haben.«

»Ich habe sie.«

»Gibt es einen Beweis?«

»Ich kann Ihnen ein paar Seiten zeigen, die Sie dann auf ihre Echtheit überprüfen lassen können.«

»Ich will die ganze Chronik sehen.«

»Ich bin kein Dummkopf. Ist schon schlimm genug,

dass ich gezwungen bin, sie herzugeben. Ganz bestimmt werde ich sie nicht aufgeben, ohne etwas dafür zu bekommen. Die CIA-Leute haben mir eine Entschädigung und Schutz vor dem Rest meiner Familie versprochen, wenn ich Sie dazu bringe, Megan freizulassen. Die Devanez-Familie mag keine Verräter. Ich würde keine drei Tage überleben.«

Molino schwieg eine ganze Weile. »Sie kommen persönlich, um mir diese Seiten zu zeigen?«

»Ja«, antwortete Renata widerstrebend, »ich komme. Wenn Sie sicher sind, dass Sie auf den Handel eingehen wollen. Ich bin in Piedmont in Memphis. Aber ich werde meinen eigenen Helikopter benutzen. Ihre Männer können mich abholen und mich und den Hubschrauber nach Waffen und Wanzen absuchen. Sie können einen Experten auswählen, der das Alter der Seiten bestimmen kann und den ich mitbringen kann. Kennen Sie einen Antiquitätenexperten in der Nähe?«

»Es gibt einen an der Universität in Nashville, den ich häufig zu Rate ziehe. Er wurde im Louvre in Paris ausgebildet – ihn kann man nicht täuschen. Ich handle mit Antiquitäten aus Ägypten und Italien, und manchmal kann ich meinen Quellen nicht trauen.«

»Kaum zu glauben. Okay, ich bringe ihn mit. Aber ich bewege mich keinen Zentimeter vom Helikopter weg, wenn wir gelandet sind. Sie werden Megan zu mir führen müssen, damit ich sehe, dass sie noch am Leben ist. Sie wird bei mir bleiben, bis die Seiten geprüft sind. Falls Sie in den Handel einwilligen, gehe ich wieder an Bord und hole den Rest der Chronik.« Sie unterbrach die Verbindung.

»Sie ist nicht gerade scharf darauf, Sie von hier wegzuholen, oder?«, fragte Molino.

»Sie glaubt nicht, dass es mein Leben wert ist, die Tausende von Menschen, die in der Chronik verzeichnet sind, an Sie auszuliefern.«

»Tausende? Sie meinen, da draußen laufen Tausende Freaks herum?«

»Keine Ahnung. Das war nur eine Vermutung.«

»Als ich von der Chronik erfuhr, war mein Interesse nicht so groß, weil ich erpicht darauf war, Sie ausfindig zu machen. Doch jetzt, da ich Sie habe, frage ich mich, wie mein Leben aussehen wird, wenn ich kein Ziel mehr verfolge. Steven hätte es nicht gern, wenn ich jetzt aufhöre. Nein, ich denke wirklich, ich muss diese Chronik an mich bringen.«

»Dann gehen Sie auf den Handel ein?«

Er sah sie überrascht an. »Selbstverständlich nicht. Schrauben Sie Ihre Hoffnungen nicht zu hoch. Aber wir müssen ein bisschen tricksen, damit sie denken, ich würde es tun. Ich sorge dafür, dass dieses Wilger-Miststück abgeholt und hergebracht wird.« Er schüttelte den Kopf. »Und ich kann noch eine Weile warten, bis ich die Folterinstrumente an Ihnen ausprobiere.« Er drehte sich weg. »In der Zwischenzeit lasse ich Sie hier bei Sienna. Schließlich habe ich ihm versprochen, dass er Zeit mit Ihnen verbringen darf.« Er schaute über die Schulter. »Übrigens – habe ich schon erwähnt, dass Sie dies alles für nichts tun? Ich werde weder Phillip Blair noch den Jungen länger als eine Woche am Leben lassen.«

Im nächsten Moment schloss sich die Tür hinter ihm, und der Schlüssel drehte sich im Schloss.

Megan war allein mit dem grotesken Kadaver, der einst Sienna gewesen war.

Molino hatte behauptet, dass sie ihn eigentlich getötet hatte. Sie konnte das nicht glauben. Molino suchte nach einer Rechtfertigung für den Wahnsinn seines Sohnes. Sie war keine Pandora. Ganz bestimmt nicht.

Der Schock war so intensiv, dass sie an nichts anderes mehr denken konnte. Sie musste damit aufhören.

Sein letzter Tiefschlag, dass er beabsichtigte, Phillip und Davy zu töten, sollte sie in Panik versetzen. Aber Grady würde nicht zulassen, dass den beiden jetzt, da sie in Sicherheit waren, noch etwas passierte.

Sie wandte den Blick von Sienna ab und sah sich in dem Raum um. Er war luxuriös und mit kräftigen Farben eingerichtet, aber es gab kein Fenster.

Waffen. Ein Mann wie Sienna musste doch einen Revolver oder ein Messer haben ... irgendetwas. Sie suchte alle Schubladen systematisch ab.

Nichts. Nicht einmal eine Nagelfeile. Molino musste schon in dem Moment, in dem er Sienna getötet hatte, geplant haben, sie hier zusammen mit ihm einzusperren.

Warum auch nicht? Was konnte schrecklicher sein, als mit dieser grausigen Leiche in einem Zimmer festzusitzen?

Sieh ihn nicht an.

Sie setzte sich auf einen Stuhl neben der Tür und hoffte, sich irgendwie selbst verteidigen zu können, bis Hilfe kam. Der Anruf von Renata sollte ihr, Grady und Harley Zeit verschaffen. Als Renata in ihr Leben getreten war, hatte sie diese unbeteiligte Fassade zur Schau gestellt, aber mittlerweile hatte sie sich verändert. Gott, sie alle hatten sich in den letzten Tagen verändert. Megan, Renata, Harley, Grady.

Grady.

Was immer Renata vorhatte, Grady musste involviert sein. Bitte, lieber Gott, lass nicht zu, dass Grady etwas zustößt, dass irgendjemand verletzt wird.

Aber sie durfte sich nicht nur auf ihr Wunschdenken verlassen. Sie musste eine Möglichkeit finden, etwas zu tun.

Grady beendete das Telefonat mit Renata und wandte sich an Venable. »Sie glaubt, er hat den Köder geschluckt.« Er nahm sein Gewehr. »Ich bin hier weg. Ich lasse dich wissen, was auf diesem Berg vor sich geht.«

»Zwanzig meiner Männer hocken in diesem verdammten Wald auf ihren Hintern«, sagte Venable. »Wann kann ich ihnen sagen, dass sie losschlagen können? Gib mir die Gelegenheit, meinen Job zu machen.«

»Wenn auch nur ein Mann aus der Deckung kommt, bevor ich dir grünes Licht gebe, erschieße ich ihn persönlich«, gab Grady harsch zurück. »Wenn Molinos Männer Wind von unserem Vorhaben bekommen, ist Megan tot.«

»Ich bin Profi. Das würde mir niemals passieren.«

Grady schüttelte den Kopf. »Renata hat recht. Als sie mich anrief, wollte ich ihr zuerst nicht folgen. Ich wollte hier warten und das verdammte Haus in die Luft jagen, sobald sie zurückkommen.« Er verzog den Mund. »Aber sie hat die Sache durchdacht und meinte, es bestünde eine siebenundachtzigprozentige Chance, dass Megan dabei ums Leben kommt. Das ist ein zu großes Risiko und hat mich abgeschreckt. Also befolgen wir Renatas Plan. Erst mussten wir Zeit gewinnen, um sicherzugehen, dass Molino die Finger von Megan lässt. Renata und die Chronik. Dann brauchten wir einen Mann im Wald, der uns mit Informationen versorgt. Da Harley bereits in der Nähe war, konnte er dorthin gelangen, bevor Molino mit Megan gelandet war. Als Nächstes muss jemand da oben die Wachleute ausschalten. Das bin ich.«

»Und wie stehen die Chancen, dass Megan bei diesem Unterfangen ums Leben kommt? Was hat eure Freundin Renata errechnet?«, wollte Venable wissen.

»Zweiunddreißig Prozent«, antwortete Grady. »Wenn alles gut läuft.«

Gott, das Risiko ist immer noch zu hoch, und es ist lächerlich, davon auszugehen, dass alles wie vorgesehen verläuft, dachte er. Nichts geht jemals so wie geplant.

Als er den halben Berg hinter sich hatte, rief er Harley an. »Berichte.«

»Megan befindet sich in einem Raum im Untergeschoss. Molino hat sie die Treppe runtergeführt und kam allein zurück. Er hält sich zurzeit im Haupthaus auf.«

»Renata hat sich vor fünf Minuten gemeldet«, sagte Grady. »Sie konnte Megan ein bisschen Zeit verschaffen – Gott sei Dank. Wo bist du?«

»In dem Fichtenwald, knappe tausend Meter vom Haus entfernt. Drei Männer patrouillieren das Grundstück ab, und ich habe vier weitere Männer im Haus gesehen. Vielleicht sind es mehr, aber das ... Warte einen Moment. Zwei Männer verlassen das Haus. Ich glaube, Molino hat angebissen. Sie laufen zum Landeplatz. Vielleicht fliegen sie los, um Renata abzuholen.« Er hielt kurz inne. »Das könnte ein günstiger Zeitpunkt für mich sein, etwas näher heranzukommen und zu sehen, ob ich Megan eine Waffe zukommen lassen kann, für den Fall, dass etwas schiefgeht.«

»Es wird nichts schiefgehen«, behauptete Grady. Vielleicht wurde es wahr, wenn er es laut aussprach. »Und ich bin unterwegs, um den Weg für Venables Leute frei zu machen. Ich schalte die Wachen aus, dann gehe ich zum Haus. Bleib, wo du bist, verdammt. Ich muss alles wissen, was in diesem Haus vor sich geht, und du musst für Megan da sein. Ich will es sofort wissen, wenn Molino in das Untergeschoss geht.«

»Was immer du willst. Wenn du dich mir anschließen willst, solltest du wissen, dass ein bewaffneter Wachmann hinter dem Haus steht. Die anderen beiden gehen den Waldrand am Felsen ab – die Strecke ist ungefähr eine Viertelmeile lang. Ein Gewehr. Eine Handfeuerwaffe.«

»Das ist alles?«

»Ja, hebt ab. Bist du sicher, dass ich nicht …«

»Halt dich an den Plan. Bleib auf deinem Posten.« Grady legte auf.

»Kommen Sie raus, Megan«, rief Molino, als er die Tür öffnete. »Ich habe gerade Nachricht erhalten, dass unsere kleine Freundin in ein paar Minuten landet. Wir gehen zum Landeplatz, damit sie sich sicher fühlt und sieht, dass meine Absichten über jeden Zweifel erhaben sind.«

»Und was haben Sie vor, wenn die Echtheit der Seiten bewiesen ist?«, wollte Megan wissen, als sie die Treppe hinaufstieg.

»Liebe Güte, Sie wissen bestimmt, dass es viele Möglichkeiten gibt, das, was man will, auch ohne Verhandlungen zu bekommen. Ich muss mich nur vergewissern, dass sie die echte Chronik hat.« Er schubste sie in Richtung Landeplatz. »Und dann können Sie zurück zu Sienna. Bestimmt vermisst er Sie schon. Ah, da kommt sie ja.«

Ein braun und beige lackierter Hubschrauber setzte auf. Zwei Männer sprangen heraus.

»Gestatten Sie, dass ich Sie miteinander bekannt mache.« Molino deutete auf den großen rothaarigen Mann. »Das ist David Condon. Er hat den Helikopter geflogen, der Sie hergebracht hat, Megan. Der andere Gentleman ist Ben Stallek. Ich war vorhin etwas abgelenkt, sonst hätte ich Ihnen die Herren bereits vorgestellt. Habt ihr Notting mitgebracht?«

Ein kleiner Mann in kariertem Hemd stieg aus der Maschine. »Das wird Sie eine schöne Stange Geld kosten. Ich wurde von einem Golfspiel weggerissen, um mit hierherzukommen.«

»Ich werde nicht viel Ihrer Zeit beanspruchen. Es handelt sich nur um eine vorläufige Untersuchung.« Und zu Megan gewandt, fügte er hinzu: »Dieser gereizte Gentleman ist sehr gelehrt, sonst würde ich seine Unhöflichkeit nicht dulden.«

»Er ist außerdem ziemlich gierig.« Renata stieg aus und überreichte Molino einen großen Umschlag. »Gehen Sie vorsichtig mit diesen Seiten um.«

»Ich bin mit dem, was mir gehört, immer vorsichtig.« Molino ging mit Notting zum Haus. »Condon, du bleibst hier. Stallek, du kommst mit uns.« Er warf noch einmal einen Blick über die Schulter. »O Condon, falls eine der Damen Dummheiten macht, schieß. In den Bauch, denke ich. Bauchwunden sind herrlich schmerzhaft.«

Condon zog seine Waffe und zielte auf Megan.

Renata ignorierte ihn. »Hat dir Molino etwas angetan, Megan?«

»Nicht viel.« Sie schaute Renata an. »Du siehst furchtbar aus. Woher hast du diese blauen Flecken?«

»Sie wollten, dass ich mich ausziehe. Ich hatte etwas dagegen.« Sie spähte zu Condon. »Und er hat es genossen. Das werde ich nicht vergessen.« Ihr Blick wechselte zu Megan. »Der Test dauert höchstens fünfzehn Minuten. Notting hat die Chemikalien, die er braucht, bei sich. Aber Molino wird keine Eile haben, sobald er weiß, dass die Seiten echt sind.«

»Sind sie das?«

»Ja. Wo ist Sienna?«

»Tot. Molino behauptet, dass er verrückt geworden ist und ich daran schuld bin, und dass er ihn töten musste. Ich glaube, das ist Unsinn. Molino hat nach einem Vorwand gesucht, ihn umzubringen.«

»Mir ist egal, warum er gestorben ist. Mich interessiert nur, dass er von der Bildfläche verschwunden ist.« Sie schaute zu dem Fichtenwald etwa tausend Meter weiter unten an der Straße. »Die abgebrochene Fichte sieht tot aus, findest du nicht? Diese Witzbolde haben sie wahrscheinlich als Zielscheibe benutzt. Aber ich wette, sie ist nicht tot.«

Megan runzelte verwirrt die Stirn. Was redete Renata da von Fichten?

»Ist der Baum tot, Condon?«, rief Renata dem Wachmann zu. »Sie leben hier. Sie sollten wissen, wenn ...«

Der Wachmann kam auf sie zu. »Was wollen Sie ...« Condon krümmte sich und öffnete den Mund zu einem lautlosen Schrei. Er taumelte vorwärts und fiel.

Ein Messer steckte in seinem Rücken.

»Grady«, murmelte Renata. »Gute Arbeit.«

Grady kam aus dem Geräteschuppen. »Bringen Sie Megan weg«, befahl er knapp. »Sofort!« Er verschwand hinter der Scheune.

»Los.« Renata schubste Megan zu den Bäumen. »Die Fichten. Dort ist ein Gewehr versteckt, und ich hoffe bei Gott, dass Harley auch dort ist. Er sollte es zumindest sein.«

»Was hast du vor?«

»Ich helfe Grady mit den Männern im Haus. Harley soll Venable anrufen und ihm sagen, dass er heraufkommen kann. Beeil dich, und hol dir das Gewehr.« Sie lief Grady nach.

Megan wollte ihr folgen. Nein, sie hatte nicht einmal eine Waffe. Das Gewehr! Sie musste sich das Gewehr holen und Venable rufen.

Sie floh die Straße hinunter zu dem Fichtenwald.

»Miststück!«, kreischte Molino wütend.

Sie spähte über die Schulter und sah, dass er aus dem Haus gerannt kam. Gott, er war ihr ziemlich dicht auf den Fersen.

Er zielte auf sie.

Sie musste sich das Gewehr, das im Wald versteckt war, beschaffen.

Keine Zeit.

Sie duckte sich, als eine Kugel an ihrem Kopf vorbeizischte.

Noch ein Schuss. Ein anderer Klang …

Das Schmatzen, als die Kugel in Fleisch eindrang. Sie drehte den Kopf und sah, dass Molino stolperte. Blut sickerte aus einer Wunde in seiner Brust, die Waffe fiel ihm aus der Hand, aber er war noch auf den Beinen.

»Lauf, Megan«, rief Harley aus dem Wald. »Er ist dir zu nahe. Ich habe keine freie Schussbahn auf ihn.«

»Betrügerin. Du versuchst, mich zu bescheißen.« Molino hatte sie eingeholt und legte ihr die Hände um den Hals. »Steven lässt nicht zu, dass du betrügst. Ich schlachte dich …«

Noch ein Schuss. Molino zuckte zusammen, als die Kugel seinen Arm traf.

Megan stieß ihn von sich, und er fiel auf die Seite.

Aber er packte sie, warf sie um und rollte sie zum Rand des Abgrunds. »Ich schlachte dich. Ich schlachte alle die … Freaks.«

Sie kämpfte verzweifelt. Er wollte sie in den Abgrund

stoßen. Er dürfte eigentlich keine Kraft mehr haben. Aber es war, als hätten ihn die Schüsse gar nicht getroffen. Hätte sie doch nur dieses Gewehr, das im Wald lag, an sich gebracht.

Kein Gewehr.

Aber sie hatte eine andere Waffe.

»Es ist zu spät«, keuchte sie. »Ihr Steven kann Ihnen nicht helfen. Meine Mutter hat ihn getötet.« Sie streckte die Hand nach Molino aus. »Wissen Sie, wie es ist, verrückt zu werden? Sprechen Sie mit Steven. Ich werde Sie berühren, Molino.«

Er erstarrte und ließ ihre Hand nicht aus den Augen, als wäre sie eine Kobra, die bereit war zuzubeißen.

»Haben Sie Angst? Das sollten Sie. Sie haben meine Mutter ermordet, und sie will Ihren Tod. Selbst wenn ich keine Pandora bin, kann sie durch mich handeln. Immerhin bin ich ein Freak. Sie wissen alles über Freaks, stimmt's?« Sie berührte seine Wange.

Er schrie und verdrehte die Augen. »Nein!« Er kroch weg von ihr. »Freak. Monster.«

»Sie sind das Monster.« Sie robbte zu ihm. Nur noch einen halben Meter, und er fiel in die Tiefe. »Sie werden sterben, Molino. Glauben Sie, dass der Wahnsinn und das Leid den Menschen ins Grab folgen? Ich hoffe es.«

»Geh weg von mir.« Er rutschte näher zum Abgrund. »Komm nicht näher.«

»Aber ich möchte Sie berühren. Ich will Ihre Hand halten.« Sie schnellte mit ausgestreckter Hand vorwärts.

Er schrie und stürzte in die Tiefe.

Im Fallen packte er ihren Arm.

Sie rutschte, und er zog sie über den Rand.

»Steven ...«, keuchte Molino. »Er wird mich nicht sterben lassen. Wir werden ...«

Er stieß einen Schrei aus, als sich der Griff um ihren Arm lockerte. Er fiel.

Sie rutschte!

Megans Nägel bohrten sich in eine schmale Felsritze.

Nicht fallen. Lass Molino nicht gewinnen.

Ihre Füße fanden Halt auf einem kleinen Vorsprung, aber die Erde unter ihren Sohlen bröckelte, gab nach, während sie nach etwas tastete, was nicht da war.

Ihre Finger rissen auf und bluteten.

»Halt dich fest, Megan.« Harleys Gesicht tauchte über ihr am Rand des Abgrunds auf. »Ich komme dir entgegen, so weit ich kann. Ich werde dein rechtes Handgelenk umfassen und versuchen, dich nicht aus dem Gleichgewicht zu bringen.«

Hoffnung.

Er streckte die Hand nach ihr aus. »Ich kann dich nicht erreichen.« Er robbte noch ein wenig näher. »Grady kommt aus dem Haus gerannt. Wir lassen dich nicht fallen, Megan.«

Wenn sie sie rechtzeitig festhalten konnten.

Sie rutschte noch ein paar Zentimeter tiefer, als noch mehr Erde unter ihren Füßen wegbrach. Ihre Arme schmerzten, aber sie hielt sich fest.

»Gott im Himmel, nur ein paar Zentimeter …« Harley streckte sich ihr entgegen – er konnte sie nicht erreichen. Er versuchte es einmal. Zweimal. Beim dritten Versuch gelang es ihm, ihr Handgelenk zu umfassen. »Ich hab dich.«

Die Erdkrume, auf der sie stand, bröckelte vollends weg.

Sie stürzte!

»Hilf mir.« Harley hielt sie an einem Handgelenk fest,

und sie baumelte über dem Abgrund. »Fass zu. Ich kann das nicht allein.«

Ihre Finger schlossen sich um seine Hand.

»Megan, gib mir deine andere Hand.« Grady kniete neben Harley und streckte ihr die Hand entgegen. »Wag es nicht zu fallen.«

»Halt den Mund.« Sie keuchte und versuchte, mit der Linken nach ihm zu greifen. »Ich tue mein Bestes.«

»Und es ist gut.« Er beugte sich vor und umfasste mit beiden Händen ihre Linke. »Wunderbar. Jetzt musst du nur noch ein wenig aushalten, bis wir dich hochgezogen haben.«

Sie fühlte sich, als würden ihr die Schultern ausgekugelt, als die beiden Männer sie langsam den Felsen hinaufzerrten. Sie brauchten mindestens drei Minuten, bis ihr Oberkörper auf festem Grund lag.

»Mein Gott.« Gradys Stimme war heiser. Plötzlich hielt er sie in den Armen und wiegte sie. Sein Herz klopfte so heftig wie ihres. »Mein Gott.«

Leben. Sie war nahe dran gewesen, ihres zu verlieren, ihn zu verlieren. Sie klammerte sich an ihn, während sie mit geschlossenen Augen dalag und um Atem rang.

»Okay?«, flüsterte Grady an ihrer Wange.

Sie schlug die Augen auf. Grady und Harley kauerten neben ihr. Sie schob Grady weg, dann zog sie ihn wieder an sich. Noch nicht. Sie wollte ihn noch nicht loslassen. »Nein, ich habe Angst und fühle mich sehr verletzlich.«

»Du solltest dich verletzlich fühlen.« Harley grinste. »Fliegen ist nicht gerade eine Stärke der Menschen.« Er kroch zum Rand und schaute hinunter ins Tal. »Molinos war es sicher nicht. Er liegt da unten wie eine zerbrochene Chucky-Puppe.« Er stand auf. »Aber in den Filmen ersteht der Böse Chucky immer wieder von den Toten auf.« Er drehte sich um und ging zur Straße. »Ich denke, ich gehe hinunter und vergewissere mich, dass er nicht wieder aufspringt.«

Megan verstand ihn gut. »Ich weiß, dass er da unten liegt.« Sie stand auf und ging zum Rand. »Aber ich möchte es mit eigenen Augen sehen.«

Grady war neben ihr und stützte sie. »Molino ist kein Chucky. Niemand könnte einen solchen Sturz überleben.«

»Das ist mir bewusst, aber Molino war zu lange der Schwarze Mann. Ich kann nicht glauben, dass er nicht für immer im Schatten lauert.« Sie starrte in den Abgrund. Da lag er, ausgestreckt auf dem Felsen.

Eine zerbrochene Chucky-Puppe, hatte Harley gesagt.

Monster.

Jemand kam aus dem Unterholz und ging auf Molino zu. Venable? Harley?

Nein, Renata. Sie hätte wissen müssen, dass Renata denselben Instinkt hatte wie Harley und ganz sichergehen wollte, dass Molino tot war.

»Zufrieden?«, fragte Grady.

Megan nickte. »Ich denke schon. Im Moment bin ich ziemlich taub. Ich kann meine Gefühle nicht sortieren. Darüber zerbreche ich mir später den Kopf.« Sie wollte nicht an den Tod denken. Sie war ihm zu lange zu nahe gewesen. Sie brauchte Hoffnung und Leben. »Bring mich nach Bellehaven. Ich muss nach Phillip und Davy sehen.«

»Tot?«

Renata, die neben Molino kauerte, sah zu Harley auf. Sie nickte. »Gebrochenes Genick. Eine Schusswunde in der Brust, eine andere im Arm, und sein Kopf muss auf den Felsen aufgetroffen sein. Über ihn brauchen wir uns keine Gedanken mehr zu machen.«

»Sie hätten sich ohnehin keine Gedanken um ihn machen müssen.« Er stellte sich neben sie. »Ich war auf dem Weg, mich von seinem Tod zu überzeugen.« Er lächelte. »Oh, stimmt ja. Das hätte bedeutet, dass Sie einem anderen vertrauen müssten.«

»Ich denke, das hätte ich getan – ich bin nur einfach daran gewöhnt, das zu tun, was man mir beigebracht hat.« Sie stand auf. »Und dies war Molino. Deshalb bin ich auch nicht zu euch gelaufen, als ihr Megan über den Rand gezogen habt. Ich musste hier herunter und mich vergewissern. Es durfte kein Irrtum sein.«

»Ich begehe keine Irrtümer, Renata«, erwiderte er ruhig.

»Nein, das tun Sie nicht.« Sie sah ihn an. »Natürlich hätten Sie den Bastard besser treffen können.«

»Ich stand fast tausend Meter weit weg. Und Megan war ihm zu nahe.«

»Na ja, im Großen und Ganzen haben Sie Ihre Sache heute gut gemacht.«

Er lachte leise. »Ich fühle mich, als hätten Sie mir eine Goldmedaille verliehen.« Er neigte den Kopf zur Seite. »Nur ist mir noch nie ein Wettkampfrichter begegnet, der so demoliert ist. Sie sehen aus, als hätten Sie sich im Dreck gewälzt, diese verdammte Wunde an der Schulter blutet wieder, und Ihre Wange ist geschwollen und blau.« Er streckte die Hand aus und berührte ihre Wange. »Molino?«

»Condon – einer von seinen Männern.« Sie wich einen Schritt zurück, und er ließ die Hand sinken.

»Cousin Mark hätte Ihnen beibringen sollen, besser auf sich aufzupassen.«

Sie zuckte mit den Schultern. »Mark sagt, die erste Regel der Sicherheit ist, seine Aufgabe zu erledigen und sich auf nichts einzulassen. Diese Regel hab ich verletzt.«

»Dafür ist Ihnen Megan zweifellos sehr dankbar.«

»Weshalb? Ich hätte Molino finden müssen, bevor er sie in die Fänge bekam. Ich hab einen lausigen Job gemacht.«

»O ja. Ich sehe, dass alles nur Ihr Fehler war.«

»Ich wäre besser gewesen, wenn ich mich nicht von Emotionen hätte ablenken lassen.« Sie machte kehrt und ging zur Straße, die auf den Berg führte. »Ich muss Megan sehen und anschließend Mark anrufen, um ihm von Molino zu erzählen.«

»Sehen Sie sich nur an. Sie hinken sogar.«

Sie warf einen Blick über die Schulter – Harley schaute ihr mit gerunzelter Stirn nach. »Mir geht's gut. Kümmern Sie sich um Ihre Angelegenheiten.«

»Dies ist meine Angelegenheit.« Er folgte ihr. »Megan hätte es nicht gern, wenn ich Sie allein da hinaufgehen ließe. Sie wissen, was für ein weiches Herz sie hat. Sie hat heute schon genug durchgemacht. Ich mache Sie ein wenig sauber, bevor Sie ihr unter die Augen treten.« Er schlang ihr den Arm um die Taille. »Kommen Sie. Sie haben sich schon einmal an mich gelehnt, und es war gar nicht so schlimm«

Warum nicht? Sie war verletzt und hatte ein leeres Gefühl, das … Einsamkeit sein könnte. Wahrscheinlich war dies das letzte Mal, dass sie Hilfe von Harley oder den anderen in Anspruch nehmen musste. Bald war sie wieder auf sich allein gestellt.

»Sie haben recht; Megan ist viel zu weichherzig.« Sie lehnte sich an ihn. »Aber ich möchte nicht, dass sie sich schlecht fühlt …«

KAPITEL 21

»Wie geht's ihm?«

Megan drehte sich um und sah Renata in der Tür zu dem Krankenzimmer stehen. »Nicht gut.« Sie hob die Schultern. »Vielleicht ist es auch gar nicht so schlimm. Sie müssen noch einige Tests machen, aber die Spezialisten glauben, dass sich sein Zustand irreparabel verschlechtert hat, als er in Molinos Gewalt war. Ich hatte nur gehofft, dass Gardner recht hatte und ich Anzeichen sehen würde, dass er bald aus dem Koma erwacht.«

»Kein Glück?«

Megan schüttelte den Kopf. »Vielleicht kommt das später. Wer weiß, ob Phillip verstanden hat, was um ihn herum vorging. Vielleicht hat er einen Schock erlitten, der diesen Rückschritt verursacht hat.«

»Du greifst nach Strohhalmen, nicht?«, fragte Renata sanft.

Megans Hand schloss sich um Phillips. Fühl mich, mein Freund, du sollst wissen, dass ich hier bin. Lass uns zusammen daran arbeiten. »Ja. Aber Hoffnung kann Wunder bewirken. Ich habe das schon erlebt. Es war ein Wunder, dass Davy Molino unverletzt entkommen konnte.« Sie wechselte das Thema. »Wo sind Grady und Harley? Immer noch in Molinos Haus? Grady hat mich hier abgesetzt und gesagt, dass er sich dort mit Venable trifft. Sie versuchen, Molinos Unterlagen nach Informationen über die Banditen, mit denen er zusammengearbeitet hat, zu durchforsten.«

Renata nickte. »Harley ist auch dort. Ich hab ihn gebeten, nach Berichten über Opfer zu suchen. Ich muss Adia finden.«

Megan hatte eine schmerzliche Erinnerung an das rosafarbene Kleid, das einst dem Mädchen gehört hatte. »Natürlich suchen wir sie.« Und nach kurzem Schweigen setzte sie hinzu: »Ich möchte dir danken, dass du diese Seiten aus der Chronik aufs Spiel gesetzt hast, um mir Zeit zu verschaffen. Es war bestimmt schwer für dich, sie zu opfern.«

»Nein, gar nicht.«

Megan starrte sie ungläubig an.

Renata grinste. »Na ja, es wäre nicht ganz leicht gewesen, wenn es wirklich Seiten aus der Chronik gewesen wären.«

Megan riss die Augen auf. »Aber du sagtest, dass sie antik sind und jeder Untersuchung standgehalten hätten.«

»Als ich die Chronik in Gewahrsam nahm, habe ich Mark gebeten, zwei Fälschungen anzufertigen. Ohne die echten Namen und Adressen, aber das Papier wurde so behandelt, dass es als antik gelten kann. Ich dachte, dass Edmund vielleicht nicht gestorben wäre, wenn er etwas gehabt hätte, was er diesen Bastarden hätte anbieten können; das hätte ihm Zeit gegeben, einen Ausweg zu finden.« Sie zuckte mit den Schultern. »Ich hab eine der Kopien aus München mitgenommen, für den Fall, dass wir Molino eine Falle stellen mussten.«

Megan erinnerte sich, wie sich Renata dagegen gewehrt hatte, dass einer von ihnen ihr Gepäck anfasste. »Davon hast du uns nichts erzählt.«

»Wir haben bereits festgestellt, dass ich nicht gerade kommunikativ und mitteilsam bin.«

»Oh, ich weiß nicht. Ich glaube, du kommst allmählich dahinter, wie das geht.« Plötzlich fiel ihr etwas ein. »Ich bin überrascht, dass die Familie die Chronik nicht auf eine CD überschrieben hat. Wäre das nicht sicherer?«

»Das kommt drauf an. Computer-Aufzeichnungen sind leicht zugänglich. Wenn sie gestohlen werden, können sie in fünf Sekunden kopiert werden, und wir würden vielleicht nicht mal etwas davon erfahren und könnten nichts unternehmen, um die Familie zu schützen. Edmund hat angefangen, die Einträge auf eine Disc zu übertragen, die zusammen mit der Chronik verwahrt werden sollte, aber das erwies sich als Heidenarbeit. Die einzige Person, die Zugang zur Chronik hat, ist der Bewahrer.«

»Das heißt, es liegt an dir, seine Arbeit fortzuführen?«

Renata nickte. »Ich werde es versuchen, aber das steht nicht ganz oben auf meiner Prioritätenliste. Wir können die Seiten nicht scannen, weil sie von verschiedenen Personen handgeschrieben sind, und die Schrift könnte undeutlich werden. Wir müssen jedes Mal, wenn wir einen Eintrag machen, die Festplatten vernichten, damit niemand mehr an die Daten herankommt. Der Software, die angeblich Festplatten vollkommen säubert, traue ich nicht. Und die Chronik umfasst nicht nur einen Band. Die Familie hat sich im Laufe der Jahrhunderte vergrößert. Und ich versichere dir, dass ich als Bewahrerin andere Dinge zu tun habe, als herumzusitzen und Daten in einen Computer einzugeben. Es genügt, dass ich die Einträge in die Original-Chronik machen muss.«

»Das klingt, als wäre es ein Alptraum.« Megan musterte Renata. »Was, wenn du die echte Chronik in deinem Gepäck gehabt hättest? Hättest du sie als Köder benutzt?«

»Nein. Ich würde gern sagen, dass ich es getan hätte, aber das wäre gelogen. Ich hätte es nicht gekonnt. Ich mag dich, aber ich wäre nie …«

»Hör auf, dich zu quälen. Es ist okay, Renata«, sagte Megan. »Ich wollte dich nicht in die Enge drängen. Ich wusste immer, dass die Chronik absolute Priorität hat.«

»Ich hätte eine andere Möglichkeit gefunden. Ich hätte nicht zugelassen, dass dich Molino …«

»Du hast eine andere Möglichkeit gefunden.«

»Aber ich dachte immer, jede Entscheidung die Chronik betreffend wäre einfach – schwarz oder weiß. Jetzt ist nichts mehr schwarz oder weiß.«

»Gut.«

»Nicht für mich. Es wird viel schwerer für mich. Und das ist deine Schuld. Du hast mich dazu gebracht, die Dinge in Frage zu stellen, an die ich mein Leben lang geglaubt habe.« Ihr Blick wanderte zu Phillip. »War es wirklich wert, dein Leben aufs Spiel zu setzen, wenn du ihn vielleicht nie wieder zurückbekommst?«

»Ja – ich liebe Phillip.«

Renata schüttelte den Kopf. »Das ist kein Grund. Nur ein Gefühl.«

Megan lächelte. »Und du lässt dich nur von der Vernunft leiten, nicht von Gefühlen. Wenigstens versuchst du das. Aber du gerätst ins Straucheln, hab ich recht?«

»Ich komme schon wieder in den gewohnten Tritt.« Sie durchquerte das Zimmer und stellte sich neben Megan. »Ich muss los. Mark hat mich angerufen und mir geraten, mich hier zu verdünnisieren. Inzwischen wissen zu viele, dass ich etwas mit der Chronik zu tun habe.«

»Nur die CIA.«

»Die CIA besteht aus vielen Menschen mit unterschiedlichen Ansichten, Ambitionen und eigenen Zielen.«

»Und du traust ihnen nicht.«

»Ich habe kein Recht, ihnen zu trauen. Die Chronik ist heute mehr Gefahren ausgesetzt als vor Jahrhunderten.«

»Und sie muss beschützt werden.«

»Verstehst du das nicht?«

»Ich verstehe, dass du auch ein Recht auf ein eigenes Leben hast.«

»Ich habe nicht vor, mein Leben aufzugeben. Ich muss lediglich ein paar Umstellungen vornehmen.« Sie machte eine Pause. »Genau wie du. Du bist eine Lauscherin. Immer wieder wirst du Stimmen hören und entscheiden müssen, ob du sie ignorierst oder hilfst wie in Edmunds Fall.«

»Daran möchte ich jetzt lieber nicht denken.«

Renata schwieg eine Weile, dann sagte sie: »Dann denk darüber nach, dass du eine Pandora bist.«

Megan schüttelte vehement den Kopf. »Ich habe dir gesagt, dass Molino irre war. Er wollte Sienna töten und hat ein Szenario konstruiert, das seinen Phantasien entsprach.«

»Harley sagte, dass Molino schrecklichen Schiss hatte, als du ihm auf dem Felsen gedroht hast, ihn zu berühren.«

»Das war die einzige Waffe, die ich hatte.« Sie lächelte traurig. »Und er war nicht bei Verstand. Es passte, dass er sich wegen seiner Einbildungen in den Tod stürzte. Und es war fast so, als hätte meine Mutter zu guter Letzt doch noch Rache genommen.«

»Und du bist sicher, dass du dir in diesem Punkt nicht alles so zusammenreimst, wie es dir gefällt?«

Megan erstarrte. »Ich denke praktisch und vernünftig. Gerade du solltest das zu schätzen wissen.«

Renata kauerte sich neben Megans Stuhl. »Megan«, sagte sie leise. »Wir müssen reden.«

Zwei Stunden später kam Grady auf den Landeplatz hinter Molinos Haus, als die Maschine mit Megan aufsetzte. »Was ist? Ich hab dir doch gesagt, dass ich zu dir komme, sobald ich …«

»Sie konnte nicht warten.« Renata stieg vom Pilotensitz und sprang aus dem Helikopter. »Ich habe versucht, ihr klarzumachen, dass ein paar Stunden mehr oder weniger …«

»Renata, ich hab vielleicht eine Spur zu Adia gefunden.« Harley kam auf sie zu. »Venable hat die Unterlagen fast durch, aber es gibt einen dicken Ordner, in dem auf Hedda Kiplers Aktivitäten verwiesen wird. Sie sagten, sie hat Molino das Kleid als Trophäe gebracht?«

»Richtig.«

»Wenn es Grady schafft, Venable diese Unterlagen abzuschwatzen, kann ich die Spur vielleicht …«

»Später«, schnitt ihm Megan das Wort ab. »Kommt mit. Ich habe keine Lust, über Venables Männer zu stolpern.« Sie drehte sich um und steuerte den Geräteschuppen an. Sie knipste das Licht an – eine nackte Glühbirne, die von der Decke hing. »Ich möchte das schnell hinter mich bringen.«

»Phillip?«, fragte Grady behutsam. »Er hat es nicht geschafft?«

»Er ist noch am Leben. Falls man einen komatösen

Zustand als Leben bezeichnen kann. Aber deshalb bin ich nicht hier.«

Grady sah sie forschend an. »Du bist aufgeregt. Ich spüre förmlich deine ... Was ist passiert?«

»Zur Abwechslung mal was Gutes.« Sie ballte die Hände zu Fäusten und streckte sie wieder. »Renata, zeig es ihnen.«

Renata hatte ihr Shirt bereits ausgezogen und streifte einen BH-Träger von der Schulter. »Nur gut, dass ich keine falsche Scham kenne. Ich bin es allmählich leid ...«

»Mein Gott«, hauchte Grady.

Megan kam einen Schritt näher und berührte Renatas Schulter. »Keine Wunde. Keine Narbe. Die Haut ist glatt wie Seide. Als wäre nie eine Kugel in die Schulter eingedrungen.«

Harley stieß einen leisen Pfiff aus. »Was ist passiert? Was, um alles in der Welt, hast du mit ihr gemacht, Megan?«

»Nichts.« Megan legte eine wirksame Pause ein. »Das warst du, Harley.«

Er starrte sie verdutzt an und schüttelte den Kopf. »Blödsinn.«

»Das hab ich auch gesagt, als mir Renata in Bellehaven ihre Schulter gezeigt hat. Ich habe nach einer plausiblen Erklärung gesucht, die nicht zu dir führt.« Und bitter setzte sie hinzu: »Glaub mir, ich wollte nicht, dass es dich trifft, Harley. Denn das bedeutet, dass ich das Unglaubliche akzeptieren muss.«

Wieder schüttelte er den Kopf.

»Renata«, forderte Megan die Freundin auf.

»Sie haben mir heute Nachmittag die Schulter frisch verbunden, Harley.«

»Ja und? Das hab ich in den vergangenen Tagen ein paarmal getan«, gab Harley zurück.

Renata nickte. »Aber dieses Mal fing die Wunde nach einer Stunde an zu jucken. Ich hab den Schorf rundherum abgekratzt, aber es fühlte sich ... komisch an. Also habe ich den Verband abgemacht, um nachzusehen. Der Schorf löste sich, und die Wunde ...« Sie hob die Schultern. »Ihr habt's gesehen. Sie ist total verheilt.«

»Das haben Sie gemacht, nicht ich«, setzte sich Harley zur Wehr. »Sie sind diejenige, die mit all dem übersinnlichen Zeug zu tun hat.«

Renata winkte ab. »Ich bin keine Heilerin.«

»Und ich bin auch keiner. Versucht nicht, mir einzureden, dass ich ...«

Renata kicherte. »Sie haben Angst. Ich hab mich gefragt, ob Sie Angst zeigen würden.«

»Ich habe *keine* Angst. Das alles ist nur ein Haufen Unsinn.« Er funkelte Megan an. »Was haben Sie mir angetan?«

»Ganz ruhig«, beschwichtigte Grady nachdenklich. »Am Felsen, Megan?«

Megan nickte. »Das vermutet Renata. Ich weiß nicht, wie diese Pandora-Sache funktioniert, aber vielleicht wird es von extremen Emotionen ausgelöst. Ich hatte Todesangst, als Harley mein Handgelenk packte.«

»Und du warst wütend und verängstigt, als dir Sienna die Hand gedrückt hat.«

»Ich werde nach wie vor nicht zugeben, dass ich Sienna das angetan habe. Das könnte auch Molino bewirkt haben.«

»Oder du«, erwiderte Renata schonungslos. »Hör auf, den Kopf in den Sand zu stecken.«

»Es hat keinen Sinn, dass du mich zwingen willst,

mich dem zu stellen. Macht es euch etwas aus, wenn ich diese scheußliche Geschichte für den Moment ignoriere?« Ihr Blick war auf Harley gerichtet. »Ich bin wirklich aufgeregt, Grady. Dies ist das erste Positive, seit all das begonnen hat. Harley, ich weiß, es ist schwer hinzunehmen, und wir wissen nicht, wie deine Gabe wirkt, aber ich werde mit dir arbeiten. Wir alle arbeiten mit dir.«

»Nein, das werdet ihr nicht. Weil es nicht stimmt.« Harleys Gesichtsausdruck war finster. »Ich weiß, dass ich so normal bin wie mein ganzes Leben. Ich bin nicht wie ihr …«

»Freaks?«, half ihm Megan lächelnd weiter. »Es ist, als würde ich in den Spiegel schauen. Ich habe genau so reagiert.«

»Behalt deinen Spiegel.« Harley wandte sich ab. »Ich bin sehr glücklich, so, wie es ist – ihr werdet mich nicht überzeugen, dass ich …«

»Was?« Megans Lächeln schwand. »Warum verhältst du dich so? Dies ist etwas *Wundervolles*. Ich habe darüber nachgedacht und finde, dass es deiner Natur nicht widerspricht, ein Heiler zu sein. Wann immer ich mit dir zusammen war, habe ich so etwas wie … Trost gespürt. Nur deine Nähe hat mir geholfen, wenn es mir schlechtging.«

»Einbildung«, beharrte Harley eigensinnig. »Und ich sehe nichts Wundervolles daran.«

Megan konnte es nicht fassen. Sie hatte mit etwas Widerstand gerechnet, aber nicht mit dieser Ablehnung. Wieso erkannte er nicht seine grenzenlosen Möglichkeiten? »Und du denkst, mir gefällt das? Das Letzte, was ich wollte, war, eine Pandora zu sein. Glaubst du, mir gefällt es, auf Eiern zu laufen und Angst davor zu haben, jemanden zu berühren? Soweit ich weiß, kann ich die Leute in den Wahnsinn treiben und töten. Aber dich habe ich berührt, und du bist nicht verrückt, dafür besitzt du jetzt eine Gabe, für die ich alles geben würde.« Dann fügte sie hinzu: »Du bist meine Rettung, Harley. Du hast mir bewiesen, dass ich als Pandora Gutes in der Welt bewirken kann.«

»Ich will nicht deine Rettung sein«, erwiderte Harley grob. »Selbst wenn ich es könnte, würde ich mich nicht darauf einlassen. Mein Gott. Ich bin mein Leben lang vor Verantwortung davongelaufen. Und jetzt willst du mich in ein Joch stecken? Nein danke. Ich bin raus.«

»Ich werde dir folgen«, drohte Megan an. »Ich habe keine Zeit, ein halbes oder ein ganzes Jahr zu warten, bis du dich an die Vorstellung, ein Heiler zu sein, gewöhnt hast. Phillip braucht dich jetzt.«

»Phillip?«

»Das war mein erster Gedanke, als mir Renata von ihrer verheilten Wunde erzählt hat.«

»Ich soll die Hand auflegen und ihn ins Leben zurückholen?«

»Du sollst es versuchen.«

Für einen Moment hellte sich Harleys Miene auf. »Tut mir leid, Megan. Ich kann dir diesen Wunsch nicht erfüllen. Selbst wenn ich an diesen Humbug glauben würde, könnte ich nicht ...« Er drehte sich um und ging.

Megan sah ihm fassungslos nach. »Ich gehe ihm nach.«

»Üb keinen Druck aus«, warnte Renata. »Er ergreift die Flucht. Das hat ihn aus heiterem Himmel getroffen.« Sie sah Grady an. »Reden Sie mit ihr. Sie ist auch im Schockzustand. Sie konnte abstreiten, eine Pandora zu sein, bis ich sie vom Gegenteil überzeugt habe – die spontane Heilung konnte sie nicht beiseitewischen.« Sie machte sich auf den Weg zum Haus.

»Er ist einfach gegangen«, sagte Megan. »Es ist eine Chance für Phillip. Harley muss mir glauben.«

»Er wird dir glauben. Gib ihm ein bisschen Zeit.« Grady nahm ihre Hand. »Er muss den ersten Schrecken überwinden, dann wird er neugierig. Wenn er anfängt zu glauben, dass er nicht ›normal‹ ist, wirst du Probleme mit ihm haben. Seine erste Reaktion war typisch für ihn. Was macht ein rollender Stein, wenn er aufgehalten wird und sich die ganze Welt an ihn klammert?«

»Er bekommt Angst und rennt weg«, sagte Megan verbittert. »Ich lasse das nicht zu.«

»Es muss von ihm ausgehen, Megan.« Er führte sie aus dem Schuppen. »Komm, lass uns zum Haus gehen, und ich stelle dir Venable vor, dann gehen wir die Unterlagen über die Opfer durch, die Harley gefunden hat.«

»Beschwichtigst du mich, Grady?«

»Ich versuch's. Wie mache ich mich?«

»Nicht besonders gut. Ich gebe Harley etwas Zeit, sich an den Gedanken zu gewöhnen, aber ich werde mich nicht ablenken lassen.« Sie trat näher. »Aber danke für die Bemühung.«

»War mir ein Vergnügen.« Seine Lippen streiften ihre Schläfe. »Ein großes Vergnügen.«

Eine Stunde später hörte Megan das Dröhnen von Rotoren.

Sie hob den Blick von dem Ordner, den sie gerade durchsah. »Was ist das? Renata …« Aber sie hatte das Gefühl, dass nicht Renata in dem Helikopter saß.

Renata stand auf dem Landeplatz und sah der Maschine nach, die gerade gestartet war. »Er macht sich aus dem Staub.«

»Harley? Warum hast du ihn nicht aufgehalten?«

»Lass ihn in Ruhe, er wird auf dich zukommen. Du hast eine bessere Chance, wenn du nicht hinter ihm herläufst.«

»Das kannst du nicht wissen«, entgegnete Megan verzweifelt.

»Nein, aber ich kann Ursache und Wirkung einschätzen und das Resultat berechnen.« Sie lächelte. »Wenn ich mich irre, helfe ich dir, ihn aufzuspüren und ihn nach Bellehaven zu zerren. Auch darin bin ich gut.« Sie nahm Megans Arm. »Komm, schauen wir nach, ob wir etwas über Adia in den Akten finden.«

»Harley geht nicht ans Telefon«, sagte Grady, als Megan aus Phillips Zimmer auf den Flur kam. »Und ich habe auf jede nur erdenkliche Art versucht, ihn zu erreichen. Er ist wie vom Erdboden verschluckt.«

»Er will es so.« Megan schüttelte den Kopf. »Renata sagt, er wird von selbst zurückkommen, aber es ist schwer, die Geduld zu bewahren. Es sind schon drei Tage, Grady.«

»Hast du nicht gesagt, sie führen noch Untersuchungen bei Phillip durch?«

Sie nickte. »Sie glauben nicht, dass die Behandlung durch Molino Schaden angerichtet hat, aber sicher sind sie sich nicht. Aber er zeigt keinerlei Reaktion wie damals bei Gardner. Ich habe Gardners Notizen durchgesehen, und er hat eine leichte Besserung dokumentiert. Das war keine Lüge.«

»Hat Scott dich angerufen?«

»Ja, er war etwas distanziert, aber er möchte, dass

ich zu ihnen komme und Davy besuche, sobald ich Zeit habe. Ich glaube, es wird alles wieder gut zwischen uns.« Sie drehte sich zur Tür um. »Ich möchte zu Phillip zurück. Ich hoffe immer noch …«

»Auf ein Wunder?«, fragte Grady. »Ich hoffe mit dir, Megan. Aber ich werde nicht hier sein, um zu sehen, wie du dieses Wunder bewirkst.«

Sie wirbelte zu ihm herum. »Was?«

»Oh, ich komme wieder. So schnell wirst du mich nicht los. Aber Venable fliegt nach Nordafrika, um diese Kinder-Opfer zu suchen, von denen in Molinos Unterlagen die Rede war.«

»Und du begleitest ihn?«

»Ich kann etwas Gutes tun, wenn ich mit ihm zusammenarbeite.« Er begegnete ihrem Blick. »Und du willst mich im Moment nicht hier haben. Selbst wenn ich versuche, im Hintergrund zu bleiben, bringe ich dich nur durcheinander. Du willst dich dem, was uns verbindet, nicht stellen. Verdammt, du bist mir schon vorher ausgewichen. Wenn ich dich jetzt bedränge, wirst du davonlaufen, wie es Harley getan hat.«

»Ich habe die Nase voll vom Davonlaufen.« Aber sie merkte, dass sie erleichtert war. Sogar jetzt machte ihr die Hitze zu schaffen, die sie immer spürte, wenn sie Grady ansah. Er brachte sie tatsächlich durcheinander – sowohl mental als auch körperlich –, und im Augenblick konnte sie keinen inneren Aufruhr gebrauchen. Ihr emotionales Chaos war schon groß genug, weil sie sich damit abfinden musste, eine Pandora zu sein, und weil Phillip keine Fortschritte machte.

Er forschte in ihrem Gesicht. »Siehst du?«

»Ich hasse es, wenn du recht hast.«

»Gewöhn dich daran. Ich kann nicht anders.« Er küsste sie kurz. »Und ich werde einen Monat Verständnis haben – nicht länger. Danach komme ich zurück und werde dich richtig durcheinanderbringen.«

Sie war schon jetzt verstört, als sie ihm nachsah. Sie mochte imstande sein, Gradys Wirkung auf sie auf bewusster Ebene zu ignorieren, aber sie war immer da, unter der Oberfläche, und wartete.

Nun, sie würde sich etwas Frieden und Raum verschaffen.

Sie ging in Phillips Zimmer,

Bellehaven
Zwei Wochen später

»Ich bin gekommen, um mich zu verabschieden.« Renata stand auf der Schwelle zu Phillips Zimmer. »Kannst du ihn für fünf Minuten allein lassen?«

»Warum nicht? Vielleicht wird er mich vermissen.« Megan stand auf und folgte Renata auf den Korridor. »Inzwischen bin ich bereit, alles zu versuchen.«

»Du solltest dir ein bisschen Abstand gönnen.« Renata ging voraus zum Atrium. »Du hockst hier seit Wochen. Ich mache mir Sorgen um dich.« Und nach einer Pause fügte sie hinzu. »Und Grady auch.«

Megan stutzte. »Du hast mit Grady gesprochen?«

»Vor zwei Tagen. Sie machen Fortschritte bei der Suche nach den Opfern. Er und Venable haben bisher fünfundvierzig von ihnen lebend gefunden. Er sagte, dass er nach Tansania fliegt, um einer Spur zu Adia zu folgen. Er denkt, ein Stammesführer hat ihren Namen geändert.«

»Aber sie lebt?«

»So steht es in den Unterlagen.« Sie kam wieder auf das ursprüngliche Thema zurück. »Du verbringst zu viel Zeit in dieser Klinik. Du musst dich ausruhen.«

»Ich habe Angst, nicht hier zu sein, wenn sich Phillip wieder bewegt. Was, wenn er es tut, und ich bin nicht bei ihm? Wir haben vielleicht eine Gelegenheit verpasst, aber es wird wieder eine geben. Ich muss hoffen.« Sie versuchte, Renata abzulenken. »Ich dachte, du wolltest schon letzte Woche weg.«

»Mark wollte das. Er sagt, es ist nicht gut, wenn ich jemandem so nahekomme wie dir. Wahrscheinlich hat er recht.« Sie hob die Schultern. »Aber ich kann nicht mein Leben lang das tun, was Mark will. Ich wollte nicht weg, bevor ich sicher war, dass du ... ich war diejenige, die dich dazu gebracht hat, dich damit abzufinden, dass du eine Pandora bist. Ich hätte die Spontanheilung auch für mich behalten können. Nach allem, was mit Sienna passiert ist, wollte ich nicht, dass du dich für eine Art Frankenstein hältst.« Sie lächelte matt. »Ich habe mich entschieden, an die positiveren Mythen über Pandora zu glauben; dass sie nicht nur das Böse, sondern auch die Tugenden auf die Welt gebracht hat.«

»Und damit hattest du recht. Ich musste davon erfahren. Ich durfte mich nicht länger selbst belügen.« Megan lehnte sich an das Geländer und schaute auf die Rasenflächen und Bäume. »Und du hast es nur gut gemeint. Ich wünschte nur, Harley ... Du hast gesagt, dass er zurückkommen würde, aber er ist nicht da. Ich verstehe ihn einfach nicht.«

»Weil er Angst hat, dass du ihn dazu bringst, immer nur zu geben – es liegt in deiner Natur. Es gibt nicht viele Menschen wie dich. Du hast Harley die Gabe geschenkt. Und es ist seine Entscheidung, ob er sie nutzen will.«

»Ich wünschte, ich könnte mir selbst aussuchen, wem ich irgendwelche Gaben schenke. Was ist gut an einem Talent, das zum Wohle der Menschheit dienen könnte, wenn es an jemanden verschwendet wird, der es nicht beachtet?«

Renata schüttelte den Kopf. »Die Chronik enthält Namen von Hunderten, die ihre Kräfte gebrauchen und missbrauchen. Du solltest sie eines Tages lesen.«

»Als würdest du sie jemals aus der Hand geben.«

»Du hast recht. Aber wer weiß?« Renata wandte sich ab. »Ich lasse es dich wissen, wenn es Neuigkeiten über Adia gibt. Leb wohl, Megan.«

»Das genügt nicht.«

Renata blieb stehen. »Was?«

Megan ging zu ihr und nahm sie in die Arme. »Pass auf dich auf. Du wirst mir fehlen ... Freundin.«

Anfangs rührte Renata keinen Muskel, dann schlang sie für einen kurzen Moment die Arme um Megan und wich dann zurück. »Ja, du mir auch«, erwiderte sie unbeholfen.

Megan sah ihr nach, als sie mit raschen Schritten das Atrium verließ. Ohne ihre lebhafte Präsenz wurde der Raum plötzlich ein wenig dunkler.

Phillip.

An ihm war gar nichts lebhaft, und er befand sich in einer dunklen Welt. Sie musste zu ihm.

Sie zuckte zurück, als sie die Tür öffnete.

Harley saß auf dem Besucherstuhl neben Phillips Bett. Er schaute auf, als sie hereinkam. »Hi, was gibt's Neues?«

Gütiger Gott, er benahm sich, als hätte sie ihn zufällig in einer Bar getroffen.

»Nichts, verdammt.« Sie ging zum Bett und nahm Phillips Hand. »Ich hänge nur mit einem alten Freund herum.«

Harley betrachtete schweigend Phillips Gesicht. »Vielleicht funktioniert es nicht, Megan. Es wirkt nicht immer.«

Ihr Herz begann zu rasen. »Woher weißt du das?«

»Ich hab's ausprobiert. Anfangs hätte ich mich am liebsten in ein Loch verkrochen und alles vergessen. Dann beschloss ich, mir zu beweisen, dass ich ganz normal bin. Also habe ich mich als freiwilliger Pfleger im St. Jude's in Memphis gemeldet.«

»In der Kinderklinik?«

»Ja, ich mag Kinder. Ich dachte, es würde nicht schaden, als freiwilliger Pfleger auf einer der Stationen zu arbeiten. Natürlich habe ich mich geirrt. Es tat weh. Es bricht einem das Herz, ein krankes Kind zu sehen.« Er schaute ihr in die Augen. »Meine Erfolgsquote lag bei zweiundachtzig Prozent. Allerdings kann ich nicht belegen, dass ich die Verbesserungen bewirkt habe. Ich konnte ja schlecht die Ärzte bitten, vorher und nachher Röntgenaufnahmen oder Tests zu machen. Auf keinen Fall wollte ich Verdacht erregen und irgendjemanden auf die Idee bringen, dass ich ein übersinnlicher Quacksalber bin, der sich an diesen Kindern zu schaffen macht.«

»Um Gottes willen«, entgegnete sie

»Nun, den meisten von ihnen ging es merklich besser. Ich weiß sicher, dass sich bei einem kleinen Mädchen ein Tumor zurückgebildet hat. Sie sollte zwei Tage nach meiner Ankunft untersucht werden, und auf dem MRT war nichts mehr von einem Tumor zu sehen.« Er runzelte die Stirn. »Die Heilung scheint bei offenen Wunden besser voranzuschreiten als bei Krankheiten. Ich habe eine

Nacht in der Notaufnahme gearbeitet, und die Quote stieg bis auf dreiundneunzig Prozent.«

»Das ist ja wunderbar.«

»Das denke ich nicht. Ich hasse es. Das wollte ich nie. Weißt du, wie es sich anfühlt, wenn man ein Kind heilen kann und das andere nicht?«

Sie nickte. »Ich bin Ärztin. Mir passiert das ständig. Und ich kann mich auf nichts anderes stützen als auf mein Wissen und die Erfahrung.«

Sein Blick verdüsterte sich. »Das ist nicht das, was ich mir vom Leben erhofft habe. Was, wenn jemand herausgefunden hätte, dass ich heilen kann? Sie hätten mich überrannt und so was wie einen Heiligen aus mir gemacht.«

»Du hast offensichtlich ein Problem. Wie willst du es lösen?«

»Du lachst über mich?«

»O nein! Ich lache, weil ich glücklich bin.« Sie strahlte ihn an. »Ich lache, weil ich zum ersten Mal wirklich Hoffnung habe. Ich hab etwas richtig gemacht, und vielleicht ist diese Pandora-Sache gar nicht so schlimm.« Sie wiederholte: »Wie willst du dein Problem lösen?«

Er zuckte mit den Schultern. »Ich lebe mein Leben wie zuvor. Aber es kann ja nicht schaden, wenn ich ein paar Tage in der Woche in einer Klinik verbringe. Das sollte genügen, um die kritischen Fälle zu erkennen und den Betroffenen zu helfen. Wie gesagt, ich mag Kinder.«

Tränen brannten ihr in den Augen. »Nein, ich glaube auch nicht, dass das schadet.«

Harley richtete den Blick wieder auf Phillip. »Ich kann dir nichts versprechen, Megan. Ich weiß nicht, wie es funktioniert. Bevor du hereingekommen bist, habe ich meine Hand auf seine Schläfe gelegt, aber er zeigte keine

Reaktion. Natürlich habe ich manchmal bei den Kindern Tage gebraucht.«

»Versuch es einfach, Harley.«

»Ich gebe mein Bestes. Aber nicht, wenn du mir dabei auf die Finger schaust. Ich komme mir sowieso schon komisch vor. Mir ist es peinlich.«

»Peinlich? Kaum zu glauben.«

»Geh einfach für ein paar Tage weg. Ich rufe dich an, sobald es etwas Neues gibt.«

»Ich möchte hierbleiben.«

Er wedelte mit der Hand. »Ich bleibe, du gehst.« Er grinste. »Flieg nach Tansania. Renata hat mir erzählt, dass Grady Hilfe bei seiner Arbeit dort brauchen könnte.«

»Renata? Hat sie dich hergebracht?«

»Ja, sie hat mich aufgespürt wie ein Bluthund. Sie dachte, dass ich neugierig genug wäre, um meine Möglichkeiten auszuloten, und hat in drei Staaten alle Krankenhäuser angerufen. Sie meinte, ich hätte sie genug Zeit gekostet und dass ich hier einiges zu regeln hätte.« Er rümpfte die Nase. »Ich hatte den Eindruck, dass sie mich in der Klinik verraten und einen Interview-Termin mit Oprah für eine Sendung über Geistheiler des letzten Jahrzehnts vereinbaren würde, wenn ich nicht tue, was sie von mir verlangt.«

Megan schmunzelte. »Was für ein durchtriebenes Weib.«

»Tansania«, drängte er.

Grady war in Tansania. Megan hatte ihn mehr als zwei Wochen nicht gesehen, und er hatte keinen Versuch unternommen, sie zu kontaktieren. Verdammt, vielleicht war es auch für ihn eine Erleichterung, wenn er Abstand zu ihr hielt. Sie war nicht die Einzige, die mit der Veränderung fertig werden musste, seit sie sich wieder begegnet waren. Vielleicht sollte sie warten, dass er den nächsten Schritt machte.

Warten? In letzter Zeit schien ihr Leben ohnehin stillzustehen – Phillip, ihre berufliche Karriere –, während sie sich daran gewöhnte, eine Pandora zu sein, und ihre Möglichkeiten erforschte.

Und, verdammt, das, was zwischen ihr und Grady war, musste geklärt werden, ehe sie auf irgendeinem Gebiet vorwärtskommen konnte.

Kapitel 22

Tansania

Megan spannte sich an, sie hörte, wie sich Gradys Hotelschlüssel im Schloss drehte.

»Es ist nicht abgeschlossen, Grady«, rief sie.

Grady riss die Tür auf und sah sie sprachlos an. Er trug Khakis und Stiefel, sein Haar war heller als vor zwei Wochen, seine Haut dunkler – gebräunt von der afrikanischen Sonne.

»Ich habe den Portier bestochen«, sagte sie. »Ich wollte dich nicht in der Lobby wiedersehen. Du solltest wirklich in einem besseren Hotel absteigen. Mich hat es nicht viel gekostet, in dein Zimmer zu kommen. Ich hätte eine Diebin oder Mörderin sein können oder …«

»Dieses Hotel ist genau richtig für mich.« Er schloss die Tür, blieb aber stehen. »Ich verhandle gerade mit einem Stammesführer, und er würde den Preis in die Höhe treiben, wenn ich in einem exklusiveren Hotel wohnen würde.«

Sie zog die Stirn kraus. »Du verhandelst? Du kaufst die armen Mädchen?«

»Ich kann nicht in die Häuser marschieren und sie den Besitzern einfach wegnehmen. Sie gelten als Sklaven, und ich würde letzten Endes womöglich nur erreichen, dass sie getötet werden.« Er lächelte. »Gewöhnlich kann ich den Besitzern klarmachen, dass es besser ist, wenn sie die Mädchen loswerden, und dass ich ihnen nur einen Gefallen tue.«

»Du beeinflusst ihre Gedanken, veränderst ihre Realität.« Sie schüttelte den Kopf. »Das ist ein angsteinflößendes Talent, Grady.«

»Bist du Tausende von Meilen weit geflogen, um mir das zu sagen?«, fragte er ungerührt. »Begreifst du nicht, dass ich weiß, dass genau das das Hindernis ist? Ich habe dich zwölf Jahre lang kontrolliert, und im Unterbewusstsein fürchtest du, dass ich das wieder tun könnte. Ich kann dir schwören, dass ich es nicht mache – das verändert nichts. Die Möglichkeit besteht. Ich könnte stärker werden und du schwächer. Wer, zum Teufel, kann wissen, wie sich ein Talent entwickelt? Andererseits könnte ich die Kraft, die ich besitze, verlieren, und du wirst zu einer Art übersinnlicher Superfrau. Immerhin bist du eine Pandora. Das Potential ist da.«

»Sag das nicht.« Sie schauderte. »Mir wird jedes Mal übel, wenn ich daran denke. Ich habe herumgepfuscht und konnte in Harley positive Kräfte wecken, aber ich könnte genauso gut eine Gefahr für die Menschheit sein. Was, wenn Harley nicht damit fertig geworden wäre? Wenn ich ihn auch vernichtet hätte? Ich habe in der letzten Zeit viel darüber nachgedacht. Der Schlüssel scheint ein Gefühlsausbruch zu sein. Aber wie intensiv müssen diese Gefühle sein? Meine Mutter wurde mehrere Male vergewaltigt, aber erst die letzte Gewalttat hat die Kräfte in ihr wachgerufen. Du hast gesagt, dass sie nie zuvor dieses Talent gezeigt hatte. Wieso hat es sich nicht manifestiert, als sie sich gegen ihren Mörder zur Wehr gesetzt hat?«

»Vielleicht hat es das. Aber ich habe ihn so schnell getötet, dass er nichts davon gemerkt hat.«

»Ich habe jahrelang Patienten behandelt, ohne dass etwas passiert ist. Selbst wenn es stimmt, dass sich dieses Talent erst zeigt, wenn man Mitte zwanzig ist, hätte es dann nicht wenigstens einen Hinweis darauf geben müssen? Vielleicht hat deine Kontrolle verhindert, dass es sich entwickeln konnte. Ich war wütend und hatte Schmerzen, als mir Sienna die Hand fast zerquetscht hat, aber das war nur für einen kurzen Augenblick. Gilt das als heftiger Gefühlsausbruch? Ich musste um mein Leben fürchten, als ich Harleys Hand ergriffen habe, und ich verstehe, dass das etwas ausgelöst hat. Und was hat Harley dazu gebracht, seine Gabe zu akzeptieren, und was hat Sienna in den Wahnsinn getrieben? Habe ich Sienna unbewusst getötet, weil ich ihn gehasst habe? Harley konnte eine Stunde, nachdem ich ihn berührt hatte, Renata heilen. Weshalb habe ich Sienna nicht sofort etwas angemerkt, aber warum ist er nicht gleich verrückt geworden wie Molinos Sohn?«

»In dem Tribunal-Protokoll steht, dass ein Mann nach Rosa Devanez' Besuch tot aufgefunden wurde«, sagte Grady. »Also scheint es nicht immer gleich abzulaufen.«

»Aber wie kann man das beeinflussen? Kann der Vorgang unterbrochen werden, ehe der Wahnsinn anfängt? Auf welche Anzeichen soll ich achten?«

»Das sind eine Menge Fragen.«

»Das ist nur die Spitze des Eisbergs. Mir schwirren noch tausend andere im Kopf herum. Und jede einzelne macht mir Angst.«

»Und was willst du tun?«

»Ich muss die Grenzen und Fallstricke kennenlernen. Ich kann nicht als Ärztin weiterarbeiten, solange ich nicht weiß, ob ich meinen Patienten schaden kann. Ich habe beschlossen, Renata zu bitten, mir die Chronik zum Lesen zu geben. Das wird nicht leicht. Vielleicht sperrt Renata mich ein und kettet mich an einen Tisch, während ich die Einträge studiere. Nach allem, was sie gesagt hat, ist die Chronik nicht nur ein riesiges Adressbuch. Sie haben die Familiengeschichte dokumentiert, und es muss Berichte über andere Pandoras geben. Wenigstens eine von ihnen muss herausgefunden haben, wie man mit diesem Talent umgeht. Das ist meiner Meinung nach die einzige Möglichkeit, mich zu informieren – vielleicht kann ich das Talent dann kontrollieren. Du müsstest mich verstehen. Du hast die Kontrolle.«

»Ich könnte dir helfen.«

Sie schüttelte den Kopf. »Ich habe etwas von Harley gelernt. Diese Pandora-Geschichte ist mein Talent oder mein Fluch. Es ist nicht so wie bei einer Lauscherin. Es ist zu gefährlich. Ich bin diejenige, die die Verantwortung für mein Tun übernehmen muss. Ich will niemand anderem die Schuld geben, wenn etwas passiert.«

»Das klingt, als suchtest du die Einsamkeit«, sagte er leise.

»O Gott, ich hoffe nicht.« Sie atmete tief durch. »Für mich ist es eine schreckliche Vorstellung, allein zu sein. Das weißt du. Nach dem Tod meiner Mutter hast du mir Phillip geschickt, damit ich nicht allein bin. Du kennst mich besser als irgendjemand sonst.«

»Und du warst wütend auf mich, als du herausgefunden hast, wie ich dich so gut kennenlernen konnte.«

»Ich weiß nicht.« Sie lächelte unsicher. »Du hast recht, ich hatte Angst. Aber jetzt habe ich keine mehr.«

»Nein?«

Sie verneinte. »Ich kann damit umgehen. Ich … mag dich, Grady. Ich liebe deinen Körper und die Dinge, die du mit mir machst. Wenn ich mit dir zusammen bin, fühle ich mich so lebendig. Ich habe mich bemüht, dich nicht zu vermissen, aber es ist mir nicht gelungen.«

»Gut.«

»Aber ich kenne dich nicht wirklich. Du hast mir zwar ein wenig von deiner Kindheit und über deine Ansichten erzählt, aber wir hatten keine Zeit, tiefer zu gehen.«

Er grinste. »Was gibt es da zu wissen? Ich gehöre zu der oberflächlichen Sorte.«

»Lügner.«

»Okay, dann wirst du meine Seele bis in ungeahnte Tiefen erforschen?«, fragte er leichthin.

»Vielleicht.«

»Ich warne dich. Wenn das bedeutet, dass ich dich in meiner Nähe halten kann, werde ich dir für den Rest deines Lebens Gelegenheit geben, mich zu studieren. Ich werde dir jede Nacht eine Geschichte erzählen wie Scheherazade.«

Für den Rest deines Lebens. Sie versuchte, die Freude, die sie durchströmte, zu dämpfen. »Ich bitte dich nicht, dich für immer an mich zu binden.«

»Zu schade. Ich wäre dazu bereit.« Er ging auf sie zu. »Ich wünsche mir eins von dir. Du hast deine Gefühle für mich in sterile kleine Stücke seziert. Jetzt setz sie alle zusammen. Ob du mich nun zu kennen glaubst oder nicht, sag mir, ob du das, was du gesehen hast, lieben kannst?«

»Ich brauche Zeit, um …«

»Um dich festzulegen.«

»Ich wäre nicht hergekommen, wenn ich nicht denken würde, dass wir eine Beziehung haben können.«

»Dass du dich festlegen kannst.«

»Verdammt, Grady, du versuchst, Kontrolle …«

»Dass du dich festlegen kannst.«

»Oh, um Himmels willen. Ich … liebe … dich. Verdammt, ich wollte es langsam angehen. Es ist zu wichtig …«

»Schsch.« Er küsste sie voller Leidenschaft. »Ich weiß. Ich zerre dich nicht gleich vor den Altar. Alles, was ich von dir will, ist, dass du mich heute, in diesem Moment liebst. Wir nehmen einen Tag nach dem anderen.« Er legte die Hand an ihre Wange. »Okay?«

Sie drehte den Kopf und küsste seine Handfläche. »Okay.«

»Und da wir uns in diesem Punkt einig sind, können wir bitte ins Bett gehen?«

»Du hast recht.« Sie lächelte, während sie sich von ihm zurückzog. »Immerhin ist das eins unserer größten Talente. Mir gefällt es wesentlich besser als …«

Gradys Telefon klingelte.

»Grady, wag nicht, diesen Anruf entgegenzunehmen«, sagte sie gefährlich leise.

»Keine Gefahr. Ich stelle …« Er schaute auf das Display. »Mist!« Er drückte auf die Taste. »Das sollte wirklich wichtig sein.« Er hörte eine Weile zu, dann fing er an zu strahlen. »Sie ist hier.« Er gab Megan das Telefon in die Hand. »Jemand möchte mit dir sprechen.«

»Wer?«, fragte sie ungehalten. »Können sie nicht später noch mal anrufen?« Jemand am anderen Ende der Leitung sagte etwas, aber sie konnte ihn nicht verstehen. »Sie sprechen zu leise. Ich kann Sie nicht hören.«

Plötzlich presste sie den Hörer fester ans Ohr und flüsterte: »Phillip?«